Bettina Storks

DIE POESIE DER LIEBE

INGEBORG BACHMANN & MAX FRISCH

Roman

atb aufbau taschenbuch

MIX
Papier | Fördert gute Waldnutzung
FSC® C083411

ISBN 978-3-7466-3798-3

Aufbau Taschenbuch ist eine Marke
der Aufbau Verlage GmbH & Co. KG

1. Auflage 2022

Satz Greiner & Reichel, Köln
Druck und Binden CPI books GmbH, Leck, Germany
Printed in Germany

www.aufbau-verlage.de

»Ich existiere nur, wenn ich schreibe, ich bin nichts, wenn ich nicht schreibe, ich bin mir selbst vollkommen fremd, aus mir herausgefallen, wenn ich nicht schreibe.«

INGEBORG BACHMANN

»Warum schreiben wir? Weil es schwer ist, das Leben auszuhalten, ohne sich auszudrücken.«

MAX FRISCH

PROLOG

München, Mai 1958

Vor der angelehnten Tür zum Hörsaal der Münchner Ludwig-Maximilians-Universität atmet Ingeborg Bachmann einmal tief durch. Sie streicht über den Rock ihres italienischen Designerkostüms. An ihrem Arm baumelt eine Handtasche, in der Hand hält sie ihr Typoskript. Hektisch zündet sie sich eine letzte Zigarette an, nimmt drei Züge in Folge und erhascht durch den Spalt der Tür einen Blick in die Aula. Durch ihre Kurzsichtigkeit – und ihre hartnäckige Weigerung, eine Brille zu tragen – verschwimmt das Publikum zu einer diffusen dunklen Welle. Erneut inhaliert sie und bläst den Rauch zur Seite. Hat sie tatsächlich gerade einen überfüllten Hörsaal gesehen? Sie weiß, dass er tausend Leute fassen kann.

Wie schnell sie sich an den Erfolg gewöhnt hat.

Getuschel, das Rascheln von Kleidung.

Als der Gong das *Cum Tempore* verkündet, drückt sie ihre Zigarette aus, nimmt ihre Handtasche und betritt die Bühne.

Sie hat viele Jahre in Rom gelebt, und die Römerin beherrscht die Symphonie des Kleidungsstils von Kopf bis Fuß wie kaum eine andere Frau. Hier in Deutschland mag diese Eleganz als extravagant gelten, eine Einschätzung, die Ingeborg nur belächelt. Der Glamour gehört zu ihr wie die Legendenbildung der Presse über sie und ihr Privatleben.

Tosender Applaus setzt ein, als Ingeborg Bachmann über die

Bühne geht. Sie steuert das Pult an, ihr Blick schweift über das Publikum. Sie registriert die Menschenmassen, erkennt jedoch nicht mehr als Umrisse von Köpfen, dicht an dicht. Ihr ständiges Augenzwinkern aufgrund ihrer Kurzsichtigkeit gehört zu ihren Auftritten wie ihre Bücher. Sie spürt die bewundernden Blicke auf sich ruhen, weiß, dass ihre stockende Rede das Publikum für die kommende Stunde in ihren Bann ziehen wird.

Am Pult sucht sie eine Ablagemöglichkeit. Wohin mit ihrer Handtasche? Sie spürt ihren Herzschlag, das leichte Zittern ihrer Hände. Eine Kleinigkeit wie die verzweifelte Suche nach einem freien Platz für ihr Accessoire vermag es, sie aus dem Konzept zu bringen.

Dann geschieht es: Die Blätter entgleiten ihr, die Handtasche fällt zu Boden, daraus kullern ein Schminkspiegel, Puder und Lippenstift über das Parkett.

Bevor sie sich bücken kann, stürzen ihr zwei Männer aus der ersten Reihe zu Hilfe, bemüht, das Chaos zu beseitigen und alles aufs Pult zu legen.

Sie bedankt sich mit einem Lächeln, stopft mit fahrigen Händen die Schminkutensilien zurück in die Handtasche, die sie dann auf den Boden neben sich stellt. Hektisch ordnet sie die Blätter. Sie hat vergessen, sie zu nummerieren, aber die Reihenfolge ihrer vorzutragenden Gedichte kann sie auswendig.

Sie tippt gegen das Mikrophon – ein schrilles Geräusch lässt sie zusammenzucken. Alle Augen sind jetzt auf sie gerichtet, dessen ist sie sich sicher.

Wie aus der Ferne hört sie die Ankündigung des Dekans, der neben sie tritt, einen Handkuss andeutet und dem Auditorium einen Überblick über das Werk *der Bachmann* gibt.

Ingeborg schnappt einige Worte auf, die zusammenhanglos in der Aula stehen.

Größte Lyrikerin ihrer Zeit. Preis der Gruppe 47. Spiegel-Bestseller. Literaturpreis der Hansestadt Bremen. Dramaturgin beim Bayerischen Rundfunk und seit mehreren Monaten Bürgerin unserer Stadt.

»Die Wortvirtuosin hat bereits ein großes Publikum erreicht. Heute hören wir Auszüge aus ihren Gedichtbänden *Die gestundete Zeit* und *Anrufung des großen Bären*. Lassen wir uns entführen in die magische Welt des Wortes.«

Nervös wartet sie, bis der Redner in der ersten Reihe Platz genommen hat und der Applaus langsam abebbt. Sie schließt die Augen, streicht über das Papier und blickt auf ihr Typoskript. Wo Buchstaben wie Hieroglyphen ins Papier gestanzt sind, fährt sie mit den Fingern über die Kerben, die sie hinterlassen haben. Gedanken an Nächte streifen sie, in denen sie geschrieben hat, manisch und voller Euphorie, bis die Sonne hinter dem Petersdom aufging. Selbst ein Blinder könnte auf diesen Seiten mit den Fingerkuppen jedes einzelne Wort entziffern.

Im Saal ist es still, die Luft wie elektrisiert. Der Hörsaal beginnt im gemeinsamen Takt zu atmen – ein Gedicht ist eine höchst musikalische Angelegenheit. Bis in ihre Haarspitzen glaubt sie die Anspannung des Publikums zu spüren. Oder ist es ihre eigene?

Die Worte schweben durch den Raum, und dennoch steht ein jedes für sich in der Sprachlandschaft ihrer Muttersprache. Jedes Mal, wenn Ingeborg ihre eigene Stimme hört, leise, zweifelnd, verhalten, als suche sie ihren Platz in der Welt, jedes Mal ist sie sich selbst dabei fremd und gleichermaßen vertraut. In diesem Spannungsfeld, das in ihrem Wesen begründet liegt, lebt sie, seit sie denken kann. Nur ihr souverän getakteter Rhythmus lässt ihr Selbstbewusstsein im Vortrag durchschimmern, ihr Zu-Hause-Sein in der Poesie. Ihre mädchenhaft hohe Stimme offenbart Anspannung, Nervosität. Aber sie weiß um die anziehende Wirkung ihrer Töne ebenso wie ihrer Gesten. Die dunklen Vokale, das Nebeneinander von Melancholie, Nüchternheit und Pathos – all das verleiht ihrer Intonation etwas Verletzliches und Offensives zugleich. Niemals lässt sie vergessen, dass sie ein Kriegskind ist.

Der Krieg wird nicht mehr erklärt …
Er wird verliehen
Vor der Flucht von den Fahnen
Für die Tapferkeit vor dem Freund

Ingeborg hält inne, sieht auf, den Blick in eine andere Welt gerichtet. Ihre Lider zucken. Das ist es, was ihre Welt bewegt, das ist es, was sie von sich zeigt.

Der Preis des Erfolgs bedeutet auch, sich geheimnisvoll zu geben, sich zu inszenieren und Fragen über ihre Person im Raum schweben zu lassen, das Spielen mit der Presse.

Nein, ich nehme keine Drogen, ich nehme Bücher zu mir.

Der Boden unter ihren Füßen mag schwanken, in der Sprache liegt ihr wahres Zuhause, ihr Fundament. Das Fragile gehört zu ihr, genau wie ihre italienische Hülle.

Niemand von den Zuhörern kann ihre Kraft auch nur erahnen, im Gegenteil: Männer wollen schützend den Arm um sie legen, sie stützen. Manche Frau im Publikum hingegen rollt die Augen über Bachmanns Auftreten: *Mein Gott, hat sie dieses Mädchengehabe denn nötig?*

Aber die Zeiten, da sie das »süße Wiener Mädel« gab, sind endgültig vorbei. Routiniert trägt sie, stets an der Grenze zum plötzlichen Abbruch, Gedicht um Gedicht vor, Zeile für Zeile.

Die Anwesenden lauschen gebannt.

Gegen Ende wird ihre verschattete Stimme lauter, klar, deutlich.

Manchmal erinnert sie sich nicht einmal mehr daran, wie ihr die Einfälle gekommen sind. Metaphern fliegen ihr zu wie Männer, hat ein Beobachter einmal behauptet. Das ist ihr Leben. Sie hat es genau so haben wollen. Eine eigenständige Frau, die von ihrer Kunst existieren kann und sich zuweilen zwei Wohnungen leistet, weil sie es will, auch wenn es ihren finanziellen Rahmen mehr als sprengt. Einen Überblick über ihre Einnahmen und Ausgaben hat sie selten. Geld ist ihr zu profan. Es interessiert sie nicht, dass ihre Taschen Löcher zu besitzen scheinen, sobald sie Münzen und Scheine hineinsteckt. Auf geheimnisvolle Weise verschwindet das Geld einfach so.

Was bedeutet schon ein leerer Kühlschrank gegen einen Palast voller Worte?

Leise, mit der Attitüde der Mahnung gegen das kollektive Vergessen verkündet sie die abschließende Strophe ihres Gedichts *Früher Mittag.*

Wo Deutschlands Himmel die Erde schwärzt,
sucht die Wolke nach Worten und füllt den Krater mit Schweigen.

Das letzte Wort verklingt.

Sie legt das Blatt aus der Hand und blickt über die vielen Köpfe hinweg.

Stille liegt über dem Hörsaal. Dann setzt frenetischer Applaus ein, und die Studierenden erheben sich von ihren Plätzen, klatschen begeistert, manche rufen: »Wundervoll!« – »Reine Poesie!«

Ein Strauß roter Rosen fliegt durch die Luft, landet auf der Bühne und rutscht bis vor das Pult.

Ingeborg Bachmann genießt es, gefeiert zu werden. Lächelnd wirft sie ihre Schüchternheit ab, tritt in die Mitte der Bühne und verneigt sich, in Gedanken längst wieder am Schreibtisch.

Gleich nach der Signierstunde macht sie sich auf den Heimweg.

Sie lässt das Siegestor hinter sich, durchquert den Leopoldpark und erreicht zehn Minuten später ihr provisorisches Zuhause in der Franz-Joseph-Straße. Dort stößt sie die Tür zu ihrer Wohnung auf, legt die Rosen auf die Anrichte und findet auf dem Boden im Flur einen einzelnen Brief, der ihr von ihrem Verlag weitergeleitet worden ist. Womöglich ist er in einem falschen Briefkasten gelandet, und die Aufwartefrau hat ihn durch den Schlitz unter der Tür durchgeschoben. Ein kleines Briefwunder.

Der Absender ist Max Frisch, Dramatiker und Romanautor.

Sie kennt Texte des gefeierten Schweizers, der es bereits zu internationalem Ruhm gebracht hat. Erst vor Kurzem hat er den Georg-Büchner-Preis erhalten, viel mehr Ruhm kann man in der deutschsprachigen Literatur kaum ernten. Sie hat seine letzten beiden Romane *Stiller* und *Homo Faber* gelesen. Aber sie gehört viel zu sehr zu seiner Zunft, um nicht gewarnt zu sein: Jemanden zu lesen ersetzt keine Begegnung. Dennoch hat Max Frisch in seinen Texten eine Fährte zu seinem Wesen gelegt, zu seiner Sensibilität, seiner Klarheit. Die gründliche Leserin Ingeborg Bachmann spürt, was ihn bewegt, welche Fragen er an sich und die Welt stellt. Und sie teilt sein leidenschaftliches Streben nach Ausdruck.

Genau wie er hat sie erfahren: Für die Öffentlichkeit zu schreiben birgt immer das Risiko, sich zu zeigen.

Wie hypnotisiert liest sie, mit dem Rücken zur Wand stehend, den Brief, in dem er ihr Werk lobt. Bachmanns Hörspiel *Der gute Gott von Manhattan,* das er im Radio gehört habe, sei ihm unter die Haut gegangen.

Verwirrt faltet sie das Blatt zusammen, zündet sich eine Zigarette an und nimmt einen tiefen Zug.

Im Gehen streift sie ihre Schuhe ab wie eine Prinzessin, die daran gewöhnt ist, dass unsichtbare Bedienstete hinter ihr herlaufen und Ordnung schaffen. Sie zieht ihre Kostümjacke aus und lässt sie zusammen mit der Handtasche zu Boden gleiten.

Auf dem Sessel, im schwachen Licht der Stehlampe, macht sie es sich mit einem Cognac bequem, zieht die Knie an die Brust und entfaltet das Papier noch einmal in der Hoffnung, es möge sein Geheimnis preisgeben, den tieferen Beweggrund für Frischs Kontaktaufnahme. Rauchschwaden ihrer Zigarette ziehen durch die Luft. Der Alkohol brennt im Hals, die Anspannung lässt nach. Sie, die Wortzauberin, ist an das Werben der Männer gewöhnt, an indiskrete Angebote aller Art, aber dies hier unterscheidet sich von anderen Annäherungen. Diskret, wertschätzend und doch persönlich. In Frischs wenigen Sätzen spürt sie Anerkennung, ehrliches Interesse, die Neugierde auf Austausch und – noch etwas anderes.

Ein Schriftsteller schreibt einer Schriftstellerin, sagt sie sich, prüft den Ton zwischen den Zeilen, die Haltung dahinter und schließt die Augen. Für sie zählt jedes Wort, wiegt schwer, und aus eigener Erfahrung weiß sie: Erzählstimme und Erzählhaltung sind zwei verschiedene Dinge. Wenn *sie* das Geheimnis der Sprache nicht enthüllen kann, wer dann?

Sie liest Max Frischs Brief immer wieder, und in den Zeilen schwingt eine sanfte Satzmelodie, ein Rhythmus, der sich von dem ihren gar nicht so sehr unterscheidet. Dann hat sie Gewissheit:

Ein Mann hat einer Frau geschrieben.

LIEBESANFLUG

1958–1959

»Ich will, was noch niemals war. Kein Ende. Und zurückbleiben wird ein Bett, an dessen einem Ende die Eisberge stoßen und an dessen unterem Rand jemand Feuer legt.«

INGEBORG BACHMANN

INGEBORG

KAPITEL 1

Paris, Juli 1958

In festlicher Abendgarderobe betrat Ingeborg Bachmann das Pariser Café Châtelet. Sie trug hohe Schuhe von Bruno Magli, eine elegante schwarze Handtasche und auffällig globigen Modeschmuck.

Ein für Anfang Juli in Paris ungewöhnlich kühler Sommertag neigte sich dem Ende entgegen. Bis eben noch hatte es genieselt.

Ihre Verabredung mit Max Frisch war dem puren Zufall geschuldet. Ingeborg hatte jemanden in Paris treffen müssen und durch einen Zeitungsartikel von der Premiere von Frischs Drama *Biedermann und die Brandstifter* erfahren.

Diesmal hatte sie ihn kontaktiert.

Sofort hatte Max Frisch einem Treffen zugestimmt und vorgeschlagen, nach einem Aperitif gemeinsam die Vorstellung zu besuchen.

Aufgrund ihrer Kurzsichtigkeit konnte sie nur ahnen, dass er es sein musste, der ganz hinten in dem Café Pfeife rauchend an einem kleinen Bistrotisch saß. Immer noch weigerte sie sich, in der Öffentlichkeit eine Brille zu tragen. Langsam steuerte sie auf ihn zu.

Ein mittelgroßer, schlanker Mann zog an seiner Pfeife, den Kopf zur Seite geneigt. Zu Ingeborgs Überraschung trug er einen einfachen Anzug, weißes Hemd und Krawatte.

Ruckartig sah er auf, als habe er sie in diesem Moment bemerkt. Er erhob sich eilig und ging ihr entgegen.

Als er sich, einen Handkuss andeutend, nach vorn beugte, blickte sie auf sein dichtes, von grauen Strähnen durchzogenes Haar, das er aus der Stirn gekämmt trug. Ihre Nase registrierte die holzige Note seines Rasierwassers, überdeckt von würzigem Pfeifentabak.

»Es freut mich, dass Sie gekommen sind. Darf ich Sie an meinen Tisch bitten?«, fragte er mit einem starken Schweizer Akzent. Seine Stimme klang warm, die Rede abgehackt und dennoch von einer eigensinnigen Melodie getragen. Er machte eine ausladende Bewegung mit dem Arm in Richtung des Tischs in der Ecke.

Sie nahm ihm gegenüber Platz, zündete sich eine Zigarette an, und beide inhalierten Rauch, wobei Max Frisch immer wieder mit angehobenem Kinn an der Pfeife sog. Sein Blick hinter der dunkel gerahmten Brille war fast stechend, auf jeden Fall neugierig, freudig, erwartungsvoll. Nur, wenn er die Augen senkte, schlich sich ein Hauch von Zynismus in seinen Gesichtsausdruck, der, sobald er lächelte, verflog.

Sie bestellten Pastis.

Ihr Blick fiel auf die zwei Eintrittskarten für das Theaterstück *Biedermann und die Brandstifter*, die auf dem Tischchen lagen.

»Sie müssen sich das wirklich nicht ansehen«, sagte er, ihren Augen folgend, und schob die Karten zur Seite.

Verwundert runzelte sie die Stirn: War sie nicht deswegen hergekommen?

Sie tauschten einige Nichtigkeiten über die Stadt aus, das

ungewöhnliche Wetter, Land und Leute. Ingeborg mochte derlei Plaudereien nicht besonders. Frisch hingegen beherrschte in der Konversation das Alphabet der Unverbindlichkeiten. Trotzdem war ihr, als schaue er nur allzu routiniert hinter die Fassade seines Gegenübers.

Er berichtete von seinem Leben in Zürich, der Arbeit, einer vor drei Jahren vollzogenen Trennung von seiner Ehefrau Trudy. Drei Kinder. Die Scheidung stehe unmittelbar bevor.

»Ein bürgerliches Leben zu führen fällt mir schwer. Immer dann, wenn alles eingefahren ist, komme ich ins Zweifeln«, sagte er fast entschuldigend. »Ich hoffe stets auf das Wunder des Neuen.«

Das Wunder des Neuen!

»Ich lebe in München und war viele Jahre in Rom«, erzählte sie stockend, stets auf der Hut, ihre Gedanken einzufangen und in passende Worte zu kleiden.

Gab es das? Zwei berühmte Schriftsteller, beide Ausländer in Paris, saßen im Niemandsland einander gegenüber und hatten keine Ahnung vom Leben des anderen? Was mochte hinter seiner hohen Stirn vorgehen?

Sie stießen an.

Die Begegnung schien ihr auf einmal leicht, so leicht, dass sich sogleich Misstrauen in ihre Gefühle mischte. Immer war da ein Zweifel an ihrer Wahrnehmung. In ihr flackerte die jüngste Erinnerung auf, das bleischwere Gepäck eines schmerzhaften Gesprächs, dessentwegen sie gestern nach Paris gereist war.

Der Abschied von ihrem Geliebten Paul Celan war eine Entscheidung der Vernunft gewesen, um Celans Ehe nicht länger zu gefährden. Und jetzt, gerade einmal einen Tag später, gab es diesen Mann, der ihr gegenübersaß, als sei der fast Fünfzigjährige völlig unverbraucht, offen für Neues, nichts ahnend von der Gefahr, die jede neue Begegnung zwischen Mann und Frau barg: Himmel und Hölle. Feuer und Wasser.

Inmitten des Chaos ihres Herzens registrierte sie Max Frischs intensive Blicke, diese lebendige Bereitschaft zum Aufbruch in seinen Augen, die hinter dicken Brillengläsern funkelten. Das Neue mochte in seinem Leben Aufbruch heißen, in dem ihren aber herrschten seit Monaten Beklemmung, Fragen, Ängste. Wie war das zu vermitteln? Sie suchte nach den richtigen Worten, den passenden, die nicht noch mehr Verwirrung stifteten.

»Wir beide sind berühmt, und doch wissen wir nichts über die Legenden, die uns vorauseilen.« Sie nahm einen tiefen Zug an ihrer Zigarette und leerte ihr Glas. »Das freut mich.«

»Ich kenne Ihre Texte, Ingeborg Bachmann. Aber das sagte ich bereits in meinem Brief. Sie haben mich tief beeindruckt. Wie Sie die Utopie der Liebe in Ihrem Werk beschwören! Es liegt sozusagen auf der Hand, dass Sie und ich Themen teilen, dass wir sprachlich eine ähnliche Suche betreiben, mit unterschiedlichem Werkzeug. Darf ich es so sagen?«

Was lag schon auf der Hand?

»Sie dürfen«, gab sie leise zurück. »Mein Hörspiel *Der gute Gott von Manhattan* hat Ihnen also gefallen.«

Max Frisch runzelte die Stirn. »Gefallen ist nicht der passende Ausdruck. Ihre Sprache hat mich geradezu elektrisiert.«

Der gute Gott von Manhattan – in dem Hörspiel ging es um zwei Liebende, die sich in einem Hotelzimmer mitten in New

York von der Welt abschotteten, während der Gott der Liebenden über sie wachte.

»Wir kennen einander nicht, Max Frisch.«

Auch das gehörte zu ihrem Wesen. Mit einem Wortpfeil vermochte sie es, die Dinge auf den Punkt zu bringen. Aber auch Frisch war ein Handwerker der Sprache, wenngleich in einem anderen Genre. Sie konnte verdichten, er Geschichten erzählen und dabei den großen Bogen von einem Wortfeld zum nächsten spannen.

»Ich hoffe, Sie kennenzulernen«, erwiderte er fast zärtlich. Sein Ton offenbarte Unerschrockenheit. »*Ich will, was noch niemals war*«, zitierte er Wort um Wort aus ihrem Hörspiel. »*Kein Ende. Und zurückbleiben wird ein Bett, an dessen einem Ende die Eisberge stoßen und an dessen unterem Rand jemand Feuer legt.*«

»Aus Ihrem Mund klingt das wie eine Warnung«, gab sie zurück.

»Nein.« Er schüttelte den Kopf. »Wie eine Herausforderung.«

Nervös warf sie einen Blick auf ihre Armbanduhr.

Das Theaterstück hatte vor einer halben Stunde begonnen, und dessen Schöpfer zeigte nicht die geringsten Anzeichen, aufstehen und gehen zu wollen. Im Gegenteil: In diesem Moment wurde der dritte Pastis serviert.

»Haben wir einen Logenplatz? Wir könnten uns immer noch nach der Pause hineinschleichen«, sagte sie und gab Wasser zu ihrem Pastis, der sich sogleich in eine milchige Flüssigkeit verwandelte.

Er sah ihr in die Augen.

Sie blinzelte, nahm einen Schluck von ihrem Getränk und drückte ihre Zigarette aus. »Es ist noch nicht zu spät.«

»Es ist zu spät oder zu früh, je nachdem, welche Perspektive man einnimmt«, erwiderte er gelassen.

Ihr war, als stelle er in diesem Pariser Café einen Gegenentwurf, ein Paradies in Aussicht, eines, das beileibe nicht in einem Pariser Theater zu finden war.

Er hob die Brauen und führte mehrere Male nacheinander die Pfeife zum Mund, umschloss sie mit den Lippen und gab sie wieder frei. »Sie müssen sich das Stück wirklich nicht ansehen, Ingeborg!«, wiederholte er eindringlich. »Es wäre zu profan – gegen das hier. Das ist es, was ich sagen wollte.«

Er deutete auf die Umgebung, zerriss die Eintrittskarten und schlug ein Bein über das andere.

Sie blickten einander lange an, eine Spur zu lange für ein Treffen zweier nur am literarischen Austausch interessierten Schriftsteller.

Um sie herum hörte Ingeborg Bachmann das klappernde Geräusch von Geschirr. Stimmen überschnitten einander. Der mittlerweile vierte Pernod zeigte seine Wirkung.

Frisch, der von Glas zu Glas gelassener und von kindlicher Freude über das Jetzt und Hier schien, scheute sich nicht, hin und wieder ihre Hand zu berühren. Beim Feuergeben, beim Anstoßen. Die prickelnde Spannung zwischen Fremdheit und Intimität lag in der Luft.

Seine Beschwingtheit ergriff auch sie.

Sie war Spezialistin darin, die Gefühlslage ihres Gegenübers seismographisch zu erfassen, und sie verstand, dass er ein Meister der Situation war. Sie mochte die Art, wie er sprach, wie er sich bewegte, wie er ganz und gar seine Aufmerksamkeit auf sein Gegenüber fokussierte, als gäbe es für ihn nichts anderes.

Sie begriff, dass dieser Mann das Jetzt genießen konnte, federleicht in der Gegenwart lebte und einfach nur froh zu sein schien über das unverhoffte Glück des Zufalls, das Glück einer *wahren* Begegnung. Davon fühlte sie sich angezogen.

Aber gab es mit ihm genug Raum für die in Ingeborgs Wesen tief verankerten Zweifel, die Verwirrung, die vielen Fragen?

Inzwischen war es weit nach Mitternacht. Gäste waren gekommen und gegangen, aber die beiden Schriftsteller hatten nur Augen und Ohren füreinander. Der Patron fing an, die Stühle auf die leeren Tische zu stellen.

Das war ihr lange nicht mehr passiert, vielleicht noch nie, und genauso groß war ihr Staunen über das Gefühlschaos, das der Alkohol auf geheimnisvolle Weise entblößte. War es möglich, sich bei einem Fremden geborgen zu fühlen? War er kein Fremder, nur weil sie ihn gelesen hatte und er sie? Ihre Verwirrung wuchs und schwoll an, ebbte ab und zog sich zurück.

Aber sie ging nicht weg.

»Was hätte das gegeben, wenn wir ins Theater gegangen wären, Ingeborg«, sagte er plötzlich fröhlich. »Ich kann Ihnen gar nicht sagen, wie froh ich bin, dass wir die Vorstellung geschwänzt haben.«

Aufmunternd lächelte er sie an, und sie lächelte zurück.

Irgendwann stand er auf, legte Geld auf den Tisch und rief dem Patron einen Abschiedsgruß zu. Er nahm ihre Hand, was sie schweigend geschehen ließ. Dann ging er mit ihr nach draußen in die kühle Abendluft, am Theater vorbei, wo nur noch wenige Fenster beleuchtet waren.

Mühelos fanden ihre Schritte einen gemeinsamen Takt, und sie spürte, wie er sein Jackett um ihre Schultern legte und seine Hand dort ruhen ließ.

»Es ist Schicksal«, sagte er, als habe er soeben einen Namen für das Geheimnis dieses Liebesanflugs gefunden.

Am Schicksal ließ sich nichts ändern. Man ergab sich und haderte nicht.

Vorsichtig zog er sie in Richtung eines Parks, wo sie auf einer Bank Platz nahmen.

Eine Laterne flackerte, als er sie zum ersten Mal küsste.

Sie blieben bis zum Sonnenaufgang in der Grünanlage La Tour Saint-Jacques, so lange, bis Paris erwachte. Die Vögel zwitscherten. Nur unmerklich stiegen die Temperaturen.

»Heute wird es wärmer«, sagte er zuversichtlich, einen Blick zum Himmel werfend. »Du wirst sehen. Wir bekommen einen guten Sommer.«

Seine Worte wärmten sie und zerstreuten für einen Augenblick ihre Zweifel.

Arm in Arm schlenderten sie Stunden später durch das erwachende Paris. Sie spürte einen Hauch von Freiheit in der fremden Stadt, die ihr bislang dunkel und traurig vorgekommen war, mit all den Erinnerungen an ihren Geliebten Paul, jenen Dichter, in dessen Leiden sie über Jahre gefangen gewesen war, dessen Zweifel und Empfindsamkeit sie immer noch teilte.

Max, dessen Gesicht keinerlei Spuren von Übernächtigung zeigte, hatte sich in sie verliebt, das spürte sie deutlich. Und sie? Was war mit ihr? Das Misstrauen gegen ihre eigenen Gefühle gehörte zu ihr wie das Geheimnis, das sie umgab. Gab es auch das – sich *vorsätzlich* verlieben?

Ein vorbeifahrendes Reinigungsfahrzeug durchbrach ihre Gedanken. Mit lautem Getöse befreite es die Straßen vom Schmutz der Nacht. Es roch nach Staub und Asphalt, nach Abgasen, ein Geruch, der sich mit dem zarten Blütenduft der Sträucher vermischte. In ihr erwachte eine neue Lebendigkeit, die sich hauchdünn über die Schatten der Vergangenheit legte. Konnte man Verliebtheit wachsen lassen? Sie war so anders als Max Frisch. Lag darin eine Chance? Sie fühlte Geborgenheit bei ihm, eine Art Verlässlichkeit, dass dieser Mann ihr stets an der nächsten Straßenecke einen Kaffee zu beschaffen wüsste, was immer ihm auch in die Quere kam.

Diese Vorstellung war beruhigend und erregend zugleich.

Sie legte den Kopf an seine Schulter und spürte seine warme Hand um ihren Arm.

Der Markt auf dem Gelände Les Halles hatte seine Pforten geöffnet. Stände mit Gemüse, Früchten, Fleisch und Käse wurden aufgebaut.

Vor einem Straßencafé setzten sie sich dicht nebeneinander. Dort verharrten sie wie zwei Übriggebliebene der Pariser Nacht: Ingeborg in ihrer Abendgarderobe, dem langen Kleid und hohen Schuhen, Max in einem zweckmäßigen Anzug, als habe er von Anfang an niemals vorgehabt, ein Theater zu betreten. Fröstelnd zog sie seine Jacke vor der Brust zusammen.

Gemeinsam genossen sie die kühle Frische des neuen Tages und staunten jeder für sich über das Wunder, das ihnen widerfahren war.

Max bestellte Kaffee und Croissants.

»Was für eine hinreißende Nacht! Wer kann schon von sich behaupten, mit der wunderbarsten Frau unserer Zeit eine Nacht auf einer Parkbank mitten in Paris verbracht zu haben? Ich bin ein Glückspilz.«

»Du neigst zur Übertreibung«, sagte sie scherzhaft, strich ihm über die Wange und nahm einen kräftigen Schluck Kaffee.

»Ich neige zur Verliebtheit«, gab er zurück und küsste ihre Stirn.

Sie registrierte einen Hauch von Melancholie in seiner Stimme. Da gab es also auch noch etwas anderes im Wesen dieses Mannes.

Durch die Wolken drangen nun die ersten Sonnenstrahlen des Tages. Sie schloss die Augen und nahm den Geschmack stark gerösteter Kaffeebohnen in ihrem Mund wahr.

Als sie blinzelte, schob sich ein Bild vor ihre Augen: Aus den Hallen trat ein Metzger mit seiner blutigen Schürze und einem Schlachtmesser in der Hand vor die Tür und grinste zu ihnen herüber.

Instinktiv schrak sie zusammen, und sie fühlte auch Max' Anspannung, der ebenfalls dorthin schaute.

Sanft, aber bestimmt zog er ihren Kopf an seine Schulter und legte seine Hand auf ihre Augen: »Sieh nicht hin. Einfach nicht hinsehen. Es hat nichts zu bedeuten.«

Ich will, was noch niemals war: kein Ende.

KAPITEL 2

Zürich, Juli 1958

Max rang um Balance.

Diese neue Frau vom Format einer Ingeborg Bachmann stellte sein Leben auf den Kopf, sie verdrehte seine ganze Welt. Verwirrt hatten sie in Paris Abschied voneinander genommen, das Versprechen, dass es mit ihnen weiterging, lag in der Luft. Sie würde ihn in Zürich besuchen kommen, sobald sie Zeit fand, das hatte sie versprochen.

Seit seiner Rückkehr wartete er nun auf dieses zweite Treffen, auf ein Zeichen, auf einen Brief, der mehr mitteilte als den Status ihrer Arbeit.

Dann, endlich, drei Wochen nach Paris, kam das erlösende Telegramm:

»Lieber Max, komme morgen, 18.45 Uhr, Zürich, Hauptbahnhof. Augenküsse. Ingeborg«.

Augenküsse.

Er liebte ihre Wortschöpfungen.

Nach dieser Nachricht war er wie ein Gejagter durch seine Wohnung gelaufen, um alles Verräterische eines Junggesellenlebens verschwinden zu lassen: Raviolidosen, Ovomaltine und Instantkaffee. Das Bücherregal in der Stube des Bauernhauses, wo er lebte, hatte er bereits um einige Erzähler erweitert, die ein Autor seines Formats wohl kennen sollte. Obgleich er Germanistik studiert hatte, war er nie ein Vielleser gewesen. Er kaufte sogar eine Tischdecke, eine Blumenvase, hübsche Tassen und schließlich noch Cognacschwenker.

Zufrieden sah er sich in seiner aufgeräumten Wohnung um. Von jeher liebte er Ordnung. Struktur war ein wichtiger Bestandteil seines Lebens. Als Architekt wäre er ohne jenen Ordnungssinn verloren gewesen.

Nach jedem Arbeitstag räumte er seinen Schreibtisch auf. Er spülte das wenige schmutzige Geschirr, wischte Staub, tat all jene Dinge, die in einem Haushalt getan werden mussten. Manch einer seiner Freunde belächelte ihn dafür und riet ihm zu einem Hausmädchen.

Bohnenkaffee, eine Kanne mit einem Porzellanfilter, Schweizer Schokolade, frisches Obst und eine gebundene Ausgabe von Wittgenstein, jenem Philosophen, von dem er wusste, dass Ingeborg ihn vergötterte, warteten einzig auf sie. Und ein zunehmend nervöser, aufgeregter Max.

Als Ingeborg ihm am Bahnhof in einem hellen, eng anliegenden Etuikleid entgegenkam, vergaß er alle Vorsicht und Zurückhaltung, die er sich vorgenommen hatte. Die vielen Menschen um sie herum verschwanden. Es gab nur sie. Das Prickeln einer Pariser Julinacht kehrte zurück, nichts Fremdes stellte sich zwischen sie, keine Unsicherheiten, als wären sie seit Jahren ein Paar.

Max war bis über beide Ohren verliebt. Er fühlte sich wie ein Schuljunge, der den Unterricht schwänzte, den Weg nach Hause nur mit Mühe fand und von Ingeborgs Präsenz betrunken wurde.

Wie ein Wunder erlebte er die nächsten Tage mit ihr in seiner Heimatstadt, eine intensive Zeit mit Nächten voller Begierde, Zärtlichkeit und Gespräche. Ihre Nähe versetzte ihn in einen Rausch. Er konnte sich nicht an ihr sattsehen, satthören. Mit derselben Hingabe, mit der sie Bücher schrieb, liebte sie auch – eine für Max völlig neue Liebeserfahrung.

Als der erste Rausch allmählich nachließ, schaltete sich Max' Verstand ein. War nicht er der Bodenständige von ihnen beiden, der sich sogar im äußersten Zustand der Verliebtheit zu organisieren wissen müsste? Wie verliebt war sie? Gab es eine Maßeinheit in Sachen Verliebtheit? In seinem Ich hatte ein Kampf um den Wunsch nach Verschmelzung und dem nach Autonomie begonnen. Ingeborg wirkte zuweilen, wenn sie gemeinsam in Zürich unterwegs waren, das war ihm keineswegs entgangen, verstört, abwesend. Oft wich sie bei persönlichen Fragen aus. Nur in den Nächten war sie kompromisslos, ganz und gar präsent.

Auch das gehörte zu ihrem Zauber.

»Was bedrückt dich?«, fragte er bei einem gemeinsamen Spaziergang am Ufer des Zürichsees.

Ein strahlend schöner Hochsommertag lag hinter ihnen, sechs intensive Tage und Nächte – heute Abend würde sie weiter nach Neapel reisen, wo sie Arbeit erwartete. Und ein gewisser Hans Werner Henze, ein Komponist und alter Freund Ingeborgs, für dessen Opern sie Texte schrieb. Noch gelang es Max, seine aufkommende Eifersucht zu verdrängen.

Sie zuckte zusammen, ihre Augen flatterten.

»Es ist neu, Max«, sagte sie stockend. »Diese Stadt, deine Wohnung, du, ich. Ich muss mich in vielerlei Hinsicht einfinden, mich an die neue Situation gewöhnen. Auf Schritt und Tritt fühle ich mich beobachtet.«

»Von wem?«

Überrascht sah sie ihn an. »Spürst du das nicht? Jeder kennt dich in Zürich. Man beobachtet uns.«

Er warf einen Blick auf einige Passanten, die unbeeindruckt an ihnen vorbeischlenderten. Niemand blickte sie direkt an, und dennoch gab er ihr recht: Es würde nicht lange dauern, und ihre Beziehung würde in Zürich publik werden. Zürich war zu provinziell, als dass es seinen Lesern und der Presse entgehen konnte. Vor seinem inneren Auge sah er bereits die Schlagzeilen der Boulevardpresse: *Neue Frau an der Seite von Max Frisch.*

Seine Freunde hatten erst nach Jahren die Trennung von Trudy akzeptiert, eine Geliebte, die gefolgt war, gerade so hingenommen – und nun Ingeborg Bachmann! Die Diva der Literatur, die geheimnisvolle Ingeborg Bachmann! Er schämte sich für den engen Horizont seines Umfelds, den Ingeborg bereits wahrgenommen hatte, bevor auch nur eine Schlagzeile gedruckt worden war. Max wusste: Weniges war ihr so verhasst wie Spießigkeit.

Er schluckte, zog den Arm, den er um sie gelegt hatte, weg und lief weiter.

Im Tiefsten seines Inneren war auch er verunsichert, aber aus einem anderen Grund. Grundlegende Fragen quälten ihn vor ihrer Abreise, Fragen, die nur mit ihr zu tun hatten: Was fühlte sie? Wohin würde die gemeinsame Reise gehen? Gab es überhaupt ein Miteinander?

»Wie stehst du zu mir, Ingeborg?«

Die Frage war ihm einfach herausgerutscht.

Abrupt, über sich selbst erschrocken, blieb er stehen und

suchte, ihr in die Augen zu sehen. Über dem Zürichsee kreisten Vögel, ein Schwanenpaar schaukelte auf den Wellen.

Ingeborg wich seinem Blick aus.

Er sah auf die unregelmäßig geschnittenen Strähnen ihres Ponys. Der Bubikopf verlieh ihr etwas Kesses, Mädchenhaftes. Dabei war sie zweiunddreißig Jahre alt. Er stellte sich vor, wie verführerisch weiblich sie mit längeren Haaren aussehen würde. Was für männliche Gedanken, schalt er sich. Sie kamen jenen derer nahe, die nach Auftritten der Literaturikone in der Presse über die Echtheit ihrer Haarfarbe spekulierten.

»Ich bin da«, sagte sie leise. »Wenn sich etwas zwischen uns ändern sollte, werde ich dir das sagen.«

Wieso Veränderungen? Die Frage war doch die nach dem Status quo: Was überhaupt machte sie zu einem Paar, auf welchem Fundament stand ihre Beziehung? Eine Pariser Parkbank-Nacht und sechs Zürich-Nächte waren es nicht, die Zweisamkeit entstehen ließen.

Ging es bei dem, was sie gesagt hatte, um das Thema der *freien Liebe*, eines, das in diesen gesellschaftlich prüden Zeiten die Künstlerszene längst infiziert hatte? Bloß keine Ketten anlegen! Treue war eine Illusion.

Niemand vermochte es wie sie, vage Hinweise zu streuen und eine Spur zu legen.

An einer Bank unter einer alten Trauerweide machten sie halt und setzten sich nebeneinander. Er reichte ihr Feuer, als sie nach einer Zigarette griff.

»Woran arbeitest du gerade?«, fragte er, während er seine Pfeife stopfte.

Er hatte nie verstanden, warum diese wunderschönen Bäume

Trauerweiden hießen. Die Bezeichnung Engelshaar kam den feinen, herabhängenden Verzweigungen viel näher. *Engelshaarweiden.*

Zum ersten Mal in seinem Leben konnte Max mit einer Partnerin über seine Arbeit sprechen. Hier gab es Schnittmengen, tiefes Interesse daran, was der andere tat.

»An Erzählungen. Gleichzeitig sammle ich Material für einen Romanzyklus, den ich Klaus Piper schon lange angekündigt habe. Alles, was von der Romangeschichte übrig bleibt, findet in den Erzählungen Platz.«

Ja, das konnte er nachvollziehen. Er war gerade mit seinem neuen Theaterstück *Andorra* befasst. Ein Stück über die Macht der Vorurteile und die Klischees von Kleinbürgern, die in einem fiktiven Staat namens Andorra dabei zusehen, wie ein Jude vor ihren Augen hingerichtet wird. Am Ende des Stücks jedoch müssen alle Beteiligten feststellen, dass André gar kein Jude war. Was für eine folgenschwere Verwechslung! Die Parallelen zur antisemitischen Haltung der Schweiz während des Zweiten Weltkriegs waren gewollt. Gleichzeitig hatte er angefangen, Material zu einem Romanprojekt zu sammeln, das sich zunehmend konkretisierte. Wie elektrisierend war der Gedanke, sich darüber in Zukunft auszutauschen.

»Wenn ich *Andorra* abgeschlossen habe, werde ich mich ganz und gar einem neuen Roman widmen.«

Fragend sah sie ihn an und nahm einen Zug an ihrer Zigarette.

»Du bist mir zwei Romane voraus«, sagte sie lächelnd, blies den Rauch aus und legte den Kopf in den Nacken. »Und ein Tagebuch.«

»… was zum unpersönlichsten meiner Bücher gehört. Und ich würde kein einziges Gedicht schreiben können«, gab er zurück.

Er sog mehrmals kurz an seiner Pfeife und wippte mit dem freischwingenden Bein.

»Ein Roman also …«, sagte sie, als folge sie seiner Fährte.

»Stell dir einen Mann vor, der sich blind stellt. Er lebt, liebt, bewegt sich wie ein Blinder durch die Welt, und doch ist er sehend. Jeder Außenstehende identifiziert ihn dank einer Blindenbrille und einer Armbinde als blind.«

»Das ist geradezu anmaßend«, sagte sie, und ihre Stimme offenbarte eine Mischung aus Bewunderung und Abwehr.

»Das ist es, nicht wahr?«

In ihm erwachte eine alte Freude an der Provokation. Ja, im Gespräch über seine Arbeit gewann er durchaus Boden unter den Füßen. Zumindest dann war er seiner Verliebtheit nicht völlig ausgeliefert. Lächelnd nahm er ihre Hand und küsste sie. »Die Gesellschaft ist anmaßend, Ingeborg! Die Umgebung meines Helden wird sich unbeobachtet fühlen. Wenn er zu seiner Geliebten spricht, kann sie die Augen rollen oder ein Buch lesen. Er sieht ja nicht, was sie tut, wie sie sich in seiner Gegenwart langweilt. Allein in den Nächten sind beide blind.«

»Er macht ihr etwas vor«, sagte sie bestimmt.

»Und sie? Welches Spiel spielt denn sie, wenn sie ihm Interesse vorgaukelt?«

»Er lügt.«

Max schüttelte den Kopf. »Er macht sich am Ende nur selbst etwas vor. Sein Plan wird auffliegen. Am Schluss steht er nackt vor der Welt.«

Max stand auf und reichte ihr seine Hand.

»Du machst es dir leicht, Max«, sagte sie und legte ihre Hand in seine.

Er zog sie hinauf und küsste sie auf die Stirn. Schweigend gingen sie weiter.

Er machte es sich leicht? Zum ersten Mal in seinem Leben nahm er die größte Gefahr auf sich, die er sich nur denken konnte. Kein Liebesabenteuer, sondern einen Flug wie Ikarus, ohne Sicherheitsnetz, ein Sturzflug im freien Fall. In Bezug auf Ingeborg war Max ein Blinder, der sich sehend stellte.

»Nein«, sagte er nach einer langen Pause. »Ich möchte, dass wir uns nichts vormachen. Ich bin blind und doch sehend in deiner Gegenwart. Eine sehr besondere Erfahrung der Liebe.«

Sie tat einen tiefen Seufzer und legte ihren Kopf an seine Schulter.

»Du ahnst nicht, wie schwer ich es mir mache. Vielleicht zum ersten Mal in meinem Leben«, sagte er.

»Ich weiß, dass du weißt, wie schwer dieses ganze Feld der Liebe für mich ist. Etwas völlig Neues«, erwiderte sie.

Innerlich lachte er über sich selbst: Sie war die Mehrdeutige von ihnen beiden. Da konnte er nicht mithalten und wollte es auch nicht. Er schätzte klare Sätze. Subjekt. Prädikat. Objekt. Ein Mann liebt eine Frau.

Am späten Abend begleitete er Ingeborg zum Bahnhof. Ihr Zug nach Neapel wartete bereits, wo sie Hans Werner Henze, diesen in Max' Augen *Weder-Fisch-noch-Fleisch-Mann*, treffen würde. Schon beim Gedanken daran zog es ihm die Magenwände zusammen. Auch wenn es von Henze hieß, er liebe nur Männer. Zweifel blieben, und Max' Dämon, die Eifersucht, seine größte Schwäche, regte sich. Unvorstellbar für ihn, dass ein Mann ihrer Aura nicht erliegen und dabei alle Neigungen über Bord werfen könnte.

Selbst Trudy hatte vor Tagen zu ihm gesagt, er solle es sich mit seiner schrecklichen Eifersucht nicht verderben. Diese Frau werde die Freiheit wie die Luft zum Atmen brauchen. »Lerne von ihr!«

Ja, Trudy kannte ihn gut, dachte er und nahm sich vor, an sich zu arbeiten.

Als er sein Heim erreichte, stach ihm auf dem Küchentisch ein aufgeschlagenes Buch ins Auge. Ingeborgs Hörspiel *Der gute Gott von Manhattan*. Sie musste es dorthin gelegt haben. Eine verschlüsselte Botschaft für ihn. Einen Absatz hatte sie mit einer dünnen Bleistiftlinie markiert:

Bei dir sein möchte ich bis ans Ende aller Tage und auf den Grund dieses Abgrundes kommen, in den ich stürze mit dir. Und eine Revolte gegen das Ende der Liebe in jedem Augenblick und bis zum Ende.

Keine Frage: Mit ihr befand er sich im Land der Mehrdeutigkeiten. Vorsichtig klappte er das Buch zu und stellte es zurück ins Regal. Er fühlte sich unendlich privilegiert, von einer solchen Wortschöpferin geliebt zu werden.

In sein Tagebuch schrieb er: »Ein Mann liebt eine Dichterin, die größte dieser Zeiten.« So einfach war das: Subjekt. Prädikat. Objekt. Adverbiale Ergänzung.

Mitten in der Nacht klingelte sein Telefon. Schlaftrunken ging er in die Stube und tastete nach dem Hörer.

»Wir können alles umdenken«, flüsterte sie.

Sie klang so nah, als säße sie neben ihm.

»Du bist in Neapel angekommen«, stammelte er und knipste die Lampe an. Vier Uhr morgens. Er sammelte sich. »Es ist der Vorzug der Verliebtheit, die Welt umzudenken.«

»Der Vorzug der Liebe«, korrigierte sie.

Am anderen Ende der Leitung vernahm er das Geräusch eines Korkens, der aus der Flasche ploppte. »Ich trinke noch ein Glas Wein mit dir, Max. Dann werde ich schlafen gehen und von dir träumen.«

Max griff nach der Flasche Wein, die auf dem Tisch stand, schenkte ein Glas voll und ließ sich in den Ohrensessel fallen.

»Wo bist du genau?«, fragte sein Alter Ego, der eifersüchtige Mann.

»In einer kleinen Pension«, gab sie zurück. »Ich bin zum Umfallen müde.«

»Geh schlafen.«

Für einen Augenblick sah er sich von außen: ein Mann im gestreiften Pyjama, hellwach, ohne seine Brille blinzelnd und blind wie eine Eule, liebestrunken von ihrer Stimme. Er war ein Tor, ein Trottel, ein Narr.

Sie sagte ihm alles, was sie ihm in Zürich verschwiegen hatte, erklärte hilflos den Grund ihrer Rückzüge, sprach von Anvertrauen und Unsicherheit, von einem großen Sprung, dem größten überhaupt in ihrem Leben.

»Sei geduldig mit mir«, bat sie.

Geduld – was war das? Wollte eine junge Liebe, egal wie alt man war, nicht alles jetzt, sofort und hier?

Max seufzte und leerte sein Glas in einem Zug. »Du bist eine völlig neue Erfahrung für mich. Wäre das mit uns ein Roman, würde ich mir die Geschichte dazu suchen. Sie würde die Zeit und den Raum überwinden.«

»Ich möchte nicht literarisiert werden«, sagte sie und gähnte.

»Das ist etwas anderes, Inge. Du und alles, was zwischen uns geschieht, bleibt von meinen Geschichten unberührt. Meine Erfahrungen vermag ich nicht auszulöschen. Der Narr werde *ich* sein.«

Ein Mann macht eine Erfahrung. Jetzt sucht er die Geschichte zu seiner Erfahrung.

»Wir werden das erste Paar sein«, sagte sie zum Abschied.

Sehnsuchtsvoll legte er den Hörer auf.

Am nächsten Morgen, pünktlich um acht, saß er nach dem Frühstück an seiner Schreibmaschine. Stift, Papier und Notizbuch lagen bereit. Er warf einen Blick zum Fenster seines Arbeitszimmers hinaus. Von dem vielen Nikotin hatte sich auf den Scheiben ein grauer Film gebildet. Er würde Trudy bitten, die Zugehfrau herzuschicken, um die Fenster zu putzen. Er notierte es auf seinem Tagesplan, genau wie die Einkaufsliste: Ovomaltine. Ravioli in Dosen. Instantkaffee.

Er grinste.

Voller Energie, inspiriert von einer Nähe, die selbst über tausend Kilometer Entfernung in der Luft lag, begann er zu schreiben.

»Ich stelle mir vor: Ein Mann steigt in den Zug nach Neapel an einem späten Sommerabend, die Sonne ist untergegangen. Er nimmt den Schlafwagen, um ausgeruht bei der Geliebten anzukommen. Nach ein paar Gläsern Wein legt er sich auf die Pritsche, die Decke frisch bezogen, weißer als weiß, unschuldig, der Zauber des Neuen. Das Geratter der Räder auf den Gleisen schaukelt ihn in den Schlaf. Kurz vor seinem Zielort erwacht er und verbringt nach einer sorgfältigen Morgentoilette die letzten Kilometer am geöffneten Fenster. Warmer Wind aus dem Süden bläst ihm ins Gesicht. Der Zug tuckert durch die weiten Ebenen der Campagna Felix, der glücklichen Landschaft. In der Ferne, Richtung Meer, erhebt sich die Gebirgskette der Apenninen bis auf eine Höhe von 2000 Metern, der die Amalfiküste ihre Steilhänge verdankt.

Dann der Vesuv: mächtig, verwegen und bereit zum Ausbruch, bewacht er sein Reich. Lange vor dem Bahnhof bremst der Zug ab, bis er auf den letzten Metern ganz zum Stehen kommt. Der liebestrunkene Mann taumelt zum Hafen hinunter, um seine Sehnsucht voll auszukosten, bis zum letzten Tropfen wird er die bittersüße Flüssigkeit trinken, in kleinen Schlucken. Bald wird er sie sehen! Das gleißende Licht des Südens, die Gerüche vom Meer, der umtriebige Hafen, wo Fischkutter einfahren und anlegen. Italienische Lieder und braun gebrannte Gesichter – das pralle Jetzt. Dann, zu einer passablen Zeit und nach einem heißen zuckersüßen Espresso, bricht er auf (er weiß inzwischen, wie lange sie schläft), kauft an einem Stand Blumen und läutet an ihrer Tür, mit leerem Kopf, sprachlos, voller unaussprechlicher Wünsche. Es gibt nur Gegenwart und sie.«

Wo sie ist, beginnt der Wahn.

Zufrieden zog Max das Blatt aus der Schreibmaschine. Wie verführerisch war das noch Fremde zwischen zwei Liebenden, das der erste Kuss aufwirbelte. Nur nicht die Neugierde verlieren! Allzu viel Vertrautes entblößte das Geheimnis eines Menschen. Doch es galt, es zu wahren, sonst drohte Langeweile, Routine, Tod der Liebe.

Was für eine wunderbare Zeit lag vor ihnen.

Ja, sie würden einander neu erfinden, als Mann und Frau, als Schriftsteller und Schriftstellerin.

Sie würden das *erste* Paar sein.

INGEBORG

KAPITEL 3

Neapel, August 1958

Die Hitze des Hochsommers flirrte über der Metropole Neapel. Bei diesen Temperaturen wurden kleinste alltägliche Handlungen zur Tortur. Im italienischen Ferienmonat August blieben die Neapolitaner tagsüber bei geschlossenen Fensterläden in ihren Wohnungen und wagten sich erst in der Dämmerung hinaus ins Freie.

Ingeborg war von ihrem ersten Besuch bei Max direkt hierhergefahren, weil ihr Freund Hans Werner Henze sie mit Arbeit erwartete. Die Zeit in Zürich war wunderschön gewesen, obwohl sie mit der Stadt nicht warm geworden war. Dort herrschte eine ähnliche Behäbigkeit wie in München. Jeder kannte Max Frisch, und Ingeborg hatte die gemeinsame Zeit in der Öffentlichkeit wie auf einem Präsentierteller erlebt. Nur in seiner Wohnung am Zürichsee waren sie frei gewesen – und in den Nächten. Sie war mehr oder weniger überstürzt aus Zürich abgereist und hatte Max um Verständnis gebeten, dass für sie alles noch so frisch war.

Neapel und ihre Arbeit würden sie eine Weile vom Chaos ihres Gefühlslebens ablenken.

»Nun bin ich richtig angekommen in meinem gelobten Land, lieber Max, wo mich Arbeit erwartet. Arbeit. Arbeit. Sie allein vermag mich zusammenzuhalten in diesen turbulenten Zeiten, die Deine Ankunft in meinem Leben heraufbeschwören. Es war so schön, Deine Stimme in der Nacht zu hören. Nichts mehr steht an seinem Platz, alles noch so neu, so anders. Gib mir Zeit. Sei geduldig mit mir und meinem Herzen …«

Der angefangene Brief an Max lag auf ihrem Schreibtisch. Zigaretten, Feuer, ein überquellender Aschenbecher neben Noten und Versen für das Libretto zu Henzes neuer Oper *Der Prinz von Homburg*. Abgeschickt hatte sie ihn nicht und Max stattdessen eine Grußkarte vom Hafen Neapels zukommen lassen.

Ein Libretto für Henze zu schreiben war ihr eine willkommene Rückkehr zur Lyrik gewesen, da sie als Autorin endgültig aufgehört hatte, Gedichte zu schreiben. Als Umzug im Kopf bezeichnete sie ihren Wechsel von der Lyrik zur Prosa – ganz vollzogen war er nicht, und ein Abschied auf Raten hatte eingesetzt. Zum ersten Mal in ihrem Leben tüftelte sie nun an ihrem Erzählband.

Henze und sie hatten über mehrere Tage intensiv gearbeitet. Sie waren daran gewöhnt, aber eine Routine in ihrer Arbeit stellte sich immer erst dann ein, wenn Inge ein gewisses seelisches Gleichgewicht gefunden hatte. Tagsüber verschwanden sie in verschiedenen Zimmern von Henzes angemieteter Wohnung, die ausgesprochen herrschaftlich war. Vor dem Abendessen fügten sie dann die Ergebnisse ihres Tagwerks zusammen. Über die Jahre hatten sie gelernt, einander blind zu vertrauen – jeder kannte die Schwächen und Stärken des anderen, und in ihrer Inspiration befruchteten sie einander. Normalerweise übernachtete Ingeborg bei solchen Arbeitsbesuchen auch in Henzes Wohnung in Neapel. Diesmal jedoch hatte sie sich in einer Pension eingemietet.

Hans wusste nur allzu gut: Dass sie sich wohlfühlte, war die Voraussetzung für ihr konzentriertes Arbeiten; nur allzu leicht kippte bei der geringsten Störung ihre Inspiration in eine Arbeitsblockade, die ungeahnte Ausmaße erreichen konnte. Schon allein deswegen war er darauf bedacht, dass Ingeborgs Umfeld, wenn sie bei ihm war, ein Höchstmaß an Komfort und Geborgenheit bot. Und so hatte er ihren Wunsch nach Distanz zähneknirschend hingenommen, verstanden hatte er ihn nicht. Die Spannung zwischen ihnen lag in der Luft, klärende Worte waren nötig.

Vor einem Jahr war es zwischen ihnen zu einer Aussprache zum Status ihrer Beziehung gekommen. Nachdem sie zwei Jahre wie Bruder und Schwester in Neapel zusammengelebt hatten, erwogen sie in einer sternenklaren Nacht eine Heirat. Inge fragte sich danach lange, was eine solche Übereinkunft zwischen ihnen für *ihr* Leben als Frau bedeutete. Hans liebte ausschließlich Männer. Am Ende war sie es gewesen, die sich dagegen entschied. Eine Ehe bedeutete mehr als das Teilen von Tisch und Inspiration.

Dennoch hatte sie ihre eigentümliche Freundschaft stets wie eine intensive Liebesbeziehung erlebt, bloß ohne Körperlichkeit. Sie platonisch zu nennen kam beiden nie in den Sinn. Es war einfach, wie es war: Hans hatte seine Liebhaber, Ingeborg war ebenfalls frei. Doch mit Max Frisch änderte sich das nun. Das fragile Gleichgewicht zwischen ihr und Hans, der im Moment ohne Partner war, drohte zu kippen. Sie hatte dem Freund nichts von ihrer neuen Liebe erzählt, vor allem ihrer eigenen Zweifel wegen, nur, dass sie Frisch in Paris zu einer Premiere seines Theaterstücks begegnet war. Seitdem beobachtete Hans sie noch genauer, studierte jedes ihrer unverfänglichen Worte, bemüht, aus ihren Gesten Widersprüchliches zu lesen.

Der Höhepunkt eines jeden gemeinsamen Arbeitstages kam nach dem Essen. Hans schritt dann bedeutungsvoll hinüber zum Schallplattenspieler, Ingeborg machte es sich auf dem Sofa gemütlich. Die Musik war ihrer beider Leidenschaft. Auch heute Abend lauschten sie der glasklaren Stimme von Maria Callas – Bachmanns Lieblingssopranistin. Hans las nebenbei eine Partitur, deutete stumm auf einige Stellen und zeigte sie ihr mit hochgezogenen Augenbrauen.

Inge nahm sich eine Zigarette, und sogleich reichte er ihr Feuer mit seiner eigenen. Dabei hielt er ihre Hand, umschloss und streichelte sie, während sie inhalierte. Dass Hans mit kleinen Gesten eine prickelnde, aber stets folgenlose Erotik zwischen ihnen schaffen konnte, hatte sie im Laufe der Jahre zu akzeptieren gelernt.

»Es gibt eine Art von Musik, die kann ich bestenfalls studieren, nicht hören«, durchbrach er ihre Gedanken.

Aber auch Ingeborg vermochte es, Partituren zu lesen wie andere Leute Romane. Wobei die Stimme der Callas eine Welt für sich war.

Wehmütig dachte sie an Max, der in der Schweiz zurückgeblieben war: Mit ihm würde sie niemals eine Callas-Arie hören können. Mit ihm zu sein bedeutete, Berge zu erwandern, kühlen Weißwein in der Abendsonne zu genießen, in gedämpften, milden Augenblicken zu verweilen: ihren Kopf an seine Schulter legen und – geborgen sein. Hier in Neapel mit Hans Werner Henze gehörte das Opernhören zum schönsten Ausklang eines arbeitsreichen Tages, ein Ritual der »Königskinder«, wie sie sich manchmal bezeichneten. Nur mit ihm konnte sie diese Welt teilen. Mit Paul Celan war es die Sprache gewesen, eine Sprache in Vollendung. Was teilte sie mit Max? Er war ein hochtalentierter Dramatiker, und ganz sicher verbanden sie literarische Themen, Sätze, Worte, aber wenn sie an ihn dachte, schwang immer eine gewisse Bodenständigkeit mit. Ein Haus, ein Garten, ein Versprechen, eine Kinderschaukel?

»Mit welcher Leichtigkeit sie das hohe C trifft«, flüsterte Hans und holte Ingeborg zurück ins Jetzt. »Ich höre diese Arie so oft, und jedes Mal bewundere ich die Klarheit ihrer Stimme. Sie ist eine wahre Künstlerin.«

»Sie ist die einzige, die jemals legitim eine Bühne betreten hat. Maria Callas lebt auf einer Rasierklinge«, erwiderte Ingeborg.

Sie schloss die Augen – galt das auch für sie? Das Bild schien ihr treffend für ihr bisheriges Liebesleben. Würde Max die Gefahren, die in ihrem Wesen verborgen lagen, entschärfen können?

Maria Callas setzte zur letzten Koloratur ihrer *Norma* an. Leise aus dem Hintergrund kam die Unterstützung des Chors. Die Töne schwollen an und erfüllten den ganzen Raum. Dann eine Stille, die es immer nur vor dem tosenden Applaus gab, als müssten sich die Operngäste sammeln und zurück ins Jetzt finden. Lautes Klatschen setzte ein, durchbrochen von Zurufen: »*Bravissimo! Bravissimo!*«

Als gehöre es zur Inszenierung, klingelte plötzlich auf der Anrichte neben dem Klavier das Telefon.

Hans und Ingeborg sahen einander überrascht an. Er stand auf, ging zum Telefon, nahm den Hörer ab und sah sie dabei eindringlich an. Er sprach keinen Ton, während sein Gesprächspartner redete. Eine männliche Stimme.

Für einen Augenblick glaubte sie, ihr Herzschlag setze aus.

Hans reichte ihr mit ernster Miene den Hörer. »Für dich.«

Verwirrt stand sie auf, nahm den Hörer entgegen und legte ihn sich ans Ohr.

»Ich habe Sehnsucht nach dir«, hörte sie die Stimme von Max. »Du bist viel zu lange fort, Inge. Morgen früh bin ich in Neapel.«

»Wo bist du?«, fragte sie und drehte sich verschämt zur Seite. Aus dem Augenwinkel registrierte sie Hans, der in seinem unvergleichlich aufrechten Gang hinaus in den Flur verschwand. Er besaß ein natürliches Gefühl für Diskretion.

Sie hörte das Knarren des Holzbodens. Dann fiel eine Tür ins Schloss.

»Am Bahnhof von Florenz.«

»Am Bahnhof von …«, stammelte sie. »Ach Max. Lieber Max!«

In ihr breitete sich eine Welle der Sehnsucht aus, gefolgt von panischer Angst, Max und Hans könnten hier in Neapel aufeinandertreffen. Niemals würden die beiden Männer einander verstehen. Sie starrte hinüber zum Plattenspieler, vor dem die Plattenhülle mit Maria Callas' ausdrucksvollem Gesicht stand. Auf ihren Oberlidern war ein langer dunkler Lidstrich gezogen. Der Schwung verlieh ihren Augen etwas Katzenhaftes. Ihr breiter Mund deutete ein Lächeln an.

Casta Diva. Keusche Göttin.

»Bleib, wo du bist, Max«, sagte Ingeborg schnell. »Ich fahre dir gleich morgen früh entgegen. Warst du schon einmal in La Spezia?«

Es war die erste Stadt am Meer, die ihr einfiel. Hauptsache weit genug entfernt von Neapel, weit weg von ihrem Leben hier. Sie wollte am Meer sein – mit ihm. Er durfte nicht herkommen.

»Ja«, sagte Max nach einem Zögern. »Aber ich könnte doch …«, unternahm er einen neuen Anlauf. »Ich war noch nie in Neapel, Inge!«

Der letzte Satz klang nach einem der Themen, die sie schon von ihm kannte: *Du schließt mich aus. Ich möchte nicht ausgeschlossen werden. Lass mich teilhaben!*

»Ein anderes Mal, Max. Ich komme nach Florenz. Wir treffen uns dort am Bahnhof und fahren dann weiter. Ich brauche nur drei Stunden mit dem Zug. Soll ich den ersten nehmen? Er geht um acht. Weißt du was, Max? Ich nehme einfach den ersten, was denkst du?«, sagte sie eilig, während sie ihren Herzschlag vernahm.

Ihre Hände zitterten.

»Ich warte zur Not die ganze Nacht in der Bahnhofshalle auf dich«, sagte er leise, eine Spur resigniert.

»Nicht doch. Du solltest ausgeschlafen sein«, sagte sie zärtlich und lachte dann.

»Nun habe ich dich wenigstens noch zum Lachen gebracht.«

Sie verabschiedeten sich. Nachdenklich legte sie den Hörer auf und rieb sich die Stirn.

Vom Flur aus konnte sie sehen, wie durch eine Ritze am unteren Rand von Hans' Schlafzimmertür Licht schimmerte. Sie lauschte an der Tür, legte ihre Fingerspitzen gegen das glatte Mahagoniholz, strich sanft über eine Erhebung und trat so nahe daran, dass ihre Lippen die Fläche berührten.

»Ich muss los«, sagte sie leise und machte sich auf den Weg.

INGEBORG

KAPITEL 4

Auf der Straße empfing Ingeborg das abendliche Neapel, das langsam zum Leben erwachte. Sie warf einen letzten Blick hinauf zu Hans' Wohnung. Das Licht war gelöscht.

Sie wollte ans Meer, dorthin, wo sie atmen konnte, hinab zum Hafen, wo der Wind in der Ferne das Wasser aufpeitschte, die Seemänner in billigen Spelunken ihre Lieder sangen, der Wein in Strömen floss. Die Stadt dampfte. Unmittelbar legte sich ein klebriger Film auf ihre Haut. Ausgeschlossen, auch nur einen klaren Gedanken zu fassen.

Max war ihr also nachgefahren. Um ein Haar wäre er hier aufgetaucht. War die Liebe wirklich so leicht für ihn?

Sie ging durch die engen Gassen, deren Häuser so hoch waren, dass sie nur einen Spalt Himmel freigaben. Wäsche flatterte an den Balkongeländern auf Wäscheleinen, die von einem Haus zum gegenüberliegenden gezogen waren. Die Bewohner hatten angefangen, ihre Holzläden und Balkontüren zu öffnen, und der Duft nach gebratenem Essen und Tomatensugo lag in der Luft. In den Hinterhöfen spielten Kinder Fußball, Staub wirbelte auf. Das Echo ihrer hellen Stimmen drang an ihr Ohr, unterlegt von Gelächter und dem Klappern von Geschirr. Menschen traten aus ihren Häusern hinaus auf die Straße, setzten sich auf Bänke und Stühle.

»*Auguri, tanti auguri!*«, rief eine Frauenstimme aus dem oberen Stock hinunter. *Herzlichen Glückwunsch!*

Je näher Ingeborg dem Hafengelände kam, desto weniger war der Schmutz zu übersehen. Haufen von Müll stapelten sich vor den Häusern und den Durchgängen zu den Hinterhöfen. An einigen Stellen raschelte es. Sie wusste, was das bedeutete. Die Ratten wagten sich im Schutz der Dämmerung aus ihren Löchern und bedienten sich an den Essensresten der Mülltüten. Sie lief immer schneller, und die Schritte ihrer Pfennigabsätze klackten auf dem aufgeheizten Asphalt. Schiffshupen ertönten vom Hafen her, den sie nun sehen konnte. In einer kleineren Bucht hatten Fischerboote angelegt. Endlich bekam sie Luft, endlich konnte sie frei atmen.

Wir treffen uns am Bahnhof von Florenz.

Sie war nicht daran gewohnt, dass ihr Männer hinterherreisten. Wie hartnäckig Max in seiner Verliebtheit sein konnte – er hatte nicht den geringsten Zweifel daran gelassen, noch heute Nacht dreihundert Kilometer auf sich zu nehmen, nur, um sie morgen früh auf einen Espresso in eine Bar zu begleiten. Mit Fragen quälte er sich nicht lange herum, er stellte sie einfach. Und sie? Ihre ganze Existenz bestand aus einer einzigen Frage. Gegen den Realisten Max war sie eine Traumwandlerin mit verbundenen Augen auf einem Trapez.

»Was hast du mit diesem Komponisten zu schaffen?«, hatte Max in Zürich geradeheraus nach ihrem Geständnis, für unbestimmte Zeit zu Henze nach Neapel zu fahren, gefragt. Vergeblich hatte sie nach der einen wahren Antwort gesucht. Aber keine Sprache, kein Wort vermochte ihre Freundschaft mit Hans Werner Henze zu erklären. Und so schwieg sie wie bei allen heiklen Themen ihres Innenlebens, als hielte sie die Antworten vor sich selbst unter Verschluss.

»Hans macht sich nichts aus Frauen«, hatte sie später wie beiläufig erklärt. War das eine Antwort auf Verbindendes und Trennendes zugleich? War das die Antwort auf Max' schwelende Eifersucht?

Wenn Max Sehnsucht hatte, dann galt all sein Bestreben dem Zweck, diese zu stillen. Man aß, wenn man hungrig war, und man trank gegen den Durst. Sie waren so unterschiedlich.

In Wahrheit war Max ihr Geliebter und Hans ihr Prinz.

Nach einer halben Stunde betrat Ingeborg eine einfache Hafenkneipe und setzte sich an einen kleinen Tisch in der Ecke. Morgen schon würde sie mit dem Geliebten erstmals gemeinsam in ihrem gelobten Land sein, Nächte und Tage mit ihm verbringen, ein Bett teilen. Etwas Reelles gegen ein Notenblatt tauschen, etwas Lebbares gegen die verletzte lyrische Stimme Paul Celans. Max ihren *Geliebten* zu nennen fühlte sich fremd und vertraut zugleich an.

Wenige einfache Holztische und Stühle schmückten den verrauchten Raum, an dessen Wänden Fotos von Männern mit sonnengegerbten Gesichtern hingen, stolz ihren Fang in die Kamera haltend. Dunkle Stimmen überschnitten einander, aus dem Lautsprecher klang ein neapolitanisches Lied. Hinter der Bar stand ein kahlköpfiger Mann, der sie mit einem Lachen begrüßte und dabei eine Zahnlücke freilegte.

»Rosso«, sagte sie und deutete mit der Hand auf eine Weinkaraffe.

Er nickte ihr freundlich zu.

Hans wäre nie mit ihr hierhergegangen. Sie stellte sich Max in dieser Umgebung vor, und fraglos würde er sich in dieser Welt zurechtfinden, sich anpassen. Mühelos würde er trotz fehlender Sprachkenntnisse zu Seemännern und Fischern einen Zugang finden, mit ihnen trinken, lachen und rauchen. Obgleich er einen messerscharfen Verstand besaß, war ihm alles Verkopfte zutiefst suspekt.

Schiefe Singstimmen der zunehmend betrunkenen Gäste erfüllten den Raum. Wehmütig erzählten die neapolitanischen Canzonen von Heimat, Liebe, die immer verzweifelt endete, der Sonne Neapels und Sehnsüchten, die niemand zu stillen vermochte. Die Matrosen saßen mit qualmenden Zigaretten und Karaffen von Rotwein an den schmalen Tischen, stritten, lachten und legten beim Kartenspiel mit ausholenden Bewegungen ihre Karten auf den Tisch. Ihre Augen glänzten, und sie sangen den Refrain aus einem der berühmtesten neapolitanischen Liebeslieder lauthals mit: *Te voglio bene assaie*.

Natürlich kannte Ingeborg das wehmütige Lied, es ging um einen Mann, der zwischen zwei Frauen stand. Der Refrain beinhaltete zwei Bedeutungen: *Ich mag dich sehr*, aber auch: *Ich begehre dich so sehr.*

Manchmal entlarvten sprachliche Nuancen in der Liebe den schmalen Grat zwischen zarter Annäherung und Vereinnahmung.

Ein in der Ecke hängender Lautsprecher vibrierte.

Der Wirt servierte den Wein.

Einer der Fischer warf Ingeborg einen vielsagenden Blick zu. Sie schätzte ihn mindestens zehn Jahre jünger als sich.

Ingeborg nahm einen großen Schluck Wein, zündete sich eine Zigarette an und genoss die elektrisierende Atmosphäre, die feurigen Blicke fremder Augen, die wehmütigste Musik der Welt. Nur zwei Frauen konnte sie in dem Getümmel von Männern erkennen.

Irgendwann stand der junge Bursche, der sie lange fixiert hatte, auf, nahm sein Glas und setzte sich ungefragt zu ihr. Sie lächelte ihn an.

»Du kommst nicht von hier«, sagte er in der eigentümlichen neapolitanischen Sprache. »Was hat dich hierher verschlagen?«

Sie antwortete in einwandfreiem Italienisch. »*Lavoro qui.*« *Ich arbeite hier.*

Der Junge kniff die Augen zusammen. Kommentarlos bestellte er mit einer Geste eine Literkaraffe Wein, schenkte ihre beiden Gläser randvoll und stieß mit ihr an. Nach und nach gesellten sich die anderen Männer zu ihnen an den Tisch und mit ihnen weitere Karaffen.

Ingeborg war daran gewöhnt, im Mittelpunkt des männlichen Interesses zu stehen, dies hier war anders. Sie war *dabei,* und nur das zählte in jener Nacht.

Sie tranken, lachten und redeten bis in die Morgenstunden. Die Fischer hielten Ingeborg Bachmann für eine vornehme Italienerin aus Mailand, eine, mit der man trinken konnte. Sie beließ es dabei.

»Sie ist aus Milano«, erklärte der Junge namens Luigi seinen Kameraden. »Ich wette, sie kommt von dort – eine richtige Dame aus Milano.« Mit zusammengekniffenen Augen zog er an seinem glühenden Zigarettenstummel.

Ingeborg senkte die Augen und lächelte verträumt. Sie spürte den Alkohol, der ihre Sinne benebelte und sanft ihre Unsicherheiten kaschierte. Sie wollte keine Fragen mehr stellen. Nicht heute Nacht.

Die Männer fingen an, einander Geschichten aus vergangenen Zeiten zu erzählen, von der dreißig Kilometer langen Meeresbucht Neapels und versunkenen Schiffen, von den größten Fischen, die es nur hier gab, und vom Vesuv, der zuletzt vor vierzehn Jahren ausgebrochen war.

»Der Vulkan hat sich den Krieg lange genug angesehen. Dann hat er ihn ausgespuckt und alles sauber gemacht«, berichtete ein alter Mann wild gestikulierend, der dabei gewesen war und beobachtet hatte, wie ein amerikanischer Soldat Filmaufnahmen von den Lavaströmen machte. »Wir sind mit der Gefahr groß geworden, aber seit diesem Tag im März neunzehnhundertvierundvierzig gibt er Ruhe.«

Theatralisch riss er die Augen auf und warf die Arme in die Höhe.

Pyroklastische Ströme, dachte Ingeborg, von ihnen ging die größte Gefahr aus. In ihnen herrschten dreihundert bis achthundert Grad Celsius. Unberechenbar wälzten sie sich nach einem Ausbruch hinab ins Tal. Einst begruben sie Pompeji unter sich und konservierten es. Feuer war ein unberechenbares Element.

Sie lächelte den Augenzeugen an, und ihr Blick sagte: Nicht heute. Nicht heute Nacht. Heute wird uns nichts passieren.

Je länger sie den phantastischen Geschichten lauschte, je mehr sie trank, desto stärker schwanden die Verwirrung und Ratlosigkeit der letzten Tage und machten einer verhaltenen Zuversicht Platz.

Morgen würde sie Max sehen. Es war mehr als eine Affäre. Mit seiner Bodenständigkeit erlaubte Max ihr nicht, ihre Begegnungen der letzten Wochen herunterzuspielen. Neuland lag vor ihr, und ihr war auf einmal, als feiere sie hier mit fremden Männern ihren Abschied von der Einsamkeit, die Aussicht auf ein neues Leben, als vollstrecke sich in dieser Hafenkneipe eine Initiation. Für etwas Neues musste man immer etwas Altes hinter sich lassen, es abstreifen, sich häuten. Ein Leben mit Max Frisch ginge mit Verbindlichkeiten einher. Dennoch würde sie auf ihren Freiheiten bestehen. Niemand durfte zum Geheimnis ihres Wesens vordringen, nicht einmal ein Mann, der ihr einen Palast zu Füßen zu legen bereit war. Das Vertrauen in Max und sie als Paar begann zaghaft zu wachsen.

»Wir müssen hinaus aufs Meer«, durchbrach Luigi ihre Gedanken. Lässig hatte er seinen Arm um sie gelegt. »Zeit für die Fische. In der Morgendämmerung beißen sie am besten. Möchtest du mitkommen?«

Er sah ihr direkt in die Augen. Auf einmal war er ihr so nahe, sie konnte den Ansatz seiner Wimpern sehen, einen dunklen Kranz wie Samt. Er nahm einen tiefen Zug an seiner Zigarette, und sie las in seinem Blick, dass sein Angebot weit über einen Fischfang hinausging.

Lächelnd verneinte sie. »Ein anderes Mal, vielleicht«, erwiderte sie und sah auf ihre Uhr.

Drei Uhr früh. In fünf Stunden ging ihr Zug.

Zum Abschied gab er ihr einen Kuss, der nach Wein, Nikotin, Salz und einer verpassten Chance schmeckte. Seine Lippen waren so weich.

Wie eine Schlafwandlerin ging sie durch die Gassen Neapels zurück in ihre Pension.

Dort angekommen, zog sie sich am Geländer die Treppe hinauf und fand erst nach mehreren Anläufen das Schlüsselloch.

Kichernd schleuderte sie ihre Schuhe von sich, stolperte durch den Raum und ließ sich aufs Bett fallen. Ein Teufelszeug, dieser Vino rosso! Er dämpfte die Unruhe in ihr, während Weißwein ihr feines Nervenkostüm noch reizbarer machte. Sie entzündete eine letzte Zigarette und betrachtete die Glut. Von draußen flackerte eine Straßenlaterne.

Te voglio bene assaie. Ich begehre dich so sehr!

Bleierne Müdigkeit legte sich auf ihre Glieder, und sie tastete nach ihrem Reisewecker auf dem Nachttisch, stellte ihn mit zusammengekniffenen Augen auf sieben Uhr. Wenigstens wenn sie allein war, könnte sie doch eine Brille tragen. Andererseits waren die Vorteile der Kurzsichtigkeit nicht von der Hand zu weisen. Die Dinge nur verschwommen zu sehen bildete einen wirksamen Filter gegen das sichtbare Elend. Was geschah, würde dennoch geschehen, aber ein dreißigprozentig eingeschränktes Sichtfeld lag wie ein Schutz zwischen ihr und der Welt.

Florenz. Dort würde sie morgen Max sehen. Der Wein, die Geschichten der Männer von Neapel, vom Vesuv hatten ihr Kraft gegeben. Alles drehte sich in ihrem Kopf, aber sie hatte inmitten des Lärms und des sonderbar Vertrauten in einer Hafenkneipe von Neapel Gewissheit erhalten. Es war nicht mehr aufzuhalten. In genau vier Stunden würde sie in den Zug steigen und in ein neues und doch bekanntes Land aufbrechen. *Liebesland* würde sie es nennen und darauf vertrauen, dass die Erde sich mit allen Fragen und Antworten zuverlässig um die eigene Achse drehte und sie nicht aus ihrer Umlaufbahn herausgeschleudert würde. Der Vesuv würde weiter in Frieden verharren. Nur ganz kurz streifte sie die Vorstellung, wie der

Vulkan im Inneren brodelte und die Gase, die Hitze, sein Feuer sammelte, bis seine Zeit gekommen war.

Jetzt war *ihre* Zeit gekommen, die Zeit für etwas Reales. Keine heimlichen Treffen wie mit Paul Celan in Pariser Hotels und der stets drohenden Gefahr, Dritte zu kränken. Kein falsches Wort in höchster Erregung gesagt, das für immer wie ein Fels in der Sprachlandschaft stünde. Ein in Worte gefasster Wunsch konnte geschehen. Musste es nicht, konnte es aber. Deshalb tat sie gut daran, sich vor ihren Wünschen zu hüten.

Sie würde wahre Sätze finden.

Noch am Bahnhof von Neapel würde sie Hans eine Nachricht schreiben.

»Lieber Hans, ein wichtiger Termin ist dazwischengekommen. Unaufschiebbar. Erklärung folgt. Wir sehen uns in London zu Deiner Premiere. In fliegender Eile, Ingeborg«

MAX

KAPITEL 5

La Spezia, September 1958

Max Frisch lief durch die engen Gassen von La Spezia. Er hatte es ohne Ingeborg nicht länger ausgehalten, hatte ihr einfach nachreisen müssen. Zu gern wäre er nach Neapel gefahren, hatte es aber für klug gehalten, sich telefonisch anzukündigen. Es kam wie befürchtet: Neapel, die Stadt Henzes, war für Max unzugänglich geblieben, und Ingeborgs verhaltene Freude über Max' Spontaneität war ihm ein Hinweis, dass sie derartige Überraschungen eher als Einschränkung ihrer Freiheit betrachtete. Also hatten sie sich in Florenz getroffen und waren anschließend hierhergefahren.

Italien bedeutete Ingeborgs Seelenland, aber es war auch »Henze-Land«, und Max war fest entschlossen, es nach und nach zu erobern. Doch Geduld war nicht seine Stärke.

Am frühen Morgen ging er los, ohne Plan, ohne Ziel. Er liebte diese Art von Spaziergängen. Ingeborg hingegen, das hatte er bereits bei ihrem Besuch in Zürich festgestellt, machte sich niemals uninformiert und ohne vorher den Stadtplan studiert zu haben, auf den Weg. Bevor sie ihren Fuß in eine fremde Stadt setzte, musste sie sich zumindest eine Ahnung von deren unterirdischem, unsichtbarem Labyrinth verschaffen.

Trotz aller Unterschiede in ihrem Wesen hatten sie eine wunderschöne Woche in Zürich erlebt und dabei wie jedes frisch verliebte Paar mit Lokalbesuchen und Auftritten in der

Öffentlichkeit gegeizt. Während Max die neue Liebe in vollen Zügen genoss, schien Ingeborg sie vorsichtig abzutasten, als müsse sie sich in einer Dunkelkammer zurechtfinden.

Dass sie von Zürich aus weiter nach Neapel zu Henze gefahren war, hatte Max mehr als irritiert.

»Es ist schon so lange ausgemacht, Max«, hatte sie ihm erklärt. »Ich bin sicher, eines Tages werden wir gemeinsam dorthin fahren.«

Für Max war es die erste Lektion von Ingeborgs Freiheitsbegriff gewesen. Er würde damit umgehen müssen, ihn nicht als Unfreiheit seinerseits zu verstehen und seine aufkommende Eifersucht zu zügeln. Es fiel ihm schwer, Ingeborg an der Seite eines Mannes als Neutrum zu betrachten. In den Zeitungen hatte er Bilder des ungleichen Paares gesehen, deren Gemeinsamkeit auch darin lag, dass sie beide ausschließlich Männer liebten. Dennoch waren sie ein Paar, das sich tiefe Blicke zuwarf, offensichtlich vertraut in Gesten und Berührungen.

Er verscheuchte seine Gedanken. Eifersucht war Gift für die Liebe, ein Gift, das schon bei geringer Überdosis zum Tod der Liebe führte. Er wusste um seinen größten Schwachpunkt, gab sich tolerant und versprach sich selbst, an sich zu arbeiten.

Die letzten Monate gingen ihm durch den Kopf. Die stundenlangen Telefonate mit ihr, die seine Sehnsucht nur gesteigert hatten, unzählige angefangene, nie verschickte Briefe, Nächte voller Nähe und wie er in schlaflosen Stunden auf der Suche nach einem Ausdruck für seine entfesselte und ihre zögerliche Verliebtheit gewesen war.

La Spezia entpuppte sich als wahres Heilmittel gegen den grauen Alltag in München und Zürich. Sie aßen, tranken viel und gut, gingen Hand in Hand durch die Altstadt und sahen sich die verwunschenen Bergdörfer der Cinque Terre an. Max liebte es, seine Geliebte zu verwöhnen. Zum Abendessen bestellte er mehrere Vorspeisen zur Auswahl, den besten Wein aus der Region und sah ihr glücklich beim Essen und Trinken zu. Er schätzte es sehr, wenn Frauen nicht nur in ihrem Essen herumstocherten. In Italien war ihm, als wäre die Welt im Einklang.

Richtiger Urlaub war für ihn als Schriftsteller, genau wie für Ingeborg, ein Fremdwort. Stets nahm er seine aktuelle Arbeit mit, egal wohin die Reise führte. Und so arbeitete er stundenweise an seinem Bühnenstück *Andorra* und machte sich Notizen zu seinem Romanprojekt mit dem Blinden.

Ingeborg war, wenn sie einmal nicht schrieb, eine manische Leserin, eine Frau, die in jeder freien Minute mit einem Buch beschäftigt war. Verglichen mit ihr fühlte sich Max fast unbelesen und intellektuell unterlegen. Er war alles andere als ein Theoretiker. Im Schreiben lebte er seinen Spieltrieb aus.

Das Zusammensein mit Ingeborg erlebte er so intensiv, so nah und unmittelbar, dass er nach jeder gemeinsamen Nacht das Bedürfnis verspürte, seine Gefühle neu sortieren zu müssen. Er war sicher: Sie tat es auch, auf ihre Weise.

Und so vergingen die glücklichen Italientage wie im Flug.

An diesem Morgen aber, wenige Tage vor dem Ende ihres Aufenthalts, war alles anders. Der bevorstehende Abschied vom Süden, die Rückkehr in die Heimat und in zwei getrennte Wohnungen, legte sich wie eine schwere Glocke über ihre Zweisamkeit.

Max hatte schlecht geträumt, lag wach im Bett und merkte, wie Kopfschmerzen aufzogen.

Er war ein Frühaufsteher. Sie schlief noch tief und fest neben ihm.

Am gestrigen Abend hatten sie lange über Literatur gesprochen, ihren Auftrag als Schriftsteller und ob ihre Arbeit überhaupt etwas zu bewirken vermochte. Konnte man die Gesellschaft ändern, wenn man gegen sie anschrieb? Wie ließen sich Veränderungen erreichen? Die Nachkriegsgesellschaft war ganz und gar vom Wirtschaftswunder beflügelt und ging im Konsum auf. Reisen nach Italien waren erstrebenswerter als eine Auseinandersetzung mit der jüngsten Vergangenheit. Ein Schriftsteller aber, diese Meinung teilten Ingeborg und Max, musste gegen das Vergessen anschreiben, und zwar ohne den moralischen Zeigefinger zu erheben. Und dennoch diente das Schreiben dem eigenen Zweck, zumindest dann, wenn man sich wie sie beide »berufen« fühlte.

»Warum schreiben wir?«, hatte sie eines Abends gefragt.

»*Weil es schwer ist, das Leben auszuhalten, ohne sich auszudrücken*«, hatte er, ohne zu zögern, geantwortet.

Dann war er in Gedanken abgeschweift: Was hatte sich in seinem Leben seit jenem Tag in Paris verändert? Welche Konsequenzen folgten für ihn daraus?

Diese Fragen beschäftigten ihn viel mehr als philosophische Abhandlungen über die menschliche Existenz. Betrübt gestand er sich ein, immer noch keine Klarheit über ihre Beziehung gewonnen zu haben, und er fragte sich, ob es an ihm oder an ihr lag. Warum nur war die Liebe eine solch komplizierte Angelegenheit? Er scheute sich nicht vor Komplikationen, sondern vor der Macht des Schweigens, der Gefahr von Missverständnissen. Für ihn waren Ordnung und Klarheit lebenswichtig.

Wenn Worte keine Brücke zwischen zwei Poeten bilden konnten, was dann? Seit Ingeborg in sein Leben getreten war, war nichts mehr wie vorher. Das von ihm ersehnte Neue erreichte mit ihr eine Dimension, deren Ungewissheit für ihn zur Pein wurde. Mit ihr gab es Momente voll vager Andeutungen, dann wieder folgten Nächte und Stunden so intensiv an Nähe und dem Wunsch nach Verschmelzung, dass er in Panik geriet.

Bevor er Schriftsteller geworden war, hatte er als junger Architekt Häuser konstruiert, Stein um Stein auf ein solides Fundament gesetzt. Und nun geriet ihm der Bauplan seines Lebens durcheinander.

Seit ihrer Begegnung, die gerade einmal drei Monate zurücklag, schwankte er zwischen Faszination und Liebeshunger und einem schier unersättlichen Verlangen nach ihrer Nähe. In ihm kämpfte die Sehnsucht nach Bodenständigkeit mit der nach den Höhenflügen der Leidenschaft.

Lange würde er dieses Spannungsfeld nicht aushalten.

Im Bett neben ihr liegend lauschte er ihrem regelmäßigen Atem. Als er die Stille zwischen ihren Atemzügen nicht mehr ertragen konnte, warf er die Bettdecke zurück, verschwand im Bad, zog sich an und ging die wenigen Schritte zum Meer.

Sie schien seinen Aufbruch nicht bemerkt zu haben.

Auch das bildete einen Unterschied zwischen ihnen beiden: Sie wurde erst nachts richtig lebendig und schlief gern lange, während er ein Morgenmensch war, der seine Kreativität am liebsten nach der Uhr ausrichtete.

Die Sonne ging auf. Der Zauber des neuen Tages umhüllte ihn wie eine wärmende Decke. Wind wehte ihm die Haare aus dem Gesicht. Mit der Natur eins zu sein begeisterte ihn immer wieder, so sehr, dass er sich bisweilen für einen ausgesprochen schlichten Mann hielt, der nur zufällig einige richtige Sätze zu sagen vermochte. Seit er die Architektur aufgegeben hatte, folgte sein Leben dem immer gleichen Rhythmus, der ihm Sicherheit gab: Frühstück um acht. Arbeit am Schreibtisch. Abendbrot um sieben. Dazwischen Spaziergänge, Termine, Essen und Ausgehen mit Freunden. Die Liebe zu einer Frau war in seiner Alltagsstruktur zwar eine Selbstverständlichkeit gewesen, aber jene zu Ingeborg passte in keine seiner vertrauten Kategorien.

Unten am Strand schlüpfte er aus seinen Espadrilles, krempelte die Hosenbeine hoch und watete knöchelhoch durchs warme Wasser. Die Wellen umspülten seine Gedanken, die nur um Fragen, Verwerfungen, Was-wäre-wenn kreisten. Wohin sollte das alles führen?

Was wäre, wenn?

Ich stelle mir vor, sprach er vor sich hin und schloss die Augen. Ja, er konnte sich ein gemeinsames Leben mit Ingeborg vorstellen. Es wäre ein Wagnis, aber war die Liebe nicht immer ein Wagnis? Man musste sich einfach darauf einlassen. Andererseits war er ein Mann, der ein gewisses Maß an Verlässlichkeit brauchte. Einen Tisch, ein Bett, ein Haus und eine Frau, die bereit war, diesen Rahmen mit ihm zu teilen. Im Gegenzug war er bereit, all das zu geben: Geborgenheit, Fürsorge, bedingungslose Hingabe. Aber zu Ingeborgs Glanz gehörte ihr Freiheitsbedürfnis. Wer diese Frau wollte, musste beides nehmen.

Für seine dunkle Seite, die Eifersucht, bildete dies die größte Herausforderung.

Gab es einen Ort tief in ihrer beider Inneren, wo sich ihre Wünsche, ihre Sehnsüchte überschnitten, ja vielleicht sogar vereinten? Wo sie einander begegnen konnten, ohne zu verletzen, einander schlichtweg guttaten? Er würde auf diese Schnittmenge vertrauen müssen, denn taumelte man ohne dieses Urvertrauen nicht direkt in den Irrsinn? Wozu begegneten Mann und Frau einander?

Nun war er doch bei philosophischen Fragen angelangt.

Er lachte über sich selbst, ging aus dem Wasser, bis er den trockenen Sand unter seinen Füßen spürte, stopfte seine Pfeife, zündete sie an und verharrte. Das Licht, dieses unersättliche Licht des Südens! Einmal, irgendwann, wollte er in Italien leben. Möwen kreisten über dem glitzernden Wasser. Was sie einander wohl zuschrien?

Sehnsuchtsvoll warf er einen Blick hinauf zum Schlafzimmerfenster, mit dem Verlangen nach einem Zeichen. Es war weit geöffnet, der Wind spielte mit den Vorhängen. Ein azurblauer Holzladen schlug gegen die Außenwand. Dort, hinter diesem Fenster, keine zwanzig Meter von ihm entfernt, lag die Geliebte im Bett und bekam all das Weltbewegende, das sich in ihm gerade vollzog, nicht einmal mit. Was sollte er tun? In ihre Träume eindringen?

Im übernächsten Jahr wäre er fünfzig. In diesem Moment aber fühlte er sich wie ein kleiner Bub, der im Zoo verloren gegangen war.

Plötzlich kam ihm ein Gedanke.

Er legte seine Pfeife auf dem Sand ab. Dann nahm er eine

Münze aus der Hosentasche, warf sie hoch in die Luft, fing sie mit dem Handrücken auf und verdeckte das kalte Metall mit der freien Hand.

Aus der Ferne näherte sich ein Fischerboot.

Kopf oder Zahl?

Die Sonne schob sich über die Hügelkette von La Spezia.

Stumm stand er da, starr. Kopf oder Zahl? Was, um Himmels willen, sollte denn wofür stehen? Ein Zeichen? Der Metzger mit der blutigen Schürze von Les Halles fiel ihm ein, doch genauso schnell, wie der Gedanke aufgetaucht war, verwarf er die Warnung. Im tiefsten Inneren seines Herzens hatte er nie an Zufälle geglaubt: Was einem zufiel, war schlichtweg fällig. Dies war die einzige »Berechenbarkeit« des Schicksals.

Die Sonne ging zuverlässig jeden Morgen aufs Neue auf, und die bunten Häuser an den Steilhängen des Mittelmeers standen in schwindelerregender Höhe genau dort, wo sie gestern schon gestanden hatten – war das nicht genug an Sicherheit?

Kopf – nein, Zahl – ja? Und wie lautete seine Frage? So viel Zufall dem Zufall zu überlassen schien ihm geradezu grotesk. Auf einmal gewann er Klarheit: Mit ihrer ersten Begegnung in Paris hatten sie beide das Schicksal herausgefordert, nun galt es, sich all dem zu stellen. Das war in ihrer beider Leben fällig.

Er würde damit anfangen und seine Lektion lernen, daran arbeiten, seine Eitelkeiten zurückzustellen, zu vertrauen, und anders, als er es gelernt hatte, ein Haus von oben nach unten bauen. Das war mehr als eine Utopie, denn in der Liebe sollte doch alles möglich sein. Er würde Ingeborgs Glanz genauso lieben wie ihre Freiheit.

Ohne auch nur einen Blick auf die Münze zu werfen, steckte er sie in seine Hosentasche, nahm seine Pfeife auf und ging zurück zum Haus.

Wenige Wochen später fasste er sich ein Herz, fuhr aus dem einsamen Zürich, in das der Herbst eingezogen war, mit dem Zug nach München und klingelte am späten Abend mit einem Blumenstrauß in der Hand in der Franz-Joseph-Straße.

Ohne Risiko – kein Leben. So einfach war das.

Ihn fröstelte.

Als die Tür aufging, sah er, wie sich ihr ernster Gesichtsausdruck binnen weniger Augenblicke veränderte. Ihr Strahlen erfasste ihn wie eine Welle des Glücks. Wenn sie lachte, war sie für ihn die schönste Frau der Welt. In ihren Augen war nichts Fremdes zu lesen, nur Nähe, Wärme, Zuversicht und kindliche Freude.

Er drückte sie an sich und spürte nicht den geringsten Widerstand. Ihr schlanker Körper war weich, geschmeidig. Der Duft ihrer Haut, der sich mit ihrem Parfüm *Carven for women* unverkennbar vermischte, streifte seine Nase. Würzig, feminin, aber auch intensiv duftend nach Sandelholz und schwindelerregendem Moschus. Er inhalierte ihn, sog ihn in sich auf.

»Möchtest du mit mir leben?«, fragte er und ließ den Blumenstrauß fallen.

»Ja«, sagte sie ohne das geringste Zögern. Nur das Flattern ihrer Augen verriet, wie aufwühlend sein Antrag für sie sein musste.

Er spürte, wie sie seine Hand nahm.

Hinter ihnen fiel die Tür ins Schloss.

INGEBORG

KAPITEL 6

München, Oktober 1958

Du siehst gut aus«, sagte Reinhard Baumgart, als Ingeborg Bachmann sein Verlagsbüro in der Georgenstraße in München betrat. Hier befand sich in einer Stadtvilla der Piper Verlag, der von Anbeginn ihrer Karriere Bachmanns Werk veröffentlichte. Inzwischen galt sie als eine der herausragenden Autorinnen des Verlags, und schon lange arbeitete sie mit ihrem Lektor Reinhard Baumgart zusammen.

Auf einem Stuhl ihm gegenüber nahm sie Platz.

Derlei Arbeitsbesprechungen gingen nie reibungslos, aber stets freundschaftlich über die Bühne. Ingeborg wusste, dass sie eine schwierige Verhandlungspartnerin war, wenn es um ihre Texte ging. Hinzu kam, dass heute Abschied und Neuanfang wie ein Stein auf ihr lasteten. So vieles ging ihr durch den Kopf.

Max war vor einigen Tagen zurück nach Zürich gereist, nachdem sie zwei Tage und drei Nächte voller Nähe und Zweisamkeit erlebt hatten. Und sie waren übereingekommen, künftig in Zürich zusammenzuleben. Verwirrt und berauscht von ihrer noch jungen Überraschungsliebe würden sie einfach den Sprung ins kalte Wasser wagen.

Nun galt es, den Zauber des Anfangs in den Alltag zu befördern.

Ein Räuspern Baumgarts holte sie in die Gegenwart zurück.

»Du bist ein charmanter Schwindler«, erwiderte sie zerstreut und bemerkte das nervöse Blinzeln ihrer Augenlider.

Sie sah sich in Baumgarts Büro um. Wie vertraut es ihr über die Jahre ihrer Zusammenarbeit geworden war. Der kleine Raum quoll über von mit Notizzetteln markierten Büchern. Auf dem Fensterbrett, in den Regalen, auf den Stühlen wie auf dem Sideboard war nahezu jede freie Fläche mit prall gefüllten Aktendeckeln bestückt. Berge von DIN-A4-Seiten stapelten sich meterhoch auf seinem Schreibtisch. Ähnlich sah es im Arbeitszimmer des Verlegers Klaus Piper aus, obwohl das bedeutend größer war. Der vierzig Quadratmeter große Raum mit einer Holzkassettendecke war repräsentativ, nahezu ehrfurchteinflößend. Im Sommer, wenn man die Flügeltür öffnete, hatte man einen freien Blick in den Garten.

Eilig beugte sich Baumgart über den Tisch und schaffte zwischen zwei Papierstapeln Platz, so dass ein freies Sichtfeld zwischen ihnen entstand.

»Wann genau verlässt du uns?«, fragte er nebenbei, während er sich setzte und in eine Schreibtischschublade griff.

»Am Spätnachmittag«, sagte sie leise. »Ich verlasse München, nicht den Verlag«, korrigierte sie dann mit ernster Miene.

»Du sagst unserer Stadt Adieu. Ich habe da eine Idee, wohin es dich zieht, aber …« Er brach ab, als habe er sich eines Besseren besonnen. Dann entnahm er der Schublade einige mit Schreibmaschine beschriebene Blätter und legte sie auf den Tisch. »Wo erreiche ich dich künftig?«

»In Zürich«, sagte sie und blickte unruhig auf das Titelblatt. *Alles. Eine Erzählung von Ingeborg Bachmann.*

Reinhard Baumgart hob die Brauen, stutzte und schüttelte sich dann.

In wenigen Sekunden änderte sich seine ganze Körperhaltung, instinktiv war er zurückgewichen. In seinem markanten Gesicht konnte sie lesen, dass Zürich keine Überraschung für ihn war, wohl aber, dass sie es geradeheraus gestanden hatte. Die Verlagswelt war klein – Neuigkeiten zwischen den Häusern Piper und Frischs Hausverlag Suhrkamp verbreiteten sich hinter vorgehaltener Hand wie ein Lauffeuer. Der Garant für die sichere Verbreitung eines Gerüchts war, wie überall auf der Welt, eine hochvertrauliche Mitteilung mit der Bitte um absolutes Stillschweigen zu verbinden.

»Wie schön«, sagte Baumgart, nachdem er sich gefangen hatte, blätterte durch die vor ihm liegenden Seiten und hielt an einer Stelle inne. »Ich habe deine Erzählung gelesen, Ingeborg.«

Er lehnte sich zurück und faltete die Hände.

Sie hob das Kinn und blickte ihn herausfordernd an. »Und?«

»Du hast dich entschieden, keine Lyrik mehr zu schreiben«, sagte er.

»Nachdem ich festgestellt habe, dass ich sie nun beherrsche.«

Er nickte freundlich und nahm das bedruckte Papier in die Hand. »Und doch spüre ich in deiner Erzählung das Verdichtete, in jeder Zeile. Jedes Wort wiegt. Genau wie in deinen Gedichten.«

»Jedes Wort muss wiegen. Ich sage nichts Belangloses.«

Er nickte zustimmend. »Der Leser wird in einem Sog in die Geschehnisse hineingezogen, Ingeborg«, murmelte er. »Du wählst einen dunklen Einstieg in deine Geschichte, eine düstere Stimmung. Wie kann ich den Inhalt beschreiben?«, fragte er mehr sich selbst und rieb sich die Stirn. »Ich habe es gestern im Gespräch mit Klaus Piper versucht. Der Entwurf einer Utopie zwischen Mann und Frau. Wolltest du das ausdrücken?«

»Es geht um die Unmöglichkeit von Utopien«, korrigierte sie mit einem kühlen Lächeln. »Das ist ihre Natur. Hat Klaus den Text schon gelesen?«

Baumgart schüttelte den Kopf.

Lange diskutierten sie über die philosophischen Fragen eines Weltentwurfs, den sie in ihre Erzählung *Alles* hatte einfließen lassen, über die tiefere Bedeutung. Dann nahmen sie sich einzelne Passagen vor. Ingeborg liebte diese Verhandlungen mit ihrem Lektor. Die Bedeutung eines Textes ging bei ihr stets weit über Erzählinhalte hinaus. Immer war sie um Einklang von Symbolik und Metaphorik bemüht, zugleich um die Musikalität der Wortmelodie. Über die Jahre war ihr die Lyrik eine strenge Lehrerin gewesen, so dass sie ihr meisterhaftes Können nun in die Prosa übertragen konnte.

Interessanterweise stritten Baumgart und sie heute kein einziges Mal. Ihr Lektor schien an ihrem letzten Tag in München nachgiebig, fast weich.

Dem Verschieben eines Absatzes stimmte sie nach langem Überlegen zu. Sie starrte auf seine Hand, die am Rand der Blätter saubere Korrekturzeichen setzte. Kein einziges Mal erkannte sie das schön geschwungene Deleaturzeichen, das auf den ersten Blick an einen Violinschlüssel erinnerte, jedoch nichts anderes als *Bitte streichen* bedeutete.

Als sie beim letzten Satz angekommen waren, sah er sie nachdenklich an. Sie hielt seinem Blick stand. In seinen dunklen Augen stand eine Frage, als wolle er ihr doch noch etwas abringen. Des Autors Werk war immer auch ein klein wenig das seines Lektors.

Eine winzige Änderung. Schon jetzt, ehe Baumgart überhaupt gefragt hatte, deutete sie ein Kopfschütteln an.

In ihrem Werk gab es zwei besonders heikle Stellen. Der erste und der letzte Satz – darüber verhandelte sie nicht. Baumgart wusste das nur allzu gut.

»Nein«, sagte sie bestimmt.

Baumgart lehnte sich zurück und kippelte mit seinem Stuhl. Dann lächelte er. Er war ein gut aussehender Mann, groß gewachsen, dunkelhaarig, und sein jugendlich anmutendes Gesicht verleitete Anfänger im Literaturgeschäft nur allzu leicht, seinen Sachverstand und sein untrügliches Gefühl für Sprache und deren Wirkung zu unterschätzen. Er war ihr erster Leser, und seinem Urteil vertraute sie. Unvergesslich waren ihr die gemeinsamen Abende in ihrer Münchner Wohnung, die oftmals bis in die Nacht gereicht hatten, als sie sich mit der Arbeit an ihrem Hörspiel *Der gute Gott von Manhattan* beschäftigt hatten. Manch ein Abschied im Morgengrauen hatte sogar mit einem langen Kuss geendet. Ja, Baumgart war wie viele Männer ihres Umfelds ein wenig in sie verliebt, und sie genoss seine Zuneigung.

Trotzdem konnte sie es nicht lassen. Das Feilschen um jedes Wort glich einem Ritual, bis sie ihm am Ende dann doch die ein oder andere Änderung zugestand.

So ging das Spiel. Nicht aber heute.

»Kein weiteres Wort. Nicht einmal ein Semikolon«, sagte sie und zeigte dabei ihr charmantestes Lächeln. »Ich habe dir bereits den Absatz geschenkt.«

»Dessen Platzierung«, korrigierte er mit ernster Miene.

Mit einem Ruck brachte Baumgart seinen Stuhl in die Position, strich sorgsam über die Blätter, nahm sie auf und stieß die teils vergilbten Seiten mehrfach auf den Schreibtisch auf, bis sie sich zu einem geordneten Stapel fügten. Dann legte er sie in einen Aktendeckel.

»Also gut. *Alles* ist bei deinem Erzählband *Das dreißigste Jahr* dabei«, sagte er entschlossen. »Falls du doch noch Änderungen wünschst, lass es mich bitte wissen.«

»Wunderbar«, sagte sie leise und stand auf. »Ich lese sie beim nächsten Treffen der Gruppe 47.«

»Gut«, sagte er, stutzte jedoch. »Wie gesagt: Wir können nochmals verhandeln. Du liebst das Feilschen um deine Texte.«

»Heute nicht«, gab sie fast zärtlich zurück.

Mit ernstem Blick nahm sie ihre Handtasche und trat gedankenverloren zum Fenster. Ein fast unnatürlich blauer Himmel erstrahlte bis zum Horizont. Niemals war sie mit dieser Stadt warm geworden, es war, als sträube sich in ihr etwas gegen allzu viel Traditionelles.

»München wird mir immer fremd bleiben«, sprach sie wie zu sich selbst. Ihr Atem beschlug an der Fensterscheibe. »Ich kann den bayerischen Dialekt nicht leiden.«

»Er klingt sehr ähnlich wie der deiner Heimat«, gab Baumgart lächelnd zurück.

»Bitte keinen Vergleich mit dem Wiener Schmäh.«

»Wenn du in Wien bist, hältst du es dort nicht lange aus.«

»Ja«, seufzte sie und drehte sich um. »Das stimmt. Italien ist mein gelobtes Land. Für mich klingt das Bayerische immer nach Hofbräuhaus oder nach vulgärem Stammtisch. Italienisch hingegen ist melodisch, weich, voller Poesie.«

»*Du* bedienst dich eines Klischees, Ingeborg?«

Sie nickte schuldbewusst. Von manchen Vorurteilen konnte sie sich einfach nicht befreien. Es war nicht fair. Die Münchner waren nett zu ihr gewesen. Die Leute beim Radio, die der Hausgemeinschaft in der Franz-Joseph-Straße und die Menschen in ihrem Verlag sowieso.

»Oder ist es die Architektur? Stets bringe ich diesen Neoklassizismus mit den Nazis in Verbindung.«

Es war wie ein Zwang. Sie konnte nicht aufhören, gegen München zu sticheln.

Baumgart raschelte mit Papier. »Es gab diese Bauten schon lange vor den Nazis, Ingeborg.«

»Es ist gerade einmal dreizehn Jahre her, da bewohnte Hitler eine Wohnung hier in München in einem Haus aus der Gründerzeit. Eine ganze Etage mit hohen Fenstern und Holzparkett. Ich kann das einfach nicht vergessen.«

»In Hitlers ehemaliger Wohnung befindet sich heute eine Polizeiinspektion, Ingeborg. Du kannst das doch nicht dieser Stadt anhängen. Warum quälst du dich mit solchen Gedanken? Eine neue Zeit ist angebrochen.«

Abrupt wandte sie sich Baumgart zu und sah ihm direkt in die Augen. »Weil die Literatur sagen muss, was war, damit wir verhindern, dass sich derartige Gräueltaten wiederholen.«

Baumgart tat einen tiefen Seufzer. »Ja, das muss sie, weiß Gott. Aber es ist eine neue Zeit angebrochen«, wiederholte er und stand auf. »Für die meisten jedenfalls.«

»Daran zweifle ich«, entgegnete sie und folgte Baumgart in Richtung Tür.

Ein schmerzhafter Gedanke an ihren jüdischen Freund und ehemaligen Geliebten Paul Celan streifte sie. Wie oft hatte sie mit ihm über die fortbestehende antisemitische Haltung der Deutschen auch nach der Ermordung der Juden diskutiert und ihn gleichzeitig als eines der Opfer zu trösten versucht? Paul Celan war ein Überlebender, aber zu welchem Preis? Sie konnte nur ahnen, wie tief die Wunden in ihm saßen. Niemand durfte Paul Celan etwas von einem Neubeginn erzählen, solange ehemalige Nazis wie selbstverständlich auf ihre lukrativen Posten zurückkehrten. Plötzlich hatten alle eine weiße Weste, niemand wollte dabei gewesen sein. Und er selbst bekam den Hass auf die Juden noch immer zu spüren, nur in anderer Weise, subtiler. Sogar die Literaturkritik war davon durchseucht.

Ingeborg schob den schmerzhaften Gedanken beiseite.

»Es ist nicht vorbei«, sagte sie dann mit fester Stimme, Baumgart direkt in die Augen sehend. »Die Geschichte lehrt, aber sie hat keine Schüler. Das Unheil wuchert weiter in den Köpfen der Menschen.« Sie winkte ab. »Aber lassen wir das. Für heute.«

»Du wirst weiter dagegen anschreiben, und wir werden dein Werk verlegen und verbreiten«, erwiderte Baumgart und schenkte ihr ein aufmunterndes Lächeln. »Jeder von uns ändert in seinem Bereich, was er kann. Die Literatur bleibt die Stimme der Wahrheit.«

Ingeborg runzelte die Stirn. Nicht jeder konnte die Wahrheit vertragen.

»Wo erreiche ich dich künftig?«, fragte Baumgart.

»Ich miete eine kleine Wohnung in der Feldeggstraße einundzwanzig, nicht weit von Max Frisch entfernt. Der Vermieter ist der Vater eines Freundes von ihm«, gab sie leise zurück.

Sie erschrak über ihre Worte. Wie felsenfest doch das geschriebene Wort in der Sprachlandschaft eines Textes stand, während ein alltäglich gesprochener Satz hingegen hochexplosiv sein konnte.

Nicht weit von Max Frisch entfernt.

Baumgart zuckte kurz zusammen.

»Sag nichts«, erwiderte sie. Ihre Stimme kippte. »Mich ängstigt meine eigene Courage.«

Sie blickte zu Boden.

»Er ist ein wunderbarer Schriftsteller«, sagte Baumgart, als wolle er ihr Mut zusprechen. »Ich freue mich darauf, ihn in Zürich kennenzulernen. Lass uns so bald wie möglich zusammen essen gehen. Viel Glück, Ingeborg. Von ganzem Herzen.«

Er nahm ihre Hand und deutete einen Handkuss an. »Noch einmal: Du siehst gut aus. Sehr gut sogar. Deine neue Liebe steht dir hervorragend.«

Sie schenkte ihm ein Lächeln, strich unbeholfen über das Revers seiner Anzugjacke und ging über den langen Flur in Richtung Ausgang.

»Denk an die anderen Erzählungen!«, rief er ihr hinterher. »Und lass uns bald über dein Romanprojekt sprechen. In Zürich!«

Der Roman, den sie zu schreiben plante, sollte tausend Seiten umfassen. Tausend Seiten machten ihr keine Angst, auch nicht der Vertrag über das Projekt, unter den sie bereits ihre Unterschrift gesetzt hatte und dessen Arbeitstitel fortan »Wiener Romane« lautete. Ihre Ängste reichten tiefer und hatten eher mit ihrem Anspruch an sich selbst zu tun als dem von außen. Die Lyrik lebte von der Inspiration, die Prosa auch von der Lebenserfahrung von ihr als Autorin. Und dieser Umzug im Kopf war bei ihr, das musste sie sich eingestehen, noch längst nicht vollzogen. Es ging darum, Erzählton und Erzählstimme für die jeweiligen Figuren wie einen Maßanzug anzupassen. Darin bestand die große Kunst der Prosa.

Aber das war ein weites Feld, waren zu ausschweifende Gedanken an einem Abschiedstag wie diesem.

Ein Neubeginn in Zürich stand bevor und damit eine neue Erfahrung.

»Versprich es mir, Ingeborg«, rief ihr Baumgart noch nach. »Denk daran!«

»Wie könnte ich meine Arbeit vergessen«, sagte sie, ohne sich umzudrehen. »Ich vergesse doch auch nicht, wie man atmet.«

INGEBORG

KAPITEL 7

Mit gemischten Gefühlen betrat Ingeborg die Küche in der Franz-Joseph-Straße und trank ein Glas Wasser. Sie warf einen Blick auf die Uhr: In zwei Stunden würde ihr Zug fahren. Durch die geöffnete Tür blickte sie auf die gepackten Koffer im Wohnzimmer.

Immer noch fühlte sie Max' Präsenz in der Wohnung, roch die würzige Note seines Pfeifentabaks, und ihr war, als sehe sie ihn vor sich: Pfeife rauchend in der ihm eigenen Art, die Zeitung lesend oder im Gespräch mit ihr. Dass er Architekt gewesen war, erkannte man auch an der Art, wie er seinen Worten gestische geometrische Formen zuordnete. Sie hatte es genau verfolgt: Mal war es ein Rechteck, mal ein Kreis, meistens jedoch gab er seinen Sätzen mit den Fingern einen Rahmen.

Im Gegensatz zu ihrer oft stockenden Rede wusste Max genau, was er sagen wollte und wie. Kompromisslos aufmerksam, als gebe es nichts als sein Gegenüber, mit einem sie durchdringenden Blick, dem sie manchmal standgehalten hatte, bisweilen aber auch ausgewichen war wie ein Tier, das Unterlegenheit signalisiert, um einen Kampf zu vermeiden. In Wahrheit besaß sie einen unbeugsamen Willen. Nur in dieser Phase des Neuen, Unbekannten, dem Terrain der wundersamen ersten Verliebtheit, fühlte sie sich schwach, verstört, orientierungslos. Es lag an ihr, ihren neuen Zustand zu akzeptieren. Max konnte nichts dazu tun, außer er selbst zu sein. Genau das tat er in bestechender Weise.

Sein Blumenstrauß stand in einem mit Wasser gefüllten Bierkrug. Ingeborg hatte nicht einmal eine Vase in ihrer möblierten Wohnung gefunden, in der sie niemals heimisch geworden war.

»Wir können alles umdenken, Mann und Frau neu erfinden, wir werden die Ersten sein.«

Das hatten sie einander beim Abschied versprochen.

Als sie die letzte Schublade ihres Schreibtischs ausräumte, entdeckte sie einen angefangenen Brief an Paul Celan, den sie vor Max' Ankunft geschrieben hatte.

Ich sehne mich nach Ordnung und Ruhe, und hier ist nur Unruhe, zu viel Gleichgültiges, so viel Störungen, die ich stärker empfinde von Tag zu Tag.

Ordnung und Ruhe – das war es, wonach sie sich noch immer sehnte. Gleichgültigkeit und Störungen – war sie zu streng mit der Gaststadt, die sie herzlich willkommen geheißen und wo sie beim Radio so einfach Geld verdient hatte? Wie bequem war es gewesen, dass die Piper-Villa nur wenige Gehminuten von dieser Wohnung entfernt lag. Arbeit und Leben so dicht beieinander zu haben war Neuland für sie gewesen. Andererseits – waren ihr Leben und ihre Arbeit nicht ohnehin nahezu deckungsgleich? Doch welche Schwierigkeiten würden sich daraus für Max und sie ergeben?

Ihre Gedanken drehten sich im Kreis. Dass die Liebe in ihr Leben getreten war, machte nichts leichter, im Gegenteil. Dass sie Baumgart beim Abschied eingeweiht hatte, zementierte ihre vorsätzliche Verliebtheit, als gebe es kein Zurück.

Ein Anflug von Panik erfasste sie, und sie holte mehrfach tief Luft.

Je vois la vie en rose – in ihr klang Piafs Melodie, jene, die sie so oft in Paris gehört hatte. Nicht einmal die Liebe vermochte es, München mit einer rosaroten Brille zu sehen. Lieber saß sie in einem Heurigen oder in einem Kaffeehaus in Wien als auf dem Münchner Oktoberfest. Und dennoch waren ihre Gedanken ungerecht – München bot weit mehr als Schunkeln und Biertrinken.

Entzieh mir Deine Hand nicht, Paul, bitte nicht, schrieb sie gedankenverloren unter die Zeilen an den Freund, obwohl er das bis heute nicht getan hatte. Würde die Freundschaft mit Paul durch Max auf den Prüfstand geraten? *Wir dürfen uns weiterhin sehen, mein lieber Paul, ich kann es offen tun und werde es immer tun dürfen, darüber bin ich auch froh,* ergänzte sie. Da fiel ihr ein: Sie hatte die Neuigkeiten in ihrem Leben dem Freund noch nicht einmal berichtet. Aus Furcht, ihn zu kränken?

Sie brach ab, nahm sich ein neues Blatt Papier.

Ich muss Dir etwas sagen, mein lieber Paul, schrieb sie, strich die Zeile durch, zerknüllte das Papier und warf es in den Papierkorb.

Das Klingeln des Telefons riss sie aus ihren Gedanken. Sie hob den Hörer ab und lehnte sich im Flur gegen die Wand.

»Wie geht es meiner *Principessa?*«

Prinzessin!

»Hans!«, sagte sie erleichtert. »Wie schön es ist, deine Stimme zu hören.«

Für einen Moment verschwand das Chaos ihrer Umgebung,

die Unordnung in ihr, die Küche mit dem schmutzigen Geschirr, die grölenden Stimmen von der Straße, das Sitzen auf gepackten Koffern, ihre Ängste vor dem Neuanfang.

Neapel und Ischia tauchten wie aus einem Nebel in bunten Farben auf, die leichte und weiche italienische Sprache, der Duft nach wilden Kräutern, *Spaghetti Vongole* und eisgekühltem Weißwein, die Hafenkneipen von Neapel, die sehnsüchtigen Klänge neapolitanischer Liebeslieder. Wie sie sich nach Italien sehnte!

»Was machst du, Ingeborg? Arbeitest du fleißig?«

Arbeit! Stets animierte der Freund sie zum Schreiben, Dichten, Komponieren, zum Weitermachen. Auch für ihn gehörte die Arbeit wie das Atmen zum Leben.

Sie hatte Hans mehrere Wochen nicht gesehen, zum letzten Mal in London in der Royal Opera zur Premiere seiner Oper *Undine*. Aber da waren so viele Menschen gewesen. Unmöglich, auch nur ein persönliches Wort zu wechseln. Insgeheim war sie nicht unglücklich darüber gewesen, denn bis heute hatte sie Hans nichts von der neuen Liebe, geschweige denn von ihrer Übersiedlung nach Zürich erzählt.

Niemals hatte er sie im Gegenzug über den Anruf von Max in seiner neapolitanischen Wohnung befragt.

»München ist trist«, entgegnete sie, dem heiklen Liebesthema ausweichend, und doch lag es in der Luft. Manchmal sagte sie im Schweigen mehr als mit Worten. »Ich bin zum Umfallen müde.«

»Das sagst du, seit ich dich kenne, Darling. Ich würde dich ja gern nach Neapel einladen, aber ich werde längere Zeit unterwegs sein. Man erwartet mich zu zahlreichen Aufführungen.«

»Wir wissen nur zu gut, wie viel Energie der Ruhm uns abverlangt«, sagte sie und zündete sich eine Zigarette an.

Ingeborg kannte die unangenehmen Nebenwirkungen der Berühmtheit. Seitdem sie es auf die Titelseite des *Spiegel* geschafft hatte, konnte sie sich fast nicht mehr vor Terminen retten. Öffentliche Auftritte, Lesungen, Angebote, Anfragen. Ihr war, als zerre jeder an ihr. Ein Interview hier, ein Gespräch dort und immer dieselben Fragen: *Woran arbeiten Sie gerade? Wie beurteilen Sie die politische Situation in Deutschland? Sie sind der Star am deutschen Poetenhimmel – was hat sich in Ihrem Leben dadurch verändert?*

Ich bin diejenige, die ich immer schon gewesen bin, das ist ja das Problem, lag ihr dann jedes Mal auf der Zunge. Stattdessen gab sie jedoch stereotype Antworten, sprach von Reisen, neuen Arbeitsfeldern, Projekten. Arbeit. Immer wieder: Arbeit. Am Ende schrieben die Reporter ja doch, was sie wollten.

Es gab Zeiten, da klingelte das Telefon von morgens bis abends ohne Unterlass. Oft legte sie dann einfach den Hörer neben den Apparat und stülpte ein Sofakissen darüber, damit das aufdringliche Freizeichen nicht zu hören war.

»Wir beide nehmen die Nebenwirkungen des Ruhms in Kauf, *poetessa*«, erwiderte Hans. »Aber du wolltest mir in London etwas sagen. Ich habe gespürt, dass etwas Gewaltiges in dir vorgeht. Du warst ganz besonders schön! Dieser Glanz, der dich umgibt! Ich wünschte, er hätte mit mir zu tun, aber …« Er räusperte sich. »Wie ist es um deine Balance bestellt, Darling? Du warst nicht ganz bei dir, obwohl dein Strahlen das ganze Foyer der Royal Opera erfüllte. Was ist der Anlass deines Leuchtens, Ingeborg?«

Die Zeit war gekommen. Weiter zu schweigen käme einer Lüge gleich.

Sie inhalierte einen tiefen Zug, ließ sich auf einen Sessel fallen und stippte die Asche ihrer Zigarette in den Aschenbecher. »Ja«, sagte sie und legte den Hinterkopf gegen die Lehne. »Du liegst richtig. Es ist etwas geschehen. Ich habe dir doch von Max Frisch erzählt.«

Es entstand eine lange Pause. Sie schloss die Augen, hörte Hans' Atem am anderen Ende der Leitung.

»Der ominöse Anruf in Neapel. Unverkennbar, dieser schweizerische Akzent! Du sagtest, du hättest ihn in Paris gesehen«, erwiderte er nach einer gefühlten Ewigkeit.

»Das war nur die halbe Wahrheit.«

»Also daher weht der Wind, *cara mia*. Du hast dich verliebt.« Hans' Stimme klang frotzelnd, keinesfalls beleidigt, dennoch registrierte sie seine Befremdung.

»Ich bin *dabei*, mich zu verlieben. Es ist alles noch so *frisch*.« Sie lachte über ihr Wortspiel. »Kann man sich vorsätzlich verlieben?«

Was redete sie da? Sie musste sich eingestehen, dass sie nie ein richtiges Wort für ihre Befindlichkeiten in Bezug auf Max fand.

»Ich sehne mich nach etwas, das sich leben lässt, Hans. Unsere Märchenspiele sind wunderbar, aber ich brauche etwas Bodenständiges.«

»Du verlässt mich also wegen eines anderen Mannes.«

Sie lachte auf. »Hans! Wir hatten das mit uns geklärt. Unsere Freundschaft bleibt davon unberührt.«

»Ordnung und Ruhe hast du auch bei mir. Ein Schweizer, Ingeborg. Ich bitte dich! Möchtest du wirklich ein bürgerliches Leben führen?«

Bürgerliches Leben. Er hatte die Worte regelrecht ausgespuckt, als begehe sie mit ihrer Entscheidung Hochverrat.

Auch Hans Werner Henze war nicht frei von Vorurteilen.

»In diesem Fall ist es kein Schweizer, kein Schriftsteller, sondern einfach ein Mann, zu dem ich mich hingezogen fühle«, erwiderte sie. »Zufällig ist er Schweizer Staatsbürger. Und in wenigen Stunden geht mein Zug nach Zürich.« Sie sah auf ihre Armbanduhr. »Genau genommen in neunzig Minuten. Max und ich wollen in einer Stadt leben.«

Es entstand eine Pause, getragen von Stille, die sich ausbreitete und wie abgestandene Luft an den Wänden ihrer kleinen Wohnung haftete. Sie trat ans Fenster, riss es auf.

»Das geht ungewöhnlich schnell.«

»Es war auch eine ungewöhnliche Begegnung.«

»Reicht das aus, Ingeborg?«

»Warum stellst du mir Fragen, die meine Unsicherheit noch vergrößern? Ich bin zweiunddreißig Jahre alt und werde zum ersten Mal in meinem Leben mit einem Mann einen Alltag teilen. Du klingst wie ein besorgter Vater.«

Eigentlich wünschte sie sich Zuspruch. Der Freund sollte ihr Mut machen und nicht ihre Bedenken und Ängste befeuern, er sollte die Stürme in ihrem Inneren schlichten. Von Zweifeln hatte sie selbst genug. Sie brauchte keine Ermahnungen.

»Weil ich besorgt bin.«

»Du magst ihn nicht.«

»Ich kenne Max Frisch doch überhaupt nicht, Ingeborg.«

Niemals würde er Max tolerieren, geschweige denn mögen.

Doch sie schluckte. Kannte *sie* Max? Konnte man nach wenigen gemeinsamen Wochen der Zweisamkeit davon sprechen?

»Du wirst ihn kennenlernen«, erwiderte sie gefasst. »Irgendwann.«

»Das Wichtigste ist, dass du arbeitest«, gab Hans kühl zurück. »Dann ist vieles möglich. Du kennst meine Einstellung.«

Am anderen Ende der Leitung hörte sie im Hintergrund das Rascheln von Papier, ein nur allzu vertrautes Geräusch im Zusammenhang mit Henze, der immer arbeitete, auch wenn er auf Reisen war.

»Nichts soll mich von der Arbeit ablenken«, leierte sie in freundschaftlichem Ton und schloss das Fenster. »Ich weiß.«

Alles, ihr ganzes Leben, würde sich verändern. Vor ihr lag ein Aufbruch ins Unbekannte. Ging damit ein Verrat an alten Freundschaften, an geteilten Werten einher? Sie schüttelte sich innerlich: Nicht für sie. Hans und sie verband eine tiefe platonische Liebe. Es gab keinerlei Anlass für einen Loyalitätskonflikt. Warum nur klang für sie in seiner Stimme auf einmal eine Art Besitzanspruch an? Sie gehörte niemandem, nur sich selbst.

»Schreib mir, Prinzessin«, sagte Hans zum Abschied, diesmal in zärtlichem Ton. »Schreib mir, was dich bewegt, und denke an deine Erzählungen. Schicke mir *Alles*.«

Er legte auf, und Ingeborg hörte das Freizeichen.

Alles – was hatte Reinhard Baumgart über die Erzählung gesagt? *Ein Sog, Ingeborg, ein dunkler Einstieg in die Geschichte, eine düstere Stimmung.*

Sie schloss die Augen und rief sich den ersten Satz in Erinnerung.

Wenn wir uns, wie zwei Versteinte, zum Essen setzen oder abends an der Wohnungstür zusammentreffen, fühle ich unsere Trauer wie einen Bogen, der von einem Ende der Welt zum anderen reicht.

Beklommen legte sie den Hörer auf, aus dem das Freizeichen wie eine unendliche Frage dröhnte.

Hans und sie waren zu lange Freunde, als dass sie nicht spürten, was den anderen bewegte. Der hochsensible Komponist hatte ihre Unsicherheiten, ihre Fragen, all die Unwägbarkeiten des Zürich-Projekts in ihrer Stimme erfasst.

Hatte sie denn vergessen, dass Hans nahezu seismographisch allein an ihrer Tonlage über Hunderte Kilometer Entfernung jeden noch so winzigen Stimmungswechsel erfassen konnte? Ein Wunder, dass sie ihm in Neapel etwas vormachen hatte können. Weil sie im Sommer noch nicht so weit war? Zwischen niedergeschlagen, betrübt, ängstlich und verzweifelt bis glückselig und himmelhoch jauchzend schwangen in ihrem Innenleben unzählige Nuancen. Nur allzu leicht konnte eine Stufe davon in die nächste Kategorie wechseln oder gleich mehrere überspringen.

Die beiden Männer, die ihr am nächsten standen, Hans und Paul, wussten das nur allzu gut.

Nun aber gab es Max und mit ihm zum ersten Mal in ihrem ohnehin komplizierten Leben die realistische Chance zur Verbindung geistiger und körperlicher Anziehung. Bei Hans, der Männer liebte, hatte diese Möglichkeit nie existiert. Umso weniger verstand sie seinen Anflug von Eifersucht.

Als Paul und Ingeborg in Wien das erste Mal ein Paar geworden waren, hatte Paul noch keine Familie gehabt. Damals war Ingeborg erst Anfang zwanzig, und sie hatten eine unbeschwerte Zeit erlebt, bis Paul schließlich Gisèle begegnet war. Inzwischen war er ein verheirateter Mann mit einem Sohn und einer wunderbaren Ehefrau – eine Tatsache, die Ingeborg respektiert und niemals infrage gestellt und sich fortan zurückgezogen hatte. Dann aber hatte eine Wiederbegegnung vor einem Jahr bei der Gruppe 47 ihre Liebe neu entfacht. Trotz aller Gefühle für Paul hatte sich Ingeborg nach reiflichen Überlegungen endgültig gegen die leidenschaftliche Romanze entschieden und sie an einem kühlen Pariser Sommertag beendet. Einen Tag bevor sie Max zum ersten Mal begegnet war.

Jetzt, so erschien es ihr, würde sie die heimlichen Treffen mit Paul in Pariser Hotels gegen etwas Offizielles im beschaulichen Zürich eintauschen. Einer Stadt, in der die Bewohner den Rasen ihrer Vorgärten mit Nagelscheren nachschnitten und mit dem Staubsauger die Straßen sauber hielten. So jedenfalls in ihrer Vorstellung. Dass auch ihre Sicht in Bezug auf Zürich und München kleinbürgerlich war, war ihr durchaus bewusst.

Gedankenverloren verstaute sie die Notizen und den Durchschlag von *Alles* in ihrer Aktentasche. Dann stülpte sie die Hartschale über ihre mechanische Schreibmaschine, verschloss die Verankerung und stellte ihr wichtiges Schreibutensil zu den Koffern.

Von draußen hörte sie die Kirchenglocken zur vollen Stunde schlagen – höchste Zeit, das Taxi zu rufen. In vierzig Minuten ging ihr Zug, der sie nach Zürich in ihr neues Leben brachte.

Der Taxifahrer, ein kleiner untersetzter Mann mit Trachtenjanker, war pünktlich und übernahm das Verladen der Koffer.

»Ich warte im Wagen auf Sie«, murmelte er.

»Nur noch eine Minute«, versprach sie. »Ich bin gleich unten.«

Der Taxifahrer zog sich zurück.

Gefühle waren eine Sache. Widersprüchliche, einander bekämpfende eine andere. Sie vermochten es, einen auf die Dauer zu zermürben.

Denn in alle Zeit wird, wo für mich ein Minenfeld ist, für Hanna ein Garten sein.

So beschrieb sie das Beziehungsdilemma zwischen Mann und Frau in ihrer Erzählung *Alles*.

Max und sie würden beide, jeder von seinem Platz aus, den Blick in Richtung Garten lenken.

Tief atmete sie durch und ging ein letztes Mal durch die möblierte Wohnung ans Fenster. Das Fehlen ihrer persönlichen Dinge hatte fast nichts verändert. Die Wohnung war so fremd, kalt, unnahbar wie vorher. Auf dem Parkettboden hallte das Metall ihrer Pfennigabsätze. Ihre Kostümbluse raschelte im Gehen.

Sie fasste sich an die Stirn, schlagartig spürte sie Kopfschmerzen, die sie der Föhnwetterlage zuschrieb. Der Hochdruck hatte seinen Preis: Nur allzu schnell konnte aus leichtem Kopfweh eine tagelang andauernde Migräne werden. Ohne die Augen von dem Postkartenpanorama zu lassen, stöberte sie in ihrer Handtasche, bis ihre Finger ein kleines Glasfläschchen ertasteten.

Die Wolken des Vormittags hatten sich verzogen. In der Ferne schienen die Alpen unwirklich wie auf einem Heimatgemälde zum Greifen nah. Ingeborg war in den Bergen aufgewachsen. Würde sie diese in der Schweiz neu entdecken?

Dieser Blick war womöglich das Schönste, was sie aus München mitnehmen würde.

Manchmal, wenn sie nicht allzu streng mit sich selbst und ihrer Umgebung war, blitzte etwas Leichtes in ihrer Zukunftsvision auf. Ein ganz normaler Alltag mit dem Mann, den sie liebte.

Mit einem dumpfen Geräusch ging der Verschluss des Fläschchens auf. Sie ließ zwei Aspirin in ihre Handhöhle rollen und schluckte sie ohne Wasser mit zurückgeworfenem Kopf.

Auf dem Weg zur Tür fiel ihr Max' Blumenstrauß ins Auge. Für einen Moment erwog sie, die Blumen mitzunehmen, verwarf den Gedanken jedoch so schnell, wie er gekommen war. Irgendwo hatte sie einmal gelesen, dass es Unglück brachte, wenn man vom Krankenhaus Blumen mit nach Hause nahm. Galt das auch bei einem Wohnungswechsel?

Wer weiß, vielleicht könnte ihre Eitelkeit Unglück heraufbeschwören! Sie strich mit der Hand über die Blüten, nahm den Wohnungsschlüssel von der Anrichte, trat hinaus und zog die Tür hinter sich zu. Den Schlüssel warf sie in den Briefkasten der Aufwartefrau.

Sie setzte sich auf die Rückbank des Taxis. Der Fahrer stellte den Rückspiegel ein und lächelte ihr dabei aufmunternd zu. Ingeborg lächelte zurück.

Jetzt begann etwas Neues.

Sie würde keine Traurigkeit, keine Zweifel mit nach Zürich befördern. Nur einige Unwägbarkeiten, jede Menge Fragen und das Bild der bayerischen Alpen an einem überraschend schönen Spätherbsttag.

Kein Minenfeld. Einen Garten.

LIEBESFLÜGE

1959-1961

»Wir zwei, du und ich, wir denken alles um. Ein Paar, das sich als das erste Paar versteht, als die Erfindung des Paares. Wir! und die Welt kann sich stoßen an unserem Übermut, aber sie kann uns nicht verletzen.«

MAX FRISCH

MAX

KAPITEL 8

Zürich, November 1958

Eigentlich bist du in bester körperlicher Verfassung, mein lieber Max«, sagte Max' Hausarzt Urs Keller, legte sein Stethoskop ab und setzte sich an seinen Schreibtisch.

Max verschwand hinter einem Paravent, schlüpfte in seine Schuhe und knöpfte sein Hemd zu.

»Und was bedeutet *eigentlich*, Doktor Keller?«, fragte er schmunzelnd, während er hinter dem Sichtschutz zu ihm trat.

Urs Keller war seit Jahren nicht nur sein Arzt, sondern auch ein guter Freund, ein humorvoller Mann, der sein Herz auf der Zunge trug. Eigenschaften, die Max überaus schätzte.

»Zu viel Alkohol«, sagte Urs, lugte hinter seiner schwarz umrandeten Brille hervor und hob mahnend den Zeigefinger in die Luft. »Du musst etwas kürzertreten. Nur ein bisschen.«

»Kürzertreten liegt mir nicht besonders«, gab Max grinsend zurück und nahm dem Arzt gegenüber Platz.

Urs lächelte, wobei er zwei Grübchen über seinen Mundwinkeln zeigte. Er faltete seine Hände und wippte mit dem Stuhl. »Wohl ordentlich gezecht in letzter Zeit, Max?«

Max nickte und bemühte sich, dabei schuldbewusst auszusehen. »Du weißt ja, wie das ist: Die Hauptbeschäftigung der Intellektuellen ist Reden bis die Wände einstürzen, dazu fließt reichlich Wein. Sehr viel Wein und Hochprozentiges.«

Urs hob abwehrend die Hände hoch.

»Ich bin nur ein einfacher Dorfarzt, Max. Dieses abgehobene Leben ist mir fremd und wird es immer bleiben. Deuten wir deine etwas erhöhten Leberwerte also als Auswirkungen deines neuen Liebesrausches, und du versprichst Besserung?«

Max lächelte Urs dankbar an. So schlecht fühlte er sich nun auch nicht; nur hin und wieder hatte er in letzter Zeit ein gewisses Unwohlsein verspürt.

»Wenn ich ehrlich bin, bleibt mir diese Welt der Theorie auch fremd, wohingegen Ingeborg sich blind darin zurechtfindet. Am liebsten bin ich in der freien Natur bei Speck, Käse und Brot, ein Holzbrett, ein Taschenmesser. Dieses Philosophische, an dem sich die Kollegen ergötzen, ist mir zutiefst suspekt.«

Urs wischte über den Tisch. »Lass einfach den Schnaps weg.«

Max verzog das Gesicht. »Ich mag ihn ja nicht einmal besonders, beim Wein hingegen sage ich ungern Nein. Und ab und an ein Pflümli wird wohl erlaubt sein.«

»In Maßen ist fast alles erlaubt.«

Urs lächelte zweideutig und zwinkerte Max zu.

Maßvolles Trinken – wen kümmerte das? Man trank zu allen Gelegenheiten. Es gehörte zum gesellschaftlichen Leben schlichtweg dazu, in den Kreisen der Intellektuellen sowieso. Man trank zum Essen, wenn man ausging, bei Arbeitsbesprechungen. Wein. Bier. Hochprozentiges. Morgens, mittags, abends. Erst seit Max mit Ingeborg sein Leben teilte, war ihm das richtig aufgefallen. Hinzu kam, dass kein Mensch an übermäßigem Trinken Anstoß nahm. Der Rausch gehörte einfach dazu. Schließlich inspirierte er. Nur über betrunkene Frauen rümpfte man die Nase; ein Zuviel an Rausch gestand man ausschließlich den Männern zu.

Aber so robust Max von außen erschien, so fragil war sein Inneres. Mit knapp fünfzig verspürte er einfach das ein oder andere Zipperlein.

»Lass uns Mittagessen gehen, Max«, sagte Urs aufmunternd und griff nach seinem Rezeptblock und einem Kugelschreiber. »Du warst heute mein letzter Patient. Ich verschreibe dir eine Kleinigkeit, damit sich dein Magen beruhigt. Vergiss nicht, du bist ein Anfänger, was das Trinken angeht.«

Er kritzelte etwas Unleserliches auf den Block, riss den Zettel ab und schob ihn zu Max hinüber. »Immer eine halbe Stunde vor dem Essen einnehmen. Und gegen das Sodbrennen soll dir die Ingeborg gepressten Kartoffelsaft machen, ein altbewährtes Hausmittel meiner Frau Mutter. Hilft garantiert.«

»Ingeborg würde niemals …« Abrupt brach Max ab. Inges hausfrauliche Qualitäten waren weit von dem entfernt, was er von seinen bisherigen Frauen gewohnt war. Trudy hatte ihm täglich eine warme Mahlzeit gekocht. Auch in diesem Punkt musste er lernen umzudenken.

Was das Trinken anging, war er in der Tat ein Anfänger, allerdings auch ein eifriger Schüler. Erst vor ein paar Jahren hatte er mit dem Weintrinken begonnen, dafür schmeckte er ihm heute umso besser. Essen hingegen war schon immer seine Leidenschaft gewesen. Er war eben ein Genießer. Ingeborg war, weiß Gott, keine Kostverächterin und konnte so manchen Mann unter den Tisch trinken, auch ihn. Das Problem dabei war, dass Max im Rausch reizbar, mitunter aggressiv reagierte, während sie schlichtweg melancholisch und weich wurde. Er mochte das sehr an ihr. Wenn seine Eifersucht ihn jedoch zusammen mit zu viel Alkohol heimsuchte, entfachte sich aus aufgestauten

Ressentiments oft ein heftiger Streit, den beide am nächsten Morgen bitter bereuten.

»Es liegt nicht an meinem Magen, Herr Doktor«, sagte Max mit ironischem Unterton, erhob sich und legte seinen Mantel über den Arm. »Es handelt sich um Herzschmerz. Die Liebe tut weh.«

»... spricht der verheiratete Junggeselle«, gab Keller zurück, klopfte ihm freundschaftlich auf die Schulter und öffnete die Tür. Im Flur zog er seinen Mantel über. Max tat es ihm gleich.

»Geschieden, wenn ich doch bitten darf«, sagte Max. »Inzwischen geschieden. Nein, mein lieber Urs, im Ernst, ich bin Ingeborg hoffnungslos verfallen. Ohne sie werde ich wahnsinnig. Mit ihr allerdings auch.«

Urs runzelte die Stirn. »Das klingt kompliziert, und du weißt, dass ich für Komplikationen nicht viel übrighab. Wenn du meinen ärztlichen Beistand haben möchtest: Fülle deine Zeit mit Arbeit, besagtem Kartoffelsaft und Kamillentee. Verzichte auf Schnaps, trink ein paar Gläser weniger Wein, und du bleibst kerngesund!«

Gemeinsam traten die beiden Männer hinaus auf die Straße.

Keller war anders gestrickt als Max. Ein Praktiker. Seine Ehe funktionierte einfach, Komplikationen bei Paaren waren ihm zutiefst suspekt, wobei sie ihn gleichermaßen faszinierten. Aus seiner Sicht gab es fast gegen jedes Leiden die richtige Medizin, ein Grund, weshalb er auch Ingeborg seit Monaten jene Tabletten verschrieb, die ihr zuvor ein Münchner und ein römischer Arzt verordnet hatten. Nichts Weltbewegendes, etwas zur Beruhigung ihres flattrigen Nervenkostüms, ein leichtes Schlafmittel und für die heiklen Situationen Seresta, das Erregung, Anspannung und Ängste aller Art in Luft auflöste. Für das Dämpfen von Traurigkeit gab es Librium, wobei Ingeborg versprochen hatte, nur hin und wieder darauf zurückzugreifen.

»Wie geht es ihr denn?«, fragte Urs, als die beiden Männer gemeinsam in Richtung Innenstadt gingen. Eisige Kälte lag in der Luft. Auf dem See lagen Nebelschwaden.

»Dieser verdammte Novembernebel«, sagte Max.

»Hier muss man ja melancholisch werden«, stimmte Urs zu. »Ich bin froh, wenn wir bald in Zermatt Urlaub machen. Ihr müsst uns besuchen kommen, Max. Versprich es mir!«

»Ich werde sehen, ob es sich einrichten lässt«, erwiderte Max. »Ja, wie geht es Inge?«, fragte er nachdenklich und zuckte die Achseln. »Das Wetter hier setzt ihr zu. Doch es geht ihr gut. Sie reist viel. Bloß ich muss vieles umdenken, Urs.«

Der Freund blieb unvermittelt stehen und sah ihn mit großen Augen an. »Sie ist gerade erst hier angekommen, Max.«

Max zog den Kopf in den Nacken und seinen Mantelkragen übers Ohr, nahm seine Pfeife aus der Tasche, entzündete sie und zog am Mundstück. Er sog mehrmals nacheinander daran und bedeutete dem Freund weiterzugehen.

»Das ist sie eben nicht, genau darin liegt das Problem. Manchmal denke ich, sie schwebt wie eine Traumwandlerin durch die Straßen Zürichs. Sie kann meiner Heimatstadt nichts abgewinnen. Und dann die viele Arbeit. Ich weiß nicht, wie sie es macht, ihre Kasse ist ständig leer.«

»Ihr seid eben grundverschieden«, warf Urs ein.

»Mein bürgerlicher Beruf als Architekt hat mich gelehrt, gut hauszuhalten. Sie verschleudert das Geld, als ob es sich dadurch vermehren würde. Schuhe, Urs, du wirst es nicht glauben! Sie kauft Schuhe wie für einen Tausendfüßler. Vor einigen Tagen erwarb sie von ihrem letzten Geld ein teures Feuerzeug für mich und Blumen, kannst du dir das vorstellen?«

»Verstehe einer die Weiber«, sagte Urs kopfschüttelnd. »Eine Frau schenkt einem Mann doch keine Blumen.«

»Sie schon. Von mir möchte sie kein Geld nehmen. In ihrer Not hat sie eine Vorlesungsreihe in Frankfurt zugesagt – die aber vermutlich schlecht bezahlt ist –, dazu einige Radioaufträge. Sie übersetzt den größten italienischen Lyriker dieser Zeit, wahrscheinlich für ein Butterbrot, und schreibt an ihrem Erzählband. Und so leicht sie sich mit ihren Gedichten tat, so schwer fällt ihr das Erzählen in Prosa.«

Wie kleine Wolken zog der Pfeifenrauch im Gehen an ihnen vorbei.

Urs versteckte seine Hände in den Manteltaschen. Er war einer der wenigen Nichtraucher seiner Zunft.

»Nicht jeder verdient in diesem Handwerk so viel wie du, Max. Und du bist ein Mann. Die erfolgreichen weiblichen Schriftsteller, die es gibt, kannst du an einer Hand abzählen.«

»Wahrscheinlich sind sie alle bettelarm«, entgegnete Max. »Wir sprechen niemals über Honorare, auch dann nicht, wenn unsere Lektoren zum Essen kommen. Baumgart ist kein Wort über ihre Einnahmen zu entlocken. Dabei wüsste ich gern, was eine Frau in unserem Metier verdient. Es ist eines unserer Tabuthemen, weißt du, Urs.«

Tabuthemen. Max bemerkte, wie sein Freund sich schüttelte.

Durch die Straßen zog ein kalter Wind. Zürich versank in Grau, als sie endlich das Wirtshaus Kronenhalle in der Rämistraße gegenüber seinem Lieblingscafé Odeon im Herzen der Stadt erreichten.

Urs und Max gingen hinein und nahmen am Fenster Platz. Die mehrere Meter hohen Wände mit den Holzvertäfelungen verliehen dem Lokal das Ambiente einer Bahnhofshalle, entsprechend laut war die Geräuschkulisse. Man hörte das Klappern von Besteck und Tellern, Stimmen übertönten einander. Genau das mochte Max. Längst war die Kronenhalle ein beliebter Treffpunkt der Künstlerszene Zürichs. Hier fand man auch regelmäßig Frischs Freund Dürrenmatt, mit dem ihn eine Art Hassliebe verband.

Sofort eilte ein Kellner herbei. Die Freunde bestellten das Tagesessen, Wein und Mineralwasser, von dem Ingeborg immer sagte, dieses moderne Wasser sei schrecklich snobistisch.

»Tabuthemen – das scheint mir seltsam, Max, dass es das bei euch gibt. Bei dir ist es doch ganz anders. Du benennst ja genau das Heikle.«

Der Gedanke an seinen Roman *Homo Faber* streifte Max und hinterließ ein unangenehmes Gefühl. Warum er das größte Menschheitstabu, den Inzest, in den Mittelpunkt seines Romans gestellt hatte, war ihm bis heute ein Rätsel. Es gab Dinge, da kam er sich selbst nicht leicht auf die Schliche. Ingeborg hatte ihm genau das in einer lebhaften Diskussion vorgeworfen. Sie fand Faber in höchstem Maße unmoralisch, verlogen, vorsätzlich blind.

»Er verschließt die Augen vor der Wahrheit! Faber weiß genau, was er tut, als er seine Tochter zu seiner Geliebten macht«, hatte sie ihm vorgeworfen.

»Er weiß es *nicht*«, hatte Max sich verteidigt, aber die Frage, ob Inge nicht damit einen wunden Punkt getroffen hatte, ließ ihn seitdem nicht mehr los. Plante er als Wiedergutmachung seinen Roman mit dem Blinden?

Faber, der Techniker, konnte rechnen. Sein Held hatte daran geglaubt, sein Leben in Zahlen messen zu können, bis ihn das Schicksal einholte. Am Ende bestrafte er, Max, der Schöpfer, seine Helden für den schwerwiegendsten Tabubruch, der denkbar war. Faber und seine Tochter mussten sterben.

»Du bist auf dem Holzweg, Max«, hatte Ingeborg leise, resigniert dazu gesagt.

Damit war alles gesagt. Ihre unterschiedlichen Haltungen prallten aufeinander.

»Und wie hältst du es mit deiner Eifersucht, mein lieber Max?«, riss ihn Urs aus seinen Gedanken.

»Keine andere Frau gibt ihr mehr Nahrung als Ingeborg. Sie füttert sie Tag für Tag.«

»Dann musst du an dir arbeiten.«

»Alles lässt sich umdenken, Urs, der Spielball liegt in meinem Feld.«

Max lächelte. »Sie hat übrigens ihre Führerscheinprüfung bestanden, hier in Zürich«, wechselte er das Thema, um noch etwas Erfreuliches einzubringen.

»Respekt«, gab Urs zurück und nahm einen kräftigen Schluck Wein. Das Wasser war unberührt geblieben. »Dann kann sie noch mehr reisen, noch unabhängiger werden.«

Max verstummte. Immer mehr Frauen konnte man inzwischen hinter dem Steuer sehen; er fand das gut, angemessen. Allerdings fragte er sich, ob sich Ingeborg jemals ein eigenes Auto leisten könnte, bei ihren hohen Lebenshaltungskosten.

Der würzige Duft warmen Essens lenkte seinen Blick auf den Kellner, der sich mit dem Mittagsmahl näherte.

»Hier gibt es einfach das allerbeste Zürcher Geschnetzelte«, sagte Urs.

Max entfaltete seine Serviette, indem er sie mehrmals nacheinander wie ein nasses Handtuch ausschüttelte, und stopfte sich eine Ecke in den Kragen. »Das stimmt.«

Beide Männer rieben sich zeitgleich die Hände, als ihnen serviert wurde.

»Also, mein Junge, sag schon, woran arbeitest du? Wie hältst du es mit der Arbeit?«, fragte Urs.

»Mein Theaterstück *Andorra* wird bald fertig sein«, erwiderte Max mit vollem Mund. »Ich komme gut voran. Schließlich drehe ich nicht jedes Wort fünfmal im Mund herum, bevor ich es zu Papier bringe.«

Diesen Seitenhieb auf Ingeborg verstand Urs glücklicherweise nicht, denn er klang nach Verrat an ihr. Es *tönte* danach, würde der Schweizer sagen. Und es tönte auch nach Neid.

»Du redest, wie dir der Schnabel gewachsen ist. Manchmal denke ich, du bist eine Literaturmaschine«, entgegnete Urs unbekümmert und wischte sich mit der Serviette den Mund ab.

Nein, das war Max nicht. Tatsächlich saß er viele Jahre an einem Roman, verwarf manchmal Hunderte von Seiten, um von vorn zu beginnen – es dauerte einfach, bis man die Erfahrungen machte, die einen zum Schreiben von Romanen befähigten.

Für den Rest des Mittagessens wechselten die Freunde zu unverfänglichen Themen, sprachen über Kellers Kinder, den Winter in Zürich und ihre Pläne für Weihnachten.

»Wir werden Weihnachten und Silvester in Zürich verbringen«, sagte Max und überlegte, in welcher Wohnung das wohl stattfinden sollte. Darüber hatten sie noch nicht gesprochen. Ständig gab es angesichts zweier Wohnungen etwas Organisatorisches zu klären.

Nach dem Essen fuhr Max mit der Straßenbahn in seine Wohnung nach Männedorf. In der Küche warf er das Rezept in den Müll und trank ein Glas Leitungswasser.

In seinem Arbeitszimmer starrte ihn ein weißes Blatt Papier an, in die Schreibmaschine eingespannt. »VERLEIHUNG DES LITERATURPREISES DER STADT ZÜRICH, 12.12.1958« stand in seinem Terminkalender. Wie schnell man sich an die Preise und Auszeichnungen gewöhnte, dachte er. Darunter hatte er für die Dankesrede gekritzelt:

»Ich halte Erfolg nicht für eine Schande, aber für ein Geschick, in jedem Sinn unseren Absichten entzogen.« Gleich daneben eine Notiz: Die Dämonen, die einen heimsuchen, bannen, indem man sie darstellt.

Max würde die Rede ein anderes Mal schreiben. Er entnahm der Schublade sein Tagebuch und klappte es auf. Manchmal war ihm einfach nur danach, seine Gedanken festzuhalten. Stets achtete er darauf, in Notizbüchern zwischen Werken und Privatem zu unterscheiden, beides voneinander zu trennen. Seine Notizbücher waren penibel beschriftet, während sich auf Ingeborgs Schreibtisch immer Berge von Blättern türmten – neben den Gedichtbänden von Paul Celan. Eines trug den wunderschönen Titel: *Mohn und Gedächtnis*. Er beneidete die Lyriker um ihre Ausdrucksstärke.

Max nahm den Füllfederhalter und schrieb:

»Ingeborg in der Feldeggstraße inmitten von Zürich, ein Haus mit einem Eisengitter und einem Torbogen an der Front aus Girlanden mit Rosen. Bürgerlicher geht es kaum. Ich bleibe hier in meinem Bauernhaus, wo sie mich besucht. Ravioli aus der Dose, wenn ich allein bin, Ovomaltine. Der Boden knarrt, das Bett, das Geräusch des surrenden Kühlschranks. Als ich ihr *Chuchichäschtli* beibringe, lacht sie und spricht es nach. Besuche bei ihr, selbstverständlich unter dem strengen Blick der Nachbarn. Wir sind kein legitimes Paar, aber Schriftsteller führen nun einmal ein Exotenleben. Die Gesellschaft schüttelt den Kopf und lässt uns irgendwie gewähren. Schauen die Zürcher mir zuliebe weg? Seltsame Form des Zusammenlebens. Inge besteht auf zwei Wohnungen, zwei getrennten Bereichen. Das Doppelleben ist in beiden Behausungen sichtbar – für sie eine Notwendigkeit, für mich die Hölle: Zwei Zahnbürsten in zwei Haushalten. Zwei Morgenmäntel. Zwei Betten. Nie sind wir ganz unter uns. Paul Celan, der Beschädigte, schleicht sich in unsere Gespräche, mit all seinen Wunden, seiner Verzweiflung. Mich geht das gar nichts an – getraue mich nicht, das zu sagen. Sie wirft sich das Leid der Welt, auch das ihrer Freunde über, wie einen Mantel, schwer wie Blei lastet er auf ihren Schultern. Fürchte manchmal, sie will es genau so haben. Immer muss sie die Wurzeln begreifen, jedes Wort anfassen, es sich auf der Zunge zergehen lassen, an den Zähnen vorbeischieben, es schlucken und verdauen. Ihre dunklen Seiten, ihre Abgründe, ihr In-falsche-Züge-Einsteigen, ihr Am-falschen-Bahnhof-Aussteigen, ihr Zu-spät-Kommen in jeder Lebenssituation, immer und immer wieder, ihr pathologisches Problem mit der Zeit – aber es gibt auch das: ihr helles Lachen, ihr brillantes Unterhalten-Können, ihr Trinken-können-wie-ein-Bauarbeiter, ihre Nähe, ihr Entweder-oder. Dazwischen passt kein Wort, nicht einmal ein Buchstabe, ein Semikolon und schon gar kein Punkt und Komma.«

In ihrer Nähe gibt es nur sie, in ihrer Nähe beginnt der Wahn.

MAX

KAPITEL 9

Zürich, Dezember 1958

Das Klingeln des Telefons ließ Max aus seinem Mittagsschlaf hochschrecken. Er nahm seine Brille vom Wohnzimmertisch und sah mit blinzelnden Augen auf seine Armbanduhr – kurz vor vier. In einer Stunde wollte er bei Ingeborg sein. Ganze vier Tage hatte er sie nicht gesehen. In der Wohnung duftete es nach Glühwein, den seine Aufwartefrau zubereitet hatte.

Umständlich nahm er den Hörer ab. Am Apparat war Urs Keller.

»Mir ist heute über einen Patienten etwas zu Ohren gekommen, Max. Es ist nur so eine Idee. In Uetikon wird eine große Wohnung im ältesten Haus am Ort frei. Seelage.«

Max horchte auf.

Natürlich kannte er Uetikon. Der kleine verschlafene Ort lag im Kanton Zürich, neben Männedorf, gerade einmal zwei Kilometer von ihm entfernt, wo er seit seiner Trennung von Trudy lebte.

»Im Haus am Langenbaum?«, fragte er ungläubig, und in seinem Kopf überschlugen sich die Gedanken. »Das liegt direkt am See. Die Wohnungen sind sehr groß. Fünf Zimmer oder mehr.«

»Ja.«

Doppelleben. Zwei Zahnbürsten, Telefonate, Verabredungen

mit der Liebsten – spielte ihm jetzt der Zufall in die Hände? Auf einmal schienen ihm zwei Wohnungen geradezu lächerlich, absurd. Welch ungeahnte Freiheit würde eine gemeinsame, geräumige Wohnung bieten! Die alte Sehnsucht nach etwas Grundsolidem erwachte in ihm. So einfach ließ sich das Bürgerliche, mit dem er groß geworden war, nicht abstreifen, nicht von seiner Haut. Man konnte sich immer nur eine Weile verstellen.

»Wann?«, fragte Max. »Weißt du, ab wann?«

»Soweit ich weiß, Anfang kommenden Jahres«, sagte Urs. »Den Besitzer kenne ich persönlich. Ich könnte ihn anrufen, wenn du möchtest. Aber du brauchst meine Hilfe nicht, jeder *Tubel* in Zürich kennt dich.«

Urs nannte Max den Namen des Besitzers und dessen Telefonnummer. Eilig schrieb Max alles auf.

»Hab Dank, mein Freund. Vielleicht kommt dein Ratschlag wie gerufen.«

»*Uf Wiederluege.*«

»Ciao«, gab Max zurück und legte auf. Obwohl er Mundart liebte, mied er das typische Züritütsch weitgehend, seit Ingeborg an seiner Seite war.

Er wählte ihre Nummer, während er einen Blick in die Küche warf. Der heiße Wein stand in einer Thermoskanne bereit.

Inge nahm sofort ab, als habe sie seinen Anruf erwartet.

»Ich habe eine Überraschung für dich. Wir gehen aus. In einer Stunde hole ich dich ab.«

Er legte auf, verstaute die Kanne und zwei Becher in seinem Rucksack und nahm den Zug in Richtung Stadt.

Mit dem Taxi ließen sie sich zum Züriberg bringen. Hier oben lag das vornehme Zürich. Vornehme Villen, Hotels und Parkanlagen zeugten ohne Zurückhaltung von Geld, Wohlstand, Luxus. Das Sorell Hotel wirkte wie das Sanatorium aus Thomas Manns *Zauberberg*. Das Schönste aber, und das war Max' Hintergedanke gewesen, war der Blick von hier auf die Stadt und auf den See. Er zog Ingeborg abseits der Gebäude zu einer Bank unter einer großen Linde.

Wie ein glückliches Kind sah sie hinab und drückte seine Hand. Er nahm seinen Rucksack ab.

»Im Dämmerlicht ähneln alle Städte einander«, sagte sie fast andächtig.

Er gab ihre Hand frei und schenkte den noch heißen Wein in die Blechbecher.

»Glühwein! Und das in dieser herrschaftlichen Umgebung!«, sagte sie. »Ist dies hier der Kurort der Zürcher?«

Er zuckte die Achseln. »Nein.«

»Also, mein Lieber, verrate es mir. Was haben wir zu feiern?«

Ein Lächeln flog über ihr Gesicht. Es gab Momente, da zog selbst sie das Einfache dem Luxus vor.

Er reichte ihr einen Becher, und sie tranken einen Schluck. Vorsichtig nahm er ihren Kopf und drehte ihn in Richtung Osten. Dabei trat er dicht hinter sie.

»Siehst du dort drüben die andere Seeseite?«

»Ja.«

»Man kann es nicht erkennen, aber dort liegt Uetikon, Inge, direkt neben Männedorf, wo ich lebe.«

Sie zuckte die Schultern, drehte sich zu ihm und blickte fragend in seine Augen.

Er zündete seine Pfeife an, sog mehrfach daran. Sie nahm sich eine Zigarette und blies den Rauch mit zurückgeworfenem Kopf nach oben.

»Und was gibt es in Uetikon?«, fragte sie.

»Eine große, geräumige Wohnung in einem riesigen Haus, am See gelegen, das älteste im Ort mit dem wohlklingenden Namen Haus am Langenbaum. Wir beide, du und ich, könnten dort leben und arbeiten, getrennt und doch beieinander. Niemand wird die Nase über dich rümpfen. Kein Nachbar wird sich getrauen, auch nur ein abfälliges Wort zu dir zu sagen. Kein Getuschel hinter deinem Rücken, Inge.«

Mit Abscheu erinnerte er sich an eine schreckliche Szene, die sich in Inges neuem Zuhause ereignet hatte. Als sie sonntags Teppiche im Hinterhof ausgeklopft hatte, war sie von einem der Hausbewohner als Hure bezeichnet worden. Männerbesuch, nächtliches Klappern der mechanischen Schreibmaschine inklusive Lärmbelästigung durch lautes Musikhören und Intimgeräusche – all das mitten in der Nacht, wenn andere Bürger schlafen, war ihr von einem Bewohner schriftlich zur Last gelegt worden – die Kündigung folgte.

Max hatte vor Wut gebebt und sich für seine Landsleute geschämt.

»Das Fräulein passt einfach nicht in die ehrenwerte Hausgemeinschaft«, hatte der Vermieter am Telefon zu Max gesagt.

Klammheimlich und hinter Ingeborgs Rücken hatte Max die Sache bereinigt, indem er dem Vater seines Freundes mit Kontaktbruch drohte.

»Ingeborg Bachmann ist eine Berühmtheit, und ich bin es auch, wie Sie wissen.«

Die Kündigung wurde zurückgezogen, aber die Beschimpfung war an Inge hängen geblieben, auch wenn sie nie darüber sprach.

»Ich kann dich in Uetikon beschützen, verstehst du? Niemand wird es wagen, etwas Unangemessenes zu dir zu sagen. Wir leben wie Mann und Frau, und der Respekt der Dorfbewohner ist dir sicher. Was willst du in dieser kleinen Zürcher Wohnung, mit diesem Hin- und Herfahren zwischen meiner Wohnung und deiner? Zwei Zahnbürsten, zwei Morgenmäntel, zwei Herzen im Sturzflug – warum riskieren wir nicht etwas? Wozu war unsere Begegnung denn gut? Lass uns im Haus Langenbaum zusammen einziehen und einfach nur glücklich sein.«

Er redete schnell, fast wie ein Wasserfall. Viel zu schnell, ohne Pause, als vermöge er so, ihre Bedenken zu zerstreuen, ihr Nein zu verhindern. Und etwas Sonderbares geschah während seines Redeschwalls mit ihm: Er zerstreute auch seine eigenen Zweifel und fing an, sich selbst zu glauben.

Eine gemeinsame Wohnung würde viele Probleme aus der Welt schaffen.

Mit Bedacht drückte sie ihre Zigarette auf dem Boden aus, richtete sich auf, stellte den leeren Becher auf die Bank und umarmte ihn. Er spürte ihre Hände auf seinen Wangen, sie waren eiskalt. Er nahm sie in die seinen, um sie zu wärmen.

»Ich weiß es sehr zu schätzen, dass du dich für mich eingesetzt hast in der Teppichklopf-Angelegenheit. Die Leute sind so. Nicht nur in Zürich, hier hat es mich nur besonders getroffen. Ich muss mich ja noch anfreunden mit der Schweiz. Lass es uns versuchen. Jetzt und hier fühle ich mich in der Liebe am sichersten. Vielleicht haben wir den richtigen Platz noch nicht gefunden. In Zürich ist mir, als stünde ich unter Beobachtung, als warteten alle darauf, dass ich einen Fehler mache.«

Ich fühle mich in der Liebe am sichersten – Max hätte in die Luft springen können vor Freude!

»Du musst sehr gelitten haben, Inge. Es tut mir leid, was ich dir mit dem Umzug zugemutet habe.«

Sie wischte sich mit den Fäusten über ihre Wangen und schüttelte den Kopf. »Nicht du, Max, es liegt nicht an dir. Es liegt an mir. In Wien hat es niemanden interessiert, was eine alleinstehende Frau in der Großstadt tut. Ob sie mitten in der Nacht Arien hört oder sich die Finger wund schreibt. In Rom schon gar nicht, die Römerin ist so anders. Sie entspricht wohl am ehesten meinem Naturell. Ach, ich wünschte, wir lebten in Rom.«

»Du hast in Rom in einer Künstlerblase gelebt, Inge, vergiss das nicht. Eine Ausländerin wird in der ewigen Stadt sicherlich zuvorkommender behandelt als eine Einheimische.«

Sie nahm ein Taschentuch aus ihrer Manteltasche und putzte sich die Nase. Dann zwang sie sich ein Lächeln ab. »Vielleicht liegt dort drüben Utopia, lass uns daran glauben und es einfach tun.«

Sie stampfte mit dem Fuß auf.

Max seufzte, und eine Erkenntnis durchfuhr ihn. Sie unterschieden sich von allen anderen Paaren, die er kannte. Wie groß ihre Wohnung auch sein mochte – es war die Kunst, die mit einziehen würde. Sie war Begleiterin und Nebenbuhlerin ihrer Liebe zugleich. Das war ein bedeutsamer Unterschied. Nicht im Alltag, sondern in der Koexistenz von Liebe, Arbeit und

Freunden, den gemeinsamen und jenen, die es niemals für den anderen sein würden – darin lag die größte Herausforderung. Er mochte Inge gegen Anfeindungen von außen schützen können, nicht aber vor sich selbst und vor ihrer Rücksichtslosigkeit gegen sich selbst. Und nicht vor seinem männlichen Ego.

»Ohne Arbeit können wir nicht existieren. Nun müssen wir nur noch Arbeit und uns zusammenbringen.«

Er schalt sich innerlich: Es tönte nach einer Gebrauchsanweisung für irgendein Haushaltsgerät.

»Wir werden in Uetikon arbeiten und als Paar zusammenleben, Max. Wir werden die Spiegel einschlagen, aus Rollen ausbrechen und das *erste* Paar sein.«

Spiegel einschlagen. Das erste Paar. Angesichts solcher Bilder ging ihm das Herz auf.

Jetzt war sie es, die ihm Mut zusprach. »Wir stehen uns nicht im Weg, sondern wir schaffen Freiräume füreinander. Wir sind nun einmal beide Schriftsteller, das haben wir uns weiß Gott nicht ausgesucht.«

Max lachte auf. »Nein, wir hatten keine Wahl.«

Ein Gedanke an seine Schulzeit streifte ihn, wie er bereits als junger Mann heimlich in einem Mansardenzimmer seines Elternhauses geschrieben und später etliche getippte Seiten verbrannt hatte. Auch Inge hatte vor ihrem sechzehnten Geburtstag fast tausend Seiten geschrieben und alles ins Feuer geworfen. So verschieden waren sie anscheinend doch nicht.

Ingeborg zog die Schultern hoch, er spürte, wie sie vor Kälte am ganzen Leib zitterte, beugte sich zur Bank hinüber, schenkte die Becher mit dem restlichen Glühwein randvoll und reichte ihr einen. Ein Duft von Anis und Zimt stieg auf, und der Gedanke an Weihnachten, das erste mit ihr, streifte ihn. Ein Stück heile Welt. Am Seeufer gingen die Lichter an. Kein einziges Schiff war um diese Jahreszeit zu sehen.

Wir schaffen uns Freiräume.

Er wollte ihr glauben. Mit klappernden Zähnen stießen sie an. Der Wein war nur noch lauwarm, aber eben doch wärmer als der kalte Wind hier oben. Sofort stieg er ihm in den Kopf und verdrängte alle guten Vorsätze des Maßhaltens. Wie relativ Empfindungen doch waren.

Arm in Arm schauten sie auf die Stadt zu ihren Füßen.

»Es ist viel zu kalt hier oben«, sagte er, küsste ihr Haar und packte die Kanne mit den Bechern zurück in seinen Rucksack. »Lass uns nach Hause gehen, Inge.«

»Wo ist das?«, fragte sie, hängte sich bei ihm ein und zog ihren Schal enger um den Hals.

Von Weitem sahen sie das Taxi und steuerten es an.

»In uns, Inge. Ein Wort. Eine Zeile, eine Geschichte. Unsere Heimat ist die Sprache, eine, die wir jeden Tag aufs Neue erobern.«

»Das könnte von mir sein«, gab sie leise zurück.

Und ihm dämmerte, dass das, was er soeben gesagt hatte, auf sie zutraf, nicht auf ihn.

Max konnte nicht leugnen, dass er eine tiefe Verbundenheit zur Schweiz besaß, jenem Land, in das er hineingeboren worden war, zu dessen Bergen, den Menschen, der betörenden Natur. Verglichen mit Ingeborg fühlte er sich manchmal wie ein behäbiger Schweizer mit einem soliden Bankkonto. Sein Schreiben entsprang eher seinem Ordnungssinn als der Sehnsucht nach allgemeingültigen Sätzen. Er musste Geschichten erzählen, die das Leben in ihm aufgestaut hatte. Sie hingegen brauchte die Literatur zum Überleben. Inge schrieb notwendige Sätze. So viel hatte er von ihr begriffen.

Seine Geschichten speisten sich aus seinen Erfahrungen, und genau das barg ein teuflisches Risiko. Denn er schöpfte aus den Gefühlen, die die Frau an seiner Seite in ihm weckte. Bemächtigte er sich damit im Schreiben eines Tabus, ihrer unantastbaren Intimität als Paar? Schreiben war eine Gratwanderung zwischen Indiskretion, Tarnung, Verrat und Selbstverrat. War Inge auch deswegen eine so große Sprachskeptikerin?

Bei aller Liebe waren sie auch Konkurrenten. Zum allerersten Mal gestand er sich ein, dass er eine Rolle infrage stellen musste, in der er sich bislang sehr wohlgefühlt hatte. Denn er war auch nur ein Mann. Allerdings einer, der im Begriff war zu lernen, wie er einer Frau vom Format einer Bachmann auf Augenhöhe begegnen konnte. Von solchen Lernprozessen war die Gesellschaft noch meilenweit entfernt. Ingeborg hingegen war ihrer Zeit weit voraus.

»Der heiße Glühwein war eine gute Idee, eine wunderbare Erfindung, die einem sogleich in den Kopf steigt«, sagte sie, als sie gemeinsam ins Taxi stiegen, das sie bis vor ihre Haustür brachte. »Meinst du, das Haus in Uetikon hat einen Holzofen?«

»Einen Kamin nehme ich an. Es ist alt, sehr alt.«

Abrupt blieb sie stehen und sah ihn nachdenklich an.

Er stutzte: »Was ist? Stimmt etwas nicht?«

Ihr Blick wanderte über sein Gesicht, sie runzelte die Stirn, als versuche sie, hinter ein Geheimnis zu kommen.

»Es ist dieser Blick von dir, wenn du die Lider senkst, nicht immer, aber manchmal. Damals in Paris dachte ich, es läge etwas Zynisches darin. Doch seit wir zusammen sind, erkenne ich ihn als Melancholie.«

»Es ist nichts von beidem«, gab er lachend zurück und reichte ihr den Arm. »Ich kann gar nichts dafür. Es kommt von einer Lähmung meiner Augenlider, die ich mir als Bub, krank im Bett mit den Masern liegend, geholt hab. Ich musste unbedingt mit der Taschenlampe unter der Bettdecke lesen. Das ist die Strafe.«

»Das kommt mir sehr vertraut vor«, sagte sie und strich mit den Fingerkuppen zärtlich über sein Gesicht.

Sein Herz schien zu bersten vor Glück.

»Bestraft zu werden?«

»Unter der Bettdecke mit einer Taschenlampe zu lesen«, erklärte sie lachend.

Als sie die Haustür zur Feldeggstraße aufschlossen, bewegte sich im zweiten Stock hinter dem Fenster eine Gardine.

»Herrenbesuch«, rief Max hinauf.

Was für ein Teufelszeug, dieser Glühwein! Er hätte Bäume ausreißen und aller Welt von seinem Glück erzählen wollen. »Hier kommt der Herrenbesuch für Frau Bachmann!«

»Sei still«, gab sie lachend zurück und hielt ihm auf dem Weg nach oben den Mund zu.

MAX

KAPITEL 10

Bonn, März 1959

Wer, wenn nicht diejenigen unter Ihnen, die ein schweres Unglück getroffen hat, könnte besser bezeugen, dass unsere Kraft weiter reicht als unser Unglück, dass man, um vieles beraubt, sich zu erheben weiß, dass man enttäuscht, und das heißt, ohne Täuschung, zu leben vermag.«

Max saß in der ersten Reihe, ganz außen am Rand, Ingeborgs Mantel auf dem Schoß.

Mit gemischten Gefühlen hatte er ihre Preisrede im Bundeshaus Bonn zur Verleihung des Preises der Kriegsblinden für ihr Hörspiel *Der gute Gott von Manhattan* verfolgt. Unzählige prominente Gäste des öffentlichen Lebens und der Politik waren gekommen. Ausnahmsweise hatte er sie begleiten dürfen; normalerweise duldete sie ihn nicht auf *ihren* öffentlichen Veranstaltungen – ein lange unausgesprochenes, aber zementiertes Tabu.

Angespannte Stille markierte das Ende ihrer Ansprache. Dann setzte tosender Applaus ein. Mechanisch klatschte Max und sah zu ihr hinauf. Der Titel ihrer Rede hatte sich ihm eingebrannt: *Die Wahrheit ist dem Menschen zumutbar.*

Er suchte ihren Blick, aber sie hatte ihn während des Festakts nicht beachtet. Wie deplatziert er sich hier fühlte! Ihr Verhalten befremdete ihn. Es war, als stünde da eine ihm fremde Frau auf der Bühne, eine, die mit ihren Unsicherheiten spielte und es zugleich genoss, von ihren Verehrern aller Couleur umgeben zu sein. Mit einem schüchternen Gesichtsausdruck drückte sie den ihr überreichten Blumenstrauß an sich, gleichzeitig nahm sie die Ovationen selbstbewusst entgegen, genau wie die Handküsse und bewundernden Blicke.

Auch er war an Preisverleihungen gewöhnt. Diese Aura jedoch, die sie hier umgab, stieß ihn nahezu ab. Neid? Missgönnte er ihr den Erfolg? Nein, er missbilligte die Rolle, die sie so offensichtlich spielte, meilenweit entfernt von jener Frau, die er liebte, ja vergötterte. Der ganze Glamour, den sie versprühte, war so grundverschieden von ihrem privaten Umgang mit Menschen. Dieses Getue, wie er es im Stillen abfällig nannte, befremdete ihn zutiefst.

Bei Max hingegen existierte kein großer Unterschied zwischen ihm als Mensch und den Inhalten seiner Bücher. Über die Rollen, die er spielte, war er sich absolut im Klaren – sie gehörten zu seinen Geschichten, zu seinem Leben und bildeten die Essenz seines Werks.

»Ich liebe es, im Speisewagen zu reisen«, sagte Max.

Ingeborg war eingenickt und sah ihn jetzt blinzelnd an.

»Ich bin zum Umfallen müde, todmüde«, sagte sie gähnend.

»Das sagst du oft«, gab er zurück.

Seit über zwei Stunden saßen sie im Schnellzug von Bonn nach Zürich einander gegenüber an einem kleinen Tisch. Er hatte es vermieden, etwas über ihren Auftritt zu sagen.

Dennoch ging er ihm nicht aus dem Kopf. Im Gegenteil: Sämtliche Kränkungen, die er empfunden hatte, waren zu neuem Leben erwacht.

Auf dem Tisch zwischen ihnen brannte eine Lampe mit einem gerafften Schirm, als trage sie ein Faltenröckchen.

»Es ist eine andere Form des Reisens, in einem Zug an einem Tisch zu sitzen. Man kann trinken, essen, Menschen beobachten und mit ihnen ins Gespräch kommen. Und draußen zieht die Welt an einem vorbei.«

Er fand, seine Bemerkung tönte harmlos genug.

Zeitgleich warfen beide einen Blick zum Fenster hinaus. Unter ihnen war der Rhein zu sehen, die in Dunkelheit getauchte Landschaft spiegelte sich in den Fensterscheiben.

»Es hat dir nicht gefallen«, sagte Ingeborg nach einer Weile, richtete sich auf, reckte sich und zupfte am Kragen ihres Kleids.

Er zündete seine Pfeife an und sog daran, während er sie beobachtete. Als sie eine Zigarette anzündete, bemerkte er das Zittern ihrer Finger. Sie ließ sich nicht an der Nase herumführen, genauso wenig wie er.

»Deine Rede war wundervoll, inhaltlich großartig. Jedes Wort saß wie immer, Ingeborg.«

»Aber?«

Er zuckte die Achseln. »Kein Aber. Vielleicht, dass mir Preisverleihungen vertraut sind? Ich kenne das ganze Drumherum.«

Auch dieses Ausweichmanöver ging daneben.

»Natürlich ist dir das Prozedere vertraut«, sagte sie. »Ich habe schon wahrgenommen, wie unwohl du dich gefühlt hast. Dort unten in der ersten Reihe.«

Er schüttelte den Kopf. »Es geht um das Drumherum, Ingeborg, deine Geheimnistuerei, all das, was du um deine Person aufbaust, dieses Getue. Das wurde mir durch deinen Auftritt bewusst. Ich habe dich so wie heute noch nie erlebt. Du warst mir fremd. Wer bist du eigentlich, frage ich mich.«

Er sah sie herausfordernd an und rückte seine Brille auf der Nase zurecht.

»Eine Frau, die auf einer Bühne steht und versucht, der Welt dennoch nur das zu zeigen, was sie sehen darf. Du kennst doch das Problem. Die Presse, die Öffentlichkeit, der ganze Literaturbetrieb.«

Hilflos zuckte sie mit den Achseln. Er konnte ihr ansehen, wie sehr sie seine Worte getroffen hatten.

»Nein«, erwiderte Max kopfschüttelnd. »Das ist es nicht. Etwas anderes habe ich heute gesehen, etwas Fremdes. Zwischen Verbergen und Inszenieren gibt es einen großen Unterschied. Ich bin kein anderer Mann, wenn ich an einem Pult auf einer Bühne stehe.«

»… *weil* du ein Mann bist, Max. Dich betrachtet man anders, glaub es mir. Man hört sich an, was du zu sagen hast.«

Er stutzte: »Sie hängen an deinen Lippen, Inge. Ich bitte dich!«

»Um zu beurteilen, ob die Farbe meines Lippenstifts zum Kleid passt. Das ist ein Unterschied, Max. Was möchtest du mir vorwerfen? Dass ich eine gute Schauspielerin bin?«

Er lachte zynisch. »Ja, vielleicht bist du das in der Tat.«

»Also, sag schon, was genau ist es, was dich stört, Max?«

»Welche Rolle spielst du bei mir? In welcher Rolle möchtest du von mir gesehen werden? Was ich heute Abend erlebt habe, befremdet mich zutiefst. Gleichzeitig habe ich eine klare Erkenntnis gewonnen. Zum ersten Mal beschlich mich heute ein Verdacht, als ich dich da stehen sah, allein dort oben mit deinem wunderschönen Kleid, dem frisierten Haar, deiner eingeübten Gestik. Ich glaube, ich weiß, warum du mich aus all diesen Domänen deines Erfolges heraushalten möchtest.«

Sie sah ihn fragend an. »Warum?«

»Weil du eine andere bist, wenn du auf der Bühne stehst, eine Fremde. Du spielst eine Rolle, die mir als Partner nicht zu sehen erlaubt ist, sie soll vor mir verborgen bleiben. Nun ist es geschehen. Der Vorhang hat sich gelüftet.«

Sie nickte. »Natürlich bin ich draußen eine andere. Meine öffentlichen Auftritte haben nichts mit dir zu tun, rein gar nichts.«

Sie begriff es also nicht – für ihn grenzte ihr Verhalten an Verrat, an Betrug.

»Deshalb hast du mich auch nie gefragt, ob ich dich zur Gruppe 47 begleite«, sagte er.

Er biss sich auf die Zunge. Konnte er es denn nicht lassen? Schon ewig trug er diesen Vorwurf mit sich herum. Musste sich ein verliebter Mann immer zum Affen machen?

Ihre Augen weiteten sich. Er las eine Mischung aus Staunen und Kränkung darin.

»Warum sollte ich? Hier hat mein Erfolg als Dichterin seinen Anfang genommen, was hast du damit zu tun?«

»Paul Celan war auch dort. Mit ihm teilst du deine Welten. Oder du hast sie geteilt, wer vermag das genau zu unterscheiden, ich nicht!«

Paul Celan – der Name schwebte, seit sie ein Paar waren, wie ein Phantom über ihren Gesprächen. Briefe, Telefonate, ihre Rückzüge im Zusammenhang mit ihm – Max hätte aus der Haut fahren können. Manchmal machte ihn all das rasend, und er sehnte den Tag herbei, da er das Phantom endlich persönlich kennenlernen würde, um dessen Bann zu brechen.

»Das kann man doch nicht vergleichen«, sagte sie empört. »Celan ist Lyriker. Gedichte haben es um so viel schwerer als die Prosa. Und du, Max, du bist doch längst in der Literatur etabliert. Diese Gruppe, in der es im Übrigen nicht zimperlich zugeht, hast du doch gar nicht nötig! Ich wusste nicht, dass du so eitel bist.«

Und nun war sie da, die Wut – er ließ nicht über sich bestimmen, ließ sich nicht sagen, was er nötig habe und was nicht. Celan war mit ihr bei mindestens einem Treffen gewesen. Allein der Gedanke an ein Zusammentreffen mit Celan trieb Max' Puls in die Höhe.

Was wusste er über den berühmten Lyriker, außer dass er Ingeborgs langjähriger Geliebter gewesen war? Ein verheirateter Mann, mit dem sie es getrieben hatte. Noch heute kamen Briefe von ihm an, manchmal täglich. Sie türmten sich in ihrem Arbeitszimmer, und ihr Inhalt, den Max nur vermuten konnte, erzeugte schreckliche Phantasien in ihm. War er, Max, vor einem derartigen Betrug gefeit? Dass dieser Mann Ingeborg noch immer viel bedeutete, konnte er spüren, ganz zu schweigen von den Telefonaten, die sie manchmal in Max' Gegenwart erreichten, wenn sie sich verschämt mit dem Hörer wegdrehte, flüsterte oder gar die Tür vor ihm verschloss. Gespräche mit verflossenen Liebhabern wurden im Stillen geführt, was Max viel Raum für Interpretationen gab. Gleichzeitig hörte sie nicht auf, zu beteuern, Celan wolle ihn, Max Frisch, endlich kennenlernen. Aber aus irgendwelchen geheimnisvollen Gründen war es bis heute nicht zu einem Treffen gekommen.

»Es ist aus zwischen uns, Max. Das musst du mir einfach glauben.«

Max wischte über den kleinen Tisch, klopfte die verkohlte Asche in den Aschenbecher und stopfte den Pfeifenkopf von Neuem.

»In einer Beziehung lässt man den anderen teilhaben an seinem Leben«, sagte er beherrscht und nahm einen großen Schluck Wein. »Diese Gruppe gehört zu deinem Leben. Es wäre schon hilfreich, du sprächest mir gegenüber davon.«

Der Zug ruckelte, als er langsam die Geschwindigkeit drosselte und mit quietschenden Bremsen zum Stehen kam. Von Weitem konnte Max in der Ferne ein rotes Signal sehen.

»Gerade in einer Beziehung wie der unseren muss man achtgeben, die Dinge zu trennen. Zu viele Gemeinsamkeiten verwischen doch die eigene Identität. Ich bin eine Schriftstellerin, du bist ein Schriftsteller. Jeder sollte in seinem Bereich arbeiten und dem anderen seine Freiheiten lassen.«

Max kniff die Augen zusammen: »*Deine* Freiheiten, Inge, gilt das auch in Bezug auf die männlichen Kollegen? Denk an die vielen Briefe großer Männer, die dich tagtäglich erreichen. Ich übe mich in Toleranz.«

Seufzend lehnte sie den Kopf zurück. »Nicht schon wieder, Max. Ich bitte dich. Ich glaube, du hast nicht die geringste Ahnung, was es bedeutet, als Frau in eine männliche Domäne vorzustoßen. Männer machen Literatur. Männer betreuen Literatur. Hast du je von einem weiblichen Lektor gehört? Aber du wirst das berufliche Umfeld, das dir selbstverständlich ist, auch mir zugestehen müssen, Max.«

Max biss sich auf die Lippen. Tatsächlich hatte er diesen Aspekt noch nie bedacht. Wo immer sich Ingeborg aufhielt, beruflich oder privat, sie war stets umgeben von Männern. Denn Männer beherrschten den literarischen Betrieb, de facto bildete sie als Frau eine von wenigen rühmlichen Ausnahmen.

Sie reckte sich und blickte zum Fenster hinaus. »Warum ist der Zug stehen geblieben?«, fragte sie geistesabwesend, zündete sich eine Zigarette an und blies den Rauch in die Luft.

»Vielleicht hat sich jemand auf die Gleise gelegt.«

Schmerzverzerrt verzog sie das Gesicht.

»Bei Personenschaden muss erst ermittelt werden«, stichelte Max.

Tatsächlich hatten sie die Grenze bei Basel erreicht. Im Waggon wurde es umtriebig, und an den Decken gingen grelle Neonlichter an. Einige Gäste verließen das Abteil, die Zollbeamten begannen, die Papiere der Reisenden zu kontrollieren.

Missmutig zeigte Max seine Identitätskarte, Ingeborg ihren Pass. Nach einer Stunde setzte sich der Zug wieder in Bewegung. Bis Zürich lag nun noch eine knappe Stunde vor ihnen.

Über lange Zeit wechselten sie kein Wort. Jeder hing seinen Gedanken nach, und Max überlegte, ob er sich für die Bemerkung mit dem Personenschaden entschuldigen sollte. Er wusste, dass ihr schon der geringste Hinweis auf Suizid zusetzte.

Auch der Tod war ein Tabu.

Er versuchte, ihr Gesicht zu lesen, das im Spiegel des Fensters abwesend und verschlossen wirkte, wie das einer Fremden. Sie hatte alle Schotten dicht gemacht, so wie nur sie es konnte.

»Er hat mir noch einmal geschrieben«, sagte Max kurz hinter der deutschen Grenze zusammenhanglos.

In ihrem Blick lag Aufmerksamkeit, eine Spur von Panik. »Paul Celan?«

Sie strich sich durchs Haar, fahrig, alarmiert – er konnte es ihr ansehen.

Max nickte ernst. »Er möchte meinen sachkundigen Rat in einer heiklen Angelegenheit. Es geht um Kritik an seinem Werk. Kritik, die ihn zutiefst gedemütigt haben soll.«

Ingeborg tat einen tiefen Seufzer und wischte sich mit beiden Händen über die Augen. »Wer zwei Leute um seine Einschätzung bittet, bekommt am Ende drei entgegengesetzte Ratschläge.«

»Er wird mit der Kritik leben müssen wie wir alle, Inge. Ich vermag mir kaum vorzustellen, was Celan von dir an Zuspruch und Freundschaft einklagt. Du gehst über deine Grenzen, Ingeborg«, warnte er eindringlich. »Deine Sensibilität und Empathie für die Sorgen deiner Freunde rauben dir viel Kraft.«

Sie sah Max an, so als könne sie nicht anders, und holte tief Luft. »Antwortest du ihm?«

Max nickte. »Auch wenn du es nicht für möglich hältst: Ich weiß, was sich gehört. Höflichkeit und Anstand gehören zu den angenehmsten Eigenschaften des Bürgerlichen.«

»Versprichst du mir, behutsam zu sein?«

»Ich soll meine Worte auf die Goldwaage legen?«

Sie lächelte. »Zumindest solltest du darum bemüht sein, das genügt mir schon.«

Max ahnte – Celans Kränkungen würden sich auch auf ihn

und Ingeborg auswirken. Ingeborg war zu sehr in der Leidensgeschichte ihres ehemaligen Geliebten gefangen. Er, Max, würde jedoch alles dafür tun, sich herauszuhalten. Immerhin war Neutralität eine zutiefst schweizerische Tugend.

MAX

KAPITEL 11

Was ist deine größte Schwäche?«, fragte Ingeborg, nach einer langen Pause das Thema wechselnd.

Der Zug rollte über die Gleise und schwankte bei gemäßigter Geschwindigkeit hin und her.

Charmant lächelte sie ihn an: ein Friedensangebot. Er hatte begriffen: Gleich durfte er sich ungestraft entblößen. Immer noch war er in Habachtstellung. »Nennst du deine auch, wenn ich sie dir verrate?«

Sie nickte: »Selbstverständlich.«

»Meine Angst vor dem Vergleich«, sagte er in klarem Ton. Er hatte nicht erst nachdenken müssen, die Antwort war eindeutig. Die Chance des Schweigens und In-sich-Gehens war verpufft. Da war sie wieder – seine Eifersucht, der Dämon in ihm, der beim geringsten Reiz erwachte und um sich schlug.

»Eifersucht ist Gift für die Liebe«, flüsterte sie.

Insgeheim gab er ihr uneingeschränkt recht, trotzdem gab er den Ball angriffslustig an sie zurück: »Mein Gift sind deine Zwischentöne. Du machst es mir nicht leicht, bei all deinen verflossenen Lieben. Was weiß ich schon über Henze, Celan, Richter und all die anderen?«

»Ich bin hier bei dir. Das ist das Einzige, was zählt.«

Sie hatte wohl entschieden, sich nicht provozieren zu lassen. Nicht heute.

»Dann begreife ich deine Geheimnistuerei umso weniger.

Es existieren so viele verminte Bereiche in deinem Leben. Ein Schritt in die falsche Richtung, und alles fliegt mir um die Ohren. Was ist das für eine hochentzündliche Luft, in der du dich aufhältst, Inge? Wie ein Blinder taste ich mich zuweilen durch deine Tabus.«

Sie schüttelte sich und holte tief Luft.

»Dass ich als schreibende Frau mich auf einen Schriftsteller deines Formats eingelassen habe, hat Auswirkungen. Die Presse lechzt nach Informationen über uns, am liebsten würden sie einen Blick in unser Schlafzimmer werfen. Eine Ehe haben sie uns schon angedichtet, oder zumindest warten sie auf das Großereignis des Jahres. Ich sehe es schon in der Überschrift der Neuen Zürcher Zeitung: *Frisch und Bachmann in den Hafen der Ehe eingelaufen.*«

Er bemühte sich, ein Grinsen zu verbergen. So schlecht war die Idee gar nicht. Er hielt die Ehe für eine grundsolide Einrichtung, und man bekannte sich vor aller Welt zueinander. Was war falsch daran?

»An deiner Seite bin ich weitaus verwundbarer als in einer anderen Beziehung«, fuhr sie beharrlich fort, »verstehst du das denn nicht? Ich respektiere deinen Ehrgeiz, gestehe mir also meinen zu! Auch aus diesem Grund brauche ich Abgrenzung. Frauen haben es im Literaturbetrieb um ein Vielfaches schwerer als Männer. Wären wir verheiratet, benötigte ich deine Einwilligung zu meiner Arbeit, ist dir diese Ungeheuerlichkeit überhaupt bewusst? Wäre ich eine Schweizerin, ich dürfte nicht einmal zur Wahlurne. Ich möchte niemals als dein Anhängsel gelten, niemals!«

Das war in der Tat ein beschämendes Beispiel für sein Vaterland, aber er hatte die Gesetze nicht gemacht. »Ich spreche einzig und allein davon, dass du mich ausschließt, Inge«, sagte er.

Es klang, als habe er soeben das Messer gewetzt.

»Ich schließe dich nicht aus, du bist mitgekommen nach Bonn. Es ging schief, das halten wir an dieser Stelle bitte fest, und zwar ganz und gar. Deshalb wird es das letzte Mal gewesen sein.«

Sie hatte entschieden – das Thema war erledigt. Ein für alle Mal, aber nicht für ihn!

Er spürte ihr Unbehagen, das ihr ganzer Körper ausstrahlte. Sie vermochte nichts zu verheimlichen, nicht, wenn ihr Körper sprach. Max fühlte sich vor einer Mauer, vor einer unnahbaren Frau, deren Blick ihn auf Distanz hielt.

Sie streckte den Kopf nach hinten, strich mehrfach über ihren Unterarm, als wolle sie aus ihrer Haut heraus und dieser Situation am liebsten entfliehen.

Max bebte innerlich vor Zorn. Ja, die Urform der Eifersucht war in ihm erwacht wie ein gefährliches Tier, das lange geschlummert hatte. Jenes Gefühl, gegen das weder das Kultivierte noch Bildung halfen. Im Gegenteil. Sein Intellekt vermochte diese Seuche des Argwohns nur aufzustauen, bis sie zu einer ganz primitiven Macht wurde und alle Drähte bei ihm durchbrennen ließ. Mit äußerster Kraft beherrschte er sich. Nicht hier. Nicht in der Öffentlichkeit.

»Die Gruppe 47, Lesungen, deine Treffen mit Kollegen, die zahllosen Männer in deinem Leben. Der intime Austausch unzähliger Briefe. Alles unantastbare Domänen also«, sagte er und presste anschließend die Lippen zusammen. Vor seinem inneren Auge sah er die vielen Briefe. Handgeschriebene Zeilen des gefeierten Literaten Günter Grass, von Celan ganz zu schweigen, von Hans Werner Richter, jenem Poeten, mit dem sie einst mehr als der Beruf verbunden hatte.

»Du besitzt kein Exklusivrecht auf Intimität mit mir, Max. Aber es gibt die unterschiedlichsten Formen der Vertrautheit. Und in unserer Zunft dominieren nun einmal die Männer, was ich liebend gern ändere«, gab sie giftig zurück.

Er fühlte sich wie ein Opfer seiner dunklen Seite, ein Bittsteller oder ein Priester, der ihre Verfehlungen aufzählte. Beides war in ihm: Flehen und Vorwurf, ein Ringen um Worte und Schweigen, Messer und Fehdehandschuh.

»Max«, sagte sie in flehendem Ton. »Du liest auch vor großem Publikum, füllst ganze Säle – ich war noch nie dabei. Du bekommst auch Briefe, aber was geht mich das an?«

Er zählte im Stillen bis zehn, ganz langsam. Auch er war nicht bereit, sich provozieren zu lassen. »Und jetzt bist du dran«, sagte er kühl. »Zurück zu deiner Ausgangsfrage, deinem Friedensangebot. Verrate mir, *cara poetessa,* was ist deine größte Schwäche?«

Poetessa klang wie ein böses Schimpfwort aus seinem Mund, sein Friedensangebot wie eine Kriegserklärung.

Ohne auf seine Provokation einzugehen, schloss sie die Augen, runzelte die Stirn, und es schien, als suche sie das passende Wort, einen wahren Satz.

»Mein Zweifeln, meine Unfähigkeit, fünfe gerade sein zu lassen. Meine Wehrlosigkeit gegen Verletzungen dieser Art, gegen deine Fähigkeit, den Spieß umzudrehen. Deine Worte können scharfe Schusswaffen sein.«

Sie öffnete die Augen, und ein tiefer, trauriger Blick traf ihn.

Beschämt blickte er zur Seite.

»Das sind mehrere Eigenschaften«, sagte er leise, griff über den Tisch, nahm ihre Hand, beugte sich darüber und küsste sie. »Es tut mir leid, Inge. Verzeih mir!«

Er spürte ihre Fingerspitzen an seiner Wange.

»Nein«, sagte sie und schenkte ihm ein Lächeln. »Es gehört in eine Kategorie, es handelt sich um ein tiefes Misstrauen gegen mich selbst. Das ist ein Problem, Max. Ein schier unlösbarer Konflikt in mir. Eigentlich bin ich zwei, ein Herz, dem die Metaphern zufliegen, ein Kopf, der sie zu Papier bringt. Das Problem ist die Spannung zwischen den beiden Existenzen in mir.«

»Aber kannst du denn nicht bei mir die sein, die du bist?«

»Das bin ich«, sagte sie bestimmt. »Lass mir das Außen, lass mir den Schein – er ist mein größter Schutz! Lass mich entscheiden, wie ich mit der Öffentlichkeit umgehe. Akzeptiere meinen Austausch mit Freunden und Kollegen. Mische dich nicht ein.«

Max nickte.

Eigentlich reagierte sie auf die einzig mögliche Weise angesichts seines schwankenden Selbstwertgefühls. Es handelte sich um *seinen* Makel, *seine* Eifersucht, *sein* Problem. Sie war einfach nicht bereit, es zu dem ihren zu machen.

»Müssen wir nicht ein Leben lang Verstand und Gefühl in Einklang bringen?«, sagte er und fürchtete dabei, wie so oft, ihrem feinen Intellekt mit seiner so schlichten wie essenziellen Frage unterlegen zu bleiben. Das Wirrwarr aus Theorie und Kopflastigkeit, das Ingeborg und ihre Schreibfreunde zelebrierten, war ihm zutiefst suspekt.

Max mochte viele Schwächen haben, mangelnde Authentizität gehörte nicht zu ihnen. Er traute sich selbst, seiner Wahrnehmung, die ihn stets gleich einer Art Kompass durchs Leben geführt hatte, ihn das Richtige zur rechten Zeit hatte sehen lassen. Bisher war das Leben für ihn ein großes Büffet gewesen, von dem er sich nur bedienen musste. Dinge, die er nicht vertrug oder die ihm unheimlich waren, vermied er. Er hatte nach seinem Germanistikstudium zur richtigen Zeit die Architektur aufgegeben, war in den passenden Augenblicken den richtigen Frauen begegnet. Und er ging davon aus, dass auch Ingeborg zum richtigen Zeitpunkt in sein Leben getreten war. Warum sonst waren sie in Paris einander über den Weg gelaufen?

Lange saßen sie in ihrem Abteil und sprachen über das, was sie teilten, jenes, was sie trennte, den Versuch, all die Widersprüche irgendwie zusammenzubringen. Max gestand seine Unzulänglichkeiten ein, sie die ihren. Und sie sprachen von ihrem Dasein im Literaturbetrieb, von dem Unterfangen, in der Öffentlichkeit zu stehen und dabei im Schreiben sein Innerstes nach außen zu kehren, von Privatsphäre und von einer intimen Beziehung, die ohne ihr Dazutun eine öffentliche geworden war.

»Wir stehen im Scheinwerferlicht wie ein Fürstenpaar«, sagte er. »Glaube bitte nicht, dass ich das genieße.«

Sie seufzte.

Eine Lösung gab es nicht, wenn, dann nur die, zum Schutz vor Klatsch und Spekulationen eine Tür hinter sich zu schließen und zu verriegeln.

Vertrauen war das Zauberwort.

Im Zug, der längst in den Zürcher Bahnhof eingefahren war, waren inzwischen die Lichter ausgegangen. Max bemerkte erst jetzt, dass sie die einzig verbliebenen Fahrgäste waren. Es mutete unheimlich an, noch dazusitzen in einem Speisewagen auf einem leeren Gleis. Noch unheimlicher aber war es, in das neue gemeinsame Zuhause zu gehen, das sie erst vor wenigen Tagen bezogen hatten.

»Nur die Liebe vermag es, das Chaos zu ordnen, Ingeborg. Das ist der Grund, warum wir zueinander gefunden haben. Wir glauben doch daran, dass die Welt sich in der Liebe umdenken ließe. Und geht es nicht allen Paaren auf der Welt so wie uns?«

Er erschrak über seine eigenen Worte – noch nie hatte er mit einer Frau so über Liebe gesprochen, so tief empfunden.

Sie schüttelte den Kopf. »Wir sind nicht wie andere Paare. Wir ordnen unser Chaos vor den Augen der Welt, was noch mehr ist als das Scheinwerferlicht. Unser Werk verrät uns. Ich möchte mich nicht zusätzlich öffentlichen Spekulationen aussetzen, wenn ich mich mit dir gemeinsam zeige. Ich bin kein Ausstellungsstück, kein Zirkuspferd, über dessen emotionale Befindlichkeit spekuliert werden darf. Es wird niemals ein gemeinsames Foto von uns geben. Niemals.«

»Und wie willst du das verhindern?«, fragte er.

Der Dämon in ihm reagierte so unmittelbar wie bei einem Süchtigen, dem jemand *seinen* Stoff unter die Nase hielt. Genauso verhielt es sich mit seiner Eifersucht: Ein winziger Reiz genügte, und sein Unmut verselbständigte sich in einer Kettenreaktion. Ingeborg würde sich also niemals zu ihm bekennen.

Damit lag das gewetzte Messer bereit.

»Niemals«, wiederholte sie.

Wie blind er war. Manchmal glaubte er, nicht die geringste Ahnung von Frauen zu haben. Mit großer Beherrschung widerstand er der Versuchung und schwieg.

Dieses gemeinsame Foto würde sich nicht vermeiden lassen, da ging er jede Wette ein.

Ingeborg und er stiegen aus dem Zug und kauften am Kiosk in der Bahnhofshalle Wurst- und Käsebrote. Eine warme Mahlzeit war von Ingeborg nicht ohne Weiteres zu haben, das hatte er schnell begriffen. Wenn sie kochte, dann musste es bei ihr ein groß angelegter Versuch sein, eine regelrechte Koch-Orgie, nach der die Küche wie ein Schlachtfeld aussah, das Ergebnis auf dem Tisch allerdings auch äußerst positive Überraschungen barg.

Sie erreichten ihr neues Zuhause in Uetikon. Die verschlossenen Kartons, Koffer, all die Provisorien ihrer neuen Zweisamkeit begrüßten sie. Bisher hatten sie nur das Nötigste ausgepackt.

Als er *sein Mädchen,* wie er sie sehr selten im Stillen nannte und noch seltener vor anderen, als er sie mit glücklichem Lächeln kurz darauf mit vollem Mund von einem Käsebrot abbeißen sah, inmitten der Kartons und all des Chaos, erinnerte er sich wieder an die wunderschönen Stunden mit ihr. Max feuerte den Kaminofen im Wohnzimmer an, und sofort war die Wärme spürbar. Solange es nicht um Worte ging, war sie so leicht zufriedenzustellen.

Er nahm sie an die Hand, zog sie mit sich und trat ans Fenster. Hier auf seiner Rückseite offenbarte das Haus am Langenbaum seine wahren Qualitäten. Selbst in der Dunkelheit sah man den großen Garten und den mit Laternen gesäumten Weg, der direkt zum See führte.

Er stellte sich hinter sie, umfasste sie zärtlich. »Das ist unser Privatweg«, flüsterte er ins Ohr. »Manchmal hat die Schweiz mit ihrem Eigentumsrecht Vorteile. Der Garten ist terrassenförmig angedacht. Vorn gibt es ein Gartenhäuschen, eine Etage tiefer einen Tisch und Stühle direkt am Wasser. Dort werden wir unsere Sommerabende verbringen. Es ist der schönste Garten der Welt. Siehst du es schon vor deinen Augen, wie wir dort sitzen? Beim Nachbarhaus gibt es sogar einen Schwimmsteg.«

»Ich rieche den See«, gab sie leise zurück.

Am späten Abend, sie hatten bereits eine Flasche Wein getrunken, klingelte das Telefon. Sie sahen einander an: Wer sollte rangehen?

Inge bedeutete Max, den Hörer abzunehmen.

Am anderen Ende der Leitung war das Phantom.

Paul Celan.

MAX

KAPITEL 12

»Hier spricht Paul Celan«, hörte er wie aus der Ferne eine tragende Stimme.

Sofort bot Max an, den Hörer an Inge weiterzugeben.

»Nein«, sagte die Stimme monoton. »Ich wollte Sie sprechen, Max Frisch, Sie. Hat Sie mein Brief erreicht?«

Max bejahte und gab Inge ein Zeichen, bevor er sich von ihr wegdrehte.

»Ich hätte Sie gern persönlich getroffen, Max. So lässt sich besser reden.«

Wie er klang, der Schöpfer der *Todesfuge*, der Komponist von *Mohn und Gedächtnis* – als inszeniere er einen Telefonanruf auf einer großen Bühne, als spräche er ein Gedicht direkt ins Mikrophon, trüge sein Anliegen der Welt vor. Bestimmend und schüchtern, klagend und anklagend – so widersprüchlich, wie Ingeborg es war.

Celan sprach von den unsäglichen Anschuldigungen gegen seine Person, dem Bedürfnis nach Austausch, seiner Hoffnung auf Zuspruch, auf Solidarität.

»Kurzum: Es geht um eine sehr heikle Angelegenheit.«

Heikel war seit einem halben Jahr alles, dachte Max und fragte sich, ob er die Seele dieses Mannes jemals verstehen würde.

Auf ihn wirkte Celans Rede bedrückend, wie eine Anrufung, als schnüre er ihm als einem zum Zuhören Verurteilten die

Luft zum Atmen ab. Doch zugleich besaß Celan etwas Einnehmendes, fast Übergriffiges, so dass Max sich ihm kaum entziehen konnte.

Aus einem Seitenwinkel bemerkte er einen Schatten. Ingeborg hatte den Raum verlassen. Er sah nur noch, wie die Tür leise ins Schloss fiel. Das hatte er nun von seinem Wunsch, nicht ausgeschlossen zu werden.

»Es entspricht auch meinem Wunsch, Sie zu sehen«, gab Max zurück, formell, kurz angebunden.

Er würde nicht in die Falle tappen, das von Celan gespannte Netz meiden. Dabei war es längst geschehen. Celans Stimme und die Art, wie er mit Max in Verbindung getreten war, hatten Max aus der Fassung gebracht.

Er räusperte sich. »Sagen Sie einfach, wann Sie hier sein können, Herr Celan. Wir freuen uns sehr auf Sie«, hörte er seine Geschäftsstimme sagen, als stimme er den Konditionen für eine Lesung zu.

Keiner beherrschte das Rollenspiel wie Max Frisch.

Celan schlug Paris als Treffpunkt vor. »Nennen Sie mich gern Paul.«

»Das wäre eine wundervolle Gelegenheit, einmal wieder in Paris zu sein, Paul. Ich muss das mit Ingeborg klären«, gab Max zurück, ein Bergsteiger, der nur kurz abgerutscht war, denn vor seinem inneren Auge tat sich eine Parkbank an einem kühlen Sommertag auf, Les Halles mit den Marktständen, der Metzger mit einem Messer und einer blutigen Schürze, starker Kaffee.

Max, der Kenner der Berge, schnappte nach dem Sicherungsseil. Er flüchtete in die Pose des Vielgereisten, des Mannes mit Ingeborg an seiner Seite. Der Mann, der ihr in Paris begegnet war. Dort hatten sie einander entdeckt, hatten sich verliebt, waren ein Paar geworden. Niemand konnte ihm das wegnehmen. Aber Paris war auch die Stadt, in der Celan lebte, in der sie von dem einstigen Geliebten Abschied genommen hatte. Nur einen Tag, bevor sie einander begegnet waren.

Manchmal lag beides, Anfang und Ende, so dicht beieinander, dass die Grenzen verschwammen, die Gesichter ihre Konturen verloren und die Stimmen einander überlagerten, bis sie zu einer wurden.

Und dennoch waren Grenzen lebenswichtig.

Wir sind nämlich ein Paar, Paul, merken Sie sich das, lag ihm auf der Zunge, als vermöge er so die Konstellation für alle Zeit einzufrieren. Aber als er den Hörer aufgelegt hatte, begriff er: Alle drei waren sie Konkurrenten – in ihrem Werk, im Leben und eben auch in der Liebe. Dabei war Paul mehr als ein Rivale. Er war einer, der Max' Zunft angehörte, und ein verflossener Liebhaber seiner Geliebten, ein Mann, zu dem Ingeborg jederzeit zurückkehren konnte.

Als Max benommen den Hörer auflegte, vernahm er Geräusche von Inge in ihrem Arbeitszimmer. Er lauschte und konnte die Tastatur ihrer Schreibmaschine hören. Erst verhalten, als schriebe sie sich warm, dann lauter, bestimmter, in regelmäßigem Takt.

»Wenn ich schreibe, dann lebe ich«, hatte sie einmal gesagt. Und genauso klang es: lebendig, kraftvoll, stark.

Zum allerersten Mal registrierte er einen Anflug von Neid auf sie. Eine Liebe zwischen Schriftstellern war alles andere als einfach, das dämmerte ihm allmählich.

In der Nacht hatte er dann einen seltsamen Traum: Ein Theatervorhang öffnete sich. Auf der abgedunkelten Bühne befanden sich ein Stuhl, ein schmuckloser Tisch, nur von einem winzigen Leselämpchen beschienen. Kein Publikum hatte sich versammelt, nur er, Max, war gekommen und wartete. Dann betrat Paul Celan die Bühne, und hinter ihm tat sich ein Grab auf. Es roch nach altem, abgestandenem Staub, nein, nach Asche, nach verbrannter Erde, nach Schuld. Das Bild verschmolz mit der Gestalt eines Dichters, der ins Leere starrte. Nach dem Vortrag wurde Max gewahr, dass er doch nicht mit dem Dichter allein war, denn vorn in der ersten Reihe applaudierte jemand, und Max erkannte Ingeborg. Sie drehte sich um und machte ihm Zeichen, wild gestikulierend, sie nach allen Kräften zu unterstützen.

»Hilf mir«, sagte sie tonlos. »Hilf mir!«

Ratlos klatschte er in die Hände.

Nach dem Erwachen beschloss Max, den Inhalt des sonderbaren Telefonats für sich zu behalten und seinen Traum wegzusperren, bis er Klarheit darüber haben würde, ob ein Treffen zu dritt möglich und sinnvoll wäre – was er für immer unwahrscheinlicher hielt.

Würde es wirklich zustande kommen? Er würde es erst dann glauben, wenn sechs Augen sich einander über einen Tisch anblickten, drei Stimmen erklangen.

Celan würde sein Anliegen genau wie seine Gedichte in eingeübtem Ton, präziser Mimik und Gestik vortragen und Max allein aus Protest reden, wie ihm der Schnabel gewachsen war.

Denn so war er: Wenn Dritte an seinem Selbstwert kratzten,

mimte Max den bösen Buben, gleich einem Pubertierenden, der sich gegen die Erwachsenen stellt.

Inge würde zwischen den beiden Männern dolmetschen, von einer Sprache in die andere übersetzen und wieder zurück, und am Ende würde man sprachlos auseinandergehen.

»Kannst du dich denn nicht ein bisschen zusammenreißen?«, würde sie unten am Ufer der Seine fragen und sich nervös eine Haarsträhne hinters Ohr klemmen.

»Ich weiß gar nicht, wovon du sprichst«, würde er wiederum antworten, den flachsten Stein, den er finden konnte, vom Boden aufheben, einmal darüberstreichen und ihn aus dem Handgelenk heraus übers Wasser springen lassen.

INGEBORG

KAPITEL 13

Uetikon, Mai 1959

Sie schlenderte mit Max die Seestraße von Uetikon entlang. Seiner hohen Immobilienpreise wegen nannte man den Seeabschnitt am Zürichsee mit seinen exklusiven Häusern auch Goldküste. Bei ihrem Wohnsitz jedoch, dem Haus am Langenbaum, handelte es sich um einen einfachen Kastenbau mit einem vorgemauerten zweiseitigen Treppenaufgang und Klappläden. Aus dem ersten Stock, den sie bewohnten, blickte man auf die gegenüberliegenden Bahngleise.

Ein sonniger Tag neigte sich dem Ende entgegen. Seit nunmehr einem halben Jahr lebte Ingeborg in der Schweiz. Angekommen war sie bis heute nicht – sie war noch immer nicht heimisch geworden in diesem Land, wo der Küchenschrank *Chuchichäschtli* hieß, das Taschentuch ein *Nastuch* war, ein Idiot als *Tubel* bezeichnet werden durfte und wo man über den Tellerrand hinaus *luegte*. Man bezahlte mit einem *Stutz*, trank Sekt und Wein in der Maßeinheit *Dezi* oder als verschwindend kleines *Kübli* und wusch sich am *Lavabo* die Hände – kurzum, es war eine neue Welt, voller fremder Wortschöpfungen, die man sich erst einmal auf der Zunge zergehen lassen musste.

Doch war sie bei Max angekommen? Tisch *und* Bett zu teilen bedeutete mehr, als sich an einem Bahnhof in die Arme zu fallen und, von Sehnsucht und Imagination getrieben, einige

Tage und Nächte im Rausch miteinander zu verbringen. Zusammenzuleben war etwas völlig anderes.

Seit Max und sie die große Wohnung teilten, war es nicht unbedingt leichter geworden mit ihnen. Tagein, tagaus machte sie das Geklapper seiner Schreibmaschine wahnsinnig, unterbrochen von dem schrillen Glöckchen, das das Zeilenende ankündigte. Er schrieb, das hatte sie tatsächlich mit eigenen Augen gesehen, mit nur zwei Fingern und hatte dabei eine Fertigkeit entwickelt, die seinesgleichen suchte. In Windeseile füllte er ein eingespanntes Blatt. Sie konnte sein Tagespensum nur vermuten – fünfzehn Seiten? Das war eine Menge, vor allem für jemanden wie sie, die sich nächtelang vor einem weißen Blatt Papier quälte.

Sie verbrachte Stunden in ihrem Arbeitszimmer, nur um wenige Sätze aus sich herauszupressen. Oft schrieb sie erst spät in der Nacht, wenn Max schlief – einen Satz, eine Zeile, ein wahres Wort.

Ihr Arbeitstakt war so unterschiedlich wie ihre Charaktere. Max vermochte es, sich nach dem Frühstück an den Schreibtisch zu setzen und wie am Fließband loszuschreiben. Sie aber war auf Inspiration angewiesen, auf feinste Zeichen von der Außenwelt lauernd, einem inneren Impuls folgend, auf das Aufeinandertreffen einer perfekten Konstellation. Erst dann konnte sich in ihr das Wunder einer Wortsymphonie entfalten. Ihre Sätze kamen entweder in höchster Not oder wenn sie ganz bei sich war.

Hier in der Schweiz war nichts davon der Fall, und ihre Sehnsucht nach ihrem altvertrauten Italien wuchs von Tag zu Tag.

Das Zusammenleben mit Max hatte ein weiteres Dilemma zutage gefördert, das sie nicht vorausgeahnt hatte. Argwöhnisch nahm Max die vielen Briefe, die sie tagtäglich erreichten, zur Kenntnis. Schon seit Ewigkeiten korrespondierte Ingeborg mit Freunden, mit ehemaligen Geliebten ebenso wie mit den großen Namen der Literatur ihrer Zeit: mit Hans Werner Richter, Hans Magnus Enzensberger, Günter Grass, Verlegern und Lektoren – männliche Absender, die Max zusetzten, das konnte sie ihm von den Augen ablesen.

»Post für die große Diva«, sagte Max manchmal, wenn er morgens einen Stapel Briefe in ihr Arbeitszimmer brachte, weil er auf dem Rückweg seines Morgenspaziergangs dem Briefträger in die Arme gelaufen war.

Sie bemühte sich, diese spitzen Bemerkungen wegzulächeln. An sie gerichtete Briefe, von wem auch immer sie kamen, waren für sie kein Anlass für Erklärungen.

In den letzten Tagen war wieder von einem möglichen Treffen mit Paul die Rede gewesen, aber stets etwas dazwischengekommen. Was Max vor einigen Wochen mit ihm am Telefon besprochen hatte, stand wie eine Mauer des Schweigens zwischen ihnen, genau wie der Briefwechsel, den Paul an Max eröffnet hatte. Insgeheim versprach sich Ingeborg von einem Treffen, endlich die Unklarheiten zwischen ihnen dreien zu beseitigen. Max würde mit eigenen Augen sehen, dass sie und Paul nur Freunde waren, es keinen Anlass zur Eifersucht gab.

Doch zuweilen erreichten Ingeborg gleich drei oder vier Briefe von Paul an einem einzigen Tag, was Max stets mit gerunzelter Stirn und einem unverständlichen Gemurmel am Frühstückstisch kommentierte.

»Wie kann man gleich mehrere Briefe an einem Tag an dieselbe Person verschicken?«, hatte er einmal missmutig gefragt, eine Mischung aus Eifersucht, Misstrauen und Unverständnis im Blick.

Ingeborg hatte ratlos die Achseln gezuckt. Es war Teil ihres Lebens, umfangreich zu korrespondieren, sich in aller Ausführlichkeit schriftlich auszudrücken; und auch sie hatte früher manchmal mehrere Briefe an Paul an einem einzigen Tag geschickt. Das geschriebene Wort, versehen mit einem Poststempel, besaß eine eigene Qualität.

Doch mit all dem Unausgesprochenen zwischen Max, Paul und ihr lagen Komplikationen brach. Max, das befürchtete sie, würde Pauls persönliches Anliegen, seine Bitte um Solidarität, was die Kritik an seinem Werk anging, mit der Tatsache, dass sie einst ein Paar gewesen waren, vermischen. Manchmal glaubte sie, das Unheil auf sie alle zurollen zu sehen.

Erst vor Tagen hatten Max und sie sich deswegen gezankt. Max hatte ihr eine Passage aus seinem Brief an Paul vorgelesen, die sie zu lapidar, zu dahergesagt gefunden hatte. Er hatte nur Belangloses geschrieben, und genau das war das Problem.

»Du kannst ihm doch keinen Geschwätz-Satz schicken, nicht Paul Celan!«

Wutentbrannt hatte Max den Brief zerknüllt.

»Ich mag meine Sätze nicht desinfizieren, große Herrin«, hatte er mit einer höfischen Verbeugung erwidert und die Tür hinter sich zugeschlagen.

Herrin! Es war geradezu lächerlich.

Wie sehr sie sich wünschte, fünfe gerade sein lassen zu können! Max mochte manchmal einfach drauflosreden, aber er besaß feine Antennen. Sicher spürte er längst die schwierige Konstellation, die mit Pauls offensiver Kontaktaufnahme besiegelt worden war. Für alle Zeit, das schwang unausgesprochen stets mit, würde Paul eine große Liebe in Ingeborgs Leben bleiben, was Max' Eifersucht immer wieder aufs Neue entfachte. Dieses Dilemma würde nicht verschwinden, und es war seit dem Gespräch der beiden Männer nur realer geworden. Ihre Sorge war, wie Max bei einem Treffen handeln würde, wenn er schon in einem Brief nicht die richtigen Worte fand.

Ihre andere Sorge galt Pauls verwundeter Seele.

»Du bist hier nicht glücklich«, durchbrach Max an der Seepromenade ihr Gedankenkarussell.

Verwirrt blickte sie ihn an.

Er bedeutete ihr, auf einer Bank neben ihm Platz zu nehmen, schlug ein Bein über das andere, lehnte sich zurück und stopfte seine Pfeife. »Ich hatte gehofft, dass diese große Wohnung eine Lösung für unsere Situation sein könnte.«

Er zündete seine Pfeife an, sie nahm sich eine Zigarette. Den Kopf zurückwerfend blies sie den ersten Zug aus. So war Max: direkt, offensiv. Probleme waren dafür da, benannt zu werden. Aus seiner Sicht bildete das stets den ersten Schritt zu deren Lösung. Manchmal schien ihr seine Welt verblüffend einfach. Sie hingegen musste das Gesagte erst einmal verdauen.

»Das stimmt nicht«, erwiderte sie zögernd. »Ich bin mit *dir* glücklich, Max. Ich genieße unser Zusammensein. Aber dieses Land befremdet mich. Irgendwie werde ich mit der Schweiz nicht warm. Vielleicht habe ich zu lange in Italien gelebt. In Rom lebt man, in Zürich existiert man.«

Sie schloss die Augen und dachte an die grauen Bürgerhäuser von Zürich, die hinter schlichten Fassaden verborgenen Schweizer Banken mit ihren einbruchssicheren Tresoren. Ein Land, wo das Bankgeheimnis schwerer wog als das Schweigen voreinander. Grau, in Zürich erschien ihr alles grau, gedämpft, nicht lebendig.

»Die Zürcher leben tief verankert in ihrer protestantischen Tradition. Die streift man nicht einfach ab«, sagte Max. »Manchmal habe ich das Gefühl, du zwingst mich dazu, meine Landsleute zu verteidigen, obwohl ich ihnen durchaus kritisch gegenüberstehe. Allzu viel Traditionelles bringt doch immer Stillstand und Kleinkariertes hervor, nicht wahr?«

»In Italien leben die Menschen einfach. Sie denken nicht darüber nach, was sie tun. Es gibt also tatsächlich etwas, das dich an der Schweiz stört? Was ist es? Verrate es mir«, bat sie amüsiert.

Er nickte und lächelte schelmisch: »Ihr Größenwahn auf Bescheidenheit.«

Sie lachte laut.

Würde sie ihm ihr gelobtes Land schmackhaft machen können? Im Stillen hoffte sie, eines Tages mit ihm in Rom zu leben: unerkannt, inkognito, fern von Zürich, weit weg vom deutschsprachigen Literaturbetrieb, der ihrer beider Namen auswendig kannte.

»Der Katholizismus bringt andere Probleme mit sich«, widersprach Max entschieden. »Auch in Italien herrscht eine Doppelmoral. Man bekreuzigt sich, nachdem man seine Frau geschlagen hat, und alles wird vergeben. Ich formuliere das sehr zugespitzt, aber da ist was Wahres dran. Trotzdem teile ich deine Liebe zu Italien. Meist sind es die Landschaften, die ich an einem Land liebe, die Wärme, das Leichte, gutes Essen und guten Wein.«

Sie lächelte. »Vor allem das Leichte, nicht wahr?«

»Das klingt aus deinem Mund, liebste Inge, nach einem Vorwurf.«

Er suchte mit seinen Augen ihren Blick, blieb ernst.

»Nein.« Sie schüttelte heftig den Kopf. »Nein. Das ist ein großes Talent, eine Eigenschaft an dir, die ich ehrlich bewundere. Ich wünschte, ich könnte mir davon eine Scheibe abschneiden. Möchtest du mir durch die Blume sagen, dass du es nicht ausschließt, eines Tages mit mir in Italien zu leben? In Rom, der ewigen Stadt?«

Max sog an seiner Pfeifenspitze. Hinter seiner dunklen Hornbrille mit den dicken Gläsern erschienen seine Augen riesengroß. Ingeborg hatte an ihm zunächst etwas Zynisches entdeckt, wenn er die Lider senkte, doch inzwischen fand sie, dass es ihm auch etwas Laszives verlieh.

Sie registrierte sein Gähnen, eine Übersprungshandlung, die in letzter Zeit häufiger bei ihm vorkam.

»Bist du müde? Möchtest du, dass wir zurückgehen?«

Er schüttelte den Kopf. »Durch die Blume zu sprechen ist nicht mein Metier, Inge. Und, um deine Frage zu beantworten: Mit dir schließe ich gar nichts aus, das habe ich in der kurzen Zeit mit dir bereits gelernt.«

Seufzend legte sie ihren Kopf an seine Schulter. Er umarmte sie, und sie rückte näher an ihn heran. Auf dem See zogen Enten und Schwäne ihre Bahnen, und das Wasser zeichnete ihre Spur wie ein sich öffnender Reißverschluss. Segelboote fuhren hinaus. Ingeborg schloss die Augen, nahm eine aufkommende Schläfrigkeit wahr. Oder war es seine? Gespräche dieser Art strengten sie an, raubten ihr Energie. *Nicht nachdenken,* dachte sie, *bloß nicht nachdenken. Die Dinge geschehen auch dann, wenn wir im Kopf alle Szenarien durchspielen.*

In der Ferne hörte sie vom Wasser die Rufe fliegender Enten. Sie fing an, das Jetzt zu genießen, sein Schweigen, den Geruch seines Pfeifentabaks. Auf einmal war ihr, als könne sie für einen Augenblick alles genauso nehmen, wie es war.

Nach einer langen Pause durchbrach Max das Schweigen. Er räusperte sich, und sie spürte seine Anspannung.

»Celan hat einen neuen Anlauf genommen, mich zu treffen. Neulich am Telefon.«

INGEBORG

KAPITEL 14

Uetikon, Mai 1959

Ingeborg schreckte auf.

»Ja, Celan bat mich ausdrücklich um ein Treffen«, wiederholte Max.

»Das würde ihm sicher guttun«, erwiderte sie zerstreut, strich über ihren Rock und schüttelte sich.

Max stutzte kurz, dann sog er mehrmals an seiner Pfeife.

»Was genau ist mit ihm geschehen, Inge? Du musst mir erzählen, was du weißt. Was treibt ihn um, woran verzweifelt er? Ich brauche mehr als *seine* Sicht der Dinge. Schließe mich nicht aus, ich bitte dich, tu das nicht. Nicht in dieser Sache.«

Sein Ton klang ernst und offenbarte seine Verletzbarkeit. Sie wusste: Es bedurfte nicht viel, und seine Gefühle wandelten sich in tiefstes Misstrauen, Eifersucht.

»Ich werde es versuchen«, sagte sie und schloss konzentriert die Augen. Sie registrierte die wärmenden Sonnenstrahlen auf ihrer Stirn, spürte Max neben sich, seine Aufmerksamkeit. Niemand, den sie kannte, vermochte so sehr, sich ganz und gar auf sein Gegenüber einzustellen, eine Eigenschaft, die sie bedingungslos an ihm liebte.

»Wenn man Celans Befindlichkeiten beschreibt, ist es wichtig, zwei Dinge zu unterscheiden, die in der Öffentlichkeit vermengt werden«, fing sie stockend an zu sprechen. »Einmal geht es um Literaturkritiken, die in Pauls Augen antisemitisch sind. Das zweite ist seine persönliche Leidensgeschichte, die vor zehn Jahren ihren Anfang nahm. Eigentlich ist es die Geschichte eines Verbrechens, eines Todesstoßes, den Paul wie durch ein Wunder überlebt hat.«

Sicherlich war Max im Bilde über das Unerhörte, was vor Jahren über Celan hereingebrochen war. Er las ja Zeitung! Tatsache war, dass Celan seit Jahren an einem frei erfundenen Plagiatsvorwurf litt.

Die Witwe des russischen Lyrikers Ivan Goll hatte Celan des Plagiats am Werk ihres verstorbenen Mannes, des Lyrikers Ivan Goll, bezichtigt und Paul zudem öffentlich vorgeworfen, er kokettiere mit seiner Opferrolle, nachdem er seine gesamte Familie in Auschwitz verloren hatte.

»Er leidet also immer noch an dieser Verleumdungskampagne, die durch die Zeitungen ging«, sagte Max.

Ingeborg öffnete die Augen und nickte. »Alles infame Lügen, Max, was da geschrieben wurde. Paul und Ivan waren Freunde. Claire Golls Behauptungen sind ein einziger Verrat, ein regelrechtes Verbrechen. Du weißt selbst, wie das ist, es bleibt leicht etwas hängen, Max. Gesagt ist gesagt, geschrieben ist geschrieben, und wenn das Opfer noch so sehr im Recht ist. Der Literaturbetrieb ist grausam.«

»Ich muss mehr darüber wissen, um mir ein Bild zu machen«, sagte Max, stand auf, reichte ihr die Hand und zog sie hinauf. Für einen Moment legte sie ihre Stirn auf seine Brust. Sie spürte, wie er mit seinen Händen über ihren Rücken strich. Sie hätte stundenlang so verharren wollen, manchmal blieb mit Max die Zeit stehen, und ihre Welt hielt inne, als gebe es nur Zuversicht, Neubeginn und ein tiefes, wortloses Verstehen.

»Lass uns zu Hause bei einem Glas Wein darüber sprechen. Ich bin ein guter Zuhörer«, flüsterte er in ihr Ohr.

»Das weiß ich«, sagte sie, löste sich aus seiner Umarmung, hängte sich bei ihm ein und folgte ihm im Schatten der Trauerweiden entlang bis nach Hause.

Bei Max' Lieblingswein, einer Flasche Verdicchio, berichtete sie von Celans Geschichte und ihrem hilflosen Unterfangen, als Freundin und ehemalige Geliebte eine Lösung für sein Problem zu finden.

»Ivans Witwe Claire Goll hat mit ihren Verleumdungen einfach nicht aufgehört«, sagte Ingeborg mit tränenerstickter Stimme. »Selbst Celans berühmte *Todesfuge* sei ein Plagiat, behauptet sie noch heute. Und einige wenige Literaturkritiker haben Claires Anschuldigungen bestätigt. Das hat alles schlimmer gemacht.«

Max schüttelte entrüstet den Kopf. »Idioten«, murmelte er und bedeutete ihr weiterzusprechen.

Sie schluckte.

»Daraufhin widersprachen Kolleginnen und Kollegen, protestierten öffentlich und sprangen für Paul in die Bresche, bestimmt hast du das in der Presse verfolgt – doch der Makel bleibt bis heute an ihm hängen, verstehst du?«

Max nickte. »Und nun erwartet er von Kollegen, Freunden und vor allem von dir immer weitere Solidaritätsbekundungen, eine Art öffentliche Verteidigung?«

»Ja, vor allem von mir. Du ahnst nicht, wie viel ich schon unternommen habe.«

Max seufzte. Dann gähnte er verhalten, was er in letzter Zeit häufig tat, wie ihr in diesem Augenblick auffiel.

War er übermüdet? Prüfend sah sie in sein Gesicht, registrierte den fahlen Ton seiner Haut. Sie schenkte sich ein weiteres Glas Wein ein und bemerkte, dass er seines nicht angerührt hatte.

»Ist alles in Ordnung mit dir?«, fragte sie vorsichtig.

Er nickte, bat sie, weiterzusprechen.

»Was Paul von mir erwartet, übersteigt meine Möglichkeiten. Ich habe ihm in unzähligen Briefen zugeredet, versucht, ihn zu stärken. Aber ich verstehe, dass er sich dieser Form des Antisemitismus kaum erwehren kann. Die Reaktion der Öffentlichkeit auf Claire Golls Unterstellung zeigt ja in beispielhafter Weise, wo wir heute stehen – dass die Meinung, Juden könnten keine eigene kulturelle Leistung hervorbringen und nur plagiieren, auch mehr als ein Jahrzehnt nach dem Völkermord noch in den Köpfen vorherrscht. Was kann man dagegen tun?«

Sie warf Max einen verzweifelten Blick zu. Die Sache war so verworren. Ein Netz aus Lügen und Intrigen hatte sich im Laufe der Jahre um den begnadeten Lyriker Paul Celan gesponnen, das niemand mehr zu zerschneiden wusste.

»Ich habe offizielle Briefe an wichtige Vertreter der Literaturszene geschrieben. Nichts, absolut gar nichts, so scheint es mir, vermag, Pauls Lyrik wieder ins richtige Licht zu setzen. Vor allem nicht für ihn. Sein Werk ist durch die Lügen Claire Golls von seiner beschädigten Person untrennbar.«

Max presste die Lippen zusammen und schloss die Augen. »Es ist schwer für mich, Celans Umgang damit nachzuvollziehen, noch schwerer aber, das Richtige darauf zu erwidern. Wie sagt man im Volksmund? *Qui s'excuse s'accuse* – wer sich verteidigt, klagt sich an. Die sich wiederholenden Dementis machen alles nur schlimmer.«

Ingeborg nickte. »Das trifft es auf den Punkt. Aber er kann es nicht lassen, es ist wie ein Zwang. Sein Selbstwertgefühl ist zutiefst erschüttert. Ein Freund von Paul hat mir berichtet, dass er in Paris jeden Morgen manisch zum Zeitungskiosk rennt und alle deutschen Tageszeitungen kauft, die er bekommen kann. Dann sucht er nach neuen verbalen Angriffen auf sich.«

»… und findet sie«, ergänzte Max.

Ingeborg nickte traurig.

Max hob die Brauen und sah sie für einen Moment irritiert an. »Und? Was solltest du noch für Celan tun, ohne dich selbst zu zerreißen?«

Mit einem Ruck stand er auf und ging im Raum auf und ab.

»Das ist ja das Problem, Max«, erwiderte sie und folgte ihm mit den Augen. »Es ist ein Teufelskreis, aus dem es keinen Ausweg gibt. Paul interpretiert jedes Wort, das über sein Werk geschrieben wird, und entdeckt in Literaturkritiken unterschwelligen oder offenkundigen Judenhass.«

»Hat er recht?«

Sie nahm einen kräftigen Schluck Wein. »Häufig ja, leider.«

Max seufzte und fuhr sich mit der Hand über den Mund. »Mit Kritik müssen wir Schriftsteller nun mal leben.«

»Mit Kritik ja, aber nicht mit Verleumdungen.«

»Wenn du mich fragst …«, sagte Max zögerlich, als suche er nach dem passenden Wort, »schadet er sich mit seiner Überempfindlichkeit. Er füttert damit doch vor allem diejenigen, die ihn treffen wollen.«

Ingeborg schluckte. Überempfindlichkeit war das falsche Wort, Max' Analyse hingegen traf das Problem auf den Punkt.

Schlagartig wurde ihr klar, dass Max und sie von verschiedenen Dingen sprachen. In ihren Augen hatte Paul alles Recht der Welt, hochsensibel auf antisemitische Äußerungen der Literaturkritik zu reagieren, nur durfte er nicht erwarten, dass dies außer ihr jemand nachvollziehen konnte. Max jedenfalls tat es offenkundig nicht. An dieser Stelle schien seine Empathie zu enden.

Max lehnte sich gegen die Fensterbank, verschränkte die Arme und kreuzte ein Bein über das andere. Er lächelte verschmitzt. »Es ist doch so, dass wir mit dieser Öffentlichkeit leben müssen. Wir wollen gelesen werden. Dies ist der Preis, den wir zahlen müssen.«

Ingeborg schluckte. Dann warf sie einen Blick aus dem Fenster: In der Ferne peitschte der Wind die Wellen auf und ging durch die Bäume des Gartens.

Was hatte Max da gerade eben gesagt? Es ging hier nicht um die verletzte Eitelkeit eines Dichters, der seine Kunst nicht hinreichend gewürdigt sah. Celan hatte seine Familie in Auschwitz verloren – und dennoch hatte er bewiesen, dass die Literatur nach der Schockstarre 1945 aus Opfersicht imstande war, Worte zu finden, um das Entsetzen des Völkermords zu beschreiben. Worte, die berührten und unter die Haut gingen. Genau deshalb war Celan jedoch so verwundbar.

»Das sagt sich so leicht, wenn man deine Stärke hat, Max. Paul bringt eine verwundete Seele mit, seine begnadete Lyrik rührt auch von ihr. In jeder seiner Zeilen offenbart sich die Wunde des Mordes an den Juden. Wie geduldig ist Papier, das Zeitungspapier ganz besonders, als sauge es all den Hass auf, um ihn dann in die Welt zu tragen.«

Sie spürte, wie ihr Puls in die Höhe ging, ihr die Tränen in die Augen stiegen, nahm ihr Weinglas und leerte es in einem Zug. Mit zitternden Händen zündete sie sich eine neue Zigarette an und wischte sich die Wangen trocken.

»Dieses verdammte Elend.«

»Ja, der Antisemitismus treibt weiterhin sein Unwesen«, erklärte Max ruhig. »Die Deutschen begingen Völkermord, das deutsche Volk möchte nichts von seinen Gräueltaten wissen, im Gegenteil: Die Gedemütigten werden erneut diffamiert.«

Sie nickte und fuhr sich mit fahrigen Fingern über die Stirn. *Die Deutschen.* Sie war zwar Österreicherin, aber mit dem Anschluss Österreichs hatte sich auch ihr Volk versündigt. Max blieb der neutrale Schweizer.

»Es war Rufmord, Max.«

Max kniff die Augen zusammen. »Was könnte ich also für deinen Paul Celan tun?«

Deinen Paul Celan. Da war sie wieder – Max' Eifersucht. Eifersucht gegen Unbekannt. Eifersucht gegen Berge von Briefen. Eifersucht gegen einen zutiefst beschädigten Menschen.

Sie ignorierte seinen Tonfall.

»Was Paul immer noch braucht, ist die uneingeschränkte Solidarität seiner Kollegen.«

»Es gibt keine uneingeschränkte Solidarität, Inge. Die Leute sagen, was sie denken, und die wenigsten sind Lyriker eures Formats.«

Sie erschrak über seinen letzten Satz, der sie und Paul vom Rest der Welt trennte – auch von ihm, Max.

»Er wird sie jetzt auch von dir einfordern«, entgegnete sie unbeirrt, fast trotzig. »Jetzt, da du in meinem Leben eine wichtige Rolle spielst. Du wirst, da du mich liebst, Stellung beziehen müssen.«

»Nun, er hat bereits damit angefangen. Die Briefe sind eröffnet«, gab Max feierlich zurück.

Während er es aussprach, fühlte sie den Konflikt auf sich zurollen.

Ich möchte Max nicht das Gefühl geben, dass ich Dir mit ihm ausweiche oder ihm mit Dir.

So hatte sie ihr Dilemma, sich zwischen den Stühlen zu fühlen, in einem ihrer letzten Briefe an Paul Celan formuliert. Jetzt wusste sie: Es würde nicht gut gehen mit ihnen drei. Max' pragmatische Sichtweise, die Klarheit, mit der er Dinge auf den Punkt brachte, würden Paul zutiefst kränken. Max' Eifersucht und Pauls Anspruchshaltung an sie würden aufeinanderprallen. Paul würde sich, sprach Max die Dinge erst einmal aus, noch mehr in sein Schneckenhaus zurückziehen. Oder gab es einen Funken Hoffnung, dass es Max gelingen könnte, die Wogen zu glätten?

Ein dumpfer Schrei durchbrach ihre Gedanken.

Max! Er war am Fenster zusammengesackt und krümmte sich, das Gesicht schmerzverzerrt. Sie eilte zu ihm. Im dämmrigen Licht der Deckenleuchte schien er plötzlich so blass.

»Was ist mit dir, Max? Geht es dir nicht gut?«, fragte sie und berührte vorsichtig seinen Rücken.

»Es ist nicht das erste Mal«, presste er hervor, zog die Beine an seine Brust und fuhr sich mit den Händen durchs Haar. Auf seiner Stirn hatten sich Schweißperlen gebildet. In seiner Mimik las sie Panik, Angst, Schmerzen.

Ihr Blick fiel auf den Tisch, wo Max' Lieblingswein stand, den er verschmäht hatte. Erst jetzt wurde ihr bewusst, dass sie die Flasche allein getrunken hatte.

Dabei war sie stocknüchtern.

INGEBORG

KAPITEL 15

Nicht das erste Mal«, wiederholte Max.

Mit zusammengepressten Lippen holte er zaghaft Luft. Ingeborg ließ sich neben ihn auf den Boden fallen und strich ihm eine Haarsträhne aus dem Gesicht. Sie wusste nichts anderes zu tun, als bei ihm zu sein.

Nach einer Weile richtete er sich vorsichtig wieder auf, schleppte sich zum Sofa hinüber, setzte sich und schloss die Augen.

»Wo tut es weh?«, fragte sie und folgte ihm.

»Ein stechender Schmerz, eine Art Seitenstechen. Ich hatte es schon ein paarmal. Ich bin erschöpft, einfach erschöpft, das ist alles. Warum nur bin ich seit Wochen so müde?«, fragte er mehr sich selbst.

Er zeigte ein qualvolles Lächeln, stand wieder abrupt auf, lief aus dem Zimmer und verschwand in der Toilette.

Ingeborg starrte hinaus in den Flur, während ihr tausend Gedanken durch den Kopf gingen. Sollte sie einen Arzt rufen?

Niemals hatte sie im Zusammenhang mit Max an Krankheit gedacht. Für sie war er ein stabiler Baum, tief in der Erde verwurzelt. Was sollte ihm das Leben anhaben? Hatte ihm etwa das Gespräch über Paul so zugesetzt? War dieser bodenständige Max doch sensibler, als er durch sein sicheres Auftreten vermuten ließ? Plötzlich fielen ihr Dinge ein, die sich bei ihm in den letzten Tagen verändert hatten: Er hatte wenig Wein getrunken, war häufig im Garten verschwunden und hatte ständig gegähnt. »Frühjahrsmüdigkeit«, hatte er entschuldigend erklärt. Nur das Rauchen hatte er nicht lassen können.

Vom Flur aus vernahm sie das Geräusch der Toilettenspülung, gefolgt von dem des Wasserhahns. Nach einer gefühlten Ewigkeit kam Max zurück und ließ sich aufs Sofa fallen.

Sie schüttelte ein Kissen auf und bedeutete ihm, seinen Kopf darauf zu legen. Er tat es und zog vorsichtig seine Beine in eine bequeme Liegeposition. Unbeholfen lächelte er sie an. Sie konnte ihm ansehen, wie unangenehm ihm seine Schwäche in ihrer Gegenwart war.

»Soll ich einen Arzt ...?«

Er unterbracht sie schroff: »Auf keinen Fall. Nein.«

»Dann koche ich Tee«, sagte sie zerstreut, eilte in die Küche, wo sie vor den Schränken stehen blieb. In einem Fach fand sie verschiedene Sorten Schwarztee.

Sie setzte Wasser auf, öffnete und schloss Schränke. Gab es denn, um Himmels willen, keinen Kräutertee in diesem Haus? Fenchel, Kamille, Salbei oder Eisenkraut? Verzweifelt warf sie einen Blick in den Garten hinaus, aber außer Rosenstöcken und Apfelbäumen war dort nichts zu finden. Hektisch öffnete sie den Apothekerschrank über der Anrichte, der außer Hustensaft, Aspirin, Pflaster und Verbandszeug nichts Brauchbares enthielt. Das Gespräch über Celan, Max' Unwohlsein und ihre Hilflosigkeit mischten sich in ihr zu einem einzigen Aufschrei: Gegen die Beleidigungen dieser Welt war kein Kraut gewachsen.

Fühlte Max sich von ihr beleidigt, weil Paul sich in ihre Beziehung geschlichen hatte? Dabei lag ihr doch nur sein Wohl am Herzen. Plötzlich fühlte sie sich auf diffuse Weise mitschuldig an Max' Zustand.

Wütend warf sie den Küchenschrank zu. Nicht einmal Kräutertee gab es in diesem Haushalt, nur Hochprozentiges, jede Menge Wein, Zigaretten und Pfeifentabak. Ihre persönliche Medikamentenschublade in ihrem Zimmer fiel ihr ein, vielleicht würde sich dort etwas Passendes für Max finden lassen. Aber sie ahnte es bereits: Als Krankenschwester taugte sie so wenig wie zur Ehefrau.

Der Wasserkessel pfiff, und sie zog ihn vom Feuer, stellte die Gasflamme aus. Sie goss eine Tasse Earl Grey auf und ging damit ins Wohnzimmer. Max lag da, die Augen geschlossen, der Atem regelmäßig.

»Schlaf, Max, versuch, ein bisschen zu schlafen«, flüsterte sie, aber er reagierte nicht. Seine Gesichtszüge hatten sich entspannt.

Auf Zehenspitzen ging sie in ihr Zimmer ans Ende des Flurs, trat an ihre persönliche Medikamentenschublade, die wie immer klemmte. Sie ruckelte so lange an ihr, bis sie aufging. Mit zitternden Händen fuhr sie über die Arzneipackungen und Fläschchen. Da lagerten sie, die Wundermittel gegen den Schmerz. Gegen leichte Kopfschmerzen, gegen die Qual der Migräne, gegen Verstimmungen, zum Aufheitern an trüben Tagen, zum Dämpfen der Traurigkeit, gegen leichte Einschlafprobleme, für das Durchschlafen Mogadon, das einen Schlaf von sechs bis acht Stunden am Stück bescherte. Librium gegen Angst- und Spannungszustände. Das meiste davon nahm sie immer regelmäßiger ein. Schlaf- und Kopfschmerzmittel gehörten längst zu ihrem Alltag.

Sie stöberte in all den Mitteln herum, zerknüllte leere Packungen und warf sie zu Boden, bis sie begriff: Gegen akute Erschöpfung, worunter Max vermutlich litt, gab es nichts außer Ruhe. Schlaf. Das sagte ihr der gesunde Menschenverstand, sein blasser Teint ließ sie jedoch anderes fürchten. Noch einmal kam ihr der Gedanke, ob ihm die Sache mit Celan, verbunden mit ihrer gemeinsamen Geschichte, auf den Magen geschlagen war – gefolgt von einem beschämenden Gefühl der Schuld.

Ich möchte alles wissen. Schließ mich nicht aus, Ingeborg, tu mir das nicht an!

Sie schluchzte auf, entnahm der Schublade ein Migränemittel, denn gleich würden sich bei ihr die hämmernden Kopfschmerzen melden, auf sie war Verlass: Sobald ihre Seele in Schieflage geriet, stellten sie sich zuverlässig ein. Sie legte die Tablette auf die Zunge und schluckte sie hinunter. Kein Schlafmittel. Nicht heute Nacht. Sie musste auf Max achtgeben und schnell reagieren können.

Als sie auf die Uhr sah, war es kurz vor Mitternacht. Sie eilte ans Ende des Flurs ins Wohnzimmer: Max lag genauso da wie vorher. Sie vernahm seinen regelmäßigen Atem. Schläfrigkeit umhüllte sie, als sei Max' Erschöpfung auf sie übergegangen. Leise ging sie ins Schlafzimmer, zog ihr Nachthemd an und legte sich ins Bett. Das Licht im Flur ließ sie brennen – sicherlich würde er sich bald neben sie legen. Sobald es ihm besser ging.

Mitten in der Nacht schreckte sie auf. Ihr war, als hätte sie ein Geräusch gehört. Sie lauschte mit aufgerissenen Augen und tastete im Bett neben sich. Max' Seite war leer. Vom Wohnzimmer war ein Stöhnen zu hören.

Sie taumelte den langen Flur entlang zu ihm, der seitlich auf dem Sofa lag, sich krümmend vor Schmerzen. Der Tee war unberührt.

Sie starrte in sein Gesicht, dessen Farbe sich in wenigen Stunden verändert hatte. Es war gelb. Sein Atem ging stockend. Mit halb geöffneten Augen sah er sie an, versuchte, etwas zu sagen, aber er vermochte nur ein Krächzen hervorzupressen.

»Ich rufe einen Krankenwagen. Warte, Max. Alles wird gut«, stammelte sie, lief zum Telefon und wählte den Notruf. Sie gab die Adresse durch und beschrieb präzise Max' Symptome. Sie mochte keine gute Krankenschwester abgeben, dafür war sie ein wandelndes Lexikon. Die Leber, es musste die Leber sein. In Gedanken sämtliche Hepatitis-Formen durchgehend flüsterte sie: »Er ist gelb. Kommen Sie schnell. Er ist ganz gelb.«

Dann holte sie aus der Küche ein Glas Wasser, setzte sich zu Max ans Kopfende, nahm seine Hand und streichelte sie. Er warf einen Blick auf das Glas und drehte dann den Kopf von ihr weg.

»Gleich wird der Arzt hier sein, Max, nicht mehr lange.«

Er schwieg, sein angespannter Körper signalisierte Abwehr, als schmerze ihn ihre Berührung noch mehr.

Es schien eine Ewigkeit zu vergehen, bis es endlich an der Haustür klingelte. Wie paralysiert verfolgte sie, in der Ecke des Wohnzimmers stehend, die Erste-Hilfe-Maßnahmen, die ein Mann in einem weißen Kittel und zwei Sanitäter an ihrem Geliebten vornahmen.

Konzentriert legte der Arzt einen Zugang in Max' Armvene, während er dem Patienten einige Fragen stellte. Einer der Sanitäter hielt den Infusionsbeutel über Max' Kopf, der mit schwacher Stimme im Stakkato antwortete: *Stechender Schmerz. Schwindel. Erbrechen. Müdigkeit. Erschöpfung.*

»Ich bin so erschöpft. Müde.«

Ingeborg schluckte. Ja, sie hatte die Signale der letzten Wochen nicht wahrhaben wollen, sein Gähnen, seinen weitgehenden Verzicht auf Alkohol – jetzt war es zu spät.

»Seit wann hat er diese Gesichtsfarbe?«, fragte der Arzt.

Es dauerte eine Weile, bis sie bemerkte, dass die Frage an sie gerichtet war.

»Seit Kurzem erst. Als ich gegen Mitternacht ins Bett ging, war er nur blass. Was ... was ist mit ihm?«

Hepatitis, dachte sie verzweifelt. Eine Entzündung der Leber. Sie war die Laus, die ihm über sein Entgiftungsorgan gelaufen war.

»Das werden wir herausfinden«, sagte der Notarzt.

Die Sanitäter legten Max auf eine Trage.

Sie eilte zu dem Geliebten, nahm seine Hand. Er drückte sie und lächelte schwach. In seinen Augen las sie, wie sehr er darunter litt, dass sein hilfloser Zustand für sie sichtbar war.

»Darf ich mitkommen? Darf ich ihn begleiten?«, fragte sie den Notarzt, der energisch den Kopf schüttelte.

»Es ist seine Leber. Die Schmerzen, das Erbrechen gingen vermutlich auf eine Kolik zurück. Er wird auf eine Isolierstation gebracht werden müssen. Wir haben ihm Natrium und ein sedativ wirkendes Schmerzmittel gegeben. Wir rufen Sie an, Frau Frisch.«

Dann warf er einen Blick auf ihre Hand, die Max' hielt.

»Sie sollten sich die Hände desinfizieren, Frau Frisch.«

»Ich bin nicht …«, stammelte sie und spürte, wie ihr Max die Hand entzog. »Bachmann. Ich heiße Bachmann.«

Max warf ihr ein aufmunterndes Lächeln zu. »Das mit der Heirat ist eine gute Idee, Herr Doktor«, scherzte er und zwinkerte ihr zu. »Sieh mich nicht so an! Ich bin gelber als Schweizer Bergkäse«, redete er weiter, während er hinausgetragen wurde. Das Sedativum zeigte seine Wirkung. »Das wird schon wieder. So schnell wirft mich nichts aus der Bahn.«

Wie in Trance folgte sie der Trage bis in den Hof, hinter dem der schönste Garten der Welt lag. Warum musste sie auf einmal an Hanna aus ihrer Erzählung *Alles* denken? Sie wollte ihre Ängste beiseiteschieben, musste aber hilflos zusehen, wie Max auf einer Schiene in den Wagen geschoben wurde. Der Garten mit dem Seegrundstück, ihr Utopia – jetzt wollte sie all das verzweifelt festhalten.

Die Tränen schossen ihr in die Augen, kullerten die Wangen hinab. Sie wischte sie mit dem Handrücken weg.

»Max«, wollte sie sagen, aber aus ihrer Kehle kam nur ein Krächzen.

Der Notarzt befahl ihr erneut, sich gründlich zu desinfizieren. »Die Krankheit könnte ansteckend sein. Da ist höchste Vorsicht geboten.«

»Hepatitis B, übertragen durch Viren in Körperflüssigkeiten, hochansteckend«, sagte sie tonlos und hielt ihre Hände von ihrem Körper wie einen Fremdkörper weg. Dann warf sie einen Blick an sich hinunter und stellte fest, dass sie nur ihr Nachthemd trug.

Mit Blaulicht bog der Krankenwagen auf die Seestraße ab. Sie sah ihm lange nach, bis das Licht in der Ferne verschwand und die Sirenen verstummten. In dem rosafarbenen Nachbarhaus gingen Lichter an.

Regungslos stand sie noch immer da, den See zu ihrer Linken, die Bahngleise zu ihrer Rechten. Der Wind spielte mit ihrem Nachthemd. Inmitten der morgendlichen Stille begann verhalten ein Vogel zu zwitschern. Ein anderer antwortete zaghaft.

Eine Leberentzündung war kein Pappenstiel, auch nicht für einen kräftigen Mann wie Max.

Sie wusste nicht, wie lange sie an einer Stelle verharrte, als sie von Weitem einen sich nähernden Güterzug hörte. Als er an der Seestraße vorbeizischte, erfasste sie ein Windzug und blies ihr die Haare aus dem Gesicht. Wie ferngesteuert ging sie durch den Garten, spürte das feuchte Gras unter ihren nackten Füßen. Sie taumelte bis zu der alten Platane vor, unter der ein Tisch stand, zwei Stühle. Die wenigen Frühlingsabende, da sie beide zu Hause gewesen waren, hatte sie hier mit Max gesessen, in Gespräche vertieft, Wein trinkend, keinen halben Meter vom Zürichsee getrennt. Jetzt fühlte sie sich abgeschnitten, allein – verloren, ohne Max.

Die Wellen plätscherten gegen das gemauerte Ufer, als wäre nichts geschehen, und die Welt erwachte zu einem neuen Tag. Sie konnte diese Schönheit, diese Ruhe nicht ertragen. Nicht heute.

Durch ihr Herz ging ein Riss.

MAX

KAPITEL 16

Zürich, Juni 1959

Ein Schleier lag zwischen ihm und der Welt, als er seine Augen vorsichtig öffnete. Dunkel erinnerte sich Max an die letzten Stunden, Tage, oder waren es Wochen, die vergangen waren? Er bewegte seine Finger, die Zehen. Sein Blick ging durch das sterile Krankenzimmer in Richtung Fenster. Direkt davor bewegten sich die Blätter einer Birke im Sommerwind.

Er hatte Birken schon immer geliebt.

Langsam kam die Erinnerung zurück: Der Putztrupp, der am frühen Morgen die Tür zu seinem Isolierzimmer im Zürcher Spital aufstieß, den Boden wischte, die Oberflächen desinfizierte. Es hatte eine Weile gedauert, bis er diese Maßnahmen von der täglichen Visite, die später am Morgen kam, unterscheiden konnte. Aus diesen routinierten Abläufen, begleitet von Erschöpfung und Müdigkeit, bestand sein Alltag.

Er war krank, ernsthaft krank.

Seit er hier war, gab es die unterschiedlichsten Formen von Schlaf – den oberflächlichen, das leichte Dösen, den Tiefschlaf, den quälenden, den erholsamen, den mit Tagträumen, gefolgt von Ängsten, die in ihm aufgewirbelt worden waren und ins Bewusstsein drangen.

Vage hatte er die Erklärungen der Ärzte erfasst, mehr aus deren Gestik als aus Worten. Ihm waren die Sätze abhandengekommen. Die panische Angst, sein Gedächtnis zu verlieren, war unerträglich.

»Wir geben Ihnen Medikamente zur Entgiftung, aber zuallererst muss die Entzündung eingedämmt werden. Ihr Körper muss kämpfen. Wir unterstützen ihn dabei.«

Dass sein Zustand ernst war, wusste er. Die Beruhigungsmittel hatten ihn sanft in Watte gepackt, nur in seinen Träumen trieb es ihn durch Höllen, hinab zu Abgründen. Die Schmerzen hatten deutlich nachgelassen, aber in seinem Inneren wütete die Entzündung weiter. Seine Kinder und die Frauen in seinem Leben waren wie in einem Film an ihm vorbeigezogen, er hätte schwören können, sie seien hier gewesen, aber das war unmöglich.

»Ausgeschlossen, Herr Frisch«, hatten ihm die Ärzte auf Nachfragen erklärt. »Kein Besuch. Vorläufig ist das unmöglich. Sie sind hochinfektiös. Und es wäre für Ihr geschwächtes Immunsystem noch weitaus gefährlicher als für Ihre Familie.«

Stets war er nach wenigen Sätzen, die er ohnehin nur ansatzweise verstanden hatte, wieder weggedöst. Stationen seines bald fünfzigjährigen Lebens waren ihm in den Sinn gekommen, die Verleihung des Georg-Büchner-Preises, das Stipendium in den Vereinigten Staaten, die unzähligen Lektoratsgespräche mit seinem Verleger, die vielen Frauen in seinem Leben, Fragmente seiner Romane und Dramen, die Tagebücher und – Ingeborg.

Am Ende ist es immer das Fälligste, was uns zufällt.

Wann hatte er diese Zeilen formuliert, den Zufall relativiert und eine Notwendigkeit in Begegnungen gedeutet, als wünschten wir uns unser Glück und Unglück herbei?

Dass eine kranke Leber Müdigkeit verursachte, wenn sie überfordert war, hatte er entweder vor langer Zeit gelesen, oder aber es war hier an seinem Krankenbett gesagt worden. Die Koliken waren verschwunden, geblieben war der Ekel, ein Ekel vor bestimmten Lebensmitteln, vor Gerüchen, vor ausstehenden Konflikten, vor seiner eigenen Courage. Besonders schlimm waren die Gedächtnislücken, von denen die Ärzte allerdings sagten, sie würden vergehen.

»Ich brauche einen Satz«, sprach er in Gedanken verzweifelt Tag für Tag vor sich hin. Mal fehlte das Verb, ein anderes Mal das Subjekt.

Er würde hier verblöden, dachte er. Das Gedächtnis war das Kapital eines Schriftstellers.

Dann fing er an, seine Erinnerung mit Gedanken an Ingeborg zu trainieren: Immer wieder war ihm ihr Gesicht mit diesem besonderen Ausdruck wie in einer Vision erschienen: blass, ängstlich, nervös. Hatte er wirklich ihre Stimme am Telefon gehört?

Anscheinend stand sie in Kontakt mit seiner Exfrau Trudy, mit der die Ärzte sprachen und der sie die Wahrheit über seinen Zustand offenbarten. Trudy hatte ihn nie angelogen, er sie indes schon, indem er ihr Dinge verschwiegen hatte. Würde sie sich heute rächen und ihm die Todesgefahr verheimlichen, in der er schwebte?

Nein. Er würde es spüren, wenn er abtreten müsste. Es war noch nicht so weit. Aber ohne Erinnerungen würde er nicht weiterleben wollen.

Dann war sie auf einmal ganz nah gewesen, Ingeborgs Stimme an seinem Ohr: »Wie geht es dir, Max? Bald, bald darf ich dich besuchen. Ich habe mir große Sorgen gemacht. Werde gesund. Ruhe dich aus. Alles wird gut.«

Mehr hatte sie nicht gesagt, während er stumm den Hörer in der Hand gehalten und die Infusionsflasche über seinem Kopf und den Schlauch bis zum Zugang in seiner Armbeuge betrachtet hatte.

Ein einziges Mal in den letzten Tagen hatte er einen lichten, wachen Moment gehabt, zum Telefonhörer gegriffen und in einem Autohaus bei Schaffhausen, gleich hinter der Schweizer Grenze, zwei identische VW Käfer bestellt.

»Welche Farbe soll es denn sein?«, hatte der Autoverkäufer gefragt, eine Frage, die ihn kurz überfordert hatte. So viele gab es nicht, und Schwarz schloss Max sofort aus.

»Wir nehmen das Hellblau«, hatte er erwidert, während er den Himmel durch das kleine Spitalfenster betrachtete.

Irgendwie war es ihm in den Sinn gekommen, dass Ingeborg und er künftig mobiler sein mussten, als bestünde darin die Lösung aller Probleme. Zwei Autos schienen ihm wie eine Rettung, nicht eines, zwei. Er schenkte der Geliebten ein großes Stück Freiheit, als ob sie sich selbst nicht genug davon nahm. Oder wollte er sie prüfen?

Einen Tag später hatte er nicht mehr gewusst, ob es Traum oder Wirklichkeit gewesen war. Erst als der Filialleiter seiner Hausbank am Telefon fragte, ob es bezüglich der Überweisung eines hohen Geldbetrags an ein deutsches Autohaus für *zwei* Autos derselben Marke und Farbe seine Richtigkeit habe, war ihm klar geworden, dass er es wirklich getan hatte.

»Sie wollen diese Überweisung wirklich veranlassen?«, hatte der Mann verständnislos gefragt.

»Es ist alles in Ordnung«, hatte er ihn angefahren und ärgerte sich seitdem, in seinem bisherigen Leben viel zu wenig Geld ausgegeben zu haben. Höchste Zeit, das zu ändern.

Familie und Freunde riefen an und wünschten gute Besserung. Eine Krankenschwester hatte ihm zur Aufmunterung eine Kinderzeichnung an die Wand gehängt mit einem Haus, einem Baum und einer ebenso großen Blume davor. Zwei Erwachsene, Kinder. Sofort fielen ihm seine eigenen Kinder ein. Dass es in seinem Leben neben einer Frau bisher meist eine Geliebte gegeben hatte, kam in solchen Zeichnungen niemals vor. Alle Kinder träumten von einer heilen Familie, während er seinen Körper, seine Gesundheit sträflich vernachlässigt hatte. Zu viel Wein, Tabak, zu viele Unwägbarkeiten im Zusammenhang mit Ingeborg, das Verschleudern von Liebe und Begehren, seine Unfähigkeit, beides voneinander zu unterscheiden.

Besonders an Ingeborgs Seite setzte ihm die schlechteste seiner Eigenschaften zu, obwohl er doch genau wusste, dass sie nichts mehr verabscheute als Besitzansprüche.

Hier in der sterilen Atmosphäre seines Isolierzimmers hatte er genug Zeit zum Nachdenken, und er grübelte, was ihm alles über die Leber gelaufen war. Würde er mit ihrem Freiheitsdrang weiterleben können? Würde er lernen, dass sich die Frau, die er liebte, dieselben Rechte herausnahm wie er? Jene Rechte, die er all die Jahre wie ein Naturgesetz für sich beansprucht hatte, nur weil er als Mann geboren worden war?

Wenn sich etwas zwischen uns ändern sollte, werde ich dir das sagen.

Das war ihre Antwort auf sein beherztes Nachfragen ganz am Anfang ihrer Liebe gewesen. Längst fragte er nicht mehr, horchte jedoch alarmiert auf, sobald Namen wie Henze, Enzensberger, Celan oder Grass aus ihrem Mund kamen – Namen, die in ihm die schlimmsten Phantasien hervorriefen, obgleich er, Max, doch der Spezialist in Sachen Untreue war. Als Experte kannte er die Materie, die Untreue hieß, in all ihren Schattierungen, Auswirkungen, ihren verschlungenen Wegen, durch die sie sich fressen konnte, sie ernährte sich regelrecht von den Wurzeln einer Liebe.

Wenn er seinen Schreiballtag wiederaufnehmen wollte, sofern ihm sein Gedächtnis keinen Strich durch die Rechnung machte, dann würde er eine Lösung für diese emotionale Unausgeglichenheit finden müssen, und zwar in sich, nicht im Außen.

Er kannte die alltäglichen Anforderungen, die das Autorenleben stellte: Disziplin und Ausdauer, und die benötigten einen stabilen emotionalen Rahmen. Störende Faktoren im Außen gefährdeten das Schreiben, ein fragiles Innenleben brachte keine klaren Sätze hervor. Bei den Lyrikern mochte es anders sein, lebten sie doch vom Moment der Eingebung, der puren Inspiration – ein Gedanke, der Max die Nase rümpfen ließ. Ein Dramatiker, wie er einer war, bedurfte einer gewissen Robustheit. Dass man zudem auf sich achtgeben, seinen Körper stets im Gleichgewicht halten musste, dämmerte ihm jetzt, da er hilflos an ein Bett gefesselt war. Er hatte seine Gesundheit sträflich vernachlässigt und die Quittung dafür erhalten.

Es war Zeit für einen Neuanfang, wie immer er auch aussah.

Er könnte mit Ingeborg reisen. So lange schon wünschte sie sich Auslandsreisen nach Spanien, Italien, Griechenland, auch Amerika hatte sie nicht ausgeschlossen. Oder Wanderungen.

Was war aus seiner Naturverbundenheit geworden? Er würde wieder wandern gehen, hinaus an die frische Luft, in seine geliebten Schweizer Berge, die Schreibtischarbeit mit körperlicher Betätigung ausgleichen, sein Leben ins Lot bringen. Seit wann war es aus der Balance geraten?

Er könnte sich von Ingeborg trennen, eine andere Frau suchen, eine, die seinem Gefühlsleben nicht so sehr zusetzte, etwas Leichtes, Beschwingtes. Doch nicht zum ersten Mal gestand sich Max ein: Er war verrückt nach Ingeborg. Aber machte seine Liebe zu Ingeborg ihn krank, war er liebeskrank geworden, ohne es bemerkt zu haben? Seine Gefühle fuhren an ihrer Seite beständig Achterbahn. Den nachfolgenden Schwindel konnte er jedoch nicht länger ertragen. Taumelnd konnte er sich nicht durch die Welt bewegen. Zur Orientierung bedurfte es eines klaren Kopfs.

»Kein Alkohol im nächsten halben Jahr«, hatte ihn der Arzt heute Morgen bei der Visite ermahnt. Ihm, dem bürgerliche Küche und ein kühles Fläschchen Wein über alles gingen, würde man Schonkost verabreichen! »Alles andere wäre Gift für Sie. Eine entsprechende Diät wird Ihnen bei einer Rehabilitation verordnet. Aber Sie haben Glück: Die Leber ist das einzige Organ, das die Fähigkeit zur Regeneration besitzt.«

Max lächelte. Seine Leber war wie er. Er vermochte sich zu regenerieren, neue Kraft zu schöpfen, sich neue Geschichten für das Erlebte zu suchen. Nur diese giftigen Gedanken, diese ständigen Zweifel an seiner Beziehung zu Ingeborg, die mussten aufhören. Und er war nicht länger bereit, jedes gesprochene Wort ihr gegenüber auf die Goldwaage zu legen.

Es gab Tage im Spital, da spielte er in Gedanken die Trennung durch, so detailreich, so hautnah, dass er sie für längst vollzogen hielt. Er führte Tagebuch über seine schlimmsten Gedanken. Dann gab es Tage, da wollte er Ingeborg einen Heiratsantrag machen, mit Kniefall und Ring, wie es sich gehörte, als bildete eine institutionelle Verbindung die Lösung aller Probleme. Wie spießig er doch war!

Sie würde ihn auslachen.

Er erinnerte sich an eine Begebenheit während der Anfänge mit Ingeborg, eine, die er verdrängt hatte und die jetzt Alarm schlug: Sie war am Bahnhof in Zürich angekommen, und er war dort, um sie abzuholen. Doch ihr Zug musste früher eingetroffen sein, denn sie irrte, als habe sie völlig die Orientierung verloren, durch die Bahnhofshalle.

Schon von Weitem hatte er sie gesehen, sie ihn aber nicht. Mit aufgerissenen Augen ging sie im Kreis herum – in einem Kamelhaarmantel, mit einer Handtasche, die an ihrem Handgelenk baumelte, in der anderen trug sie eine Reisetasche, unter dem Arm klemmte ein Buch.

Er hatte ihre Panik erkannt, ihr Drehen um die eigene Achse, als habe sie vergessen, warum sie hier war.

Dann ging er auf sie zu, und sie sah ihn für einen Augenblick an wie einen Fremden, als wisse sie nicht, wer der Mann war, der ihr da freudig entgegenlief, als habe ihr Gedächtnis alles ausgelöscht, was zwischen ihnen vor zwei Monaten passiert war.

Diese Kränkung hatte sich in sein Gedächtnis eingebrannt, gefolgt von einer Gewissheit, die er nie mehr würde abschütteln können. Niemals, das fühlte er damals in der umtriebigen Bahnhofshalle von Zürich, niemals wäre dieser Höhenflug länger als ein paar Wochen lebbar, niemals. Es würde in einem Sturzflug enden, genau wie Ikarus würden sie beide vom Himmel fallen.

Dort oben, wo sie sich liebten, war die Luft zu dünn. Eine solche Liebe ließ sich nicht leben.

Ich will, was noch niemals war. Nun waren sie seit knapp einem Jahr ein Liebespaar. Seine Intuition hatte ihn gewaltig getäuscht.

Wie durch ein Wunder hatte sich damals am Zürcher Bahnhof alles zum Guten gewendet, auch das fiel ihm nun wieder ein: Ingeborg erkannte ihn plötzlich inmitten der Menschenmenge. Ein Strahlen erfasste ihr Gesicht, sie rannte auf ihn zu. Nachträglich tröstete er sich mit dem Gedanken, ihr verlorener Blick habe nichts mit ihm zu tun gehabt. Sie stürzte ihm entgegen, umarmte ihn und war einfach nur bei ihm, ganz und gar, inmitten der Bahnhofshalle voller Menschen. Da war sie mit ihrer betörenden Gegenwart, ihrem weichen Körper, ihrer duftenden Haut, ihrem Alles oder Nichts.

Ein Klopfen an der Tür riss ihn aus seinen Gedanken.

MAX

KAPITEL 17

Zürich, Juni 1959

Ja, bitte«, sagte Max verwirrt und zog die Bettdecke unters Kinn.

Zaghaft wurde die Tür geöffnet. Sie musste angelehnt gewesen sein, sonst kam kein Fremder hier herein.

Ingeborg!

In ihrem Kostüm und den hohen Schuhen schien sie direkt einem Modemagazin zu entspringen. Der Duft ihres Parfüms erfüllte binnen Sekunden den Raum, und unmittelbar erfasste ihn Misstrauen.

»Ich bin mit dem Wagen gekommen, Max, stell dir das nur vor. Wie einfach die Wege auf einmal sind. Ich danke dir von ganzem Herzen für das Auto«, sagte sie und machte einen unschlüssigen Schritt auf ihn zu.

Ihr Redeschwall vermochte nicht, den Schock über sein Äußeres, den er in ihren Augen gespiegelt fand, zu verdecken.

»Du siehst gut aus«, sagte er und zwang sich ein Lächeln ab. Er starrte auf den Blumenstrauß in ihren Händen. Rittersporn, seine Lieblingsblumen.

Wie er es hasste, derart hilflos vor der Frau, die er liebte, zu liegen. Hatte er nicht striktes Besuchsverbot?

»Du hast schon besser ausgesehen«, sagte sie zärtlich, legte die Blumen auf den Tisch, trat an sein Bett und nahm seine Hand.

Er ließ es geschehen.

»Ich war einige Male hier«, sagte sie und zeigte auf das winzige Sichtfenster, das sein Quarantänezimmer mit dem Flur verband. Man konnte es sogar öffnen, um sich auszutauschen. Tatsächlich wusste er nichts von derartigen Besuchen.

»Trudy sagt, dass die Ärzte meinen, du wirst wieder gesund.«

Wie sehr man von existenziellen Informationen ausgeschlossen war, wenn man vor dem Gesetz nicht als Mann und Frau galt.

»Du hast abgenommen.«

»Kein Alkohol, kein Tabak, nur Schonkost«, sagte er. »Ich führe ein wahres Luxusleben hier.«

»Trudy hat mir alles erklärt«, erwiderte sie und setzte sich an den Rand seines Bettes. »Ich danke dir von Herzen für den Wagen«, wiederholte sie noch einmal. »Du ahnst nicht, was für eine Freude du mir damit gemacht hast.«

Ein Strahlen ging über ihr Gesicht, verscheuchte jeglichen Widerspruch. Jetzt war sie ganz hier bei ihm.

Im Nu flog sein Herz ihr zu. Sie glücklich zu wissen war das Schönste, was ihm passieren konnte. »Es ist erstaunlich, auf welch verrückte Ideen man kommt, wenn man die ganze Zeit sediert wird. Aber ich dachte, es wird Zeit, dass wir uns freier bewegen können.«

Jetzt hatte er es ausgesprochen. Mehr Freiheit für beide. Als ob es das war, was er brauchte!

»Ja, das wird es uns leichter machen.«

Vor seinem inneren Auge sah er, wie sich die Zwillingswagen in verschiedene Richtungen bewegten und am Ende des Tages auf der Einfahrt vor dem Haus in Uetikon parkten.

Egal wie man es drehte, einer blockierte immer den anderen. Ihm war, als habe er mit seinem Geschenk den Grundstein für Komplikationen gelegt, denn hätte es *ein* gemeinsamer Wagen nicht getan? Trennendes und Gemeinsamkeiten in einem. Ingeborg war nur mit diesem Widerspruch zu haben.

Die Frage war, ob er das länger hinnehmen konnte. Denn nun redete sein Körper mit, eine Instanz, auf die er nie Rücksicht genommen hatte, denn die letzten neunundvierzig Jahre hatte er ihm stets gute Dienste erwiesen und alle Eskapaden mitgemacht. Was sein Körper ihm in den letzten Wochen jedoch mitgeteilt hatte, war unmissverständlich und kompromisslos.

Kritisch musterte Max seine Besucherin. Das Kostüm, die perfekte Frisur, ihr Make-up. Für wen hatte sie sich so hübsch gemacht?

Da war es wieder: das Gespenst der Eifersucht, das Maßnehmen, der Vergleich gegen Unbekannt. Wie viele Männer gab es in ihrem Leben? Den vielen Briefen nach zu urteilen, die sie täglich erreichten, mussten es unzählige sein. Er stellte sich vor, wie sich die handgeschriebenen Blätter in ihrem Arbeitszimmer stapelten. Er vermochte sich deren Inhalt nicht auszudenken, oder doch? Was hatten die Männer ihr tagtäglich zu sagen? War der Rededrang so groß, dass man, wie Celan, manchmal mehrere Briefe an einem Tag abschicken musste? In seinem komaähnlichen Zustand hatte er sich den Inhalt dieser Briefe ausgemalt, so nah, so unmittelbar, als hätte er sie tatsächlich gelesen: »Meine Geliebte, ich vergaß, Dir zu sagen … Ich erinnere mich an damals, an den Duft Deiner Haut … Niemals werde ich aufhören, Dich zu lieben …«

Max sah, wie sie ihm ihre Hand entzog, zum Tisch ging und an den Blumen herumspielte. In diesem Moment schien ihm alles zu viel, ein unübersichtlicher Haufen an Verehrern, an Männern aus dem Literaturbetrieb, die ihr zu Füßen lagen. Was mochte sie alles in jener Zeit getan haben, da er hilflos an ein Bett in einem Spital gefesselt war?

»Max«, hörte er sie wie aus der Ferne sagen.

»Ja?«

Sie trat zurück an sein Bett. »Ich könnte nach Italien fahren, Max, stell dir das nur vor! Mit dem eigenen Auto über den Gotthard nach Italien.«

Das hatte er also von der neuen Freiheit, jener, die er ihr schenkte. Sie fuhr davon. Fort von ihm.

»Was hast du gesagt?«, fragte er ungläubig, als traue er seinen Ohren nicht.

Bestimmt hatte er das mit Italien nur missverstanden. Er musste sich verhört haben.

Noch bevor er nachfragen konnte, stieß jemand die Tür auf. Harte Schritte näherten sich. Vor Ingeborg stellte sich eine Schwester auf und schnaubte.

»Verlassen Sie sofort diesen Raum. Das ist ein Isolierzimmer. Wie sind Sie nur hier reingekommen?«

»Die Tür war angelehnt«, murmelte Ingeborg.

Sie warf ihm ein nervöses Lächeln zu, stand auf und zog die Riemen ihrer Handtasche über den Arm. Dann strich sie ihren Bleistiftrock glatt. »Wir reden draußen weiter.«

»Nehmen Sie Ihre Blumen mit, Fräulein! Blumen sind in der Isolation nicht erlaubt!«

Ingeborg nahm den Rittersporn vom Tisch.

Er spürte, wie sie seinen Blick suchte, starrte jedoch hinauf zur Decke.

Bilder überfluteten seine gekränkte Seele: Italien. Briefe unbekannten Inhalts, an Ingeborg adressiert. Eifersucht gegen Unbekannt, nein, Eifersucht gegen Bekannt, denn er wusste um all die Männer, mit denen sie nicht einmal das Bett teilen musste, um Max um den Verstand zu bringen.

Er biss sich auf die Lippen.

INGEBORG

KAPITEL 18

Draußen im Flur öffnete Ingeborg das kleine Sichtfenster. Die Krankenschwester war kopfschüttelnd verschwunden.

»Max«, flüsterte sie.

Er wandte den Kopf in ihre Richtung.

Sie vermochte die Abwehr in seiner ganzen Körperhaltung, in seinem undurchdringlichen Blick zu lesen. Es gab kein Durchkommen zu ihm, geschweige denn zu seinem Herzen, nicht in diesem Moment. Äußerlich hatte die Krankheit Max verändert, er wirkte eingefallen. Stellte er in seinem Zustand alles infrage? Ihr Verstand sagte ihr: Er musste jetzt vor allem an sich denken, an seine Genesung, und die Zukunft würde zeigen, welchen Platz ihre Beziehung in seinem neuen Leben einnehmen würde. Ihre Gefühle sagten etwas anderes, und sofort erfasste sie Panik, er könnte sie verlassen.

Max' Hausarzt hatte ihr von der anstehenden Kur, einer Rehabilitation erzählt. Ingeborg war darauf auf die Idee mit dem Leberbad gekommen. Es gab Kurbäder, spezialisiert auf Leberkrankheiten, eines der renommiertesten befand sich in der Nähe von Rom. Nachdem vor einigen Tagen ihr Kollege und Freund Hans Magnus Enzensberger angerufen hatte, um ihr von seinem Vorhaben, nach Italien zu fahren, zu erzählen, schien Ingeborg alles wie eine Fügung. Sie hatte ein Auto, Enzensberger nicht. Der Freund hielt sich gerade in der Schweiz auf und wollte weiter nach Lanuvio. Sie würde vor Ort für

Max ein schönes Zimmer im römischen Leberbad aussuchen, es buchen.

»Möchtest du mitkommen?«, hatte Enzensberger sie unbekümmert gefragt. »Für deinen Max kannst du ohnehin nichts tun, wenn er im Krankenhaus liegt und du ihn nicht einmal besuchen darfst.«

Enzensberger kannte Max nur flüchtig. Vermutlich mochte er ihn nicht, hielt ihn für spießig, zu schweizerisch.

Das Angebot einer Reisebegleitung reizte sie. Sie könnte Enzensberger am Bahnhof in Rom absetzen und anschließend in ihre Pension fahren. Schreiben, durch die Stadt schlendern, im Caffè Greco sitzen. Vielleicht würde sie sich eine kleine Wohnung suchen? Vielleicht würde sie Max ja überreden können, eine Weile mit ihr in Rom zu verbringen. Die kleine Pension in der Via della Stelletta kostete nicht viel, dort hatte sie schon oft großzügige Räumlichkeiten bezogen mit Küche, Bad und Wohnzimmer.

Der Gedanke an Rom hatte sie nicht mehr losgelassen. Dass Max sich währenddessen in einem der besten Leberbäder Italiens erholen könnte, bestärkte sie in ihrem Vorhaben und besänftigte ihr schlechtes Gewissen, dabei eigentlich auch an sich selbst zu denken.

Natürlich war es ihr innigster Wunsch, nach Rom zurückzukehren, aber vor allem musste Max gesund werden. Und was konnte sie für ihn tun, außer sich selbst ins Gleichgewicht zu bringen?

Sie bekam keine Luft mehr in Uetikon. Der See produzierte heuer eine Mückenplage, zu Hunderten fielen sie über ihre Typoskripte her, von der eigenen Haut ganz zu schweigen. Ständig schrieb sie mit einem Lappen in der Hand, um die Überreste der unersättlichen Insekten zu beseitigen. Sie hinterließen dunkle Streifen auf dem Papier, manchmal hellrot vom frischen Blut, ihrem eigenen.

Seit Max' Einlieferung ins Spital war es nur noch schlimmer geworden. Ohne ihn war ihr Uetikon fast unerträglich. Sie sehnte sich so sehr nach dem Süden, nach Sonne, der italienischen Sprache, einem Einkaufsbummel durch Rom, dem Besuch ihrer Lieblingscafés und nach dem Schreiben, was ihr dort um so vieles leichter fiel. Nur selten störten sie der Lärm der Stadt, die anhaltende Schwüle. In Uetikon nahm sie selbst am Gesang der Vögel am frühen Morgen Anstoß.

Mir tut der ganze Körper weh, so arg ist mir's, nicht in Italien zu sein, hatte sie vor wenigen Tagen an Hans geschrieben.

Sie starrte durch das kleine Sichtfenster. Obwohl sie Max in seinem Krankenbett ihrer Kurzsichtigkeit wegen nur verschwommen sah, spürte sie seinen Blick auf sich ruhen, als habe er eine einzige große Frage an sie.

»Nur noch ein paar Wochen, dann wirst du zur Kur fahren, Max. Es geht doch aufwärts, findest du nicht?«, sagte sie zerstreut.

Sie biss sich auf die Lippen. Dann beschloss sie, in die Offensive zu gehen. »Es gibt da ein hervorragendes Leberbad in der Nähe von Rom, Max. Was hältst du denn davon? Ich fahre mit dem Wägeli voraus und wäre während deiner endgültigen Genesung ganz in deiner Nähe.«

Wägeli – ob ihn der Schweizer Wortlaut besänftigen würde?

Misstrauisch legte er seine Stirn in Falten. So zumindest erschien es ihr auf die Entfernung.

»Ich finde wirklich, dass wir rechtzeitig das Beste für dich buchen sollten«, fügte sie hinzu.

»Italien«, murmelte er.

Ihr war, als würde sich seine Gesichtsfarbe leicht röten.

»Also weht der Wind aus Süden, aus dem Henze-Land.«

»Ich fahre voraus und kümmere mich um alles«, sagte sie unbeirrt. »Es ist *mein* Land, Max.«

»Du würdest vorausfahren«, wiederholte er, und seine Stimme klang, als lade er eine Pistole. »Also doch, ich habe richtig verstanden, du möchtest nach Italien zu Henze.«

»Enzensberger könnte mich begleiten.«

Augenblicklich verstummte sie. Mit der Hand umklammerte sie die Stiele des Rittersporns, bis es wehtat. Was als Beschwichtigung gedacht war, machte alles nur noch schlimmer.

»Mit Enzensberger«, sagte er verächtlich. »Noch einer, der in der Schlange steht und auf Audienz bei der großen Poetin wartet. Noch einer, mit dem sie sich lange Briefe schreibt.«

»Max! Er ist nichts als ein guter …«

Es half nichts, das Gezeter um Worte und Inhalte begann.

Ihre Freiheit machte ihn unfrei, ihr Wunsch nach Unabhängigkeit ließ ihn klammern. Bestimmt war dies nicht der ideale Zeitpunkt, ihre Freiheit zu verteidigen, da er hilflos in einem Krankenbett lag, aber er war über den Berg. Alles, was er jetzt noch tun musste, war, ganz gesund werden zu wollen. Was konnte sie Besseres für ihn tun, als im renommiertesten Leberbad Italiens einen Platz für ihn zu reservieren?

Sie blickte in sein beleidigtes Gesicht, das sie mehr spürte, als dass sie es hätte sehen können, seine heruntergezogenen Mundwinkel. Plötzlich hatte sie genug. Genug von der Jammerei, der versteckten und offenen Kontrolle. Kein Mann würde absolute Macht über sie besitzen! Niemals! Sie fühlte, wie sich ihr Ketten um den Brustkorb legten, Ketten, die sie sprengen musste, um weiterzuexistieren.

Sie verschränkte die Arme vor dem schmalen Körper und spürte den Stoff ihres neuen Kostüms, das sie allein für diesen Besuch gekauft hatte, um dem Geliebten eine Freude zu machen. Auch beim Friseur war sie gewesen, um besonders hübsch auszusehen.

Er hatte nichts davon bemerkt.

Sie fuhr sich durch den perfekten Pagenschnitt, den sie sich ihm zuliebe zugelegt hatte, weil er die kurzen Haare zu burschikos fand, und zerzauste das vom Haarspray verklebte Haar.

Nein, sie hatte keine Kraft für derartige Machtspiele. Für einen winzigen Moment streifte sie der Gedanke, dass er es umgekehrt genauso empfinden mochte.

»Was hast du denn von mir, hier im Krankenhaus«, platzte es aus ihr heraus. »Nichts. Du hast doch gesehen: Ich bin hier unerwünscht, wurde hinausgeworfen! In Italien kann ich mehr für dich tun.«

Gebannt blickte sie durch das kleine Sichtfenster, das ihr plötzlich symbolisch erschien. Wie hinter einem Vorhang verschwammen durch ihre Sehbehinderung seine Gestalt, sein großer Kopf. Und so fehlte auch ihrer Beziehung jegliche Weitsicht, es war geradezu grotesk.

Sie zerrte ihre Brille aus der Handtasche, setzte sie auf und lugte durch das Fenster: Max hielt den Kopf von ihr abgewandt, sein Brustkorb hob und senkte sich. Unruhig strich er mit den Fingern über die Decke, verflocht die Hände und drehte mit beiden Daumen Kreise. Seine schönen, weichen Hände. Für einen Moment glaubte sie, dass sie ihre Haut berührten.

»Ich habe dir gesagt, dass ich meine Freiheit brauche, Max. Ob ich in Italien bin oder hier. Zwischen uns ändert sich dadurch nichts, rein gar nichts. Nur, dass ich dort atmen kann.«

Er schwieg, ein Schweigen, das sich ihr schwer wie ein Stein auf die Brust legte.

»Max, ich bitte dich. Sag doch etwas!«

Vom Ende des Flurs näherte sich eine Menschengruppe. Krankenhauspersonal. Ein hochgewachsener, etwas fülliger Mann mit einem Stethoskop um den Hals ging voran, die anderen folgten ehrfürchtig mit gesenkten Köpfen.

Mit flehenden Augen warf sie erneut einen Blick aufs Krankenbett.

»Es ändert alles, Ingeborg«, hörte sie Max leise sagen.

Sie vernahm seine Stimme und las das Gesagte gleichzeitig von seinen Lippen ab. Die Brille machte alles nur viel schlimmer, und sie schwor sich, nur noch zum Schreiben eine zu tragen.

Max löste seine Finger und wischte durch die Luft, als verscheuche er eine lästige Fliege in die Richtung des erbärmlichen Sichtfensters, hinter dem sie wie an einem Gefängnisgitter stand.

»Verschwinde. Lass mich in Ruhe! Geh!«

Seine Worte trafen sie wie ein Schlag in den Magen. Sie schluckte, nahm mit zitternden Händen ihre Sehhilfe ab, drehte sich weg und ging wie paralysiert den Flur entlang. Die Ärzte waren in einem Zimmer verschwunden, dessen Tür sperrangelweit geöffnet war. Sie presste die Blumen an ihren Körper, bis sie den klebrigen Saft an ihren Händen spürte, und warf sie am Ende des Flurs in eine Mülltonne. Ihre Brille obendrauf.

Sie hatte zu viel gesehen.

Aufgewühlt setzte sie sich in ihr Auto, startete den Motor und fuhr in Richtung Uetikon. Auf der Fahrt begann es zu regnen. Die kleinen Scheibenwischer ihres VW Käfer liefen im gleichmäßigen Takt auf mittlerer Stufe. Von innen beschlugen die Fenster, und sie wischte, während sie mit einer Hand lenkte, die Fenster frei, um einigermaßen sehen zu können. Zürich versank in Grautönen, die Passanten unter aufgespannten Regenschirmen.

Nein, sie würde keine Brille mehr tragen. Das Elend war auch so schlimm genug.

Zu Hause angekommen, packte sie in Windeseile einen Koffer, ihre Schreibmaschine, Notizbücher, die von handgeschriebenen Zetteln überquollen, Papier und Schreibzeug. Sie informierte Enzensberger über ihre Reisepläne.

»Es muss sofort sein«, sagte sie am Telefon. »Ich bleibe keine Minute länger in dieser Stadt.«

Auf der Fahrt nach Italien schwieg sie.

Enzensberger zeigte sich als angenehmer Mitfahrer, der ihr Schweigen teilte. Nur zwischendurch, wenn eine Pause nötig war, um neue Zigaretten oder Wasser zu kaufen, tauschten sie einige Höflichkeiten aus.

Der Gotthardpass empfing sie bei strahlendem Sonnenschein, und sie lenkte ihren kleinen Wagen beherzt die Serpentinen hinauf und wieder hinab. Das mächtige Alpenpanorama mit den schneebedeckten Bergspitzen erhob sich vor einem stahlblauen Horizont. Ganz oben passierte sie ein zerfallendes

Haus am Straßenrand, das Ingeborg von ihren vielen Reisen nach Italien kannte. Strommasten mit durchhängenden Kabeln zogen sich die Straße entlang.

An der Grenze bei Chiasso wurde ihr Wagen durchgewinkt.

Als sie Florenz passierten, kam ihr die Erinnerung an Max, ihren gemeinsamen Aufenthalt in La Spezia, das erste Treffen, nachdem sie sich wochenlang nicht gesehen hatten, am Bahnhof von Florenz. Sie waren einander in die Arme gefallen, obwohl es so viele Fragen gegeben hatte. Jetzt stand das gesprochene Wort zwischen ihnen, und sie war nicht bereit, nach Erklärungen zu suchen. Noch nicht. Max hatte sie weggeschickt, vielleicht für immer. Genau wie die Callas lebte auch sie ein Leben auf der Rasierklinge, mit all den Unwägbarkeiten einer Künstlerexistenz. Denn nur auf die Kunst war Verlass. Sie war die strengste aller Herrscherinnen. Ingeborg würde in Italien arbeiten, sich endlich an ihre Übersetzungen des berühmten italienischen Lyrikers Giuseppe Ungaretti machen.

»*E subito riprende il viaggio come dopo il naufragio un superstite lupo di mare*«, sagte sie laut vor sich hin.

… Und plötzlich nimmst du die Fahrt wieder auf wie nach dem Schiffbruch ein überlebender Seebär.

Sie wünschte sich nur einen Bruchteil dieser Zuversicht.

»Giuseppe Ungaretti«, sagte Enzensberger erfreut. »Du hast also mit den Übersetzungen begonnen. Das ist gut, sehr gut.«

Als sie am Schild einer Trattoria vorbeifuhren, schlug er vor, essen zu gehen. Sie schüttelte den Kopf. »Nicht hier, nicht bei Florenz. Lass uns noch ein wenig weiterfahren.«

Erst auf der Höhe von Orvieto nahmen sie in einer *Locanda* Wasser und Pasta zu sich. Und etwas Wein.

»Möchtest du vielleicht …?«

Sie schüttelte den Kopf. »Ich möchte nicht darüber sprechen. Es ist alles in bester Ordnung. Verzeih mir, Mang.«

Es war das einzige Mal auf der langen Reise, dass sie ihn bei seinem Vornamen ansprach, einem Namen, den seine Freunde benutzten. Und doch war das gemeinsame Schweigen der größte Trost, den die Freundschaft für sie bereithielt.

In Rom setzte sie Enzensberger am Bahnhof ab und fuhr weiter bis zur Via della Stelletta, wo man sie bereits erwartete.

»Signorina Bachmann, *benvenuto*«, sagte der Sohn des Pensionsbesitzers erfreut, nahm ihr das Gepäck ab und ging ihr voraus die Treppen hinauf in ihr Appartement, das sie dort immer bezog.

Als die Tür hinter ihr ins Schloss fiel, lehnte sie an der Wand und atmete durch. Dieses verdammte Sichtfenster im Spital! Wie groß die Räume hier in ihrem gelobten Land waren. Drei Meter Deckenhöhe inmitten von Rom, mit alten Holzbalken, die zuweilen ächzten. Zwei Fenstertüren zeigten hinaus auf die Straße, wo in Sichtweite auf einem kleinen Rondell ein Springbrunnen plätscherte, der nachts hell beleuchtet war. Sie riss die Fenstertür auf und atmete mit geschlossenen Augen tief durch.

Ingeborg war zu Hause. Sie wollte das heiße Rom umarmen.

Beim Service bestellte sie eine Flasche Wein, Prosciutto mit Oliven und Brot, aß und trank und rauchte mehrere Zigaretten nacheinander. Draußen brach die Nacht herein und mit ihr ein Hauch kühler Luft. Morgen war ein neuer Tag.

Ein römischer Tag – das machte einen großen Unterschied.

Sie würde sich eine neue Brille kaufen.

KAPITEL 19

Rom, Juli 1959

Dein Sehnsuchtsbrief hat mich erreicht. Bist du allein in Rom?«, fragte Hans.

Ingeborg hielt den Hörer dicht am Ohr, während sie die sanften Bewegungen der über den Boden streichenden Stores beobachtete.

»Ich brauchte etwas Abwechslung«, sagte sie. »In Zürich fiel mir die Decke auf den Kopf.«

Ihr war klar, dass Hans eins und eins zusammenzählte und ihre Stimme sie obendrein verriet. Er fragte nicht einmal nach, warum Max nicht bei ihr war.

»Ich vermisse unsere unbeschwerte Zeit zu zweit, Darling. Es war doch alles gut zwischen uns. Was ist geschehen? Dieser Schweizer und du – das kann doch nicht gut gehen. Was du brauchst, ist Inspiration, kein Spießertum! Und ich brauche dich, Ingeborg. Wenn ich zurück bin, müssen wir wieder zusammenarbeiten. Denk an das Libretto!«

»Wann wirst du wieder in Neapel sein?«, fragte sie.

Eigentlich war sie gar nicht richtig bei der Sache. Ihre Gedanken drehten sich im Kreis, aber unbeschwert, wie Hans es nannte, war ihre Freundschaft nur am Anfang gewesen. Unvergesslich der Druck, den er auf sie im Laufe der Jahre ausgeübt hatte, damit sie ihm Texte produziert. Das konnte sie nicht vergessen.

Ich brauche dich – nein, das konnte jetzt keine Rolle spielen. Sie brauchte sich selbst.

In diesem Augenblick war Hans nur mehr ein weiterer Mann in ihrem Leben, der etwas einklagte. Einer, der im Unterschied zu Max zu wissen glaubte, was ihr guttat und was nicht. Max' Übergriffe waren anderer Natur. *Unbeschwerte Zeit* – aber auf wessen Kosten? Sie schämte sich für ihre Gedanken, dass sie in der Freundschaft wie in der Liebe Rechnungen aufzustellen begann.

»Weißt du noch, unsere Pläne?«, hakte Hans noch einmal nach.

Ja, sie erinnerte sich daran. Auch an den Lebensentwurf, den sie einst erwogen hatten und auf den er anspielte, eine platonische Ehe im Dienst der Kunst zu führen. Sie hatten heiraten wollen, um alle öffentlichen Mutmaßungen über Hans' Sexualität im Keim zu ersticken. Was eine solche Ehe jedoch für sie bedeuten würde, der Gedanke war ihr erst später gekommen. Nicht erst mit Max' Eintritt in ihr Leben war für sie ein solch absurdes Vorhaben absolut undenkbar.

»Das ist nicht mehr möglich, Hans. Meine Wünsche haben sich verändert.«

»Schreib mir, Darling«, befahl Henze nach einer langen Pause, als sei dies das Letzte, was er hatte hören wollen. »Ich erwarte deine Post in London. Gib mir ein Zeichen!«

Nachdenklich legte sie den Hörer auf: Jetzt waren es schon zwei Männer, die auf ein Zeichen warteten, mit Paul genau genommen sogar drei. Letzterem musste sie unbedingt schreiben.

Innerhalb kürzester Zeit lebte sie sich wieder in Rom ein und vermisste Zürich nicht im Geringsten. Ihr Körper und ihre Seele erholten sich so, wie es nur in Italien möglich war. In ihren Lieblingsgeschäften kaufte sie neue Schuhe, ein sündhaft teures Kleid, einen Hosenanzug für den Herbst, ein paar hübsche Gläser. Sie beschenkte sich selbst.

Aber all diese Geschenke vermochten es nicht, Max' Rauswurf vergessen zu machen, sein eisiges Schweigen im Spital, seinen starren, undurchdringlichen Blick. Er hatte sie zutiefst gekränkt. Nie wieder würde sie blauen Rittersporn betrachten können ohne die Assoziation von Zurückweisung, Demütigung, Verletzung.

Hin und wieder klingelte ihr Telefon in der Via della Stelletta. Sie nahm nicht ab. Was sie jetzt brauchte, waren Zeit, Abstand, Schreiben.

Mit einem Anflug von guter Laune, wie sie an trüben Tagen nur neue Kleidungsstücke in ihr Leben zu zaubern vermochten, legte sie das in der Via dei Condotti erstandene gelbe Etuikleid auf ihr Bett in der Pension. Sie hatte die Rechnung anschreiben lassen. Die Ladenbesitzerin kannte sie und hatte schon oft ein Auge zugedrückt, wenn Ingeborg ein, zwei Monate später bezahlte.

Eine Frau brauchte neue Kleider und Schuhe – hier in Rom gab es darüber nicht den geringsten Zweifel.

Sie streckte sich auf dem Sofa aus. Über die heißen Mittagsstunden war es am besten, bei geschlossenen Fensterläden zu dösen, manchmal stellte sich sogar ein erholsamer Mittagsschlaf ein. Nach wie vor arbeitete sie am liebsten nachts.

Als sie auf die Uhr sah, war es bereits kurz vor halb neun.

Von draußen waren Kinderstimmen, das Bellen eines Hundes zu hören. Wie überall im Süden begann jetzt das Leben auf den Straßen, eine Zeit, in der die Schweizer bereits ihre Bürgersteige hochgeklappt hatten. Sie verspürte Lust, hinauszugehen, in das pulsierende Leben Roms, es mit den Augen zu trinken und die Römer mit ihrer Lebensfreude zu beobachten. Sehen, wie sie tanzten, lachten, aßen und tranken, mit Händen und Füßen gestikulierten. Allein dieses Schauspiel bildete ein probates Mittel gegen die Melancholie.

Sie ging ins Bad, schminkte sich, wählte ihre größten Ohrringe, rote aneinandergereihte Pailletten, die fast bis zur Schulter baumelten und bei jeder Bewegung klimperten. Der Modeschmuck passte hervorragend zu ihrem neuen Kleid. Dann steckte sie Briefpapier in ihre Handtasche und machte sich in der neuen Garderobe auf in Richtung Innenstadt. Ihr war, als prallte sie gegen eine heiße Wand. Nur auf Höhe des Springbrunnens verspürte sie einen Hauch Abkühlung.

Über die Spanische Treppe erreichte sie das Caffè Greco. Drinnen entdeckte sie einige ihr bekannte Gesichter, grüßte kurz und begab sich wieder nach draußen. Sie wollte draußen sitzen, die Atmosphäre auskosten. Wie es ihr gefehlt hatte, das Café mit seinen roten Sitzbänken, den Fotografien und Gemälden an den Wänden, Porträts in alten verzierten Holzrahmen, dicht an dicht, gleich neben den Garderobenhaken. Ein wundervoller Ort der Inspiration! Über den Bistrotischen hingen in kleinen Nischen antike Spiegel, die der Lokalität, ohne Intimität einzubüßen, Raum und Tiefe verliehen. Von den hohen Decken des alten Gemäuers spendeten Kronleuchter Licht. Wie oft hatte Ingeborg im Winter ihren Arbeitsplatz hierher verlegen müssen, wenn die Heizung ihrer kleinen Wohnung in der Via dei Vecchiarelli nicht funktioniert hatte. Die Tradition der Kaffeehauskultur war ihr aus Wien vertraut, dennoch arbeitete sie nicht gern in Cafés, sondern lieber bei sich zu Hause am Schreibtisch.

»*Wie gut war es, dass Ihr nicht gekommen seid*«, begann sie draußen im Schatten ihren überfälligen Brief an Paul. »*Max hat im Spital Besuchsverbot, in dem Zimmer gibt es an der Tür ein Fenster, durch das man sprechen kann, das ist zu trostlos, und er ist immer erschöpft. Wir sollten lieber bis zum Herbst mit dem Besuch warten, bis er innerlich und äußerlich wiederhergestellt ist.*«

Klang das harmlos genug? Sie wollte nichts von ihrem Konflikt nach außen tragen. Henzes Einmischung genügte ihr.

Nachdenklich betrachtete sie die Passanten. Frauen flanierten in Kostümen und Stöckelschuhen durch die Gassen, die obligatorische Handtasche am Handgelenk. Von überall hörte man den melodischen Klang der italienischen Sprache, die sie so sehr liebte. Eine Vespa mit einem jungen Mann am Lenker und einem Mädchen auf dem Rücksitz schlängelte sich durch die Menschenmenge. Die junge Frau hatte die Arme um den Fahrer geschlungen, und ihr gepunkteter Glockenrock flatterte im Wind. Jeden Tag aufs Neue wollte Ingeborg angesichts solcher Bilder Rom umarmen, die sinnliche Leichtigkeit dieser Stadt.

Sie bemühte sich um Konzentration und überflog die Zeilen an Paul noch einmal. Max würde sagen, sie *tönten* harmlos. Man konnte die Dinge so oder so sehen und auf die eine oder andere Art darüber sprechen. Sie las das seltsame Wort *wieder-*

hergestellt immer wieder. Als ginge es um eine Autoreparatur oder den Wiederaufbau eines Gebäudes nach einer Naturkatastrophe. Wehmütig fragte sie sich zum ersten Mal, seit Max sie aus dem Spital geworfen hatte, ob sich irgendetwas wiederherstellen ließe oder ob es zu spät war. Obwohl ihr ganzes Wesen mit Mehrdeutigkeiten aller Art vertraut war, wurde es ihr auf einmal zu viel.

Nach dem zweiten Espresso bestellte sie eine Karaffe Wein.

Neben ihr ließ sich eine kleine Gruppe von Touristen nieder. Ingeborg hatte ein hervorragendes Gehör, und sie filterte die Sprachen aus wenigen Wortfetzen heraus: Amerikaner, wahrscheinlich aus New York, zwei Franzosen aus Tours, wo das reinste Französisch gesprochen wurde, Süddeutsche aus Niederbayern, ein österreichisches Paar, vermutlich aus dem Burgenland. Es handelte sich um eine Reisegruppe mit einem italienischen Führer, deren Tour offenkundig hier im Caffè Greco endete.

»*It was amazing*«, sagte die Amerikanerin mit einem Strohhut auf dem Kopf und strahlte mit den anderen um die Wette.

Der attraktive Reiseführer namens Antonio bestellte für alle Rotwein und Pizza.

»*This place is one of the most famous and oldest ones in Rome. Caffè Greco is known to be visited by people from all over the world*«, erklärte der Stadtführer.

Ingeborg wünschte, er läge falsch, aber tatsächlich war das älteste Café Roms weltberühmt. Künstler und Intellektuelle kamen hierher. Geheimtipps waren diese Orte jedoch immer nur so lange, wie derlei Entdeckungen auch geheim blieben.

Sie schnappte einige Stationen der *amazing* Besichtigung

auf: Das Pantheon hatte man besucht, den Trevi-Brunnen, das Kolosseum, das Forum Romanum, die Villa Borghese, den Petersdom.

»Faszinierend, was die alten Römer erbaut haben. Über tausend Jahre ist das jetzt her, *unbelievable*«, sagte die Amerikanerin zu ihrem Begleiter.

Es waren fast zweitausend Jahre.

Ingeborg schätzte die Frau auf Mitte fünfzig. Sie trug ein rotes, ärmelloses Kleid, mit dem sie definitiv keine Kirche Roms hätte betreten dürfen. Hatte man den Dilettanten denn nicht gesagt, dass kurze Hosen und Röcke verboten waren, Schultern und Kopf in heiligen Stätten zu bedecken seien?

»Und dann die unterirdischen Wasserleitungen, einfach phänomenal«, warf eine Deutsche ein.

Phänomenal, dachte Ingeborg und trank ihr Weinglas leer. Sie hatte Pläne davon in einer der ältesten Bibliotheken Roms gesehen, die in der Tat beeindruckend waren.

Sie bemühte sich, die unterirdischen Adern des antiken und modernen Roms zu ignorieren, aber das Mithören ließ sich nicht vermeiden. Es war wie mit der Nase: Man konnte einem Geruch nur schwerlich ausweichen.

Ingeborg vernahm, wo Peter Ustinov in seiner Rolle als Nero Rom angezündet hatte, weil er dem Wahnsinn verfallen war, was es mit den Katakomben und den vielen Toten auf sich hatte und wo es in der Stadt das beste *gelato* gab. Dass Rom nicht an einem Tag erbaut worden war, welcher Speck für die *Pasta Carbonara* taugte und dass die Vatikanstadt ihre eigene Währung besaß. Ein Mann fragte sich, wie das päpstliche Bett wohl aussähe und wie das mit dem weißen Rauch und dem Kamin über der Sixtinischen Kapelle funktioniere. Er stieg nämlich erst auf, so erklärte er mit leichtem Zungenschlag, wenn ein neuer Papst gewählt worden war.

»Das ist zuletzt vor einem Jahr geschehen«, mischte sich eine Frau ein. »Es soll schon Missverständnisse gegeben haben. Wenn das Papier zu feucht ist, wird der Rauch nicht weiß, sondern schwarz. Aber nur weißer Rauch bedeutet, dass ein neuer Papst gewählt worden ist.«

Die Gruppe nickte kollektiv und stieß einmal mehr an. »*Salute*!«

Ingeborg spülte die verwirrenden Zusammenhänge, die so ganz sicher nicht stimmten, mit einem großen Schluck Wein hinunter.

Mit einem Ohr vernahm sie, wie ein Mann mit einem großen Fotoapparat, der an einem langen Lederband um seinen Hals baumelte, in waghalsigem Englisch erklärte, wie es um die Tradition der Papstwahl bestellt war. Aufmerksam lauschte die Gruppe seinen fachlichen Ausführungen. Wider Willen tat es Ingeborg ihr gleich.

Sein Nebensitzer schenkte großzügig die kleinen Weingläser erneut voll, wobei im Schwung einige Tropfen auf die Handtasche einer Nachbarin fielen.

»Halb so schlimm«, trällerte diese, wischte den Wein weg und leckte sich die Finger.

Ingeborg nahm einen kräftigen Schluck Wein.

Den restlichen Abend über floss der Alkohol in Strömen, und am Ende des Tischs erklärte jemand zu fortgeschrittener Stunde Rom zur Stadt aller Städte von bemerkenswerter Schönheit.

Eine Stunde später, die Karaffen auf den Tischen hatten sich bereits zum dritten Mal bedrohlich geleert, ging es um die schönsten Frauen Italiens, die es nur hier in Rom gab.

Ein Mann in einem bunten Hemd zwinkerte Ingeborg zu. Sie senkte die Augen.

Ingeborg verspürte einen Anflug von Scham. Sie fischte nach einer Zigarette aus ihrem Etui.

Ruckartig drehte sich der Reiseführer zu ihr, als habe er seit seiner Ankunft im Greco auf diesen einen Einsatz gewartet. Galant beugte er sich ihr entgegen und reichte ihr Feuer.

Sie schenkte ihm ein Lächeln. Seine dunklen Augen erinnerten sie an die Farbe reifer Kastanien. Sein Aftershave streifte ihre Nase. *Braggi* – sie kannte den italienischen Duft nach Leder, Moos, etwas rauchig, und nach Zypresse, fast animalisch. Sie sog ihn ein, ihr war, als sei dieser Duft das erste Echte an jenem sonderbaren Abend. Im Gegensatz zu vielen deutschen Männern trug der Italiener gern Parfüm auf.

»*Mi chiamo Antonio*«, sagte er lächelnd. »Kennst du Rom?

Sehr gut, dachte sie, auf der Landkarte und in meinem Herzen. Sie lächelte zurück und schüttelte den Kopf. Was hieß schon kennen!

Antonio griff nach der Karaffe vom Nachbartisch und schenkte Ingeborgs leeres Glas voll. Sie nahm einen großen Schluck.

Was für eine mildernde Wirkung Rotwein auf das Gemüt auszuüben vermochte. Sie ließ die falschen Daten, die immer noch am Nebentisch kursierten, die vielen schlechten Übersetzungen der deutschen, französischen und italienischen Fehlgriffe, all die sprachlichen Missverständnisse auf sich beruhen, und besänftigte im Stillen ihr beleidigtes Sprachgefühl. Die Menschen verstanden einander, über Fehlerhaftes und Grenzen hinweg – es gab kein Problem. Sie immer mit ihrer Feinfühligkeit! Max hatte durchaus recht: Sie war hinderlich und selten hilfreich.

»*Sei italiana?*«, flüsterte Antonio ihr zu, als hege er einen Verdacht, und stieß mit seinem Glas das ihre an.

Sie antwortete nicht.

Irgendwann stieg die Gruppe auf Spumante um, die Stimmung war einfach zu ausgelassen für Rotwein, der ab einer bestimmten Menge schwermütig machte. Er verleitete zu traurigen Liedern, die *the most amazing guided tour* am Ende noch verderben würden.

Aus dem Lautsprecher drangen die rhythmischen Jazz-Töne *Tu vuò fà l'americano*, als habe der aufmerksame Wirt das Kippen der Stimmung bemerkt und Gegenmaßnahmen ergriffen. *Du wärest gern Amerikaner*, übersetzte Ingeborg im Stillen und lächelte. Was wäre sie gern, fragte sie sich, wenn sie die Wahl hätte?

Großzügig spendierte der Wirt der Gruppe einen Grappa, tat so, mit der bauchigen Flasche bei Ingeborg angekommen, als habe er sie noch nie gesehen, und fragte nach ihren Vorlieben.

Sie nahm den Grappa dankend an.

Als die Musik verklang, stimmte der Touristentisch ein Lied an: *Bella ciao, bella ciao, bella ciao ciao ciao.*

Lauthals trällerte der Chor das antifaschistische Lied aus dem Zweiten Weltkrieg, während das Trinkgeld für Antonio in einer Butterbrottüte gesammelt wurde. Federleicht landete das

Pergamentpapier plötzlich in Ingeborgs Händen. Sie schenkte dem Stadtführer ein Lächeln und steckte ihre letzten italienischen Geldscheine hinein.

Irgendwie gehörte sie wider Willen ein bisschen dazu.

Antonio, der aus irgendeinem Grund einen Narren an ihr gefressen hatte, ließ Ingeborg nach ihrem Almosen, das er mit samtigem Blick verfolgt hatte, nicht mehr aus den Augen.

»Mir ist sterbensschlecht«, klagte die Amerikanerin, setzte ihren Strohhut ab und fragte nach den Toiletten.

Ihr Begleiter gab ihr, als sie aufstand, einen Klaps auf den Po. Die Deutsche aus Bayern bekam einen Schluckauf und erntete dafür einen bitterbösen Blick ihres Gatten.

»Sie müssen die Luft anhalten«, riet ihr die Österreicherin mit ernster Miene. »Schauen S' nur, so!« Zum Beweis umklammerte sie ihre Nasenflügel und presste die Lippen zusammen, während sie einen tiefroten Kopf bekam.

Vielleicht lag die Verfärbung auch an dem Kerzenlicht, das auf den Tischen flackerte.

Ingeborg hatte genug gesehen und gehört. Sie gab dem Wirt ein Zeichen, er möge ihre Rechnung anschreiben, stand auf und hielt sich kurz schwankend an der Tischkante fest.

INGEBORG

KAPITEL 20

Sie hatte zu viel getrunken.

Beherrscht nahm sie ihre Handtasche, lächelte zum Abschied in die Runde und machte sich auf den Heimweg.

»*Dove vai?*«, hörte sie bereits nach wenigen Schritten Antonios Stimme hinter sich und spürte seine warme Hand auf ihrer nackten Schulter. *Wohin gehst du?*

Abrupt blieb sie stehen.

»Die Nacht ist noch so jung, ich würde sehr gern mit dir …« Er brach ab. »Wie schön du bist – *come sei bella*«, sagte er dann und trat dicht an sie heran. »Darf ich dich begleiten?«

Der Duft von Braggi stieg ihr sofort in die Nase, dieser unwiderstehlich männliche Geruch. Sie schloss für einen Augenblick die Augen, öffnete sie wieder. Wie leicht, glasklar die Sprache des Begehrens doch war, wenn man die Worte sein ließ.

Die Sprache war die Strafe.

»Grazie«, gab sie sanft zurück und schüttelte den Kopf. »Ich habe es nicht weit.«

Oder unendlich weit, dachte sie.

»*Perché non* – Warum denn nicht?«, fragte Antonio, als glaube er ihr weder ihr perfektes Italienisch noch den Inhalt, als drücke ihre Gestik etwas ganz anderes aus als ihr Mund. Antonio, dessen Englisch den ganzen Abend über sehr passabel gewesen war, schien plötzlich Übersetzungsprobleme zu haben. »Du bist weder Italienerin noch Deutsche, was bist du?«

»*Sono scrittrice – ich bin Schriftstellerin*«, antwortete sie ohne nachzudenken, als sei dies die einzig wahre Antwort auf die Frage nach ihrer Identität.

»Schriftstellerin?«, fragte Antonio verdutzt.

»*Sono scrittrice*«, wiederholte sie, als erkläre das alles, was sie tat oder unterließ. Diente ihr die Künstlerexistenz als Rechtfertigung für Rückzüge, Vorstöße, Schweigen?

Sie drückte ihre Schultern nach unten, drehte sich weg und verschwand in einer Seitengasse.

Penibel achtete sie auf die Straße, um nicht mit ihren Pfennigabsätzen im Kopfsteinpflaster stecken zu bleiben. An einer Ecke, als sie weit genug gegangen war, zündete sie sich eine Zigarette an, blies den Rauch aus und dachte, den Kopf gegen eine Hausmauer gelehnt, an die unterirdischen Katakomben und kilometerlangen Wasserleitungen unter ihren Füßen, das Herzstück der Stadt. Sie wünschte sich nichts sehnlicher, als dass das verborgene Rom niemals seine Geheimnisse preisgäbe.

Eine Weile noch schlenderte sie durch die Gassen, vorbei an ihrer ehemaligen Wohnung an der *Piazza della Quercia,* wo der sandfarbene *Palazzo Missini Ossoli* im Abendlicht der Laternen schimmerte. Rom war ihr so vertraut, ein Stück Heimat tief in ihr, die kein touristischer Blick dieser Welt zu zerstören vermochte.

Die Touristen verließen Rom wieder – sie aber würde immer wieder hierher zurückkehren und irgendwann für alle Zeit bleiben. Eines fernen Tages wollte sie hier begraben werden.

Einige Restaurantbesitzer hatten angefangen, die Außenbestuhlung aufzutischen. Ein Liebespaar schlenderte eng umschlungen durch die Straße.

Am Springbrunnen in der Nähe ihrer Pension hielt sie inne und ließ ihre Hände durchs kühle Wasser gleiten.

Sie sah hinauf, dorthin, wo Peter Ustinov die tragische Komik Neros in so erschreckend echter Weise wiedergegeben hatte. Natürlich hatte sie den Kinofilm gesehen. Hatte denn keiner im alten Rom die Gefahr geahnt, die von Neros Kränkung, in seiner »Kunst« nicht gesehen zu werden, ausging? Ein Narr war niemals zu unterschätzen, ein beleidigter schon gar nicht. *Quid Nerone peius? – Was ist schlimmer als Nero?*, klagte einst ein römischer Dichter, aber er fragte auch: *Was ist schöner als Neros Thermen?* Immer ging es um die zwei Seiten einer Medaille. Max konnte mit diesem Widerspruch leben, ohne sich in seinem Gefühlsleben zu verzetteln.

Vor ihrem inneren Auge erstreckte sich das brennende Rom – das Feuer wütete genau wie in ihr, und sie wusste nicht, wie sie es in Schach halten konnte, jenes Feuer, das überlebenswichtig war für ihre Kunst, ihr Leben. Es musste lodern und uferte gleichzeitig immer wieder aus. Ihre Gedanken wirkten wie ein Brandbeschleuniger.

In ihrer Pension entdeckte sie einen Briefumschlag, der in den Türschlitz geschoben worden war. Sie erkannte Pauls Handschrift auf den ersten Blick. Offensichtlich hielt er sich im Engadin auf. Sie schloss die Tür hinter sich zu. Mit gerunzelter Stirn las sie seine Zeilen, während sie ihre Handtasche zu Boden fallen ließ, die Schuhe im Gehen abstreifte:

Gestern war Max Frisch hier, unerwartet, ich war so gar nicht vorbereitet darauf, es waren auch Züricher Bekannte gekommen. Das Gespräch war kurz, nur einen Augenblick lang wohl so, wie er und ich es uns erhofft hatten.

Sie las jedes Wort, suchte nach weiteren Hinweisen, aber selbst zwischen den Zeilen blieb der Inhalt blutleer. Dennoch offenbarte er eine gewisse Intimität zwischen Paul und seinem Besucher, eine, die sie ausgrenzte.

Erstmals begriff sie, wie Max sich fühlen musste.

Es geht mir nicht gut, schrieb Paul zusammenhanglos, als müsse sie die Hintergründe für seine Unpässlichkeit wie von selbst erfassen. Es folgte der Hinweis, dass er in diesen Tagen zu Frau und Kind nach Paris zurückkehren werde. Eines war ihr schlagartig klar: Max hatte mit seinem Besuch Fakten geschaffen und seinen Standpunkt in einem wider Willen entstandenen Dreieck bezogen. Und die Männer hatten versucht, eine unleidige Angelegenheit unter sich auszumachen.

Ob es gelungen war, würde sich zeigen.

Als wenige Minuten später das Telefon klingelte, nahm sie, in Gedanken ganz bei Paul, ab.

»Erreiche ich dich endlich«, hörte sie Max' vorwurfsvolle Stimme.

Sie holte tief Luft, sagte nichts. Was hätte sie auch sagen sollen? Sein Atem am anderen Ende der Leitung ging schwer.

»Was habt ihr, Paul und du, besprochen? Habt ihr eine Lösung gefunden? Wie ging es euch mit dem Treffen? Kannst du sein Dilemma jetzt besser verstehen? Vertraust du mir endlich, dass es aus ist zwischen Paul und mir? Verstehst du denn, dass ich ihn als Freund niemals aufgeben kann? Niemals!« All das hätte sie gern gefragt, gesagt, aber sie schwieg.

»Wo warst du denn?« Max' angriffslustige Frage durchbrach ihre Gedanken.

Sie warf einen Blick auf die Uhr: gleich zwei Uhr morgens.

»Auf einer Stadtbesichtigung.«

Sie hörte nur noch das Krachen in der Leitung, den beleidigten Abriss. Er hatte aufgelegt. Nichts, rein gar nichts, ließ sich *wiederherstellen*.

Eine knappe Woche später kam ein Brief von Max aus dem Kurort Bad Mergentheim. Förmlich, kühl, und etwas in der Schwebe lassend. Kein Bruch, ein Rückzug, die unausgesprochene Bitte um Zeit, eine Grenze ziehend. Er habe sich entschieden, seine Rehabilitationsmaßnahmen in Deutschland vorzunehmen, und es ginge ihm von Tag zu Tag besser.

Ausgerechnet in Deutschland, dachte sie und stornierte die Reservierung des römischen Leberbads.

Sie antwortete nicht. Was hätte sie auch sagen sollen?

Ihr Telefon schwieg. Manchmal aber läutete es mitten in der Nacht. Wie aus der Ferne vernahm sie das surrende Geräusch aus einem narkotischen Schlaf heraus, gelähmt, unfähig, etwas zu tun. Leise, wimmernd, vorwurfsvoll – es gab die unterschiedlichsten Facetten von Max' Läuten.

Trotz ihrer Sehnsucht, trotz ihrem Wunsch nach Versöhnung war sie unfähig abzuheben, denn sie hatte noch keine Lösung für Max und sich gefunden, wusste nicht, wie sie einander lieben und zugleich den Freiraum, den sie doch beide brauchten, zugestehen konnten. Instinktiv spürte sie, dass er sie nicht aufgeben würde. Dafür liebte er sie zu sehr. Und sie ihn.

Wenige Abende nach ihrem Besuch im Greco saß sie mit einer neuen Brille an ihrer Schreibmaschine und arbeitete an ihrem Erzählband *Das dreißigste Jahr*. Bis in die Nächte hinein übersetzte sie Ungarettis Gedichte und schliff an den feinen Ziselierungen und kontrastreichen Facetten der deutschen Sprache, der einzigen Heimat, auf die Verlass war. Im Stillen dankte sie Antonio, dem Reiseführer, dessen Haut nach Zedernholz und Pinien geduftet hatte, für seine präzise Frage.

Eine gemeinsame Nacht hätte den Zauber zerstört, der seinen Worten nachhallte.

Sono scrittrice, schrieb sie gedankenverloren auf ein leeres Blatt Papier. Auf ein anderes: *Es sind nicht die Orangenbäume, nicht die herrliche Architektur. In Italien habe ich leben gelernt.*

Würde sie ein Rendezvous mit Antonio in Betracht ziehen, gäbe es Max nicht? Sie ließ die Antwort vor sich selbst in der Schwebe. Aber je mehr Zeit verstrich, desto mehr verblassten Antonios Avancen und desto stärker wuchs ihre Sehnsucht nach Max hier in Italien, als sei er mit diesem Land verbunden.

Ein Mann liebt eine Frau. Eine Frau liebt einen Mann – gab es diese Geschichten, die Max erzählen wollte? Vermochte er es, einen derartigen Roman ohne Indiskretionen zu erzählen? Der Verdacht, dass sich der Blinde aus seinem Romanprojekt ihrer persönlichen Geschichte bemächtigen würde, streifte sie, und sie schob ihn beiseite.

Du stellst zu früh zu viele Fragen, schalt sie sich innerlich.

Dabei wusste sie gut, es gab diese stillen Geschichten, die in den Gesichtern von alten Paaren ganz unten im Süden Italiens geschrieben standen, dort, wo sie einst mit Henze gelebt hatte. Männer und Frauen, die zufrieden auf Bänken vor ihren Häusern saßen und nach sechzig gemeinsamen Jahren immer noch einander die Hände hielten, wenn sie spazieren gingen. Paare, die nicht an der Sprache scheiterten, weil sie einander liebten, ohne Komplikationen, ohne die Notwendigkeit von Übersetzungen.

Keiner hatte sie je niedergeschrieben.

Der Kopf war das Problem, das Denken, die hochexplosive Mischung aneinandergereihter Wörter. Die Frage, ob etwas zwischen Max und ihr unwiederbringlich verloren gegangen war, fraß sich in ihre Seele. Ihre Geheimnistuerei, ihr Schweigen, seine Eifersucht, diese verdammte Eifersucht. Da gab es die vielen Briefe, die sie tagtäglich erreichten, ihren intellektuellen Austausch mit männlichen Literaten dieser Zeit, den sie pflegte, zuweilen gespickt mit kleinen erotischen Andeutungen. Andeutungen, von denen Max nichts wissen konnte, aber es war, als erfasse er selbst die kleinste Indiskretion. Ja, es waren Männer mit großen Namen wie Enzensberger, Richter und Grass, die Ingeborg Bachmann verehrten, und ja, sie genoss jede einzelne dieser Zuwendungen, jedoch nicht mehr.

Und dann war da auf einmal wieder Paul, den Max durch seinen Besuch in Sils zurück ins Spiel gebracht hatte. Max kannte Paul nicht, hatte nicht die geringste Ahnung davon, wie dieser aus Verzweiflung um seine beschädigte Seele im Hintergrund unsichtbar Fäden zu spinnen vermochte und kein einziges falsches Wort verzieh.

Ich sehe mit viel Angst, wie Du in ein großes Meer hinaustreibst, aber ich will mir ein Schiff bauen und Dich heimholen aus der Verlorenheit. Ich nehme Deinen fremden dunklen Kopf zwischen meine Hände und möchte dir die Steine von der Brust schieben.

Wann hatte sie diese Zeilen an Paul geschrieben? Zu einer Zeit, als sie noch ein Liebespaar gewesen waren.

Keiner von ihnen dreien konnte aus seiner Haut. Was, wenn Pauls Besuch bei ihnen in Uetikon eines Tages wirklich stattfinden würde? Paul mochte Max' Grenzen respektieren, ihre würde er in seinem naturgegebenen Anspruch auf Freundschaft übertreten.

Sie fürchtete diese Begegnung. Gleichzeitig gewann sie zunehmend Klarheit darüber, wie sehr sie Max liebte, wie anders sie Celan geliebt hatte. Aber Liebe ließ sich nicht vergleichen, und es gab keine Maßeinheit für sie. Bei Max durfte sie alles sein, das empfand sie als Privileg: Frau, Geliebte, Poetin, Intellektuelle – und manchmal schwappte eine Welle seiner Leichtigkeit an ihr Herz. Sie wusste: in ihr gab es den Garten und das Minenfeld. Die beiden Protagonisten Hanna und der männliche Erzähler aus ihrer Erzählung *Alles* stritten in ihrem Ich um die Vorherrschaft. In beiden Figuren verdichtete sich jeweils ein Prinzip. Das Männliche und das Weibliche. Verstand und Gefühl. Realität und Intuition. Ingeborgs Innenleben war kompliziert – für einen Dritten das reinste Minenfeld.

Max' Minenfeld war sein Misstrauen, das sich doch aus *seiner* eigenen Untreue speiste. Das Problem, was er selbst hatte, schob er ihr und jeder Frau auf dieser Welt zu, die ihm nahekam.

Sie dachte an die intimen Momente, ihren Blick über die Stadt auf dem Zürichberg, an den Glühwein, den Duft von Max' Pfeife, ihre stille Übereinkunft, seine Wärme, das unausgesprochene Glück. Auch das gab es zwischen ihnen, und manchmal entschärften solche Kleinigkeiten die unsichtbaren Minen unter ihren Füßen.

Würde es ihr gelingen, beim Blick aus dem Fenster genau wie Hanna den Garten zu sehen, Max' Misstrauen zu besänftigen? Würde er seine Eifersucht zügeln können? Lag das Problem in ihnen, ähnlich wie bei Paul, dessen Wunden beim geringsten Reiz erneut aufbrachen? Waren die Altlasten des Freiheitsdrangs auf ihrer Seite und Max' tiefes Misstrauen gegenüber einer selbstständigen Frau vereinbar?

Man konnte die Lasten, die man mit sich herumtrug, fallen lassen – auf dem Rückweg würde man garantiert über sie stolpern.

Nach Tagen wurde das Klingeln des Telefons dringlicher, verzweifelter, hilfloser. Dann hörte es auf.

Roma non risponde. Rom antwortet nicht.

Irgendwann kam ein Brief von Mang, der sie beglückte und ihre Zweifel für eine Weile zerstreute.

Und sieh nach dem schönen Brunnen, der für dich rinnt, ganz in der Nähe deiner Unterkunft. Grüße Max von mir und sage ihm, dass ich ihm alle Krankheiten der Welt vom Leib wünsche. Gut, dass es die Post gibt, sei unverzagt.

MAX

KAPITEL 21

Uetikon, Juli 1959

Max stellte seinen VW Käfer auf der Einfahrt des Hauses am Langenbaum ab und warf einen Blick in den Garten, hinter dem sich der See erstreckte. Gleich nebenan beim Nachbarhaus, einige Schritte entfernt, befand sich der kleine Steg mit der Badetreppe. Sein Nachbar hatte ihm erlaubt, ihn zu benutzen, und so wollte Max jeden Morgen einige Runden im See schwimmen.

Mit einem Gedanken an seine Kinder, die er lange nicht gesehen hatte, öffnete er die Haustür. Er würde die drei demnächst in den Zürcher Zoo einladen, obwohl Ursula mit ihren fünfzehn Jahren eigentlich schon zu alt für solche Unternehmungen war. Am besten sprach er mit Trudy darüber.

Zwei Wochen Spitalaufenthalt und drei Wochen Kur in Bad Mergentheim lagen hinter ihm. Er hatte die Ermahnungen der Ärzte sehr ernst genommen und deren Anweisungen strikt befolgt: viel Bewegung an der frischen Luft, diätisches Essen, nahezu völlige Abstinenz beim Alkohol. Irgendwann war der Gang hinab zur Schwefelquelle und zurück möglich gewesen, und auch sein Gedächtnis war zurückgekommen, die Erinnerungen an Italien, an sie. Fünf Stunden am Stück zu laufen war das Maß der Dinge, das er sich gesetzt hatte. Vorher würde er keine Entscheidungen treffen. Er würde noch eine ganze Weile auf seinen geliebten Wein verzichten müssen. Ingeborgs Abwesenheit war jedoch bedeutend schlimmer für ihn. Ihr wochenlanges Schweigen zermürbte ihn.

Verwegen war er in einem Moment, da er sich stark genug gefühlt hatte, ins Engadin gefahren, um eine Aussprache mit Celan herbeizuführen. Die ganze Hin-und-her-Schreiberei schien ihm in Zusammenhang mit Celan suspekt. Briefe – das war Ingeborgs Ressort, nicht seines! Die seltsame Begegnung hatte ihm nichts als eine neue Verabredung eingebracht. Max war für seine Spontaneität bestraft worden, denn der Dichter war umringt von Freunden gewesen. Unmöglich, auch nur *ein* persönliches Wort zu wechseln.

Wie aber sollte es nun weitergehen?

Er trug das Gepäck hinein und fand sich in einer leeren Wohnung wieder. Die Erinnerung an die letzten Tage mit Ingeborg erfasste ihn gleich einer Welle, und er registrierte, wie sehr die Krankheit seinen Blick auf sich selbst verändert hatte. Alte Wunden waren wieder aufgeplatzt, sein Misstrauen gegen Ingeborgs Freiheiten, das tödliche Gift seiner Eifersucht. Seine Bilanz war für beide Seiten nicht gut ausgefallen.

Er hatte sich ausgemalt, wie es wäre, sich von ihr zu trennen, im sedierten Zustand, in glasklaren Momenten, an den Übergängen von Traum und Wirklichkeit und in äußerster Todesangst. Seine Krankheit hatte ihn dorthin geführt, wo es nur Entweder-oder gab. Er war an jener Schwelle gewesen, wo die Verführung, sein Leben loszulassen, groß war. Am schlimmsten war die Panik vor dem Erinnerungsverlust gewesen. Wie sollte ein Schriftsteller schreiben, wenn sein Gedächtnis versagte?

Jetzt stand er, zehn Kilogramm leichter, in Uetikons ältestem Haus, das genauso aussah, wie er es verlassen hatte. Die Zugehfrau war hier gewesen, hatte sauber gemacht. Noch nie zuvor hatte er derartige schlierenfreie Fenster gesehen.

In diesem Haus war Ingeborgs hilfloser Blick das Letzte gewesen, was er vor seinem Absturz gesehen hatte.

Ein Gedanke streifte ihn, und fast panisch ging er durch den langen Flur, machte vor ihrem Zimmer halt und öffnete die Tür. Es wirkte bewohnt, obwohl die Schreibmaschine fehlte, einige Bücher, Papier. Aber Celans Gedichtband *Mohn und Gedächtnis* lag aufgeschlagen auf dem Tisch, was ihn ungemein beruhigte. Sie würde nie für immer ohne Celan gehen.

Welch eine tragische Zweideutigkeit! Er öffnete die Fenster, die zum Garten und auf den See zeigten, sperrangelweit. Das Haus brauchte frischen Wind wie er selbst.

Ingeborgs wochenlanges Schweigen setzte ihm immer mehr zu. Seine Machtlosigkeit, sein Warten auf ein Zeichen, sein Wunsch nach einer Aussprache. Aber sie schwieg, wo er reden wollte. Es gab viele Arten ihres Schweigens, sie beherrschte feinste Nuancen der Stummheit. Dieses Schweigen zwischen Rom und Zürich war das längste, das mit Abstand lauteste.

Er verließ ihr Zimmer und fing an, seine Kleidung im Schlafzimmer in den Schrank zu räumen. An einem Haken hing ihr Nachthemd, ein blauer Morgenmantel, und er widerstand dem Impuls, seinen Kopf in dem weichen Stoff zu verbergen. Was für ein Narr er doch war!

Ob er einfach nach Rom fahren sollte? Er verwarf die Idee so schnell, wie sie gekommen war. Nein, kein altes Muster, er musste neue Lösungen suchen. Ein Gespräch war noch immer das beste Mittel gegen Missverständnisse. Aber was geschehen war, ging weit über verbale Verfehlungen hinaus, es berührte etwas Fundamentales in ihm, erschütterte seine Werte. Im tiefsten Inneren glaubte er an Liebe und die Möglichkeit, mit ihr Grenzen zu überwinden. In seiner Liebe zu Ingeborg hatte er erfahren, dass sie mit dem Verstand nicht zu erfassen war. Er hasste akademische Überlegungen im Zusammenhang mit der Liebe. Eigentlich war er ein hoffnungsloser Romantiker.

Ingeborgs Rückzüge waren ihm unerträglich. Er hatte angerufen in der Via della Stelletta. Immer wieder. Ein einziges Mal war sie ans Telefon gegangen.

»Ich war auf einer Stadtbesichtigung.«

Sie, die Rom wie ihre Westentasche kannte! Wutentbrannt hatte er den Hörer aufgelegt, bevor er Dinge gesagt hätte, die er bereute.

Natürlich hatte er sich nach seiner Krankheit und dem anschließenden Kuraufenthalt selbst hinterfragt. Die Eifersucht würde ein Teil seines Wesens bleiben. Sie verschwand nicht einfach. In den Nächten quälten ihn immer noch Gedanken an Nebenbuhler, schreckliche Vorstellungen, wie sie sich mit anderen Männern in fremden Betten wälzte, bis ihm klar wurde, dass sich seine Vorstellungen auch aus seinen alten Verhaltensweisen speisten. Einmal hatte er sich mitten in der Nacht in ihrem Arbeitszimmer wiedergefunden und auf die Schublade gestarrt, wo sie ihre Briefe aufbewahrte. Wie groß war die Versuchung gewesen, sie zu öffnen, einen der vielen Verehrerbriefe, des literarischen Austausches zu lesen. Er hatte widerstanden. Im Kern hielt er die Eifersucht für ein archaisch männliches Thema. Dabei ging es um Macht, um Kontrolle. Und eine Frau wie Ingeborg konnte man niemals kontrollieren, schon gar nicht besitzen. Eine Frau wie Ingeborg durchschaute derartige Mechanismen mühelos.

Er wusste, er war ein Meister der Spiegelung, denn in seinem Besitzanspruch spiegelte sich doch nur seine eigene Untreue. Max selbst war immer untreu gewesen. Auch in der Beziehung mit Ingeborg hatte er anfangs noch Affären mit anderen Frauen gesucht, um sich seiner Unabhängigkeit zu vergewissern, einen Ausgleich zu der emotionalen Achterbahnfahrt mit ihr zu schaffen. Inzwischen war er nicht klüger, aber reflektierter. Er wusste: Untreue war nicht mehr als die Illusion von Freiheit. Eine Illusion, die im Zusammenhang mit Ingeborg wie eine Seifenblase geplatzt war. Ausflüchte funktionierten mit ihr nicht, sie entlarvte sie viel zu schnell. Er musste andere Wege einschlagen, neue Fragen stellen, vor allem an seine dunkle Seite. War die Untreue im Außen auch eine gegen sich selbst? Hatte er am Ende mit derartigen Befreiungsversuchen nicht schlichtweg sich selbst beschädigt? Sein Frauenbild, wie man das wohl heutzutage nannte, war zutiefst geprägt von einer Gesellschaft, die die Herabsetzung von Frauen duldete oder gar befürwortete. Max verstand, dass er sich bisher wohl stets wie ein typischer Mann seiner Zeit benommen hatte, einer, der die männliche Untreue als naturgegeben ansah. Frauen billigte diese Gesellschaft dasselbe nicht zu, auch von dieser inneren Haltung konnte er sich nicht freisprechen.

Der ehrliche Blick in den Spiegel tat weh.

Wenige Tage später begann er damit, sich in seinem neuen Leben als Strohwitwer einzurichten. Er ging frühmorgens schwimmen und räumte die Wohnung auf, die aufgeräumt blieb. Jetzt, da Ingeborg nicht hier lebte, lag alles wieder an seinem Platz, und ihm wurde schlagartig bewusst, wie sehr er in seinem Leben Ordnung brauchte.

Arbeit bildete einen zuverlässigen Rahmen, Struktur für seine Unsicherheiten, und so schrieb er in dem ihm vertrauten Rhythmus an seinem Theaterstück *Andorra*, skizzierte Handlungsstränge für den Roman mit dem Blinden, dem er im Spital den gleichlautenden Arbeitstitel gegeben hatte.

Originell mochte das nicht sein, aber es genügte für den Anfang. Er wusste, wie oft sich Arbeitstitel bis zur endgültigen Titelwahl veränderten, und schließlich redete der Verlag auch noch ein gewichtiges Wörtchen mit.

Ich stelle mir vor: mein Leben als blinder Begleiter einer berühmten Schauspielerin. Was für eine Machtposition doch der Schriftsteller besaß. Er vermochte es, Figuren zu erschaffen, die sich seinem Willen beugten. Er allein durfte sie ausstatten mit Geschichten aus seinem Erfahrungsschatz, seinem Leben. Im Schreiben war Max' Spieltrieb unerschöpflich.

Ich probiere Geschichten an wie Kleider. Ein Mann macht eine Erfahrung, jetzt sucht er die Geschichte zu seiner Erfahrung.

Er musste sich mit den Erfahrungen, die er im Zusammenhang mit Ingeborg gemacht hatte, arrangieren, sein Ich neu einrichten. Ein neues überzustreifen diente nicht einmal mehr der Tarnung, denn die Geliebte enttarnte ihn besonders in ihrem Schweigen immer wieder aufs Neue. Schutzmechanismen, die über Jahrzehnte gewirkt hatten, stellten sich bei ihr als unbrauchbar heraus.

Sie hatte dafür gesorgt, dass er es mit sich selbst zu tun bekommen hatte. Das war ihr Verdienst, und inzwischen war er ihr dafür sogar dankbar.

Als Ausgleich zum Schreiben unternahm Max außer dem morgendlichen Schwimmen regelmäßige Spaziergänge am Seeufer, anfangs noch geschwächt, langsam, bedacht, einen Fuß vor den anderen setzend. Ehrgeizig steigerte er Intensität und Dauer. Unweit vom Haus am Langenbaum gab es einen kleinen Hafen mit einer Bank unter schattenspendenden Bäumen. Dort beobachtete er, wie die angelegten Boote nebeneinandergereiht auf den Wellen ächzten. Ein Bild kam ihm dabei in den Sinn: Wie sie als Paar in einem solchen Boot nebeneinanderlagen, er mit hochgekrempelten Hosenbeinen, sie in einem leichten Sommerkleid, beide den Blick zu einem wolkenlosen Himmel gerichtet. Ingeborgs unverkennbarer Duft, das Spiel der Wellen, diese Symbolik: beide in einem Boot. Das Glück konnte so einfach sein!

Mit einem Lächeln erhob er sich von der Bank und machte sich auf den Weg zurück ins Haus. Ja, er war wieder bei sich angekommen, schaffte es, mit Dankbarkeit auf die schönen gemeinsamen Stunden zurückzuschauen, sie zu würdigen und an eine gemeinsame Zukunft zu glauben.

Nie ging er zu spät schlafen, stand morgens um acht auf. Sein bürgerlicher Zeitmesser tickte wie ein Schweizer Uhrwerk in ihm, und er fing an, auch das anzunehmen. Er fühlte sich einsam ohne Frau, und wiederum auch nicht, denn stets war da in seinen Gedanken Ingeborg, die seine Wege, seine Gedanken, sein Tun begleitete.

Mittags ging er allein in seinen Lieblingslokalen essen und bestellte das Leichteste auf der Karte. Gedünstetes Kalbfleisch, einen milden Salat, Reis, Kartoffeln. Zu Hause trank er regelmäßig den Kartoffelsaft, den ihm Keller einst verordnet hatte und den seine Haushälterin gewissenhaft herstellte. Von Freunden und Kollegen nach Ingeborg befragt, antwortete er monoton:

»Sie arbeitet im Moment in Rom.«

Sonntags genehmigte er sich am Abend ein Achtel Wein.

Nichts, absolut gar nichts, bereitete ihm ohne sie Freude.

Das einzige Mittel gegen die Einsamkeit war sein Schreibtisch, denn in seinen Geschichten war er nie allein. Zu schreiben war eine eigene Art der Kommunikation. Er beherrschte seine Hauptfigur, auch wenn sie ihm manchmal entglitt wie ein glitschiger Fisch. Er nannte die Schauspielerin seines Blindenromans Lila. Der Blinde lebte eine verborgene Seite von ihm, in seinem Roman führte er ein Doppelleben und erprobte seine Verhaltensweisen im Liebesalltag. Als Autor genoss er es, wie seine Romanfigur die Umwelt beobachtete und jedes Detail registrierte. Lila durfte er ungestraft Ingeborgs Charakterzüge verpassen und konnte auf diese Weise ausprobieren, wie er als Blinder mit ihren Allüren klarkam. Mit dem Glanz, ihrem so anderen Verhalten in der Öffentlichkeit, der Geheimniskrämerei. Würde sie jemand, wenn Max die Figur ordentlich überzeichnete, erkennen? Neigten die Menschen nicht dazu, die Wahrheit für Lüge zu halten? Konnte man mit der nackten Wahrheit nicht am allerbesten verschleiern?

Einen Blinden führte man nicht so leicht hinters Licht.

»Das sieht doch ein Blinder«, rutschte es seinem Protagonisten an einer Stelle heraus, was Max ersatzlos strich. Lila nämlich reagierte auf seiner Gedankenbühne unmittelbar mit Misstrauen.

Max' Held musste ständig auf der Hut sein. Überall lauerte Gefahr, als Voyeur entdeckt zu werden. Ein umgestellter Tisch in der Wohnung, dem der Blinde versehentlich auswich.

»Ich war beim Friseur«, sagte Lila eines Tages, als sie zu spät nach Hause kam, ihre mit neuen Schuhen vollgestopften Tüten im Flur fallen ließ, den der Geliebte in ihrer Abwesenheit wieder einmal heimlich aufgeräumt hatte, genau wie die übervollen Aschenbecher, die ab und an geleert werden mussten. Von solch profanen Tätigkeiten verstand Lila nichts, und obwohl sie gesunde Augen besaß, sah sie Unordnung im Gegensatz zu ihm niemals.

Selbst ein Blinder konnte sehen, dass ihre Frisur unverändert war, und die Eifersucht seines Helden wütete wie ein Feuer in einem ausgetrockneten Wald.

Er befahl dem Blinden, sich nichts anmerken zu lassen. Stattdessen schenkte er dieser Lila ein verzaubertes Lächeln.

Seine Geschichten würden sich durch Ingeborgs Anwesenheit in seinem Leben verändern, seine Beobachtungsfähigkeit würde sich verfeinern, dessen war sich Max gewiss.

Am sichersten fühlte sich der Blinde in der Nacht, umgeben von Dunkelheit und in den Armen der Geliebten. Dann waren sie beide blind.

MAX

KAPITEL 22

Uetikon–Göschenen, Juli 1959

Eines Tages, inzwischen war der Hochsommer in Zürich angekommen, hatte Max sein Ziel, fünf Stunden am Stück gehen zu können, erreicht.

Just an jenem Tag wusste er, dass er ohne Ingeborg nicht leben wollte. Er hatte nachgedacht, in sich hineingehört, Vergleiche mit anderen Paaren angestellt: Aus seinem Freundeskreis kannte er jene Paare mit ihren liebestoten Körpern, die einander nicht mehr erkannten. Davon waren sie, Ingeborg und er, weit entfernt, im Gegenteil: Sie begehrten einander über Schweigen, Streit und Distanzen hinweg.

Fortan hörte er auf, Streitgespräche mit sich zu führen.

Die Sonne blendete durch die frisch geputzten Fenster, als er zum Telefonapparat schritt, den Hörer abnahm und die römische Nummer wählte, die er auswendig kannte. Nach zwei Klingeltönen wurde der Hörer abgenommen. Der Garten strotzte vor Grün, alle Knospen hatten sich geöffnet, der See glitzerte.

»Inge«, sagte er und verstummte sogleich.

Er hörte ihren Atem. Durch das Fenster zur Straße hinaus vernahm er einen vorbeifahrenden Zug. Er wartete.

Rom, Via della Stelletta, 23. Vor seinem inneren Auge sah er die Pension, in der sie lebte. Er hatte es nicht lassen können und sich aus einem Reisebüro Unterlagen besorgt, in denen er

Bilder gefunden hatte. Die meterhohen Wände mit den Holzbalken, das spartanische italienische Frühstück, der Brunnen vor der Tür, das großzügige Appartement, von dem er sich jedes Detail eingeprägt hatte.

Die bodentiefen Fenster. Das Bett.

Plötzlich knisterte die Luft zwischen ihnen, von Rom bis Uetikon war die Nähe so unmittelbar spürbar, als trennte sie nur ein dünner Vorhang, der wie von Zauberhand zur Seite geschoben wurde. Er dachte nicht mehr nach, und es war ihm gleichgültig, ob er sich verriet.

»Ich halte es nicht mehr aus, Inge.«

Seine eigene Stimme durchbrach die Stille des Augenblicks: Sie klang unverstellt und ehrlich. Nach Sehnsucht, Italien, Wärme, Hoffnung, Vertrautem, einem weichen Bett, weit geöffneten Fenstern, durch die der vom Meer kommende Wind mit den Vorhängen spielte.

»Max«, erwiderte sie mit zitternder Stimme. In ein einziges Wort, in seinen kurzen prägnanten Namen, legte sie alles hinein, was er sich in den letzten Wochen und Monaten gewünscht hatte.

Manchmal besaß das Verdichten etwas Magisches.

»Geht es dir gut?«, fragte sie, und eine imaginäre Tür tat sich auf, durch die er hindurchging.

Er hätte die Welt umarmen wollen.

»Ich arbeite viel, lebe gesund. Das Gedächtnis ist wieder da, meine Schwäche vorbei. Seit zwei Wochen bin ich wieder zu Hause. Es geht mir gut. Jetzt, wo ich deine Stimme höre, noch viel besser. Ohne dich ist es die Hölle. Mit dir Himmel und Hölle zusammen. Wir werden einen Weg finden. Ich habe Paul

Celan in Sils getroffen. Wir hatten aber keine Gelegenheit, ausführlich zu sprechen. Es waren zu viele Leute um ihn herum.«

Er warf einen Blick in Richtung See, der glatt wie ein frisch gebügeltes Tischtuch dalag.

»Ich komme nach Hause«, sagte sie, als habe sie nur auf seinen Anruf gewartet.

Ein schwerer Stein fiel ihm von der Brust, und er atmete durch.

»Ich fahre dir entgegen, Inge«, sagte er entschieden.

Sie verabredeten sich wie zwei frisch Verliebte am Gotthard in dem idyllischen Ort Göschenen vor der Kirche. Aus Max' Sicht vor der italienischen Seite, aus ihrer dahinter. Ingeborg hatte den weitaus weiteren Weg als er. Er verscheuchte den Gedanken an die Symbolik, ein kleiner Triumph schlich sich dennoch bei ihm ein: *Sie* war fortgegangen, nicht er.

Eine Stunde später saß er in seinem VW.

Am späten Nachmittag und bei Nieselregen erreichte er den Fuß des Gebirgspasses. Grauer Granit lag unter dem Nebel. Mit Tempo dreißig tuckerte er die Serpentinen hinauf, und je höher er kam, desto klarer wurde die Sicht.

Pericolo – Gefahr – Danger!

Gleich dreisprachig warnten die Verkehrshinweise vor besonders engen Kurven. Auf den Bergen lag Schnee. Sich auflösende Wolken, die der Wind wie Watte auseinanderzog, hingen in den Wipfeln. Max wusste nur zu gut, wie schnell das Wetter in den Bergen umschlagen konnte. Zwischen Unwetter und strahlendem Sonnenschein, zwischen Fernsicht und Die-Hand-vor-den-Augen-nicht-sehen-Können lag oftmals nur ein Wimpernschlag, ein sich ändernder Luftdruck oder ein abrupt launisch drehender Wind. Heute herrschte Inversionslage, die Ebene versank im Nebel. Über den Bergen aber schien der Himmel zum Greifen nah.

Max parkte seinen Wagen am verabredeten Ort und wartete. Er stopfte seine Pfeife, zündete sie an, kurbelte das Seitenfenster hinunter und sog daran. Gebannt suchte er im Rückspiegel nach einem identischen VW-Modell. Unten vom Tal her schlängelten sich Autos die engen Kurven hinauf. Mit einem pfeifenden Warnsignal verschwand ein Güterzug im Tunnel. Lastwagen schleppten sich im Schritttempo durch die Schluchten.

Hier oben schien ihm die Freiheit unermesslich. Die Berge bildeten sein Zuhause, hier war er eins mit der Natur. Wenn er einmal alt wäre, würde er an einem zurückgezogenen Ort in den Bergen wohnen wollen. In einem kleinen Häuschen mit nur einer winzigen Zugangsstraße, umgeben von Bäumen: reduziert auf das Wesentliche, konzentriert, den Kopf voller Geschichten, die er mit großer Abgeklärtheit erzählen würde.

Schon immer hatte er ein Faible für das Unverfälschte gehabt, und je älter er wurde, desto reizvoller erschien ihm das Einfache. Es gab Eigenschaften, die man hatte und nicht ändern konnte. Seine Krankheit hatte ihn gelehrt, seinen Mangel an Allüren anzunehmen.

Er betätigte den Radioknopf, drehte vorsichtig daran, bis er einen Sender fand.

»*Ciao, ciao, bambina*«, klang die Stimme von Domenico Modugno aus dem Lautsprecher. »*Un bacio ancora.*« – *Nur noch einen Kuss zum Abschied!* Kurz darauf brach der Empfang ab.

Er schaltete das Radio ab. Zu Hause in Uetikon hatte er für Ingeborg eine Callas-Langspielplatte neben den Plattenspieler gestellt. Er selbst hatte die Arien noch nicht gehört. Ingeborg behauptete, die Callas habe die schönste Stimme der Welt, wenngleich sie nicht annähernd perfekt sei. Sie musste es ja wissen.

Was, fragte er sich jetzt schmunzelnd, was war schon perfekt?

Als die Zeit ihrer Verabredung näher kam, wuchs seine Aufregung ins Unermessliche. Ihm war, als hätte er sie Jahre nicht gesehen, dabei waren nur wenige Wochen vergangen.

Endlich, er wusste nicht, ob er Stunden oder Minuten gewartet hatte, entdeckte er im Rückspiegel ihren hellblauen Wagen näher kommen. Wie ein kleiner Junge begann er auf seinem Sitz hin und her zu rutschen. Gebannt starrte er auf den Volkswagen, den Zwilling seines eigenen. Die Scheinwerfer ihres Autos erschienen ihm aus der Ferne wie Augen, die ihn anstarrten und langsam näher kamen. Direkt neben ihm hielt sie an.

Die Fahrerin stellte den Motor aus. Er drehte den Kopf zur Seite und vermochte es nicht, ihre Mimik zu lesen. Er registrierte ihre Bräune, den auffälligen Modeschmuck, der an ihren Ohren baumelte.

Dann plötzlich riss sie die Tür auf, und er tat es ihr gleich. Sie liefen um ihre Autos herum einander entgegen, hielten sich lange fest. Er nahm den Duft ihres Parfüms wahr. Es war immer noch dasselbe: *Carven for women*. Erleichtert schloss er die Augen und hörte auf zu denken.

»Du bist wieder da.«

»Wie gut du aussiehst, Max. Gesund und vital. Ich habe dich so sehr vermisst.«

Er spürte ihre Hände in seinem Gesicht. Sein Körper erinnerte sich des ihren. Worte konnten sich verflüchtigen, Berührungen nicht. Was unaussprechlich war, hatte sich in seine Seele eingebrannt.

»Du siehst müde aus«, sagte er zärtlich, blickte ihr in die Augen, und sein Herz flog ihr zu.

»Das geht vorbei«, erwiderte sie.

Sie würden einen Weg, einen Ort für ihre Liebe finden.

»Wie unberechenbar die Natur in den Bergen ist, nicht wahr?«, sagte sie und beschirmte ihre Augen mit der flachen Hand. »Gerade eben noch dichter Nebel im Tal und hier oben der schönste Sonnenschein.«

Sie setzte ihre Sonnenbrille auf. Über ihr war der Himmel königsblau.

»Das liegt an der Inversion«, sagte Max. »Der Wind hat gedreht.«

MAX

KAPITEL 23

Sils im Engadin, Juli 1959

Am Zürichsee hatte sich seit einigen Tagen der Regen eingerichtet. Trotzdem zog Max Morgen für Morgen seine Bahnen im See.

Inge war zur Vorbesprechung für eine neu eingerichtete Vorlesungsreihe in Poetik an der Goethe-Universität nach Frankfurt gereist. Sie als Schriftstellerin sollte die Reihe eröffnen. Er hatte ihr bei der Abreise angesehen, wie unwohl sie sich als Professorin fühlte.

»Ich wollte nie in meinem Leben in die Lehre gehen, weiß gar nicht, was ich den Studenten erzählen soll.«

»Ich bin mir sicher, dass es dir gelingen wird«, hatte Max aufmunternd beim Abschied am Bahnhof gesagt.

Wieder einmal musste er sie ziehen lassen. Sie meinte, sie hätte des Geldes wegen zusagen müssen.

Max beneidete sie einerseits um die akademische Anerkennung, andererseits auch nicht. Eine solche Arbeit in einem Hörsaal war ihm viel zu theorielastig.

Kurz entschlossen hatte sich Max wenige Tage nach Ingeborgs Abreise zu einem Ausflug ins Engadin mit Paul Celan verabredet. Sie hatten sich auf eine Wanderung geeinigt.

Max setzte sich mit gemischten Gefühlen in den Zug. Die Warnungen der Ärzte, allen voran seines Freundes Urs Keller, tönten noch in seinem Ohr: »Keine ausgiebigen Wanderungen. Keine Reisen, vor allem keinerlei Aufregungen. Sie brauchen immer noch Zeit für Ihre Rekonvaleszenz.«

Keinerlei Aufregungen. Die Ärzte wussten nicht, was sie da redeten. So einfach änderte man einen Mann wie ihn nicht. Drei Stunden Wandern konnten schließlich nicht schaden. Ihn beschäftigten ganz andere Fragen: Mehrfach hatte er sich die Begegnung mit dem Phantom Celan ausgemalt. Was das Schreiben anging, stand er Ingeborg sehr viel näher als Max, dennoch fragte dieser sich, woher eigentlich sein Minderwertigkeitskomplex gegenüber dem Dichter rührte? Max war weitaus erfolgreicher als Celan, bekannt über die Landesgrenzen seiner Heimatsprache hinaus. Seine Dramen wurden international gespielt: in London, Paris, New York. Celan hingegen galt neben Bachmann als *der* Lyriker seiner Zeit.

Celan wartete bereits in dem einige Kilometer entfernten Maloja am verabredeten Platz, an einer Bushaltestelle. Max, der von St. Moritz mit dem Postbus ankam, sah ihn sofort: In ein kleines Buch vertieft saß er auf einer Bank. Offensichtlich teilte Celan seine Leidenschaft fürs Lesen mit Ingeborg. Wenn sie nicht schrieb, las sie an allen Orten: Auf der Terrasse, im Bus, im Zug, an Haltestellen, in der Badewanne, im Bett – jede freie Minute wurde mit Lektüre gefüllt.

Max näherte sich dem Dichter, dessen dunkler Teint ihm seit der letzten kurzen Begegnung noch intensiver geworden zu sein schien. Die beiden Männer begrüßten einander mit Handschlag.

»Guten Tag, lieber Paul«, sagte Max und verbiss sich das *Grüezi.*

Celan lächelte zurückhaltend, klappte das Büchlein zu und steckte es in seinen Rucksack. »Es freut mich, dass es doch mit einem Treffen geklappt hat. Wollen wir gleich los? Sie reisen noch heute zurück?«

Max bejahte.

Im Aufstehen warf Celan einen besorgten Blick nach oben, wo sich einige Wolken wie riesige hellweiße Blumenkohlröschen aufgetürmt hatten.

»Es wird kein Gewitter geben«, sagte Max, der Celans Skepsis bemerkte. »Nicht in den nächsten Stunden. Vielleicht am Abend.«

Wenn Max eines von Jugend an in den Schweizer Bergen gelernt hatte, dann war es das Lesen der Wolken, die Kenntnis der Fauna, der Wälder, von Steinen und Wegen.

»Wie geht es Inge?«, fragte Celan.

»Es geht ihr gut. Sie war einige Wochen in Rom, das hat ihr gutgetan. Jetzt arbeitet sie in unserem Heim in Uetikon an ihrem Erzählband.«

Unser Heim – das tönte, als unterstreiche es ihre Verbindung.

Celan nickte und deutete auf den Weg, der vor ihnen lag.

»Ich habe nie verstanden, warum sie die Lyrik aufgegeben hat.«

Max schwieg. Etwas zu den Inhalten von Ingeborgs Arbeit zu sagen empfand er als indiskret.

»Wir haben uns also auf den Beginn des Engadiner Höhenwegs geeinigt«, sagte Celan und zeigte in Richtung Norden. »Sie ahnen nicht, wie oft ich ihn schon gegangen bin. Das verschafft mir die Möglichkeit, neben Ihnen, der in den Bergen groß wurde, als annähernd ebenbürtiger Wanderer mithalten zu können.«

Max ignorierte die versteckte Botschaft der Konkurrenz und setzte, genau wie Paul Celan, seinen Rucksack auf. Bis vor wenigen Monaten war er ein todkranker Mann gewesen. Er fragte sich, ob Celan davon wusste.

»Sie schmeicheln mir«, sagte Max. »Ich bin durch eine schwere Krankheit etwas aus der Übung, aber der Weg hier ist mir vertraut. Ich ging ihn schon einige Male.«

Zügig erreichten die beiden Männer den Weiler Pila.

Schweigend betraten sie einen steilen, schmalen Pfad. Zur Linken erblickten sie hin und wieder einen Gebirgsbach, den jungen Inn.

Max spürte schnell, wie sehr sein Herz angesichts der Steigung arbeiten musste, fühlte seine mangelnde Kondition bei jedem Atemzug. Die Ärzte hatten ihn nicht umsonst gewarnt, aber seine Neugier auf Celan hatte gewonnen. Jetzt fragte er sich, ob er sich mehr abverlangte, als seine körperliche Konstitution zuließ. Wollte er etwas aus der Welt schaffen? War diese Konfrontation mit Celan auch ein Ringen um Inges Stabilität? Oder ging es um seine *Eifersucht gegen Unbekannt,* deren Anlass er mit der Realität abglich? Er war sich über seine Motive nicht im Klaren.

Schwer atmend blieb er stehen. Über zwei Drittel des Aufstiegs lagen hinter ihm. Eine leichte Brise verschaffte ihm Kühlung. Celan ging munter voraus, beinahe tänzelte er den Pfad hinauf. Dann aber drehte er sich abrupt um, als habe er Max' Blick im Rücken gespürt, und sah zu ihm hinab.

»Bin ich zu schnell? Brauchen Sie eine Pause?«

Max schüttelte den Kopf und gab ihm ein Zeichen weiterzugehen. Um keinen Preis würde er sich als Schwächling zeigen.

Das letzte Drittel des Anstiegs erfolgte auf einem steilen steinernen Treppenweg. Max konzentrierte sich auf die schiefen Stufen, bemüht, alle Gedanken, die sich ihm aufdrängten, wegzudrücken. Zum Glück war es nicht besonders heiß. Als alter Bergsteiger wusste er: Gleichmäßige Schritte und die richtige Atemtechnik erleichterten den Aufstieg.

Oben angekommen, hämmerte sein Herz gegen seinen Brustkorb – er war an seine Grenzen gekommen und hatte sich eine solche körperliche Anstrengung viel zu früh zugemutet.

Sie passierten den idyllischen Ort Grevasalvas, der den typischen Schweizer Charme mit Almhütten, Kühen und grasenden Schafen besaß. Auf einem vorgelagerten Grashügel nahmen die beiden Männer Platz.

Max atmete auf.

»Ich freue mich sehr, dass Sie genesen sind«, sagte Celan und schlug ein Bein über das andere.

Er schien das Spiel des vitalen Max Frisch mitzuspielen. Er überging die Schweißperlen auf Max' Stirn, die sich dieser verstohlen mit einem Taschentuch abtupfte, das Röcheln seiner Atmung.

Nachdem sich seine Atmung beruhigt und er mehrere Schlucke aus einer Thermoskanne getrunken hatte, zündete er seine Pfeife an. Er konnte es nicht lassen, kaum dass er wieder Luft bekam, brauchte er seine Pfeife. Sie diente ihm als Verlängerung seiner Gedanken, als Schutz nach außen. Rauchend wusste er immer, wohin mit seinen Händen. Manchmal konnte er nicht unterscheiden, ob er seine Pfeife hielt oder sie ihn.

Celan nahm sich eine Zigarette.

»Die Krankheit sitzt mir immer noch in den Knochen. Meine Ärzte haben mir von derartigen Unternehmungen abgeraten. Jetzt weiß ich, warum. Es war zugegebenermaßen etwas anstrengend.«

Max schmunzelte, ließ offen, ob er damit die psychische oder physische Herausforderung meinte.

Celan sah ihn an, das Funkeln in seinen Augen verriet, dass er die Doppeldeutigkeit unmittelbar erfasst hatte. »Es braucht Zeit, Max. Genesung braucht Zeit, und manche Wunden heilen niemals.«

Max stutzte – das eigentliche Gespräch, dessentwegen er hier war, war schneller eröffnet, als er es für möglich gehalten hatte. Celan war beim Thema, bei *seinem* Thema angelangt. Max atmete tief durch: Wie viel Raum das Seelenleben dieses Mannes in seiner Beziehung zu Ingeborg schon eingenommen hatte. Einen winzigen Moment ärgerte ihn das, aber schließlich war er hierhergekommen, um Klarheit zu gewinnen, sich selbst ein Bild von Celans prekärer Lage zu machen.

»Um diese Frage geht es, Herr Kollege, deshalb bin ich hier. Sie haben meine ganze Aufmerksamkeit. Schildern Sie, bitte, Ihre Sicht der Dinge.«

»Es hat vor zehn Jahren angefangen«, begann Celan, und er intonierte genauso wie in Max' Traum auf einer Theaterbühne, in einem leeren Saal. Lange sprach er von den unsäglichen Anschuldigungen des Plagiierens, der Schmach, die er hatte erleiden müssen.

Max hörte aufmerksam zu, obwohl er das alles bereits wusste. Jetzt vervollständigte sich sein Bild mit den Emotionen des Opfers, des Geschädigten, und er vermochte es nicht, sich dem zu entziehen. Max fing an, Ingeborgs Dilemma in vollem Ausmaß zu begreifen: Kein Beistand war der richtige, alles, was man für Celan tat, war zu wenig, der berühmte Tropfen auf den heißen Stein.

Je tiefer Celan in die Ereignisse eintauchte, desto vollständiger wurde das Bild für Max. Seine Intuition hatte ihn nicht getrogen. Manchmal warf er dem Dichter einen verstohlenen Blick zu, der, den Kopf gesenkt, mit geschlossenen Augen redete, während er die Worte aus sich herauspresste. Sein finsterer Ausdruck schien wie ein Spiegel seiner Seele: tief, verwundet, in der Sprache um Souveränität kämpfend, mit jedem Wort Verständnis suchend.

Max begriff: Eigentlich war diesem Mann nicht zu helfen. Er litt nicht nur an den Spätfolgen der Verleumdungen, sondern unwiderruflich auch an sich selbst. Ursache und Wirkung waren, ausgelöst durch den Rufmord Claire Golls, nicht voneinander zu trennen.

»Wie geht es weiter?«, fragte Celan am Ende seiner Rede. »Ich frage mich, was könnte man noch tun? Jeden Morgen wache ich mit dieser Frage auf. Man muss sich doch wehren! Ich brauche Ihren Rat, Frisch!«

Max schwieg. Lange überlegte er die richtige Antwort, wog in Gedanken jedes Wort ab, Ingeborgs Warnung im Hinterkopf behaltend.

»Sage keinen Geschwätz-Satz, nichts Lapidares, nicht bei Paul!«

»Manchmal besteht die Wehrhaftigkeit darin, einen Widerspruch einfach auszuhalten.«

Er hätte das Wörtchen *einfach* weglassen sollen. Aber genau das gehörte zu ihm, zu seinem Wesen, seinem Ich: Die Dinge zu vereinfachen bildete ein probates Mittel, sie auszuhalten.

Gesagt war gesagt.

MAX

KAPITEL 24

Gesagt war gesagt.

Celan reagierte unmittelbar. Bestürzt riss er die Augen auf und sah Max an wie ein Wesen von einem anderen Stern. »Sie meinen, ich solle klein beigeben?«

Max sog an seiner Pfeife und schüttelte entschieden den Kopf.

»Sie müssen Ihre Haltung ändern, wenn ich mir erlauben darf, es so zu sagen. Einzig allein in Ihnen selbst liegt die Lösung.«

Unruhig rutschte Celan auf der Bank hin und her. »Aber ich werde völlig zu Unrecht diffamiert, beleidigt, gekränkt, diese verdammte Hitlerei! Ich bin das Opfer, verstehen Sie das denn nicht?«

Er sprang auf, lief den schmalen Weg auf und ab, warf seine Zigarette auf den Boden und trat sie aus. Sogleich zündete er sich die nächste an. Hinter seiner Gestalt sah Max den Abgrund, die Wälder, Wiesen, das Geröll. Er, der noch nie Höhenangst gehabt hatte, spürte die Erdanziehung, als wäre sein Körper plötzlich doppelt so schwer. Er starrte auf Celans Füße, die sich gefährlich der Böschung näherten. Die Sonne beschien das Tal mit seinem satten Grün, auf den Weiden grasten Kühe.

»Ich verabscheue die Hitlerei wie Sie«, sagte Max beschwichtigend, als müsse er einen zum Absprung Entschlossenen aus der Gefahrenzone lenken.

Kleine Rauchwolken seiner Pfeife entwichen in die Landschaft. »Das müssen Sie mir glauben. Aber wir stehen als Schriftsteller nun einmal in der Öffentlichkeit, und jeder sogenannte Kritiker darf über uns richten. Wenn wir dementieren, machen wir alles noch schlimmer. Sie müssen Ihren Blick auf die Welt verändern. Bitte, Paul, setzen Sie sich wieder zu mir!«

Celan musste diesen Ratschlag geradezu als impertinent empfinden. Sein Blick auf die Welt war tief mit seiner Kunst verwurzelt. Er, Max, war als Dramatiker und Romanautor bestrebt, seine Sicht vorausschauend den jeweiligen Herausforderungen und Gegebenheiten in seinem Leben anzupassen.

Celan starrte hinab und rührte sich nicht von der Stelle. Max konnte sich des Gefühls nicht erwehren, dass er die Panik des anderen genoss.

»Und was ist mit der Moral?«, fragte Celan provokativ.

»Unrecht bleibt Unrecht. Sie haben Ihren Standpunkt mit der Unterstützung vieler Kollegen klargemacht. Belassen Sie es dabei. Es wird Gras drüber wachsen.«

Endlich setzte sich Celan wieder, nahm mit zur Seite geneigtem Kopf einen tiefen Zug von seiner Zigarette. Seine Hände zitterten.

»Genauso wie über Auschwitz?«, fragte er nach einer langen Pause mit gequältem Gesichtsausdruck.

Max spürte, wie er innerlich auf Abstand ging und nicht länger bereit war, jedes Wort auf die Goldwaage zu legen. Das war nicht sein Metier, und er wollte sich nicht verstellen. Er mochte blind sein, devot war er nicht. Er ließ sich nicht in Dinge hineinziehen, mit denen er nichts zu tun hatte.

»Genau darum geht es, es sind zwei verschiedene Dinge. Was über Sie als Juden gesagt wird, ist zutiefst verabscheuungswürdig. Was über unsere Kunst gesagt wird, müssen wir aushalten. Wenn Sie beides vermischen, finden Sie keinen Weg aus dem Dilemma heraus.«

Insgeheim war Max stolz, das Problem so auf den Punkt gebracht zu haben.

»Aber es sind infame Lügen«, rief Celan verzweifelt, während er den Kopf in den Nacken warf und zum Himmel hinaufschaute.

»... die mit einem Dementi mehr oder weniger nicht aus den Köpfen verschwinden«, erklärte Max mit ruhiger Stimme. »Ganz im Gegenteil, die graben sich erst recht ins Gedächtnis.«

»Sie sprechen von Eingraben, Zudecken, sehen Sie«, rief Celan. »Sie selbst sind bereits in diesem braunen Netz gefangen.«

Innerlich rollte Max die Augen – nichts dergleichen hatte er gesagt, nicht einmal ansatzweise gedacht.

»Das bin ich nicht«, gab Max in eisigem Ton zurück. »Ich verbitte mir derartige Beschuldigungen.«

Max war, als schiebe sich zwischen sie eine unsichtbare und dennoch unüberbrückbare Mauer.

»Was also, was schlagen Sie vor?«, fragte Celan schließlich im versöhnlichen Ton.

Sein Blick indes sagte etwas anderes – Max war, als warte er darauf, dass sein Gegenüber in die nächste verbale Falle tappte.

»Weiterzugehen«, erwiderte Max mit einem Lächeln und bedeutete Celan aufzustehen. »Im Gehen habe ich immer die besten Ideen.«

»Meine Ideen kommen in der Finsternis«, gab Celan zurück.

Das dachte ich mir, lag Max auf der Zunge.

Sie machten einige Schritte. Nachdem der Anstieg geschafft war, wurde der Weg breit, so dass sie nebeneinander gehen konnten. Vor ihnen öffnete sich der Blick auf die Berggipfel. Der Engadiner Höhenweg zeigte seine ganze Schönheit und Weite. Im Hintergrund erstreckten sich eine mächtige Gebirgslandschaft und das satte Grün der Wiesen. Sie passierten den letzten der kleinen vorgelagerten Hügel, der den Blick auf den unter ihnen liegenden Silsersee noch versperrte.

Max kannte den Bergsee, wusste, dass er wie flüssiges Silber in der Sonne zu glitzern vermochte. Heute nicht. Heute hatte er sicherlich ein anthrazitfarbenes Kleid übergeworfen.

»Wie also lautet Ihr Vorschlag?«, hakte Celan nach.

»Zu akzeptieren, dass es nicht aus der Welt zu schaffen ist. Ruhe wird meiner Meinung nach erst mit der Zeit einkehren. Manche Dinge richtet die Zeit, ich habe es am eigenen Leib erlebt. Ihr immer wiederkehrendes Dementi verschlimmert die Angelegenheit, wenn Sie mir erlauben, es geradeheraus zu sagen.«

Gesagt war gesagt. Er musste nicht um Erlaubnis fragen. Ingeborg würde sagen: Einmal ausgesprochen, nicht mehr zu löschen. Aber der Gedanke kam ihm, ob er auch von sich und Ingeborg sprach. Ihr Aufenthalt in Rom hatte sie einander nähergebracht, eine grundsätzliche Lösung aber war ausgeblieben. Celan und Ingeborg waren Menschen, denen man sich nur mit Samthandschuhen nähern durfte. Bei Ingeborg war er bereit zur allerhöchsten Vorsicht, Behutsamkeit, Umsicht, Nachsicht, alles würde er geben – nicht aber für einen Paul Celan.

»Ist das auch Ingeborgs Meinung?«, fragte Celan mit zusammengekniffenen Augen.

Innerlich musste Max schmunzeln. Da war sie, die nächste verbale Falle.

»Ingeborg ist Ihnen so sehr gewogen, dass sie mit Ihnen leidet, und das tue ich nicht. Ich leide nicht an *Ihrem* Schmerz, ich kann mich nur bemühen, ihn nachzuempfinden, Paul. Trotzdem müssen Sie mir glauben, dass auch ich Ihnen gewogen bin. Ingeborg aber nimmt Ihr Leid auf wie ein Schwamm, da sie Ihnen ja noch auf andere Weise verbunden ist, als ich es bin. Ich bin nur ein Mann, ein Schriftsteller, den Sie um Rat fragen. Nun, ich bin ehrlich, und von meiner Position betrachtet, gab ich Ihnen den einzig möglichen Rat in dieser Sache. Ich dachte, Sie wollen einen Blickwinkel von außen, einen von innen werden Sie von mir nicht bekommen.«

Celan wischte sich über die Augen, blieb kurz stehen und reckte dann seinen Hals.

Ihnen zu Füßen lag die farbintensive Sommerlandschaft. In der Ferne konnte man den schneebedeckten Gipfel des Piz Bernina mit dem weißen Biancograt erkennen. Die Wolken hatten sich bedrohlich aufgetürmt, nur selten blitzte ein Sonnenstrahl durch die Sahnehauben hindurch.

»Ich werde darüber nachdenken, und ich danke Ihnen für Ihre Offenheit.«

»Das, Paul, dürfen Sie immer von mir erwarten, darauf zählen. Sie besitzen meine Sympathie, meine aufrichtige Bewunderung für Ihr Werk. Wenn ich Ihnen rate, dann nur aus meiner Warte, eine, die Ihr Wohl im Auge hat.«

Klang das überheblich? Gesagt war gesagt.

»Sie sind also neutral.«

Tönte das angriffslustig? Demonstrativ ignorierte er Celans Tonfall.

»Ich bin Schweizer«, gab er eine Spur zu spitz zurück und klopfte an einem abgesägten Baumstamm seine Pfeife aus.

Den Rest des Weges gingen sie schweigend nebeneinander-her, jeder in seinem Takt.

Max hatte seine Grenzen aufgezeigt und Celan sie offensichtlich respektiert. Er wünschte sich von Herzen, Ingeborg vermöge das gegenüber Paul Celan auch. Aber sie hatte ihre Grenzen ja längst überschritten. So war sie nun einmal: alles oder nichts, ganz oder gar nicht. Kompromisslos gegen sich selbst und andere.

Die letzten Schritte saugte Max die Schönheit der Natur in sich auf. Wie lange hatte er auf seine Wanderungen verzichten müssen. Hier in den Schweizer Alpen spürte er eine tiefe Verbundenheit mit seiner Heimat. Am stärksten fühlte er sich zu Landschaften hingezogen, ein Land und seine Kultur vermochten diese Zugehörigkeit nicht annähernd in ihm wecken.

Unzählige Lärchen säumten den Weg in Richtung Sils Maria, ihres Zielorts.

»Ich bin Jude«, sagte Celan nach einer langen Pause. »Das dürfen Sie niemals vergessen.«

Im Tal lag der Silsersee, der sich inzwischen smaragdgrün verfärbt hatte, das Geröll im Hintergrund. Aus weiter Ferne hörte man einen Donnerschlag, genau wie Max es vorhergesagt hatte: In spätestens einer Stunde wäre das Gewitter hier. Ein gelber Postbus fuhr die Seestraße entlang und ließ sein charakteristisches Signal ertönen. Er würde Max nach St. Moritz zurückbringen – von dort aus ging sein Zug nach Uetikon.

Max holte tief Luft. Celan tat es ihm gleich. Lange sahen die beiden Männer einander an.

»Die Verfolgung, die verabscheuungswürdige, menschenverachtende Verfolgung Ihres Volkes ist von meiner historischen Warte als Schweizer eine andere als von Deutschland oder Frankreich aus, dem Land, in dem Sie leben. Können Sie das nachvollziehen?«

»Es war Mord, Max Frisch«, korrigierte Celan. »Genozid. Völkermord. Da gibt es keine exklusiven Blickwinkel, sondern nur einen gemeinsamen Aufschrei gegen das Unrecht.«

»Ich weiß«, erwiderte Max und fragte sich, ob er in diesem Zusammenhang wirklich ein Recht auf Neutralität besaß.

»Rufmord beinhaltet das Tatmotiv Mord, Frisch.«

Max seufzte. »Ich gebe Ihnen uneingeschränkt recht.«

Es gab kein Argument, keinen neuen Blickwinkel für Paul Celan. Für den zutiefst Geschädigten blieb jeder Trost aus. Zum allerersten Mal begriff Max Ingeborgs Dilemma in vollem Ausmaß: Die Sache war nicht aus der Welt zu schaffen, ob man darüber sprach, schrieb, sich wehrte, für Celan einstand oder schwieg. Der Makel und die Beleidigungen hafteten an seiner Seele. Und das Schlimmste daran war, dass Celan nicht imstande war, seine Haltung zu ändern, denn nur darin lag eine mögliche Rettung. Das, so glaubte Max, wäre der Schlüssel zu einer Veränderung.

»Merken Sie denn nicht, wie sehr Sie sich quälen? Die Lösung, so fürchte ich, lieber Paul, liegt allein in Ihnen. Es wird keine im herkömmlichen Sinne sein, aber eine, mit der Sie werden leben können. Sie sollten aufhören, das an Ihnen fortzusetzen, was andere begonnen haben.«

Zum Abschied reichten die Männer einander die Hände. Stumm gingen sie auseinander.

Die ganze Zugfahrt durch die verregnete Schweiz dachte Max über das Gespräch nach, welchen Nutzen Celan daraus ziehen konnte, welchen er. Wie immer er es drehte und wendete: Die *eine* Antwort fand er nicht, weil es sie nicht gab.

Zu Hause in Uetikon betrat er eine leere Wohnung. Ingeborg hatte ihm einen Brief geschrieben:

»Bleich und durchnächtigt sitze ich in einem Café im Palmengarten zu Frankfurt und trinke ganz snobistisch dieses moderne Mineralwasser. Gestern mit Unseld und Enzensberger auf dem Eschenheimer Turm gefeiert und Adorno kennengelernt. Dieser Philosoph mit seinen großen Augen hinter dicken Brillengläsern, dichte dunkle Brauen, ein wissender, gescheiter Blick. Ein gebürtiger Frankfurter ›Jude‹ mit messerscharfem Verstand, aber, wenn man ihn still beobachtet, sieht er wie ein Verlorener aus. Ein Gehetzter, Gejagter. Er hat die Nazi-Diktatur in New York überlebt. Mir graust vor der Dozentur, dem Über-etwas-Sprechen und nicht davon. Wo liegt meine Spezialität? Im Schweigen? Ich vermag nur schreibend zu sagen, was mich bewegt. Alles, was ich zu sagen habe, steht in meinen Gedichten, meinen Büchern. Du, mein Lieber, du weißt das! Ich bleibe noch vier Tage, am Freitag dann zurück nach U.

Deine Ingeborg«

Zurück nach U. Sie schrieb nicht einmal Uetikon oder zu Hause oder zu Dir.

Ihre Worte ließen das Gefühl einer dünnen Gegenwart in ihm zurück. Worauf bauen? Auf welchem Fundament?

Eifersucht gegen Unbekannt. Vielleicht beneidete er sie um ihre Liebesbeziehung zu ihrem Werk. Aber in Frankfurt waren wie so oft große Männer um sie: Adorno, Enzensberger, sein eigener Verleger Unseld, Piper, Baumgart und Celan. Vor Kurzem hatte sie genauso routiniert dem Politiker Willy Brandt die Hand geschüttelt wie jetzt dem großen Philosophen Theodor Adorno, der die Frankfurter Schule mitbegründet hatte.

Am nächsten Tag setzte sich Max in seinen VW und brach nach Siena auf, wo das Wetter besser war. Frisch braucht frischen Wind, dachte er und fuhr mit aufgeklapptem Seitenfenster in einem Rutsch durch. Schon den Gotthard hinauf stieg seine Laune. Das italienische Flair gab das Übrige. Er war allein.

Ihm war, als habe er das Fliehen von ihr gelernt, nicht aber, was man mit der gewonnenen Freiheit anfing.

In einem Anfall von Romantik, sicherlich ausgelöst durch den Duft der mediterranen Speisen und die vollendete Architektur, setzte er einen Eilbrief an Ingeborg auf, in dem er ihr die Ehe antrug, förmlich, seine wahren Gefühle vor sich selbst verbergend.

Inge antwortete umgehend auf dem schnellsten Weg, in einem Telegramm.

»Was, lieber Max, was stellst du dir ein halbes Jahr nach deiner Scheidung unter Ehe vor? Ich halte die Ehe, wie du weißt, für eine unmögliche Institution für eine Frau, die arbeitet und denken kann.«

Wutentbrannt warf er in seinem Pensionszimmer sein leeres Wasserglas gegen die Wand, das in tausend Scherben zerbrach.

Am späten Abend brach er auf, entschlossen, sich zu betrinken mit rotem Wein, der tief hinunterzog in die Abgründe. Pfeife rauchend ging er durch die nächtlichen Gassen von Siena bis zur hell beleuchteten Piazza del Campo, wo er sich bei den Arkaden vor ein Café setzte, Espresso bestellte und wartete, bis sich in der lauen Abendluft angesichts all der glücklichen Menschen ein Rausch der Leichtigkeit einstellte. Er erinnerte sich, dass er Italien schon geliebt hatte, lange, lange vor Ingeborg. Immer wieder ließ er ihre wenig schmeichelhaften Zeilen in Gedanken Revue passieren, bis ihm klar wurde, dass sie keinerlei Wertung enthielten. Ingeborg hätte jedem Mann auf dieser Welt dieselbe Abfuhr erteilt.

Ihr Freiheitsdrang stand seinem Wunsch nach Verbindlichkeit gegenüber. Das war alles.

Lässig legte er einen Geldschein und mehrere Münzen auf die Rechnung im Unterteller, warf sich seinen Pulli über die Schulter und lachte auf, als sei er sich selbst auf die Schliche gekommen. Er hätte es wissen müssen. So einfach war Ingeborg für ein Abenteuer wie die Ehe nicht zu haben.

KAPITEL 25

Uetikon, August 1959

Was hältst du von einem Tagesausflug?«, fragte Max an einem verregneten Augustmorgen. Heute war sie bereits um acht aufgestanden, eine Ausnahme – der ganze Tag lag vor ihnen.

Uetikon, der Garten vom Haus am Langenbaum und der See versanken noch immer in einem einzigen Grauton. »Ich hätte da eine kleine Überraschung für dich«, lockte er.

Ingeborg willigte sofort ein und stieg eine halbe Stunde später ohne weiteres Nachfragen zu ihm ins Auto. Obgleich ihr seine Spontaneität fehlte, war sie durchaus für Überraschungen zu haben, wenn man den passenden Zeitpunkt wählte.

Sie fuhren in einem Rutsch durch, bis sie den Genfer See bei Montreux erreichten. Der Regen hatte aufgehört, aber für die hochsommerliche Jahreszeit war es auch in der Südschweiz viel zu kühl.

Auf der Höhe von Sion bog Max bei dem Schild *Garde Aérienne Suisse de Sauvetage* ab.

Ingeborg stutzte. »Die Schweizer Rettungsflugwacht? Was möchtest du denn dort?«

Sie sah ihn mit aufgerissenen Augen an.

Max legte den Zeigefinger auf die Lippen.

Nach wenigen Minuten fanden sie sich auf einem Platz mit einem kleinen Gebäude wieder. Mehrere kleine Flugzeuge und zwei Hubschrauber parkten an der Seite. Eine Cessna, ein einmotoriges Flugzeug mit drei Sitzen, wurde gerade aufgetankt.

Max stellte den Motor aus.

Neben der Cessna lief ein Mann um das Flugzeug herum und sah zu ihnen herüber. Sein alter Bergwanderfreund Norbert war also überpünktlich, eine Eigenschaft, die Max sehr schätzte. Norbert winkte ihnen zu. Er trug eine orangefarbene Warnweste.

Der Tankwagen entfernte sich.

»Da ist er schon.«

»Ich habe panische Flugangst, Max, das weißt du doch«, sagte sie mit zitternder Stimme. »Es ist ausgeschlossen, dass ich …« Sie brach ab.

»Das weiß ich«, sagte er einfühlsam. »Du musst nicht, Inge, es ist nur ein Angebot. Der Pilot ist ein alter Freund. Du wirst sehen, es ist ein ganz anderes Fliegen. Ich dachte mir, dass du deine Angst auf diese Weise überwinden könntest. Vielleicht fahren wir mit dem Flugzeug auch nur über den Flugplatz.«

»Das ist ja lächerlich«, gab Ingeborg zurück. »Mit einem Flugzeug auf dem Boden herumfahren.«

»Es ist deine Entscheidung«, sagte er.

Gemeinsam stiegen sie aus dem Wagen und liefen übers Rollfeld, wo Max' Freund sie vor dem Flugzeug erwartete. Wind pfiff über den großen Platz, und ein wolkenverhangener Himmel ließ vermuten, dass es bald zu regnen anfangen würde.

»Max«, sagte Norbert fröhlich. »Hast du es wahr gemacht.«

Die beiden Männer reichten einander die Hände.

»Darf ich dir die Ingeborg vorstellen?«, fragte Max nach der herzlichen Begrüßung.

»Das ist also die Dame mit der Flugangst. Grüezi!«

Inge zwang sich ein Lächeln ab und schüttelte dann vehement den Kopf. »Das kommt überhaupt nicht infrage.«

Sie trat einen Schritt zurück und zeigte abwehrend die Handflächen. »Nein. Ich habe eine derartige Panik davor, die Erde zu verlassen. Außerdem bin ich nicht vorbereitet.«

Norbert lachte und zeigte dabei ein lupenrein weißes Gebiss. »Dafür bin ich es umso mehr. Nur der Pilot muss vorbereitet sein«, sagte er in starkem Schweizer Dialekt und mit einem leichten italienischen Einschlag. »Mein Flugzeug ist genau das Richtige für Sie, das verspreche ich Ihnen.«

Ingeborg verschränkte die Arme vor der Brust und schüttelte den Kopf.

»Höre dir bitte an, was er zu sagen hat, Ingeborg«, sagte Max liebevoll. »Bevor wir nach Amerika fliegen, wäre ein solcher Flug die beste Medizin. Zur Einstimmung.«

Seit einigen Wochen dachten sie über eine Amerikareise nach, nicht sofort, aber womöglich in einem Jahr. Die Planung war immer wieder von Ingeborgs Flugangst überschattet worden. Sie erwogen deshalb sogar, das Schiff zu nehmen.

»Sie werden es nicht bereuen, Madame«, sagte Norbert nachdrücklich.

Routiniert nannte er einige Daten, Höchstgeschwindigkeit, Sicherheitsvorkehrungen und versprach hoch und heilig, nicht abzustürzen. »Ich fliege diese Maschine seit über zwanzig Jahren. Seit ich hier im Einsatz bin, ist noch nie eine Maschine dieses Typs abgestürzt. Sie haben die Wahl. Es ist ein robustes und sehr gutmütiges Leichtflugzeug. Es ist sicherer als in einem Kettenkarussell auf dem Jahrmarkt. Es ist wie für Sie gemacht.«

Ingeborg presste die Lippen aufeinander und warf einen Blick hinauf zum Himmel.

Kettenkarussell – der Vergleich gefiel Max.

»Über den Wolken wird es hell, Sie werden sehen«, sagte Norbert, als errate er ihre Gedanken.

»Gib dir einen Ruck«, sagte Max zärtlich, legte den Arm um sie und küsste ihre Schläfe.

»Sie werden es genießen, Madame. Nicht sofort, aber wenn Sie sich erst mal überwunden haben, wenn wir oben sind.«

Inge tat einen tiefen Seufzer, nahm mit einem Ruck den Anorak mit den Warnfarben entgegen, den ihr der Pilot reichte, zog ihn über und betrat die dreistufige Treppe zum Flugzeug. Der Wind blies ihr die Haare aus dem Gesicht.

Max sah ihr fasziniert dabei zu, wie sie auf den Rücksitz kroch. Sie hatte sich tatsächlich durchgerungen. Es lag an dem Vergleich mit dem Kettenkarussell, da war sich Max sicher.

Ingeborg warf ihm einen Hilfe suchenden Blick zu und winkte ihn zu sich. »Komm schon, Max. Lass mich nicht allein hier drin.«

Max stieg ein, setzte sich neben sie, und Norbert nahm den Pilotenplatz ein.

Ruckelnd fuhr die Cessna über die Rollbahn, bis sie ihre Position erreicht hatte. Aus dem Cockpit vernahm man das kratzende Geräusch des Lautsprechers – Norberts Verbindung zur Flugsicherung.

»Startvorbereitungen im Gang«, schrie er, denn der Krach

des Motors überlagerte sämtliche Geräusche. Der Propeller begann sich zu drehen, immer schneller. Der Pilot gestikulierte, bedeutete Max und Ingeborg, die neben ihren Plätzen hängenden Kopfhörer zu nutzen. »So könnt ihr euch während des Flugs verständigen.«

Inge und Max warfen sich einen Blick zu und setzten die Hörer auf.

»Hört ihr mich?«

Sie nickten gleichzeitig.

»Sitze und Sicherheitsgurte verschlossen und verriegelt«, sagte Norbert und stellte die Scheibenwischer an. Im Cockpit hing eine Checkliste, die er abzuarbeiten schien. »Sitzlehnen in aufrechter Position. Klappen ausgefahren. Bremsen gelöst. Erlaubnis um Start erbeten.«

Jetzt spürte auch Max einen Anflug von Nervosität. Inge starrte ins Leere, dann schüttelte sie sich.

»*Ready for take-off*«, sagte Norbert fröhlich, nachdem er eine Startfreigabe bekommen hatte. Ein letztes Mal wandte er sich seinen Passagieren zu. »Es kann auf dem Weg nach oben etwas holprig werden. Keine Sorge, mein Baby hat mich noch nie enttäuscht.«

»Bereit«, rief Ingeborg zurück. Inzwischen leuchteten ihre Augen vor Abenteuerlust. »Fahren Sie, bevor ich es mir anders überlege. Fliegen Sie«, korrigierte sie hastig.

Ingeborg hakte sich bei Max ein. Sie saß dicht neben ihm, und er spürte, wie sie die Luft anhielt. Die Angst stand ihr ins Gesicht geschrieben, aber auch die Entschiedenheit, nicht mehr umzukehren.

»Hörst du mich?«, fragte Max und sah sie an.

Sie nickte. »Ich kann dich hören«, gab sie zurück und rückte noch näher.

Ihr ganzer Körper war angespannt.

Als die Maschine zum Start beschleunigte, suchte sie seine Hand, krallte sich mit den Fingern fest und drückte dabei so sehr zu, dass es beinahe schmerzte.

Er legte seine freie Hand auf ihre. Unbeweglich saß sie neben ihm, bis das Flugzeug abhob. Die Nase der Cessna zog nach oben und gewann kontinuierlich an Höhe.

Max war schon oft in seinem Leben mit einer großen Maschine geflogen, dies hier war etwas völlig anderes: Unmittelbar, es war, als trügen die Luftmassen die kleine Maschine gleich den Wellen, die ein Segelboot oben hielten. Ihm war, als hätte sein Volkswagen abgehoben. Das Leichtflugzeug wackelte hin und her, als es die Wolken durchbrach. Einzig das gleichmäßige Motorengeräusch vermittelte Sicherheit.

Er warf ihr einen vorsichtigen Blick zu: Sie hatte die Augen geschlossen, schien nach Luft zu schnappen.

»Inge? Kannst du mich hören? Wie geht es dir? Du musst gleichmäßig atmen. So.«

Sie öffnete die Augen.

Er wandte sich ihr zu, hielt ihre beiden Hände und zwang sie, seinem Rhythmus zu folgen.

»Wie ein Traum«, antwortete sie, nachdem sie sich hörbar entspannte. »Es ist etwas völlig anderes. Nicht wie in einer großen Maschine.«

Mit ihrem Körper geschah etwas Magisches – er wurde weich, nachgiebig, anschmiegsam.

»Gleich seht ihr die ganze Schönheit der Schweizer Alpen«, rief Norbert. Im Cockpit leuchteten unzählige Lämpchen auf. »Mit diesen kleinen Maschinen fliegen wir nur auf Sicht. Wir überschreiten die elftausend Fuß Flughöhe nicht. Eine Sicherheitsvorkehrung wegen des Sauerstoffs.«

Die Tragflächen der Cessna zitterten im Wind.

Unter ihnen erstreckten sich Felder, Seen, die Stadt Sion im Kanton Wallis mit der Schlossruine Tourbillon aus dem 13. Jahrhundert ließ sich erkennen, der Genfer See – Gebäude und Landschaften wurden kleiner, von Wolken verdeckt, aber immer noch sichtbar, bis sie ganz verschwanden. Jetzt trennte sie ein grauweißer Wolkenteppich von der Erde.

Je höher sie kamen, desto mehr klärte sich der Himmel, und ein ungeheures Glücksgefühl erfasste Max. Ihm war, als tanzten sie auf den Wolken, die sie trugen. Über ihnen wölbte sich ein strahlend blauer Horizont, weit entfernt lag ein riesiges Bergmassiv mit schneebedecktem Granit.

»Die Walliser Alpen«, erklärte Max und zeigte nach rechts. »In der Ferne siehst du das Matterhorn.«

Ingeborg blickte dorthin, strahlte übers ganze Gesicht, und Max konnte spüren, wie sehr sie den Flug genoss. Ergriffen hielt sie seine Hand, zog sie für einen Augenblick an ihre Lippen und küsste sie.

Er hatte die richtige Wahl getroffen. Ihr Glück zu sehen, diese bedingungslose Nähe zu fühlen, zu der sie fähig war und die von ihrem zarten Körper ausging – all das machte ihn überglücklich.

»Was für ein Geschenk, Max«, sagte sie und hielt nach allen Seiten Ausschau. »Es ist eine unvergessliche Erfahrung.«

Manchmal war sie so leicht zufriedenzustellen.

Nach einer halben Stunde war der Rundflug beendet. Unten angekommen bemerkten sie, wie ausgekühlt ihre Körper waren. Mit zitternden Knien und klappernden Zähnen verließen sie das Flugzeug und verabschiedeten sich.

Max und Norbert umarmten einander.

»Du scheinst sehr verliebt, mein guter Freund«, flüsterte ihm Norbert ins Ohr. »Eine wunderbare Frau. Die hat so eine Aura. Sie ist was ganz Besonderes.«

Max schmunzelte: Endlich jemand, der sie nicht als »die Bachmann« erkannte, sie nur als Frau wahrnahm, als Frau an seiner Seite. Geliebte, Frau, Gefährtin. Keine Literatin, eine ganz normale Frau.

»Weißt du, warum man einen solchen Flug genießen kann, natürlich mit der gebührenden Aufregung, denn man verlässt ja nicht ohne Weiteres den sicheren Boden?«, fragte Ingeborg auf der Rückfahrt.

Max hatte die Heizung im Wagen auf die höchste Stufe gedreht.

»Du wirst es mir verraten«, gab er fröhlich zurück.

»Man fliegt nicht als Transportgut, sondern als Mensch. Das ist ein beachtlicher Unterschied.«

Er lächelte. So war sie nun mal: ausgestattet mit diesem Hang, den kleinsten Unternehmungen einen philosophischen Aspekt abzugewinnen, in Momenten, wo er die pralle Gegenwart nur genoss, einfach geschehen ließ.

Müde, aber zufrieden kehrten sie am späten Abend nach Uetikon zurück.

Max verschwand vor dem Zubettgehen in sein Arbeitszimmer, um sein Pensum für den nächsten Tag vorzubereiten. Wenn es um seinen Beruf ging, war er einfach durch und durch organisiert. Von nebenan konnte er hören, wie sich Ingeborg ein Bad einlaufen ließ.

Er nahm einige Szenen aus *Andorra* in die Hand, die er sich notiert hatte, schnitt sie mit der Schere in Einzelteile und klebte sie neu zusammen. Ja, dachte er, so müsste es funktionieren. Drei Fassungen hatte er bereits verworfen. Dabei zeigte sich in Max' Literatur vor allem am Anfang eines Textes sein Talent als Baumeister. Er brauchte die Gewissheit, die Architektur einer Geschichte zu beherrschen, und erst wenn das Fundament in den Erdboden eingelassen war, konnte der eigentliche Bau beginnen. Man verschob keine Stockwerke im Nachhinein, konnte aber immer Räume verändern, selbst ein Spitzdach ließ sich hinzufügen. Zur Not fing man mit dem Bau neu an.

Plötzlich riss Ingeborg die Tür auf, stürmte in sein Zimmer und blieb mit strahlendem Gesicht vor ihm stehen. Er blickte fragend auf.

In der einen Hand hielt sie einen aufgerissenen Briefumschlag, in der anderen einen Bogen Papier.

»Ich danke dir, Max, von ganzem Herzen«, sagte sie mit zitternder Stimme, trat zu ihm, umarmte ihn lange. Er spürte das Blatt Papier auf seinem Rücken knistern, so fest hielt sie ihn. Er begriff nicht, worum es ging, aber sie würde es ihm sagen.

»Ich danke dir für den Flug über den Wolken, und ich danke dir für das.« Sie schüttelte das Blatt Papier. »Es war gut, dass du das getan hast, und ich weiß, du hast es auch für mich getan. Das rechne ich dir hoch an.«

Die Erleichterung stand ihr ins Gesicht geschrieben, als sie mit glühenden Wangen laut und deutlich eine Passage aus Celans Brief vorlas:

Max Frisch war noch einmal in Sils. Es war, glaube ich, ein gutes Gespräch. Die Luft, die Lichtfülle, die Lärchen, das nahe nackte Gestein, wo's einem aufs deutlichste gezeigt wird, dass diese Erde nicht unbedingt für die Menschen geschaffen wurde.

Max widersprach nicht, obwohl er das Gefühl hatte, etwas richtigstellen zu müssen. Wie anders er die Landschaft erlebte! Beim Wandern, aber auch bei dem Kurzflug. Immer, wenn er die Welt von oben sah, wusste er, wie klein er war, ein winziges Rad im Getriebe.

Jetzt sah er das Treffen in Sils in einem ganz anderen Licht, und diesmal war er es, der düstere Wolken am Himmel aufziehen sah. Was ihm einst Stärke verliehen hatte, schwächte ihn, und er hinterfragte seine Bemühungen, mit Celan ins Gespräch gekommen zu sein.

Was hatte er damit angezettelt?

Celans Zeilen verhießen nichts Gutes, aber wenn Ingeborg wollte, dass sie es taten, dann war es so.

Er legte seine Hände um ihren Hinterkopf und küsste sie. Sie kam ihm zerbrechlicher vor denn je.

Für einen Augenblick streifte ihn die Erinnerung an den Flug, wie sie auf den Wolken geschwebt waren, über ihnen der strahlend blaue Himmel, in der Ferne der Genfer See, das mächtige Bergmassiv, ihr gemeinsames Ausgeliefert-Sein in dreitausend Metern über dem Meeresspiegel – das Bild ihrer Liebe. Ingeborgs Freude darüber, sich überwunden zu haben. Ihr Jubel über sein Geschenk.

Auf eine Ehe ließ sie sich nicht ein, aber auf einen Flug über den Wolken in einer einmotorigen Maschine, die selbst einem geübten Passagier Respekt abverlangte.

Im Hafen der Ehe jedoch, wo er sich in Sicherheit wähnte – dort witterte sie Gefahr. Diese kleine Cessna war eine Mutprobe gewesen. Wer weiß, vielleicht würden sie eines Tages doch noch heiraten. Er wertete den Flug über den Wolken als Feuertaufe, ein Symbol für die Überwindung von Hindernissen in ihrer Liebe.

Er wünschte, er vermöge dieses Bild und das, was er gefühlt hatte, in sein Gedächtnis einzubrennen, um es immer dann abzurufen, wenn ihm Zweifel kämen. Ihr weicher Körper an seinem, ihr Duft, ihr Händedruck, ihr Jetzt und Hier.

Er verdrängte das Bild des düsteren Gesprächs in Sils und das Kreisen um einen unauflösbaren Widerspruch.

INGEBORG

KAPITEL 26

Elmau, Oktober 1959

Es war nicht Ingeborgs erster Auftritt in der Gruppe 47, zu der nur ausgewählte Schriftsteller und Schriftstellerinnen Zugang hatten, aber einer ihrer bedeutendsten. Zum ersten Mal in ihrer Karriere präsentierte sie kein Gedicht, sondern eine Erzählung. Mit blinzelnden Augen warf sie einen Blick über das Publikum.

Literaten, Verleger und Kritiker hatten sich bereits im großen Saal von Schloss Elmau in Bayern versammelt. Das um die Jahrhundertwende erbaute Schloss vor der Kulisse der bayerischen Alpen bildete einen ehrwürdigen Rahmen.

Ingeborg ging in Richtung des *elektrischen Stuhls*, wie die Gruppe den Vorlesungsstuhl scherzhaft nannte – etwas Wahres klang darin an. Der Vortragende musste sich danach der Kritik aussetzen, und zimperlich waren weder die Gruppenmitglieder noch die anwesenden Kritiker und Journalisten. Auch die Verleger Siegfried Unseld und Klaus Piper waren gekommen. Oftmals fiel bei diesen Gelegenheiten die Entscheidung, ob ein Werk veröffentlichungswürdig war oder nicht. *Das dreißigste Jahr*, Ingeborgs Erzählband, in dem *Alles* erscheinen sollte, war längst in Pipers Hand, der Vertrag unter Dach und Fach.

Ein ruhiger, zurückhaltender Mann namens Uwe Johnson, ein Schriftsteller, war heute zum ersten Mal dabei, genau wie einer, der sich anschickte, der berühmteste Literaturkritiker Deutschlands zu werden. Es hieß, Marcel Reich-Ranicki besäße einen messerscharfen Verstand, sei belesen wie kaum ein anderer, unvoreingenommen und halte mit vernichtender Kritik niemals hinterm Berg. Marcel Reich-Ranickis Wort wog schwer, nicht selten bestimmte er über Sieg oder Niederlage, lange bevor ein Werk überhaupt erschien. Ingeborg wusste, dass seine Rezensionen ihre Lyrik in den höchsten Olymp der Poesie hinaufbefördert hatten, dort, wo die Luft dünn war. Würde er mit ihrer Prosa ähnlich verfahren?

Sie hatte ihren Platz noch nicht erreicht, da fielen ihr die Blätter aus der Hand – einfach so. Für einen Augenblick herrschte Stille im Saal, die ganze Aufmerksamkeit richtete sich auf das am Boden liegende Chaos – ein Moment, der von Ingeborg ablenkte.

Im Stillen genoss sie diese winzige Unterbrechung im routinierten Ablauf der Lesung.

Ehe sie sich versah, stand einer im Publikum auf, stürzte ihr entgegen und hob die Blätter auf. Flüsternd dankte sie ihm, ging zum Tisch, setzte sich und sah blinzelnd über die Köpfe. So viele Leute waren gekommen. Sie entdeckte vertraute Gesichter: den Begründer der Gruppe 47 Hans Werner Richter, Heinrich Böll und ihren Lektor Reinhard Baumgart, der ihr einen aufmunternden Blick zuwarf.

Gedanken an ihre Anfänge streiften sie.

So lange war es gar nicht her, dass sie zum ersten Mal bei einer Tagung der Gruppe 47 vier ihrer Gedichte vorgetragen hatte. Damals hatten alle Heinrich Böll, der zum ersten Mal dabei war, für einen Bühnenmechaniker gehalten und waren umso überraschter gewesen, dass auch er in den illustren Kreis der Literaten gehörte.

Das Vorspiel zu ihrer steilen Karriere hatte 1953 stattgefunden, als sie Hans Werner Richter auf einer Veranstaltung der Gruppe 47, wo sie sich als Zuhörerin eingefunden hatte, zum ersten Mal begegnet war. Damals hatte sie Richter einen Blick zugeworfen, den Raum verlassen und ihr Typoskript mit drei ihrer Gedichte auf ihrem Stuhl liegen lassen.

Es gab keine Zufälle, und manche Fäden, die sie spann, erreichten ihren Adressaten ohne Umwege.

Hans Werner hatte sofort angebissen, die Typoskripte gelesen und war so von deren Inhalt, Form und Ton angetan, dass er zur nächsten Tagung eine offizielle Einladung aussprach. Ingeborg Bachmann sollte ihre Gedichte vortragen.

Bei ihrem ersten Auftritt hatte sie vor lauter Aufregung nicht sprechen können, ihre Stimme hatte schlichtweg versagt, und so las ein anderer aus der *Gestundeten Zeit* und trug ihr Gedicht gebührend vor. Sie erntete einen derartigen Applaus, wie sie es nicht für möglich gehalten hatte, man feierte sie als Schöpferin einer völlig neuen Poesie. Ihr Aufstieg in den literarischen Olymp war einem Raketenstart gleichgekommen, und fortan las sie selbst, in der ihr eigenen Art mit leiser Stimme, am Abgrund stehend.

Zügig hatte der damals anwesende Klaus Piper einen Vertrag aufgesetzt, um das Talent an seinen Münchner Verlag zu binden. Eines gab das andere, Empfehlungen für den neuen *Stern am Poetenhimmel*, wie der Kritiker Günter Blöcker *die Bachmann* nannte, führten schon bald zu einer hohen Auflagenzahl. Der erste Gedichtband verkaufte sich über die

Theken der Buchhändler wie warme Semmeln. Ein Jahr später machte der *Spiegel* die Bachmann-Sensation perfekt, als er ihr Porträt auf die Titelseite platzierte. Es folgten Wochen auf der *Spiegel*-Bestsellerliste. Zum ersten Mal hatte das Politmagazin eine Schriftstellerin mit einer Titelgeschichte bedacht, und dies unter dem Titel *Gedichte aus dem deutschen Ghetto*. Nahezu über Nacht war sie zur berühmtesten Autorin des deutschsprachigen Raums geworden. Was die wenigsten ihrer Bewunderer wussten: Wie unermesslich groß ihr Ehrgeiz war, der Wille, ganz nach oben zu kommen, sich als Kunstfigur zu etablieren – genau wie ihr Vorbild Maria Callas. Dafür würde sie alles geben und weit über sich hinauswachsen. Dass ihre spannungsgeladene Persönlichkeit, das Geheimnis, das sie um sich machte, ihren Wert in der öffentlichen Wahrnehmung steigerte, hatte sie rasch erkannt. Doch die Attitüde galt auch ihrem Schutz und diente ihr als Maske. Gewisse Allüren verdeckten den verwundbaren Teil ihres Wesens, der die Öffentlichkeit nichts anging. Insgeheim belächelte sie den Literaturbetrieb, der so berechenbar war. Längst nannte die Gruppe 47 sie respektvoll die *First Lady der Dichtkunst*.

Verhaltener Applaus holte Ingeborg in die Gegenwart zurück. Hans Werner Richter hatte die einleitenden Worte gesprochen, jetzt lag es an ihr, das Publikum in ihren Bann zu ziehen.

Flüsternd begann Ingeborg ihre Erzählung *Alles* vorzutragen. Sie sprach mit Bedacht, die fließende Form der Prosa bedurfte einer anderen Melodie als jene ihrer Gedichte, dabei war auch die Prosa eine höchst musikalische Angelegenheit.

Wenn wir uns, wie zwei Versteinte, zum Essen setzen oder

abends an der Wohnungstür zusammentreffen, fühle ich unsere Trauer wie einen Bogen, der von einem Ende der Welt zum anderen reicht.

Ihr Flüstern durchbrach die Stille, und sie konnte förmlich spüren, wie die Zuhörer, ganz in sich vertieft, ihren Worten lauschten. Der Text trug sie in ungeahnte Höhen, weit über ihre Nervosität hinaus, das Publikum hielt die Luft an. Nachdem sie den letzten Satz gelesen hatte, schien der ganze Saal erstarrt. Dann setzte tosender Applaus ein.

In der anschließenden Diskussion zeigten sich alle begeistert, nahezu euphorisch. Man war sich einig: Ingeborg Bachmann hatte den Umzug in ihrem Kopf, wie sie ihren Wechsel von der Lyrik in die Prosa einst bezeichnete, geschafft. Sie allein wusste, woran das lag, die Kritiker ahnten es höchstens: Sie hatte ihre streng komponierte lyrische Sprache in ihre Erzählungen getragen, das einzig ihr vertraute Land.

»Ich glaube, Ihren Erfolg erfasst zu haben, Frau Bachmann, woher er rührt«, sagte am späten Abend Marcel Reich-Ranicki zu ihr.

Der deutsch-polnische Intellektuelle hatte sich ihr formvollendet vorgestellt und sich ihr gegenübergesetzt. »Es ist diese Mischung aus Moderne und Traditionellem, die Sie zu Papier bringen. Niemandem ist das im Ton so gelungen wie Ihnen, und das sage ich mit großem Respekt. Hinzu kommt diese Aura, die Sie umgibt und der sich niemand entziehen kann.«

Er nahm seine Brille von der Nase und putzte sie mit einem glatt gebügelten Taschentuch. Während er sprach, rutschte er unruhig auf seinem Stuhl hin und her, schlug ein Bein über das andere und warf heftig gestikulierend die Arme in die Höhe. Er sprach mit polnischem Akzent und lispelte leicht, und es war wohl genau das, was diesen großen Denker menschlich machte. Reich-Ranickis eigenwillige Wortmelodie klang eher nach einer Arie als nach einer Rede, ja er sang fast, was er zu sagen hatte. Ingeborg *musste* ihm einfach zuhören. Sein überschwänglicher Tonfall bezeugte ihr sein uneingeschränktes Engagement im Dienst der Literatur.

Eilig setzte er seine geputzte Brille wieder auf und sah sie abwartend an.

Sie senkte nur die Augen und nahm einen Schluck Wein.

»Die Avantgardisten jubeln«, fuhr Marcel Reich-Ranicki fort, »endlich etwas Neues! Die Traditionalisten sagen: Mit der Bachmann befinden wir uns in der Welt eines Klopstock, eines der größten Dichter aller Zeiten. Wer hat nun recht?«, fragte er in die Runde, die sich um ihn gebildet hatte.

Niemand traute sich zu antworten. Als Enzensberger etwas sagen wollte, rief Reich-Ranicki enthusiastisch: »Nun, ich denke, beide Seiten.«

Wieder unterstrich er das Gesagte mit einer ausufernden Bewegung seiner Arme und blickte sein kleines Auditorium wohlwollend an.

Ingeborg musste lächeln. Was war das für ein einnehmender Mann? In gewisser Weise inszenierte er seine Worte wie auf einer Bühne, ein brillanter Unterhalter war da am Werk.

»Dann hat es Ihnen also gefallen?«, fragte sie. Längst war das Understatement untrennbar mit ihrer Person verbunden, eines von jener fast überheblichen Natur: *Ich weiß sehr gut, was ich kann. Ich brauche keinen Applaus.*

»Gefallen? Ich bin geradezu begeistert«, erwiderte Reich-Ranicki, schlug erneut ein Bein über das andere und ging sogleich in die alte Position zurück. Er beugte sich ihr entgegen, presste beide Hände wie zum Gebet aneinander. »Die Art, wie Sie diese schlichte Erzählung vorgetragen haben, es ist, als umarmten Sie flüsternd die ganze Welt.«

»Sie sind ja auch ein Poet«, gab sie anerkennend zurück.

Reich-Ranicki schüttelte missmutig den Kopf, zog die Mundwinkel herunter, winkte ab. »Nein. Nein. Ich bin lediglich ein guter Geschichtenerzähler, meine Frau kann ein Lied davon singen. Wir haben den Krieg nur überlebt, weil ich Goethe, Schiller und Shakespeare im Kopf habe.«

Mit einem spitzbübischen Grinsen tippte er gegen seine Stirn.

»Es heißt, Sie seien ein wandelndes Lexikon.«

»Falsch! Völlig falsch!«, gab er entrüstet zurück, warf die Arme in die Höhe und schnaubte. »Wer erzählt denn einen solchen Mist? Was die Leute plappern, Geschwätz, nichts als Geschwätz! Nein. Ich bin bestenfalls eine Wanderbibliothek. Die Welt der Literatur, die *gute* Literatur, sie ist in meinem Kopf. Einige Zeilen Ihrer wunderbaren Gedichte sind dort auch gespeichert. Und nun sind wichtige Sätze aus Ihrer Erzählung hinzugekommen.«

Der gesellige Abend nach der Lesung zog sich bis in die Nacht hinein. Ingeborg sprach lange und intensiv mit Baumgart, Piper und Unseld. Auch Uwe Johnson und ihr guter Freund Mang gesellten sich hinzu.

Der Neuling Johnson zeigte sich zurückhaltend, fast vorsichtig. Respektvoll sprach er Ingeborg mit Frau Bachmann oder Frau Doktor Bachmann an. Ihr war sofort klar, dass dieser scheue Mann aus der Menge der bisweilen etwas selbstverliebten Literaten herausstach.

Mit dem Gefühl, dass sich zwischen Johnson und ihr eine echte Freundschaft anbahnen könnte, fiel sie um drei Uhr morgens todmüde, von Alkohol und Nikotin benebelt, aber auch überglücklich angesichts ihres ersten Prosa-Erfolgs in ihr Hotelbett.

Reich-Ranicki war längst gegangen. Er gehörte nicht zu den Menschen, die sich verschleuderten.

INGEBORG

KAPITEL 27

Uetikon, Oktober 1959

»In Elmau habe ich zwei neue Männer kennengelernt!« Ingeborg und Max saßen im Garten ihres Domizils Haus am Langenbaum und genossen die herbstlichen Sonnenstrahlen, die noch angenehm wärmten. Kleine Wellen schwappten gegen das steinerne Ufer. Vorn am See, unter einem Baum, wo sie einen Metalltisch und zwei Stühle aufgestellt hatten, trennte sie kein halber Meter vom Wasser. Weit und breit kein Mensch in ihrer Nähe – ihr neuer Wohnsitz war ein wahres Refugium.

»Gleich zwei?«, erwiderte Max, und sie konnte förmlich sehen, wie es hinter seiner Stirn arbeitete.

Er nippte an seinem Tee und schenkte ihr ein Glas Weißwein ein. Die Ärzte hatten ihm nach seiner Krankheit dringend empfohlen, mindestens ein halbes Jahr auf Alkohol zu verzichten.

Ingeborg bewunderte seine Disziplin, die er in so vielen Lebensbereichen problemlos an den Tag legte – solange es nur nicht um Gefühle, um Eifersucht ging.

»Einen Schriftsteller aus Ostdeutschland, Uwe Johnson. Hochsensibel, sehr zurückhaltend, respektvoll im Umgang mit Menschen. Und Marcel Reich-Ranicki. Ihn kannte ich bisher ja nur aus seinen Kritiken.«

Max zündete sich seine Pfeife an. Inge nahm sich eine Zigarette.

»Er hat dich in den Himmel gelobt. Und, gefiel ihm deine Prosa?«

»Sogar außerordentlich gut.«

»Wie ist er so, dieser Reich-Ranicki?«, fragte Max interessiert.

»Sehr lebendig, enthusiastisch, er redet mit Händen und Füßen. Ich glaube, er lebt mit der Kunst, geht vollkommen in der Literatur auf. Nur steht er auf der anderen Seite. Das darf man nicht vergessen. Er bewertet unsere Kunst.«

»Meine Romane und Dramen bezeichnet er als gute Unterhaltung«, sagte Max, die Nase rümpfend.

»... und hat gleichzeitig betont, dass er das nicht despektierlich meint. Er ließe sich gern von dir unterhalten«, gab sie zurück. »Die Leute wollen nicht belehrt, sondern unterhalten werden.«

Sie berichtete ausführlich von Elmau, während Max ihr aufmerksam zuhörte.

Nach einer Weile wurde es empfindlich kühl, und Ingeborg bedeutete Max, ins Haus zu gehen. Wie jeden Abend wollte er sich noch die Füße vertreten. Ingeborg ging ins Haus und steuerte ihr Arbeitszimmer an.

Auf ihrer Kommode stach ihr das gerahmte Foto von Hans Magnus Enzensberger, Günter Grass und ihr ins Auge – ein fröhliches, unbeschwertes Bild, auf dem sie zwischen den beiden Männern lacht. Enzensberger hatte vertraut den Arm um ihre Schulter gelegt, eine Geste, an der sich Max gestört hatte, als er es zum ersten Mal sah. Das Foto war diesen Sommer aufgenommen worden. Sie erinnerte sich gut daran, wie Max es einmal in die Hand genommen, es lange betrachtet hatte. »Du bist stets von großen Männern umgeben. Ich gestehe, dass mir das zu schaffen macht.«

Sie hatte gelacht. Er war ernst geblieben.

Max' Eifersucht erstreckte sich auf unantastbare Bereiche ihres Lebens, die sie nicht bereit war mit ihm zu teilen und schon gar nicht zu ändern. Denn in ihren Augen gab es nicht den geringsten Grund für Misstrauen.

Ihr Blick schweifte über den unaufgeräumten Schreibtisch.

Neben aufgeschlagenen Büchern, Notizen und losen Blättern entdeckte sie einen kleinen Stapel mit Briefen.

Bestimmt hatte Max ihn während ihrer Abwesenheit dort deponiert.

Einer kam von ihrem Verleger, ein Radiosender stellte eine Anfrage für ein Interview – dann die vertraute Handschrift Celans, die ihr Herz höherschlagen ließ. Sie schloss die Tür hinter sich zu und las den Brief, dem die Kopie einer Kritik zu Pauls neuem Gedichtband *Sprachgitter* beigelegt war. Mit Entsetzen erfasste sie den Inhalt, spürte, wie ihre Stimmung ins Bodenlose fiel, ihre innere Tonart von Dur nach Moll wechselte. Gerade noch hatte sie mit Max im Garten gesessen, die Augen auf den See gerichtet, jetzt blickte sie in den Abgrund.

Der Literaturkritiker Günter Blöcker, der ihre Lyrik stets über alle Maßen lobte und dessen Gesicht ihr noch lebendig vor Augen war, hatte Celans neues Werk *Sprachgitter* im *Tagesspiegel* kritisiert und von einem *dünnen Scherbenton* des Künstlers gesprochen. Das hatte Celan erneut getroffen.

Blöckers Kritik gipfelte in der Feststellung, Celan habe sich literarisch seit seiner *Todesfuge* nicht weiterentwickelt.

Ingeborg wusste: Das durfte man einem Schriftsteller nicht sagen, niemals!

Eine düstere Vorahnung machte sich in ihr breit, gefolgt von Hilflosigkeit, erschüttertem Schweigen. Sie nahm sich einen Cognac aus der Anrichte und trank am Tisch das erste Glas, den Blick aus dem Fenster gerichtet.

»Bitte lies und sag mir, was du denkst«, las sie immer wieder – ein weiterer an sie gerichteter Notschrei des Freundes. Immer wieder las sie Blöckers Kritik. Was sollte sie Paul antworten? Nichts schien ihr angemessen, alles, was ihr einfiel, waren Floskeln, abgedroschene Weisheiten, Ratschläge, die sie Paul Hunderte Male erteilt hatte. Sie wusste nicht, was sagen, entgegnen. Ihr fehlten neue Worte, die Trost spendeten.

Unten sah sie, wie Max in aller Seelenruhe die Früchte am Apfelbaum inspizierte, dann durch den Hof in Richtung Hafen aufbrach. Er liebte es, am Abend die Seestraße entlang noch ein paar Schritte zum Wasser zu gehen. Im Unterschied zu dem ihren bestand ein großer Teil seines Lebens aus Routinen. Sie starrte auf seinen Rücken, die Rauchwolken aus seiner Pfeife, die sich über seiner Schulter verflüchtigten.

Seine Welt schien im Lot, ihre aufs Neue erschüttert.

Sie legte eine Schallplatte auf, und Maria Callas' einzigartige Stimme erklang, doch sie verstärkte Ingeborgs Traurigkeit nur. Einige Gläser Brandwein und mehrere Zigaretten später wurde ihr klar: Sie wusste nicht mehr, wie sie ihrem Freund und ehemaligen Geliebten helfen konnte, selbst das Maß tröstender Worte war erschöpft.

Max war noch nicht zurückgekehrt.

Kälte erfasste ihren Körper von innen, und unmittelbar spürte sie, wie sie fiebrig wurde. Sie berührte ihre Stirn: Eine Erkältung drohte, nein, sie kam ihr zu Hilfe genau wie der Rausch, der sich nach der halben Flasche Branntwein einstellte. Ihr Körper zwang sie zur Ruhe.

In eine warme Decke gehüllt, schrieb sie Max eine Nachricht, legte sie auf den Küchentisch, ging ins Schlafzimmer und legte sich ins Bett.

»Ich fühle mich nicht wohl, eine Erkältung im Anmarsch vermute ich, verzeih, ich bin im Bett. Inge«

In ihren Fieberträumen holten sie die Gitter von Pauls Lyrik ein, aus denen meterhohe Gefängnismauern wurden. Dahinter standen Worte auf Scherben geschrieben, eingesperrt, lautlos, mahnend, ohne Beistand. Sie versuchte, sie zu entziffern, bis sie gewahr wurde, sie neu schreiben zu müssen.

»Gebt mir Papier und einen Stift«, rief sie im Traum. »Ich muss meine Worte aufschreiben, sonst gehen sie verloren.«

Hatte sie *meine* oder *seine* gesagt? Niemand hörte sie.

Als sie erwachte, lag Max neben ihr und schlief tief und fest.

Die nächsten Tage umsorgte Max sie liebevoll, brachte ihr Tee ans Bett, frisch gebügelte Taschentücher, eine heiße Suppe. Er sah sie ernst an, als durchschaue er den Grund ihrer Flucht in die Krankheit.

Als das Schlimmste überstanden war, stand sie eines Morgens auf, zog ihren Bademantel über und ging in die Küche.

Das Klappern von Geschirr hatte sie geweckt.

Max saß am Frühstückstisch und sah erfreut auf, als er sie sah. Er rückte einen Stuhl zurecht. »Es geht dir besser, wie ich sehe!«

Vor ihm lag ein geöffneter Umschlag. Sie erkannte Celans Handschrift sofort, der Brief aber war an Max adressiert. Sie musste nicht nachfragen.

»Ich weiß Bescheid«, sagte sie hilflos. »Der Inhalt ist mir bekannt.«

Max nickte. »Celan schrieb mir, er habe sich bereits vergeblich an dich gewandt. Vergeblich.«

Max sagte das neutral, aber sie hörte an seinem Ton, dass er Pauls unterschwelligen Vorwurf, was ihr Schweigen anging, keineswegs billigte.

»Du hast ihm also noch nicht geantwortet?«, fragte Max.

Traurig schüttelte sie den Kopf. Immer noch rang sie um eine Antwort, haderte mit ihrer Unschlüssigkeit, ihrer Stummheit. »Ich war ja krank. Und du?«

Max nahm einen tiefen Atemzug und schüttete seinen Malzkaffee in einem Zug hinunter.

»Ich kann nicht länger mitansehen, wie du leidest, Inge. Wie du auf verlorenem Posten kämpfst. Ich bin diesen Kampf leid, das Gezeter um Trost für Paul Celan, um deine Balance, um meine, um Klarheit, um *ein* richtiges Wort. Du und ich, wir haben so viel mit uns selbst zu kämpfen. *Ein* Schlachtfeld genügt mir.«

INGEBORG

KAPITEL 28

Uetikon, Oktober 1959

Ruckartig stand Max auf und lief mit harten Schritten durch den Raum.

Sie setzte sich, biss lustlos an einer Scheibe Brot ab und nahm sich eine Tasse schwarzen Kaffee. Wie sehr sie sich nach Rom sehnte, danach, dem ganzen Schlamassel einfach den Rücken zu kehren – es musste doch einen Weg aus dem Labyrinth der Missverständnisse geben! Alles schien ihr schrecklich verworren: ihre Beziehung zu Max, zu Paul, die Unmöglichkeit, Liebe, Arbeit und Freundschaft voneinander zu trennen.

In Stakkatosätzen berichtete Max ihr, wie er in der letzten Woche immer wieder seitenlange Briefe an Celan aufgesetzt habe, von einer einzigen Antwort auf Celans Hilfeschrei gab es gleich mehrere Fassungen.

»Ich habe bisher keinen davon abgeschickt.«

Dann zog er aus der Tasche seiner Strickjacke einen unverschlossenen Briefumschlag mit seiner Handschrift, adressiert an Paul Celan.

»Es ist vielleicht nicht der passende Zeitpunkt, aber ich möchte, dass du es weißt. Nichts werde ich ohne dein Wissen in dieser Angelegenheit tun. Diese Fassung erscheint mir am besten.«

Bedeutsam legte er den Brief auf den Tisch.

»Nur eine Anmerkung, liebe Inge, und bitte denke an meine

Worte, wenn du diesen Brief liest: Das Unerträglichste ist mir, dass, was zwischen ihm und mir ist, von dir ausgetragen werden soll. Ich mag ihn in seinen Augen nicht unterstützt haben, in meinen bin ich so weit gegangen, wie ich es nur für enge Freunde tue. Man muss sich abgrenzen, manchmal ist das die einzige Möglichkeit, um diese Welt auszuhalten.«

Ihre Blicke trafen sich, und sie konnte Max' Verzweiflung sehen, aber auch seine Entschlossenheit. Eine banale Frage las sie in seinen Augen, die einem Schlupfloch gleichkam: Warum traf eine Literaturkritik eines Celan-Gedichts ihre Liebe, wenn es doch um Pauls Arbeit ging?

»Was hast du getan?«, fragte sie wie paralysiert und drückte den Umschlag an ihre Brust.

Ihr war klar: Wenn *sie* nicht einmal die richtigen Worte für Paul fand, wie sollte es Max gelingen?

»Lies. Es ist noch nichts geschehen. Ich möchte die Entscheidung nicht auf dich abwälzen, aber ich hätte gern dein Einverständnis. Wir können über den Inhalt sprechen, Inge.«

Ratlos sah sie ihn an. Was sagte er da? Sie wusste ja selbst nicht mehr, was sie Paul erwidern sollte – ihr ganzes Sprachrepertoire war aufgebraucht.

»Diese Sache, Inge, wenn wir nicht aufeinander achtgeben, du und ich, diese Sache stellt sich zwischen unsere Beziehung, eine Erkenntnis, die mir nicht erst in Sils bei der Wanderung kam. Wir haben es so oder so nicht leicht miteinander, einen Dritten von deiner Empfindsamkeit hält unsere Beziehung nicht aus. Diese Belastung, die auf meinen Schultern nichts zu suchen hat, kann zu unserem Bruch führen. Ich habe Angst vor dieser Konsequenz. Lass das nicht zu, ich bitte dich!«

»Du bist immer noch eifersüchtig auf ihn«, sagte sie resigniert.

Sie schloss die Augen, und in ihrem Inneren sah sie Rom, die Spanische Treppe, das Caffè Greco, die Engelsbrücke, den Petersdom, den kleinen Springbrunnen in der Via della Stelletta, ihren Zufluchtsort. Zwar hatte sie seit Anfang des Jahres eine kleine, günstige Arbeitswohnung in der Zürcher Innenstadt gemietet, aber gegen Rom war diese Freiheit nichts.

»Rasend, Inge. Aber nicht nur auf ihn, sondern auf jeden, der mehr Raum in deinem Leben einnimmt, als ich es tue. Ich bin verrückt nach dir. Und meine Liebe zu dir konfrontiert mich mit meinen dunklen Seiten.«

Ohne ein weiteres Wort verließ Max den Raum.

Das Knarren des Holzbodens war zu hören, dann das Öffnen und Schließen einer Tür, gefolgt vom Hämmern der Tastatur von Max' Schreibmaschine.

Inge hielt sich die Ohren zu, während sie den vierseitigen Brief mit klopfendem Herzen immer wieder las, unfähig zu begreifen, wo sie jetzt alle drei angekommen waren.

Wann hatte das Unheil begonnen seinen Lauf zu nehmen? Sie wusste, dass Celan die Zeilen ihres Geliebten als Affront empfinden würde, sie seine Verzweiflung verstärkten, aber es lag nicht an ihr, die Korrespondenz zu verhindern. Im Kern bezichtigte er Paul der Eitelkeit und riet ihm, jedwede Kritik einfach auszuhalten.

»Ich bin aber mit Ihrer Haltung nicht einverstanden«, hieß es da im typischen Max-Ton. Ehrlich und ohne Umschweife sagte er, was er dachte.

Er konnte einfach nicht aus seiner Haut, genauso wenig wie

sie oder Paul oder sonst jemand das konnte. Dann las sie Max' letzten Satz, der wie ein Abschied klang.

»Vielleicht brauchen Sie gar keine Freundschaft, aber es ist das Einzige, was ich anzubieten vermag.«

Max hatte den Kern von Pauls Hilferufen verstanden: Eigentlich war Paul zur Freundschaft unfähig, solange er nur um sich selbst und seinen Schmerz kreiste. Was er brauchte, konnte ihm niemand auf dieser Welt geben.

Und Max schon gar nicht – er war ein Gefangener seiner eigenen Themen.

Mit zitternden Händen steckte sie die gefalteten Blätter zurück in den Umschlag, legte ihn auf den Tisch neben den Blumenstrauß, den ihr Max zur Begrüßung nach ihrem Aufenthalt in Elmau geschenkt hatte, und schloss die Augen. Wie hatte sie nur annehmen können, dass das Treffen der beiden Männer zum gegenseitigen Verstehen beigetragen habe?

Sie verstand Max' Dilemma, auch die Art, wie er sich daraus zu befreien versuchte: Er war nicht bereit, das Problem, das ihre Liebe zu vergiften drohte, mitzutragen. Max hatte eine Grenze gezogen. In einer Liebesbeziehung waren drei einer zu viel. Pauls Wunden nahmen zu viel Raum ein. In ihren Gesprächen, ihrem Denken, dem Streit, den sie führten. Pauls seelisches Gleichgewicht ließ das Stimmungsbarometer in Uetikon nach unten oder oben ausschlagen, vor allem bestimmte es über *ihr* Wohlbefinden. Das war Max unerträglich, und es nährte seine Eifersucht jeden Tag aufs Neue. Ingeborg selbst war es, die sie fütterte.

Der große Dichter Paul Celan hatte seinen Schmerz auf seine Nächsten und jene, die er dafür hielt, ausgedehnt. Er schrie ihn heraus. Max hielt sich die Ohren zu, und er schuldete Paul nichts, kein Wort, keine Solidarität, keine weitere Antwort. Für ihn galt nicht, was Ingeborg Fesseln anlegte: Freundschaft, eine einst tiefe, innige Verbindung, eine große Liebe.

So war sein Brief an Paul vor allem ein Akt der Notwehr.

Ihrer war das Schweigen.

Pauls unterkühlte Antwort auf Max' Brief ließ nicht lange auf sich warten. Bezeichnenderweise richtete er sie jedoch nicht an Max Frisch, sondern an Ingeborg.

Paul verlieh seiner maßlosen Enttäuschung, seinem Ärger Ausdruck, dass er aus den Zeitungen von Ingeborgs Aufenthalt in Elmau, wo sie *Alles* gelesen habe, hatte erfahren müssen. Sie ließe sich feiern, während er sich in einer Notlage befand. Er verlangte Abstand, müsse an seine Frau und sein Kind denken.

Nichts anderes, als das Wohl seiner Familie im Auge zu behalten, hatte sie Paul all die Jahre gepredigt. Auch während ihrer Liebesbeziehung.

Sie fühlte sich zutiefst gedemütigt, missverstanden und registrierte den recht unverhohlenen Anflug von Neid auf ihre Arbeit, auf ihren Erfolg, was sie schmerzte, aber auch ärgerte.

Von heute auf morgen stellte Paul eine über mehr als zehn Jahre andauernde innige Beziehung infrage und vollzog den Bruch mit ihr.

»Ich muss Dich jetzt bitten, mir nicht zu schreiben, mich nicht anzurufen, mir keine Bücher zu schicken, nicht jetzt, nicht in den nächsten Monaten – lange nicht. Die gleiche Bitte richte ich, über Dich, auch an Max Frisch. Ich wünsche Dir von Herzen alles Gute, Ingeborg! Leb wohl! Paul.«

Über Dich, auch an Max Frisch – genau darin lag das Problem. Sie, die sich immer als Pauls Fürsprecherin gezeigt hatte, fühlte sich zutiefst ungerecht behandelt.

In ihr brach eine Welt zusammen.

Beide Männer trugen die Angelegenheit nun doch auf ihrem Rücken aus.

»Es ist nicht fair«, sagte Max mit ernster Miene, nachdem er Celans Zeilen gelesen hatte. »Er tut genau das, was ich verhindern wollte. Meine Mission war umsonst.«

Mit einem entschlossenen Gesichtsausdruck gab er ihr das Blatt zurück. Wäre das, was Paul mit seinem Brief besiegelt hatte, eine Szene in Max' Roman, würde der Erzähler sagen: »Aus dieser Geschichte steige ich aus. Sie funktioniert nicht. Ich suche mir eine neue.«

Tränen stiegen ihr in die Augen, ein Schleier legte sich zwischen ihren Blick und die Welt.

»Ich wünschte, wir könnten morgen früh in Rom aufwachen, alles hinter uns lassen, arbeiten und miteinander das Leben genießen«, sagte sie in die Dunkelheit, als sie sich nachts neben Max ins Bett legte.

Obwohl sie zu viel getrunken hatte, vermochte sie klar zu sprechen. Längst hatte die Gewöhnung eingesetzt, die verteufelte Auswirkung der zunehmenden Toleranz ihres Körpers auf ein Nervengift. Sie brauchte immer mehr Gläser, um betrunken zu werden, und immer öfter wollte sie einfach nur vergessen, ihre Sinne benebeln. Mit dem Stimulieren der Kreativität hatte das nichts mehr zu tun. Wo andere aufhörten, machte sie weiter.

»Daran habe ich schon gedacht«, erwiderte Max zu ihrer

Überraschung, klar und deutlich, als habe er nur darauf gewartet, diesen Satz auszusprechen. »Wir sollten Rom ernsthaft in Erwägung ziehen.«

Sie stutzte. Hatte er tatsächlich gerade eingewilligt, mit ihr in Italien, ihrem gelobten Land, zu leben? Sie vernahm das Rascheln der Decke, die er aufschlug und sie zu sich einlud. Sie schlüpfte unter seine Decke.

»Max«, flüsterte sie, schmiegte sich an ihn, und er legte den Arm um ihre Schultern, sie den Kopf in seinen Arm. »Mein Sehnsuchtsort. Du würdest mit mir nach Rom gehen?«

»Nicht sofort, wir müssen das in aller Ruhe planen. Aber ja, hier hat sich zu vieles angestaut. Und ich liebe den Süden.«

In aller Ruhe planen. So war Max nun einmal. Sie hingegen wäre gleich morgen Hals über Kopf nach Rom gereist.

Er streichelte ihr verweintes Gesicht. Vom geöffneten Fenster strömte frische Herbstluft herein. Wenn man genau hinhörte, vernahm man das Rauschen der Wellen des Zürichsees.

»Also wirklich Rom, nicht jetzt, aber irgendwann? In spätestens drei Monaten?«, fragte sie, und ihre Stimme klang plötzlich hoch wie die eines Kindes.

Morgen würde sie einen alkoholfreien Tag einlegen, die Zigaretten reduzieren.

»Unter der Bedingung, dass wir Uetikon nicht aufgeben«, erwiderte er, als sei ein halbes Schweizer Leben Bestandteil eines Vertrags mit einem halben Rom. Aber sie wusste, was der Geliebte damit meinte: Wir geben einander nicht auf. Ganz gleich, wo wir leben.

MAX

KAPITEL 29

Rom, Februar 1961

Es hatte länger gedauert, bis ihr halbes Rom-Leben beginnen konnte. Sechs Monate waren ins Land gezogen, bevor Max und Ingeborg eine kleine Wohnung in der Via Giulia im Herzen der ewigen Stadt bezogen. Uetikon, das Haus am See, blieb ihnen.

Zwischen Celan und Ingeborg hatten sich die Wogen zwar noch einmal geglättet, es war aber in Max' Augen nie mehr dasselbe wie vor seinem Brief an Celan.

Für Max war die unangenehme Geschichte damit erledigt.

Zu Weihnachten dann hatten Ingeborg und er Paul und seiner Frau Gisèle einen unverfänglichen Gruß mit zwei schlichten Unterschriften *Ingeborg und Max Frisch* aus Rom geschickt. Max war fest entschlossen, in nichts mehr hineinzugeraten, keine Schuld auf sich zu laden.

Er erwartete die Buchausgabe seines Stücks *Andorra*, die jeden Tag in Rom eintreffen sollte. Insgesamt hatte er fünf verschiedene Fassungen der Parabel geschrieben, bis er sie endlich freigegeben hatte. Im nächsten Jahr würde er in Zürich den Theaterproben für die Uraufführung beiwohnen. In Rom, dieser faszinierenden, dennoch fremden Stadt, suchte er immer noch seinen Platz. Aber er liebte das umtriebige Leben in Rom, näherte sich ihm wie einer Frau, die ihn faszinierte – neugierig, beobachtend, abwartend.

Nach getaner Arbeit warf er einen Blick in seinen Terminkalender: *18 Uhr, Wohnungsbesichtigung, Via Notaris* stand heute auf dem Programm. Dort würde er Ingeborg treffen, die bereits den halben Tag in der Stadt unterwegs war. Vor ein Uhr stand sie selten auf, und stets flüchtete sie aus der viel zu kleinen Wohnung. Da sie meist bis weit in den Tag schlief, konnte man von einem Zusammenleben schwerlich sprechen.

»Schon Mittag?«, pflegte sie nach dem Aufstehen mit einem fassungslosen Blick auf die Uhr zu fragen, als habe sie jemand heimlich über Nacht vorgestellt.

»Längst, Prinzessin«, gab Max regelmäßig zurück. Manchmal nahm er ihren Lebenswandel mit Humor, nicht immer. Um diese Zeit legte er bereits die zweite Schreibpause des Tages ein.

Er schenkte ihr Kaffee ein und sah ihr beim Frühstücken zu. Meist ließ er ihre zeitliche Verwirrung unkommentiert.

Nach dem Frühstück ging Ingeborg oft zum Friseur, ins Café oder trieb sich in Boutiquen herum. In Zürich hatte sie das nie getan, und er fragte sich, wie das weitergehen sollte. Er schob ihre Fluchten auf die viel zu kleine Wohnung, immerhin litt auch sein Arbeitsrhythmus in der Via Giulia, und so kamen sie bald überein, etwas Größeres in Rom zu suchen.

Mehr als einmal hatte er sich, als er abends allein war, dabei ertappt, wie er dem Drang nachgeben wollte, in ihrem Arbeitszimmer herumzuschnüffeln, und es nicht getan. Anstand war eine zutiefst bürgerliche Tugend, an die er glaubte.

Die Via Notaris lag auf einem der Hügel Roms im vornehmen Diplomatenviertel. Max hatte sich mithilfe des Stadtplans eine halbe Stunde vor dem Termin eingefunden, um sich die Gegend anzuschauen. Mit der Pfeife im Mund spazierte er durch die Straßen. Alles an diesem Viertel war nobel: die Gebäude, die Gärten, die ausufernden Zufahrten. Mitten in Parkanlagen mit Zypressen und Pinien präsentierten sich prachtvolle Villen, wie es sie auch in seiner Heimatstadt gab, dort aber versteckte man ihre Opulenz hinter hohen Mauern. Hier in Rom zeigte man den Wohlstand, das Leben auf großem Fuße.

Das eigentliche Objekt war ein sandfarbener Bau mit gotischen Fenstern. Ein schmiedeeiserner Zaun mit Speerspitzen grenzte das Grundstück von der Straße ab. Die unteren Fenster der Villa waren vergittert. Ein Palazzo mit drei Stockwerken. Auf einem länglichen Balkon und einer Terrasse flatterten die Blätter einer Palme im Wind. Mit seinem geschulten Blick nahm er Maß: Die Wandhöhe im Inneren musste gigantische Ausmaße haben. Wie, um Himmels willen, hatte Ingeborg in einer derart exklusiven Gegend eine Wohnung aufgetan?

Von Weitem sah er sie auf sich zukommen. Ihre Handtasche baumelte am Arm. Sofort registrierte Max ihren Friseurbesuch, die neue Garderobe.

»Da bist du ja, und besonders gut aussehend mit neuem Kostüm«, sagte er und küsste sie zur Begrüßung auf die Stirn. Sie duftete nach ihrem Lieblingsparfüm und nach Haarspray.

Inzwischen waren ihre Haare schulterlang und mittelblond. Die echte Haarfarbe schmeichelte ihrem Teint.

Er warf einen Blick hinauf zur Villa. »Was erwartet uns, Ingeborg? Setz mich ins Bild, damit ich bei dem Besichtigungstermin nicht wie ein Trottel dastehe.«

Obwohl Max fleißig lernte, war sein Italienisch immer noch mäßig, sein passiver Wortschatz weitaus größer als der aktive. Ingeborg hingegen parlierte wie eine Italienerin.

»Es geht um die Beletage, Max, die oberen beiden Stockwerke. Die Wohnung muss riesengroß sein.«

»Das ist sie«, bestätigte Max.

Sie stutzte.

»… sagt mir mein Architektenauge«, erklärte er schmunzelnd.

»Wer wohnt unten?«, fragte er und folgte ihr durch das Tor in Richtung Haus.

»Die Vermieterin«, sagte sie, ohne sich umzudrehen. »Sie ist nie da.«

MAX

KAPITEL 30

Rom, Februar 1961

Der auf Luxusimmobilien im Raum Rom spezialisierte Makler Signore Moretti stellte sich an der Haustür formvollendet vor und plauderte mit Ingeborg im Treppenhaus über das Wetter und die Vorteile eines Palazzo.

Na bitte, dachte Max, es ist ein Palazzo!

Die Wände waren mit Intarsien verziert, ein vergoldetes Geländer, und mit rotem Teppich ausgelegte Stufen signalisierten jedem Besucher auf Anhieb, wo man sich befand: Hier war man zu Gast bei Bewohnern, die auf der gesellschaftlichen Leiter weit oben angekommen waren. Wer hier lebte, hatte entweder Großes vollbracht oder war in diesen Prunk hineingeboren worden.

Der Makler öffnete die Wohnungstür, und sie traten ein.

Im Entrée ragte eine Wendeltreppe mit einem aus dunklem Holz gedrechselten Geländer hinauf ins obere Stockwerk.

»Es sind tatsächlich zwei Stockwerke«, sagte Ingeborg, bemüht, ihre Freude über so viel Glanz zu verbergen.

»Zwei Stockwerke, *Dottoressa.* Oben befinden sich Bad und Schlafzimmer. Auf dieser Ebene der Salon, Küche und zwei weitere Räume. Eine großzügige Küche. Wir Italiener lieben das Essen.«

Skeptisch betrachtete der Makler Ingeborgs zarte Statur.

Mit einer großen Geste zog er die Flügeltür zum Salon auf.

Max glaubte seinen Augen nicht zu trauen. Der Raum mochte dreißig Quadratmeter messen und wirkte dennoch klein angesichts der hohen Wände, die in seiner Schweizer Welt mindestens zwei Stockwerke umfasst hätten. Die pompöse Einrichtung wurde von der Höhe fast geschluckt. Unwillkürlich musste er an eine Puppenstube denken, so winzig wirkte das Mobiliar darin. Ein massiver Eichenschrank schien die Größe einer aufgestellten Streichholzschachtel zu besitzen.

Das Schlafzimmer oben beherbergte ein Himmelbett, dessen Ausstattung er aus Museen kannte. Nicht sein Geschmack, aber Ingeborg lächelte.

»Wir werden unten jeweils ein Arbeitszimmer haben, die weit genug auseinanderliegen«, flüsterte sie ihm zu. »Wir stören uns nicht.«

Er bemühte sich um ein Lächeln. Tatsächlich störte ihn eher ihre Abwesenheit, nicht etwa ihre Präsenz, auf die er ohnehin so oft verzichten musste.

Bodentiefe Fenstertüren führten auf die Terrasse, von der aus man einen Panoramablick über Rom und den Tiber hatte. Man sah die Säulen der Galleria Nazionale d'Arte Moderna und schräg gegenüber die Villa Borghese.

Max stand da, die Hände in den Hosentaschen vergraben, während der Makler sich diskret im Hintergrund hielt.

Ingeborg trat neben ihn und hängte sich bei ihm ein. »Was meinst du?«, fragte sie. Ihrer Stimme war die Nervosität deutlich anzuhören. »Ist das nicht traumhaft schön?«

»Traumhaft schön«, gab er zurück und fragte sich, ob er die nächsten Jahre wirklich innerhalb dieser Wände verbringen wollte. Diese Via Notaris passte mehr zu ihr als zu ihm. Aber, was war er nicht alles bereit zu tun, um sie glücklich zu sehen?

»Wie viel kostet dieser Luxus?«, fragte er laut.

Sie stupste ihn mit dem Ellbogen an und flüsterte ihm eine Summe zu, die ihm augenblicklich Schwindel verursachte.

»Pro Jahr?«, scherzte er.

Sie gab ihm einen freundschaftlichen Klaps auf den Arm.

»Wir können uns die Wohnung leisten, Max. Ich habe viel Arbeit in der nächsten Zeit. Arbeit, die gutes Geld einbringt, und du bist monetär ja sowieso bestens organisiert.«

Da hatte sie recht. Nur, dass er nicht gewillt war, seine gesamte Altersvorsorge in die Miete dieser Wohnung zu stecken. Wie sollten sie diese Größe nutzen? Die Wände hochzulaufen vermochte nicht einmal eine Ingeborg Bachmann. Andererseits reizte ihn die Lage, dieses Dekadente, der Gegenentwurf zu seiner Heimat Zürich. Ein Mal in seinem Leben in einem Palazzo leben – eine Erfahrung, die es wert sein könnte. Erfahrungen ergaben Geschichten, und in seinem Kopf entstand das Szenario, das er am liebsten direkt zu Papier gebracht hätte:

»Ich stelle mir vor: Ein Mann und eine Frau leben in einem Palazzo. Er ist blind und sie eine Schauspielerin. Oder eine Morphinistin, eine Arrivierte aus kleinbürgerlichen Verhältnissen. Nein, eine Schauspielerin.«

Er warf ihr einen liebevollen Blick zu und nickte.

Als sie eine Viertelstunde später mit Signore Moretti an einem Nussbaumtisch saßen, der so glänzte, dass sich der von der Decke hängende Kronleuchter darin spiegelte, warf Max auch die letzten Bedenken über Bord. Wenn es sie glücklich machte, welcher Mann würde da Nein sagen? Sein Werk wurde in mehrere Sprachen übersetzt. Die Auslandslizenzen seiner Bücher brachten zwar kein Vermögen ein, aber diese Miete würden sie allemal tragen.

»Wir nehmen die Wohnung«, sagte er zu Ingeborg und bat sie zu übersetzen.

War da gerade ein Hauch von Blütenduft von draußen hereingezogen?

Flüsternd, wie ein Wesen von einem anderen Stern, gab sie dem Makler ihre Entscheidung bekannt und sah Max glücklich an.

Dieses Strahlen in ihren Augen!

Signore Moretti lehnte sich in seinem Stuhl zurück, kippelte und setzte sich plötzlich auf, die Ellbogen auf den Tisch gestützt. Was er sagte, verstand Max auch ohne Übersetzung.

»Ich kann Ihnen nicht zusagen, so leid es mir tut.«

Theatralisch hob Moretti die Arme, legte mit einer eleganten Geste seine gebräunten, gepflegten Hände auf den Tisch und fuhr so zärtlich über das Holz, als streichelte er eine Geliebte. »Es gibt noch einen anderen Interessenten, für den diese Wohnung womöglich passender wäre, einen hochrangigen Diplomaten aus der amerikanischen Botschaft. Meine Auftraggeberin ist eine Baronessa, eine echte, wenn Sie wissen, was ich meine. Sehr wahrscheinlich, dass sie ihm den Vorzug gibt.«

Er zuckte die Achseln.

Das Bellen eines Hundes von draußen durchbrach die Stille.

Max starrte auf die Speerspieße des Gartenzauns. Wenn die Baronessa entschied, dann musste man sich dem wohl beugen. Es würde eine andere Wohnung in Rom geben, die Ingeborg denselben Glanz in die Augen zauberte. Nein, rügte er sich sogleich, es würde ein anderer Glanz sein. Nicht dieser.

Unterm Tisch suchte sie nach seiner Hand und drückte sie sanft. Dann richtete sie sich auf ihrem Stuhl auf. Kerzengerade saß sie da.

»Einem amerikanischen Botschaftsangestellten?«, fragte sie ungläubig, als habe sie sich verhört. Sie strich sich eine Haarsträhne hinters Ohr. »*Ascolta, Signore Moretti, ascolta bene*, hören Sie mir gut zu«, fuhr sie nach einer langen Pause fort wie eine Prinzessin, die von ihrem Publikum nicht auf Anhieb erkannt worden war, als gelte es, die Baronessa vor einer folgenschweren Fehlentscheidung zu bewahren. Es gab nicht den geringsten Zweifel: Sie, Ingeborg Bachmann und Max Frisch, waren das einzig richtige Paar für diesen Palast. Eine Absage war ausgeschlossen.

»*Non è possibile*«, sagte sie mit glasklarer Stimme. *Absolut unmöglich, Signore Moretti.*

Der Makler sah sie verwirrt an.

Sie sprach mit fester Stimme, als trage sie ein Gedicht vor, eines, das alle Diplomaten dieser Welt verblassen ließ. Was, bitte schön, war die Diplomatie gegen die Dichtkunst?

»*Siamo scrittori*«, sagte sie mit dem Stolz einer Callas auf der Bühne der Mailänder Scala. *Wir sind Schriftsteller.*

In Signore Moretti schienen sich die Gedanken zu überschlagen, so verwirrt blickte er drein. Seine Augenlider flatterten nervös, bis ihm nur noch eine Frage auf der Stirn geschrieben stand: Sollte er tatsächlich zwei prominente Persönlichkeiten Roms nicht erkannt haben?

Ingeborg versicherte ihm, so lange hier sitzen zu bleiben, bis er die Baronessa herbrächte, damit sie selbst mit ihr sprechen konnte.

Moretti nahm ein kariertes, akkurat gebügeltes Taschentuch aus seinem Jackett und tupfte sich die Stirn.

Ingeborg lehnte sich zurück und holte eine Zigarette aus ihrer Handtasche. Max warf einen Blick auf das Tohuwabohu darin. Niemals würde er das Innenleben von Handtaschen begreifen, aber sie fand sich blind in der Unordnung zurecht.

Mit einer eleganten Handbewegung hielt sie sich eine Zigarette vor den Mund.

Bevor Max ihr Feuer geben konnte, sprang der Makler auf, schob einen Aschenbecher quer über den Tisch und gab ihr mit zitternden Händen Feuer. Dann steuerte er den Telefonapparat am anderen Ende des Salons an.

»*Se mi volete scusare per favore*«, stotterte er, stolperte im Weggehen über einen Perserteppich, fing sich ab und nahm den Hörer in die Hand. Er drehte dem Paar seinen Rücken zu. *Wenn Sie mich bitte entschuldigen würden.*

Ingeborg senkte die Augen, und ihr Blick sagte: Die *echte* Baronessa entschuldigte ihn. Max blieb nur das Staunen: Wenn sie etwas wollte, war sie nahezu unbesiegbar. Genüsslich blies sie Rauch aus und blickte in Richtung Fenster.

»Teufelsfrau«, flüsterte Max ihr zu, nahm ihre Hand und zog sie an seine Lippen. Er küsste ihre Fingerspitzen.

Von Moretti vernahm man ein Flüstern, verstand aber kein Wort. Immer wieder warf er ihnen verstohlene Blicke zu.

»Gute Nachrichten, ich konnte die Baronessa überzeugen«, sang er überschwänglich, nachdem er den Hörer aufgelegt hatte und mit weit ausgebreiteten Armen zu ihnen zurückkam. »Die besten Grüße von der Baronessa, ein Schriftstellerpaar wird der ideale Mieter sein. Die Baronessa ist eine große Bewunderin der schönen Künste.«

Er reichte Ingeborg die Hand, die sie ihm mit der Andeutung eines Lächelns gewährte, beugte sich darüber und küsste sie.

Mit Champagner feierten die neuen Bewohner des Diplomatenviertels Roms den Sieg einer Ingeborg Bachmann über den römischen Wohnungsmarkt und über die Aristokratie. Bis in die Morgenstunden blieben sie wie zwei frisch Verliebte in einer Nische im Caffè Greco und taumelten eng umschlungen um zwei Uhr morgens durch die Gassen Roms nach Hause in die Via Giulia.

»Ich freue mich wie ein Kindskopf über unser neues Zuhause«, jubelte sie auf dem Heimweg.

Sie hatten einen Zwei-Jahres-Vertrag bekommen – mehr, als Ingeborg sich erträumt hatte. Danach würden sie weitersehen.

Ihr Strahlen war Max' Belohnung.

Am nächsten Tag, er traute seinen Augen nicht, kam sie um acht Uhr in die Küche. In ihrem blauen Morgenmantel trat sie zu ihm, setzte sich und legte vor ihn einen Briefumschlag auf den Tisch.

»Ich weiß, dass ich dich verärgere mit meiner Langschlaferei«, sagte sie schuldbewusst. »Aber wenn ich nachts bis in die Morgenstunden schreibe, bin ich erschöpft. Und wenn ich viel in Rom ausgehe, dann nur, weil es hier so eng ist. Ich kann nicht atmen, ich brauche einfach Abstand. Mit dir hat es nichts zu tun. Es liegt an mir.«

Er lächelte. »Ich dachte schon, du unterstellst mir, ich würde die Uhren vorstellen.«

»Tust du das denn nicht?«, fragte sie zärtlich und lächelte zurück.

»Die Menschen wünschen sich doch immer, die Zeit zurückstellen zu können.«

»Nicht wir, Max. Nicht wir.«

Vorsichtig öffnete er den Umschlag, während er sie fragend ansah. Was war das? Im Inneren befand sich eine Postkarte mit einer Ansicht der Akropolis. Auf der Rückseite hatte sie etwas geschrieben, in der für sie typischen Handschrift einer Vielschreiberin, der die Eile der sprudelnden Kreativität anzusehen war, damit kein Wort verloren ging, das aus dem Kopf sofort aufs Papier musste:

»Geschenk für Max zum 50. Geburtstag. Eine Reise nach Athen. Deine Ingeborg«

»Ich weiß, dass du erst in zwei Monaten Geburtstag hast, aber so etwas muss vorbereitet werden«, sagte sie, als habe sie ein Leben lang all ihre Unternehmungen im Voraus minutiös geplant.

Innerlich schmunzelte er. Vielleicht würden sie einander doch bereichern können und die Marotten des anderen nicht als Hindernis ansehen. Es gab so vieles, was er sich wünschte, vor allem aber mehr Zeit mit ihr. Sonst war er der Frauen in seinem Leben schnell überdrüssig geworden. Ihrer nicht, womöglich würde er das niemals.

Obwohl Ingeborg unter chronischem Geldmangel litt, hatte sie gerade noch eine Wohnung im Diplomatenviertel Roms mit ihm gemietet, und nun schenkte sie ihm diese Reise, von der er schon so lange träumte. Sie war einfach nicht in der Lage zu rechnen, und dafür liebte er sie.

Wenn sie rechnete, dann mit Wundern.

INGEBORG

KAPITEL 31

Rom, Frühjahr 1961

Eine anstrengende Lesereise durch Westdeutschland lag hinter Ingeborg, die sie mehrere Wochen von der gemeinsamen Wohnung in der Via Notaris ferngehalten hatte. Immer wieder hatte ihre Abwesenheit Streit mit Max entfacht, immer wieder ging es um Nähe und Distanz. Es zermürbte sie.

Was das Schreiben anging, blickte sie auf erfolgreiche Monate zurück: *Das dreißigste Jahr* wie auch die von ihr übersetzten Gedichte Giuseppe Ungarettis waren veröffentlicht worden, und obwohl einige Kritiker ihre Erzählungen nicht gerade wohlwollend beurteilten und behaupteten, sie seien kein Vergleich zu ihrer grandiosen Lyrik, erhielt sie für den Band den Preis der deutschen Kritiker. Selbst Marcel Reich-Ranicki hatte seinen ersten Eindruck von Elmau beim Treffen der Gruppe 47 revidiert und schrieb über den vollständigen Erzählband, er zeuge von der gefallenen Lyrikerin. *Eine* Erzählung genüge nicht für einen durchschlagenden Erfolg.

Ihre Leser und Leserinnen jedoch liebten das Buch, und es verkaufte sich hervorragend. Ingeborg war längst an Kritik gewöhnt und vermochte, die vernichtenden Urteile hinter sich zu lassen. Ein jeder Leser glich bei der Lektüre seine Wirklichkeit mit der des Werkes ab, die Kritiker jedoch interpretierten. Aus diesem Grund schien es ihr mehr als legitim, dass es unterschiedliche Schnittmengen zwischen ihrer Welt und der der

Leser wie auch der Literatursachverständigen gab. Sie tröstete sich damit, dass sie lediglich an sich selbst gemessen wurde. Mit ihrem lyrischen Werk hatte sie den Maßstab eben so hoch gesetzt, dass einige Kenner ihren Genrewechsel unverzeihlich fanden.

Mit dem Telefonhörer in der Hand warf sie sich auf ihr Hotelbett am Viktualienmarkt in München. Im Hintergrund hörte sie knackende Vermittlungsgeräusche, ein Rauschen. Heute Abend hatte sie noch eine Lesung bestritten und anschließend mit ihrem Lektor gesprochen. Reinhard Baumgart hatte ihr hoch und heilig versprochen, sie und Max Frisch in Rom zu besuchen.

»Ich bin so gespannt auf euer neues Heim«, hatte er zum Abschied gesagt. »Grüße Max Frisch von mir. Wir sehen uns dann alle in Rom.«

Ja, diese Wohnung in der Via Notaris war nicht nur ein repräsentatives Objekt für Gäste, die sie dort endlich empfangen konnten. Sie dokumentierte auch Ingeborgs hart erkämpften gesellschaftlichen Aufstieg. Zwar zeigte sich das Erklimmen der Erfolgsleiter nicht in ihrem Geldbeutel, aber ihr Einkommen reichte aus. Unter dem Pseudonym Ruth Keller schrieb sie seit Jahren römische Reportagen für die *Westdeutsche Allgemeine Zeitung*, Mitte der Fünfziger hatte sie für Radio Bremen zahlreiche Reportagen produziert. Sie war daran gewöhnt, von der Hand in den Mund zu leben. Max war ein Mann, sie eine Frau – dieser Unterschied kam wie überall in der Arbeitswelt auch im Literaturbetrieb zum Tragen. Ein Mann erhielt bessere Vertragskonditionen, verdiente dadurch mehr am Verkauf seiner Bücher. Zudem hatte sich Max in seiner Zeit als Architekt einen soliden finanziellen Sockel erwirtschaftet, der für ein ganzes Leben ausreichte.

Endlich vernahm sie das Freizeichen. Rom. Via Notaris.

»Max, morgen ist es so weit«, sagte sie, als er nach dem achten Läuten den Hörer abnahm. »Ich komme endlich nach Hause.«

»Ich habe mich hier inzwischen ganz gut eingerichtet«, gab er pikiert zurück. »In *deinem* Palast.«

Sie hörte sofort, dass er getrunken hatte. Vom Nachttisch nahm sie ein Zahnputzglas, das sie mit Cognac gefüllt hatte, und leerte es in einem Zug. Nichts entspannte sie nach einer Lesung mehr als Hochprozentiges. Sogleich schenkte sie nach, randvoll.

Jedes Mal, wenn die Rede von der Via Notaris war und Max sich allein dort befand, nannte er den Palazzo *ihren* Palast.

Zugegeben: Ingeborg hatte unmittelbar nach dem Einzug in die Via Notaris aufbrechen müssen, hatte sich meist nur für drei Tage in Rom aufgehalten, um sogleich wieder zu packen, weil der nächste Termin anstand. Aber Max wusste doch, was dieser Beruf ihnen abverlangte! Und als Frau musste sie weitaus mehr geben als ihre männlichen Kollegen, um von der Öffentlichkeit wahrgenommen zu werden. Beruflichen Erfolg billigte die Gesellschaft einer Frau nicht ohne Weiteres zu, literarischen schon gar nicht. Männer, einmal oben angekommen, mussten nicht kämpfen. Als Frau hingegen musste sie stets beweisen, dass ihr Ruhm verdient war. Unmittelbar vor oder nach einer Veröffentlichung wollte jeder etwas von ihr: Lesungen, öffentliche Auftritte, Interviews. Würde sie all das absagen, wäre sie bald als Diva verschrien. Und ihre Bücher verkauften sich nicht von allein. Daher fand sie, dass Max keine Klagen zustanden. Er hatte gewusst, worauf er sich einließ. Mehr als das: Keiner kannte den Literaturbetrieb wie er. Binnen weniger Monate hatte er mindestens vier Mal nach Zürich reisen müssen, um den Proben zu *Andorra* beizuwohnen. Er war ein Vollblutautor und wusste, dass Schreiben bedeutete, einsame Tage und Nächte am Schreibtisch zu verbringen. Man schrieb auf Kosten des sozialen Lebens, und bei zwei Schriftstellern schien sich der daraus resultierende Zeitmangel gleichermaßen zu verdoppeln. Max liebte Rom, das versicherte er ihr immer wieder. Wo also lag das Problem?

Sie hörte das Geklapper von Geschirr am Ende der Leitung.

»Wo bist du gerade?«, fragte sie.

»In der Küche. Leider ist das ganze Personal ausgeflogen, inklusive der Herrin«, gab er sarkastisch zurück. Sie vernahm das Echo seiner Stimme, unterlegt von harten Schritten. »Acht Meter hohe Wände verstärken das Gefühl der Einsamkeit. Du hörst deinen eigenen Atem, dein Fluchen, dein Rülpsen, dein Betrunkensein, *deine* Abwesenheit, Ingeborg, *dein* Schweigen. Ich höre meinen eigenen Schmerz.«

»Max!«

»Hast du keine Sorge, dass ich dich mit einer anderen betrüge?«, stichelte er mit leichtem Zungenschlag. »Kannst du mein Echo hören, Herrin der Via Notaris?«

Sie schloss die Augen und bemühte sich um ein versöhnliches Lachen. Es klang aufgesetzt.

»Eigentlich nicht. Unsere Liebe ist etwas Besonderes.«

»*Etwas Besonderes.* Das klingt nach einer sorgfältig ausgetüftelten Konzeption. Ist das nicht anmaßend? Man kann eine Liebe nicht konzipieren. Sie geht ihre eigenen Wege. Die Diva der Poesie lässt mich die ganze Zeit allein, in *ihrem* Rom. Dafür bin ich nicht hergezogen.«

Beherrscht schluckte sie die Verletzung hinunter. Besonders wenn er getrunken hatte, trafen sie seine verbalen Attacken wie ein Pfeil.

»Du liebst Rom auch, Max. Und ich komme bald nach Hause. Morgen«, versuchte sie ihn zu besänftigen. »Wir haben nie davon gesprochen, dass wir uns aneinanderketten. Wir sind frei. Du und ich. Du wirst immer wehleidig, wenn du getrunken hast.«

»Wir sind frei«, sagte er ironisch. »Vogelfrei. Wie gut, dass du sämtliche Fehltritte von vornherein legitimierst. Deine und meine.«

»Max«, sagte sie beherrscht. »Du bist weiß Gott kein Kind von Traurigkeit. Ich bin nicht blind. Aber irgendwelche billigen Affären können unserer Beziehung nichts anhaben. Wir sind *das* erste Paar. So wie wir es immer gesagt haben. Nichts von außen kann etwas daran ändern.«

»Nein. Nichts von außen. Wir scheitern an uns selbst. Ich an dir und du an mir.« Sein letzter Satz verschleifte sich zu einem Kauderwelsch, aber sie hatte verstanden.

Stille. Nur sein Atem war zu hören und ihrer, das Saugen an seiner Pfeife. Sie schwenkte den kleinen Rest Cognac in ihrem Glas.

Ingeborg hatte nie etwas gesagt, wenn sie das Gefühl hatte, Max habe es während ihrer Abwesenheit mit der Treue nicht ganz genau genommen. Er hatte all seine Frauen betrogen, das hatte er ihr in einer redseligen Stunde gebeichtet. Doch solange eine Affäre nicht in ihre Beziehung einbrach, war das kein Thema für sie. So war es besprochen. Auch sie nahm sich derlei Freiheiten, wenn ihr danach war. Glasklar, dass sie ihm dasselbe zugestand wie sich selbst.

»Utopien leben von der Unerreichbarkeit, Inge. Erkennst du den Fehler?«

Max' Stimme, jetzt klar und deutlich, riss sie aus ihren Gedanken. Manchmal sagte er Sätze, als ramme er ein Messer vor ihren Augen in die Tischplatte. Präzise traf er die weichste Stelle.

Sie hörte, wie er an seiner Pfeife sog.

»Und die Liebe lebt vom Vertrauen und der Toleranz«, gab sie zurück. Ihre Stimme klang melodisch, fast flehend, weit von Max' Treffsicherheit entfernt.

Er brachte die Dinge sprachlich auf den Schmerzpunkt, sie gab ihnen Raum, Weite, verlieh ihnen Flügel.

»Wir sehen uns morgen in Rom«, sagte er, und sie verabschiedeten sich.

Nachdenklich legte sie den Hörer auf und nahm sich einen weiteren Cognac. Sie zündete sich eine Zigarette an, blies den Rauch in die Luft.

Eigentlich sollte sie mit diesem ganzen Gift Schluss machen. Sie hasste Abhängigkeiten. Von Menschen war sie nie abhängig gewesen, schon gar nicht von Männern, aber von diesem Teufelszeug. Nikotin und Alkohol waren Teil ihres Lebens geworden, treue Begleiter für alle Lebenssituationen, die ihre Ängste, Sorgen und Qualen erträglicher machten. Gleichwohl trank und rauchte sie, ob es ihr gut oder schlecht ging. Und dann waren da noch die Tabletten. Sie steigerten die Intensität des Rausches, gleichzeitig dämpften sie den Schmerz ihres Gefühlslebens, milderten ihn. Sobald sie nüchtern war, begann der Teufelskreis von vorn. Immer häufiger hatte sie nach Exzessen Filmrisse, zuweilen fehlten ihr am nächsten Morgen mehrere Stunden einer Nacht. Einmal hatte ihr Reinhard Baumgart nach einer Veranstaltung ihrer Lesereise erzählt, er habe sie morgens um drei Uhr in ihr Hotelbett getragen und zugedeckt. Vollständig bekleidet war sie irgendwann am Mittag aufgewacht.

Dann war Athen gekommen, Max' und ihre gemeinsame Reise, die sie ihm zu seinem fünfzigsten Geburtstag geschenkt hatte. Griechenland!

Das kleine Hotel in der Innenstadt, von dessen Dach man einen klaren Blick auf die Akropolis hatte. Die heißen Nächte, die sie gemeinsam auf jenem Dach verbracht hatten, mit einer Flasche Wein, Oliven, Käse. Einmal hatten sie dort oben übernachtet. Das pralle Leben, das Max so faszinierte. Wie ein kleiner Junge hatte er sich über ihr Geschenk gefreut, und ihre größte Freude war sein Jubeln gewesen. Die reifen Kirschen, die bereits im Mai in den Athener Markthallen angeboten wurden, die Feigenbäume, die Sonnenuntergänge mit einem atemberaubenden Blick zu der ihrem Hotel gegenüberliegenden Akropolis und über die Metropole bis zum Saronischen Golf.

»Sind die Abstände der Säulen eigentlich alle gleich?«, hatte ein Tourist gefragt, als sie mit Max den Parthenon besichtigte.

»Im Gegenteil – dieser Tempel ist *das* Paradebeispiel für den Goldenen Schnitt«, hatte Max, der Rechthaber, gemurmelt.

Das griechische Essen war einfach, aber schmackhaft. Schafskäse, Salate, Tomaten, Lamm, Joghurt mit Nüssen und Honig. Und Wein. Guter Wein.

An dem griechischen Wort *Holozän*, hilflos übersetzt mit *das vollkommen Neue*, hatte sich Max festgehalten, immer wieder darüber referiert. Der Gedanke, neu anzufangen und alles Alte, Unbrauchbare hinter sich zu lassen, erregte ihn, ja elektrisierte ihn geradezu. Daran hatte sich seit ihrer ersten Begegnung in Paris nichts geändert. Die Idee der Unschuld, die dem Neuen zugrunde lag, ließ ihn einfach nicht los.

Wie zwei frisch Verliebte waren sie durch die Straßen und Gassen Athens flaniert. Nur ihre Liebe zählte, und so hatten sie geflissentlich über die in Athen stationierten Nato-Truppen hinweggesehen. Nicht einmal der Gedanke an Krieg sollte ihr Glück stören.

»Siehst du, Ingeborg«, hatte Max nach dem Besuch des Parthenon erklärt und dabei mit einem Bleistift akkurat ein Dreieck auf die Papierserviette gebracht. Sie saßen in einem Straßencafé, und er zeichnete mit der Speisekarte als Lineal Winkel und mithilfe eines Glases Halb- und Viertelkreise, die auf natürliche Weise verbunden schienen und doch unabhängige Formen waren. »Es geht um das Verhältnis zueinander – das ist der *Goldene Schnitt*. Nicht die Gleichheit der geometrischen Teile, sondern die Gleichheit der Proportionen lässt sie uns als harmonisch empfinden.«

In solchen Momenten liebte sie ihn bedingungslos. Sie fragte sich, ob sich das Geheimnis der Proportionen auch in der Literatur auf eine Formel bringen ließe. Shakespeare, Dante, Goethe fielen ihr ein, gefolgt von Ungaretti, dem in ihren Augen größten italienischen Dichter der Gegenwart.

E subito riprende il viaggio – und plötzlich nimmst du die Reise wieder auf …

Am nächsten Tag waren sie zu einem Ausflug ins Umland zum Kloster Kesariani aufgebrochen. Auf einem von Pinien gesäumten Weg ging es dabei leicht bergan. Max, der Naturbursche, dem Landschaften alles bedeuteten, war ein hervorragender Wanderer, sie hingegen tat sich mit körperlicher Anstrengung schwer, ihre Stärke lag im Kopf. Trotzdem erinnerte sich etwas in ihren Kärntner-Bergwelt-Genen an lang vergangene Kindheitstage, in denen sie durch unberührte Natur an der Glan entlanggerannt und Berge erklommen hatte, im Rucksack stets ein Buch, Notizhefte, einen Füller.

Als Jugendliche hatte sie sogar eine Oper komponiert, bis ihr klar geworden war, dass ihr Talent für die Musik nicht ausreichte. Sie hatte sämtliche Notenblätter vernichtet und sich fortan der Literatur gewidmet. Wenn, dann wollte Ingeborg die Beste sein. Im Gras unter einem Baum liegend hatte sie gelesen, geschrieben und die Welt um sich herum vergessen. »*Wer ein Warum zu leben hat, erträgt fast jedes Wie*«, hatte sie damals in ein Notizheft gekritzelt.

An der Ernsthaftigkeit dieses jungen Mädchens hatte sich bis heute nichts geändert.

Im grellen Licht der Neonlampe ihres Münchner Hotelbades sah Ingeborg ihr müdes Gesicht im Spiegel. Waren das die Spuren all der Substanzen, die sie durchs Leben begleiteten? Sie hatte sich nie etwas vorgemacht. Ihre Augen, die bisweilen so zu glänzen vermochten, wirkten nun stumpf, die Haut fahl und großporig. Wo war ihre Aura geblieben? Um den Mund zeigten sich steile Fältchen. Ja, es hieß, dass ab dem dreißigsten Lebensjahr die Haut schneller altere, das Nikotin erledigte den Rest. Sie verteilte ihre sündhaft teure Nachtcreme großzügig auf Gesicht und Dekolleté, verrührte das zur Gewohnheit gewordene Schlafpulver mit einem Schluck Wasser im Zahnputzbecher, trank es und ging ins Bett.

Als sie am nächsten Tag den Hauptbahnhof Roma Termini erreichte, sah sie Max bereits von Weitem am Bahngleis stehen, in Anzug mit Krawatte und weißem Hemd, einen Strauß Blumen in der Hand. Sie ging auf ihn zu, und alles fiel von ihr ab, das verstörende Gespräch, seine Klagen, ihr Unmut, ihre Abhängigkeiten.

Sie umarmten einander und küssten sich. Auf dem Rücken spürte sie das Papier, mit dem die Blumen umwickelt waren, dann nur noch seine warmen Hände auf ihrer Haut.

Sie verloren kein Wort über ihren Streit und fuhren mit Max' neuem Auto, einem Fiat-Sportwagen, in die Via Notaris.

Hinter ihnen fiel die Schlafzimmertür ins Schloss.

Manchmal, wenn sie Max nach einer langen Pause wiedersah, geschah etwas Unbeschreibliches mit ihr – sie wurde zu einem besonderen Wesen, unverwechselbar, auserwählt. Er vermochte ihr jene Sicherheit zu vermitteln, die ihr selbst so oft fehlte. Max liebte es, sie zum Essen auszuführen und zu verwöhnen. Am liebsten bestellte er alles, was der Patrone ihres Lieblingslokals in einer unentdeckten Ecke Roms anpries, und jubelte über die Vielfalt und Qualität der italienischen Küche, die so sehr seinem Wesen entsprach. Einfache unverfälschte Zutaten aus der Natur, aber exquisit und raffiniert zubereitet. Dann, so schien es ihr, war er vorbehaltlos bei ihr, nichts störte ihre Liebe, und sie fanden mühelos zueinander. In solchen Momenten glaubte sie voller Inbrunst an ihre Liebe, glaubte, dass ihre Beziehung alle Hindernisse überwinden könne – doch auch das größte aller Hindernisse, seine Eifersucht?

»Meine Eifersucht ist der Preis, den ich für deinen Freiheitsdrang bezahle«, sagte er am späten Abend, von ihr darauf angesprochen.

Sie saßen bei einem Glas Wein im Salon, hatten eine Platte aufgelegt und lauschten dem zweiten Brandenburgischen Konzert, das Max genauso mochte wie sie. Wie beschwingt und optimistisch Bachs Komposition doch klang!

»Du fängst an, Rechnungen aufzustellen. Das ist nicht gut, Max.«

Sie lächelte ihn an und spürte die Spannung in sich, fühlte sich hin und her gerissen zwischen Nähe und Distanz. Existierte in der Liebe ein Goldener Schnitt?

»Wir wussten von Anfang an, dass es nicht einfach sein würde«, sagte sie schließlich.

»Ich fürchte keine Komplikationen, was ich fürchte, ist Stillstand. Streit ist ein Zeichen von Lebendigkeit in der Liebe.«

Er streichelte ihre Schulter, berührte ihr Haar.

Was er sagte, beruhigte sie. Zwischen ihnen gab es diese Liebe, die Feuer entfachte, Feuer, das auch zum Streit führte. Eine äußerst lebendige Liebe, die immer wieder alles infrage stellte und ihr Zusammenleben auf die Probe stellte.

Eine tote Liebe brannte nicht. Sie schwieg.

»Der Goldene Schnitt«, sagte sie nach einer langen Pause. »Gibt es ihn im Widerspiel von Nähe und Distanz, von Misstrauen und Sich-Anvertrauen? Gibt es ihn in der Begegnung zweier Menschen?«

»Falls ja«, gab Max mit einem seltsamen Gesichtsausdruck zurück. »Falls ja, wäre dies das Paar vor allen Paaren.«

MAX

KAPITEL 32

Rom, Mai 1961

Max' erstes Interview in Rom für das deutsche Fernsehen war anstrengender gewesen, als er gedacht hatte. Vor dem Termin hatte er mit dem Redakteur vereinbart: keine Fragen zu seinem Privatleben, nicht zu Ingeborg Bachmann, nicht zu ihrer beider Leben in Rom. Während des Gesprächs aber stellte sich heraus: So einfach war es gar nicht, Geheimnisse für sich zu behalten.

Zwei Stunden war Max, am Steuer seines neuen Sportwagens, mit dem Redakteur und dessen Kameramann durch Rom gefahren, hatte über sein Werk gesprochen, die Vorzüge des Lebens in Rom, die Motive und Beweggründe seines Schreibens. Warum schrieb er? Lag das nicht auf der Hand? Es ging um Ausdruck, Selbsttherapie, manchmal sogar Notwehr. Es waren immer dieselben Fragen, die ihn langweilten. Dabei hatte er den jungen Mann provozieren wollen, als sie die antike, teils holprige Via Appia entlanggefahren waren: »Dort hinten ist Sabeth aus *Homo Faber* gestürzt. Sie wissen doch, der Mann, der sich auf einer Schiffsreise in seine eigene Tochter verliebt. Er wusste nichts von ihrer Existenz und hat sie nicht erkannt.«

Sabeth – Max' Held Faber hatte seine eigene Tochter wider besseres Wissen zu seiner Geliebten gemacht.

»Sabeth stirbt an den Folgen jenes Sturzes, einer Kopfverletzung. Was mag ihr vorher durch den Kopf gegangen sein? Dass der Geliebte ihr Vater ist?«, fragte er mehr sich selbst.

Der Redakteur war nicht darauf eingegangen, obwohl genau diese Szene zwischen Ingeborg und ihm zu immer wiederkehrenden Streitgesprächen führte. In Max' Augen ging es um Adam und Eva, das Mirakel der Erkenntnis. *Sie wurden gewahr, dass sie nackt waren.* Es handelte sich um die Stunde Null der Moral.

Ingeborg musste er derlei tief vergrabene Verbindungen des menschlichen Unbewussten nicht erklären. Im Gegenteil:

»Nein«, hatte sie widersprochen. »Sabeth stirbt an einem Missbrauch, Max. Sie erkennt ihren Vater in ihrer Todesstunde – dies ist *dein* unbewusster Anteil an deiner frei erfundenen Geschichte. Die inzestuöse Verirrung eines Homo Faber ist *dein* Versagen als Erzähler. *Du* hast ein heiliges Tabu verletzt. Das heiligste überhaupt.«

Über das Thema Blutschande konnte man mit Ingeborg nicht verhandeln. Max hingegen sah nicht ein, auf eine Stufe mit Faber gestellt zu werden. Es war eine Geschichte, mehr nicht. Protagonist und Erzähler blieben immer zweierlei Dinge. Mit dem Inzest hatte er den Zufall auf die Spitze getrieben.

Ingeborg sah das anders, blieb bei ihrem harten Urteil.

Frauen waren kompliziert. Intellektuelle Frauen erst recht.

»Sie haben also Rom in Ihrem Werk behandelt, bevor Sie nach Italien gezogen sind«, hatte der Redakteur seine Überlegungen durchbrochen.

»Ja«, hatte Max geistesabwesend geantwortet. Nein, das habe nichts mit Frau Bachmann zu tun. Überhaupt, sie hatten doch vereinbart, diesen Namen auszuklammern.

»Schneiden Sie das heraus«, hatte er dem auf dem Nebensitz hantierenden Kameramann befohlen.

Als Max nach dem Interview schließlich erschöpft zur Mittagszeit die gemeinsame Wohnung erreichte, fand er auf dem Küchentisch einen Zettel: »Muss zu einer Besprechung. Warte nicht auf mich. Es könnte spät werden. Inge«

Er spürte, wie die Wut in ihm aufstieg. An eine Siesta war nicht zu denken. Stattdessen öffnete er eine Flasche Wein, trank und steigerte sich in ein imaginäres Szenario hinein. Mit wem traf sie sich wo? Oder musste sie schlichtweg wieder zum Friseur, um der Zweisamkeit zu entkommen? Glas um Glas schien es ihm, als sei der verheißungsvolle leichte Blütenduft, den er damals beim Anmieten der Wohnung glaubte wahrgenommen zu haben, der Schwere abgestandener Luft gewichen.

Warum konnte sie nicht sagen, was genau sie tat, mit wem sie sich traf? Besprechung! Diese verdammte Geheimnistuerei! So sehr er sich beim Interview zusammengerissen hatte, jetzt stieß ihm alles auf. Die immer wiederkehrenden Muster, die Unzulänglichkeiten eines Zusammenlebens, das keines war. Von den Nächten allein, in denen sie immer wieder zusammenfanden, konnte kein Paar auf Dauer leben.

Unruhig ging er in der Wohnung auf und ab, warf einen Blick in ihr Arbeitszimmer, wo sich Bücher und Blätter auf ihrem Schreibtisch stapelten. Typoskripte, handschriftliche Notizen – all die Geheimnisse eines schöpferischen Prozesses. Wenn Ingeborg auf Reisen war, verbot er dem Hausmädchen, ihr Zimmer zu betreten. Zu viel Persönliches. Ingeborg sollte nach ihrer Rückkehr wieder alles genauso vorfinden wie beim Verlassen der Wohnung. Nicht, dass sie auf die Idee kam, *er* hätte geschnüffelt.

Langsam betrat er den Raum und knipste die Schreibtischlampe an. Er hatte zu viel getrunken. Schwankend setzte er sich auf den Stuhl und lehnte sich zurück. Da war sie, die Schublade, wo sie ihre Briefe aufbewahrte. *Lieber Mang, mein lieber Paul, liebster Hans, Geliebter* – alle Männer waren in seiner Vorstellung gemeint, nur nicht er, Max.

Mit geschlossenen Augen sog er die Atmosphäre des Raumes in sich auf und malte sich die schlimmsten Inhalte aus. Würde er das Tabu übertreten, sprengte das im selben Augenblick ihre Beziehung. In diesem Moment dachte er, alles hinge an diesem hauchdünnen Faden namens »Briefgeheimnis«.

Dann öffnete er die Augen und blickte auf die Fotos an den Wänden. Ingeborg. Momentaufnahmen von ihrem ausdrucksstarken Gesicht, von Ingeborgs Bruder mit der Kamera eingefangen. Jenes Gesicht, das er besonders schön fand, wenn sie lachte. Wann war das gewesen? Er erinnerte sich nicht. Wahrscheinlich war Max, wie so oft, nicht dabei gewesen, woran also sollte er sich erinnern? Auf einem Bild trug Ingeborg ein helles Etuikleid und lachte mit vorgehaltener Hand, eine brennende Zigarette in den Fingern haltend, und wenn er sie so sah, fühlte er die reine Liebe, keinerlei Eifersucht regte sich in ihm. Wohl aber bei der Aufnahme mit Enzensberger und Grass, die einzige, die sie in einen dunklen Holzrahmen gefasst hatte. Enzensberger hatte den Arm um sie gelegt, sie ihre Hand auf Grass' Schulter.

Mit einem tiefen Seufzer nahm er den Briefstapel vom

Schreibtisch, der sich während ihrer Abwesenheit angehäuft und den er gewissenhaft hierhergebracht hatte. Er strich mit den Fingern darüber, führte den oberen gegen seine Nase, roch daran. Er drehte ihn um – kein Absender. Innerlich begann er zu beben, ballte seine Hand zur Faust und starrte auf das verklebte Dreieck auf der Rückseite.

Was, wenn er jetzt …? Er könnte ihn lesen, anschließend verschwinden lassen. Ein ganzes Szenario des Vertrauensbruchs ging ihm durch den Kopf, bis er sich mit einem Ruck am Schreibtisch abstützte, aufstand, die Lampe ausmachte und den Raum verließ. Als müsse er vor sich selbst und seinem Monster namens Eifersucht davonlaufen, das die niedrigsten Dinge fertigbrachte.

Manchmal hatte er Angst vor sich selbst.

Er würde heute keinen Tropfen mehr anrühren, oder aber er musste ihr Zimmer abschließen und den Schlüssel vor sich selbst verstecken.

Mit einem lauten Knall warf er die Tür zu, ließ sich im Salon aufs Sofa fallen und starrte auf die meterhohen Bücherregale. Wenn die Besucher dieses Palastes wüssten! Einmal war er mit der Leiter hinaufgeklettert, um Marcel Proust, Flaubert, Dante Alighieri, Goethe und all den anderen Klassikern einen Besuch abzustatten. Da hatte er gesehen, dass es sich um Attrappen handelte. Ein viertel Meter Marcel Proust *À la recherche du temps perdu. Auf der Suche nach der verlorenen Zeit.* Leer, ohne Inhalt.

Die Buchattrappen waren so falsch wie sein Leben hier. Die gähnende Leere dieser inhaltslosen Bücher kam ihm wie ein Spiegel von Ingeborgs ständiger Abwesenheit vor. Max, das war ihm in diesem Augenblick klar, war auf der Suche nach Gegenwart.

Auch wenn sie in Rom war, verließ sie bereits nach wenigen Stunden das Haus und kehrte erst am späten Abend zurück. Er war einer Gefühlshochstaplerin ins Netz gegangen. Max hütete *ihren* Palast, den er eigentlich hasste wie dieses moderne Mineralwasser, das man neuerdings auch in Rom servierte.

Das eingebaute Mahagoniregal ragte fast bis zur Decke.

Goethe zum Schein, zum Protzen vor Gästen. Bücher als Schmuck, als Zierde, farblich abgestimmt, italienisches Design. Ein Vorzeigeleben, eines, das nicht stimmte.

Max hatte geflucht, Ingeborg angesichts seines Vorwurfs an den Palazzo in der Via Notaris gelacht.

Die verschnörkelten barocken Buchrücken aus Seide ließen die Todesqualen der Emma Bovary, die Flaubert seine Heldin hatte erleiden lassen, nicht einmal erahnen. Ein Meter Goethe in Rubinrot, ohne ein einziges Wort des großen Meisters – und das in einem Schriftstellerhaushalt! Ein blauer Schiller hatte sich dazwischen verirrt.

Man konnte sich die Verse wie diese Attrappen zusammenreimen, die Schriftstellerei war ein Kinderspiel!

Nur im mittleren Regal, wo es noch freie Böden gab, lag das Echte, das Unverwechselbare. Ingeborgs Lyrikbände, mehrere Ausgaben ihrer neuen Erzählung und seine Werke: *Stiller, Homo Faber, Biedermann und die Brandstifter,* neuerdings auch *Andorra*. Celans Bücher fehlten, die hütete sie in ihrem Arbeitszimmer.

Max zündete sich eine Pfeife an und sinnierte über die Gemeinsamkeiten der Literatur einer Bachmann und eines Frisch und über das Trennende. Was sie teilten, waren Themen, die sie allerdings auf völlig unterschiedliche Weise zu Papier brachten. Dass er exakt wusste, dass sie der atomaren Aufrüstung des Westens genauso ablehnend gegenüberstand wie er – machte sie das zum Paar?

Fast meinte er, mehr Gemeinsamkeiten mit den Figuren zu finden, die er geschaffen hatte, als mit seinem realen Leben.

Seine großen Romane *Homo Faber* und *Stiller* gingen ihm durch den Kopf, gefolgt von waghalsigen Vergleichen, die er in einem Gedankenspiel anstellte:

Was verband ihn mit dem technikverliebten Homo Faber, der so sehr die Zufälle, die Launen der Naturgesetze verneinte, dass er mit seiner eigenen Tochter im Bett landete? In jenem Roman hatte Max einen in die mathematische Berechenbarkeit vertrauenden Helden am Zufall scheitern lassen. Zufall – dieses Phänomen elektrisierte Max schon ein literarisches Leben lang: Wem begegnen wir in welcher Konstellation und zu welchem Zeitpunkt in unserem Leben? Was widerfährt uns, was fällt uns zu? Allein darüber ließen sich ganze Abhandlungen schreiben. Max glaubte nicht an Zufälle, sondern daran, dass den Menschen alles zur rechten Zeit in seinem Leben erreichte, ihm das Fällige zu-fällt. Auch Ingeborg war zum richtigen Zeitpunkt in sein Leben getreten.

Mit *Stiller* teilte er die Anlage zur Amnesie, das Vergessen-Wollen dessen, was man anderen und sich selbst angetan hatte, verbunden mit der Suche nach dem erregenden Neubeginn.

Und dann war da sein Bühnenstück *Biedermann und die Brandstifter*. Max liebte die Provokation, mit Biedermann hatte er die Schwächen des Bürgerlichen freigelegt. Schlummerte auch in ihm ein Persönlichkeitsanteil des Protagonisten? Biedermann, der brave Bürger, der ein Leben lang alles richtig machen wollte und vor lauter Anpassung den Hass und die Brutalität in sein Haus ließ – im festen Glauben daran, das Böse auf diese Weise auszusperren. Ein Irrglaube. Biedermann selbst hatte dem Pyromanen den Brandbeschleuniger und eine Streichholzschachtel gereicht.

Gedankenverloren sog Max an seiner Pfeife. Gantenbein, dachte er, Gantenbein sollte der Protagonist seines Blindenromans heißen, ein behäbiger Schweizer Name, oder Enderlein, ebenso schweizerisch, bürgerlich, solide. Eine Idee des erregend Neuen streifte ihn. Eine derartige Konstellation hatte es in der deutschsprachigen Literatur noch nicht gegeben. Ein Sehender, der sich blind stellte! Er würde diesem Marcel Reich-Ranicki mit einem Fingerschnippen zeigen, dass ein Max Frisch weit mehr als unterhalten konnte. Er würde Gantenbein verschiedene Rollen andichten, ihn darin aufgehen lassen und in die Erzählung einflechten. Gantenbein würde sich ausprobieren, als Blinder in einer Liebe gefangen, genau wie er sich so oft in der Gegenwart Ingeborgs fühlte – gefangen, blind, ausgeliefert.

Max notierte beide Namen, schenkte sich Wein nach und trank sein Glas in einem Zug leer.

Und sie? Was war mit Ingeborgs Werk? Was sagte es aus, außer der Tatsache, dass sie stets ganz nah an den Abgrund herantrat, mit der Fußspitze den ersten Stein in die Tiefe stieß? *Die gestundete Zeit*, die ihr durch die Finger rann? Das Erzähl-Ich aus *Das dreißigste Jahr*, stets auf der Suche nach Erkenntnis. Was sagte die Erzählerin? Max erinnerte sich dunkel.

Die Liebe war unerträglich. Sie erwartete nichts, forderte nichts und schenkte nichts. Sie ließ sich nicht einfrieden, hegen und mit Gefühlen bepflanzen, sondern trat über die Grenzen.

Was konnte dieser zerstörerischen Grenzerfahrung ein Stiller oder ein Homo Faber entgegensetzen? Ihren männlichen Blickwinkel? Faber hatte sein Schicksal herausgefordert und war an dem fatalen Irrtum, es ließe sich berechnen, gescheitert. Stiller, dem Tode geweiht, wie all seine männlichen Helden am Ende ihrer Geschichte, wies jegliche Verantwortung für sein vergangenes Handeln von sich. Er hatte sich geändert, war geläutert, war ein anderer geworden! Und mit diesem Selbstverständnis ließ Max seinen Helden Stiller sterben.

Nur Ingeborg hatte ihn, Max, den Schöpfer seiner Helden, durchschaut.

»Am Tod deiner Helden sieht man, dass du die Konfrontation scheust. Du möchtest sie gar nicht geläutert sehen. Sie wollen weitermachen wie bisher, nur in einem neuen Ich, das sie sich wie ein Gewand überwerfen«, hatte ihm Ingeborg mehr als einmal vorgeworfen. »Das Gewand ist den Stoff nicht wert, mit dem es genäht wurde, Max!«

Insgeheim wusste er, dass sie recht hatte. Zugeben konnte er es dennoch nicht. Man konnte nicht aus seiner Haut – wie sehr hatten Ingeborg und er genau das in ihrer Liebe erfahren!

Auch er hatte Kritik an ihrem Werk, schwieg jedoch. Max liebte ihre Lyrik, fand ihre Erzählungen fast gewollt sinnsuchend, aber seine Meinung zählte nicht. Der Erfolg gab ihr recht, und er drückte seinen aufkommenden Neid weg. Seine Helden scheiterten am Außen, ihre Frauenfiguren an ihren

Ansprüchen an die Liebe, denen die Männer verständnislos hinterherhinkten.

Und dennoch war da die Liebe zwischen Ingeborg und Max. Sie waren Liebende in einer falschen Wohnung mit leeren Buchmetern, die kein Wort von sich gaben und mit großen Namen Eindruck schindeten. Sie, das Schriftstellerpaar Ingeborg Bachmann und Max Frisch, waren die wahren Protagonisten einer Bücherwand im Diplomatenviertel Roms – und nachts, das stellte er sich jetzt vor, unterhielten sich Stiller und Hanna, die Heldin aus Ingeborgs Erzählung *Alles*. Ein Meisterstück, wie Max fand. Hanna wollte den Garten sehen, wenn sie aus dem Fenster blickte, und Stiller den Neubeginn, eine neue Welt, sein altes Ich abstreifen und noch einmal von vorn anfangen.

Ich bin nicht Stiller!

Ich bin ein anderer, nicht der, für den ihr mich haltet!

Aber man nahm sich immer mit.

MAX

KAPITEL 33

Rom, Mai 1961

Nach einem ausführlichen Mittagsschlaf, der italienischen Siesta, die er in seinem römischen Arbeitsrhythmus längst etabliert hatte, schlenderte Max in ein Café in der Nähe der Piazza Navona. Er setzte sich an einen Bistrotisch, nicht weit von einem Springbrunnen entfernt, bestellte Wein und stopfte seine Pfeife. Lange saß er dort, ein Bein über das andere geschlagen, wippte mit dem freischwingenden und fragte sich, wo Ingeborg jetzt wohl sei.

Eine Besprechung. Warte nicht auf mich!

Am Nebentisch saß eine dunkelhaarige Frau, die ihn zunächst keines Blickes würdigte. Gepflegtes Äußeres, vielleicht eine Touristin.

Irgendwie kamen sie ins Gespräch: Judy, Amerikanerin aus New York, besaß in Rom eine Wohnung und verbrachte den Sommer meist hier. Sie hatte glänzendes schwarz gefärbtes Haar und kirschrote Lippen.

Manchmal waren die Klischees in seinem Kopf so flach wie der Anfang großer Geschichten. Ein Mann und eine Frau in einem Café. Ein derartiges Szenario konnte man mit wenig Aufwand in eine Ehe münden lassen.

Ihr Gatte habe nur Arbeit im Kopf und kaufe in den Vereinigten Staaten eine Firma nach der anderen. Längst seien die Kinder aus dem Haus.

»Ich gebe sein Geld aus«, erklärte sie lächelnd.

Max schätzte sie auf Mitte vierzig. Sie war nicht besonders schön, aber sie besaß Charme und Anmut, und in ihren wasserblauen Augen spiegelte sich der verletzte Stolz vernachlässigter Ehefrauen.

Sie plauderten über New York, wo Max dank eines Stipendiums ein knappes Jahr verbracht hatte, über die Sehenswürdigkeiten Roms, die hohen Temperaturen im Sommer, das leichte italienische Leben, das an diesem Abend, das konnte Judy ja nicht wissen, bleischwer auf seiner Seele lastete.

Schnell langweilte er sich mit Judy. Was sie sagte und tat, war so vorhersehbar. Die Art, wie sie ihre Zigarette anzündete, ihre Standardfragen, das Fehlen jeglicher Andeutungen. Er nickte zustimmend, wenn sie die Stimme hob, und tat, als höre er aufmerksam zu.

Ja, die Ehe gehöre, wenn er sich in seinem Bekanntenkreis umsah, zum Schwierigsten überhaupt, hörte er sich schwadronieren. Nein, er habe keine Kinder, sei noch nie verheiratet gewesen. Ja, es gebe eine Frau in seinem Leben. Aber im Kern sei er immer Junggeselle geblieben. Er könne es nicht ertragen, über Gefühle zu sprechen, schon gar nicht am frühen Morgen. Was empfindest du, sei die Todesfrage, nach der er sich umgehend verabschiede. Nein, er habe keine Hobbys, eigentlich sei er langweilig, ein Durchschnittsmann.

»Was machen Sie denn beruflich?«, fragte Judy mit unerschrockenem Gesichtsausdruck.

Ohne zu zögern, antwortete er: »Ich sammle Geschichten, Geschichten wie diese, in einem römischen Café aufgeschnappt. Ich bin Privatier.«

Sie sah ihn an, als habe er soeben etwas sehr Persönliches von sich gegeben.

Als er gegen Mitternacht Anstalten machte aufzubrechen, reichte ihm Judy ihre Telefonnummer.

»Vielleicht gehen wir einmal gemeinsam ins Museum«, sagte sie mit einem Lächeln. »Um Geschichten zu sammeln.«

»Ja«, gab er zurück. »Vielleicht.«

Er steckte die Telefonnummer in seine Westentasche und ging, ohne sich umzudrehen, davon.

So leicht durfte man es einem Max Frisch nicht machen. Gerade mit seinem angeschlagenen Ego hätte er die Eroberung gebraucht. Auch kompromisslose Bewunderung hätte ihn wohl heilen können. Etwas Leichtes.

Ingeborg war die erste Frau in seinem Leben gewesen, die ihn erobert, ihn sofort in ihren Bann gezogen hatte. Sie war schuld, sie verleidete ihm sogar das Fremdgehen. Er ärgerte sich über sich selbst. Er, der den Vergleich scheute, hatte angefangen, die Frauen, die ihm begegneten, zu vergleichen. Keine reichte an sie heran.

Sie war der Sturm, das Erdbeben in einem kleinen Pariser Café. Sie war Holozän, das Neue, das sich in tausend Gewändern zeigte, aber das Grausamste an der Utopie war, dass sie ihm in solchen Momenten weniger lebbar denn je schien.

Er schloss die Augen: Seine Füße, die ihn auf dem harten Kopfsteinpflaster ins Diplomatenviertel trugen, erinnerten sich an den federnden Pinienweg zum Hausberg Athens. Ingeborgs Geburtstagsgeschenk, so feinsinnig und liebevoll für ihn erdacht. Zypressen, Platanen und Kiefern, am Rand des

Wegs Dornenbüsche, wilde Brombeeren. Fast konnte er den Wald riechen, die frische Luft an einem Tag im Mai und immer wieder: den Duft ihrer Haut.

Sie hatten den nächsthöheren Pfad eingeschlagen und, als sei es so vorgesehen, unterhalb des einen Hügels an einer Lichtung einen herrlichen Platz gefunden. Umgeben von Pinienbäumen und Zypressen, hatten sie einen wundervollen Ausblick auf den gegenüberliegenden grünen Hang gehabt, ein Grün, das man von der Stadt als Farbe nicht hätte ausmachen können. Nicht weit von hier spähte die Kuppel des Klosters über die Baumwipfel.

Ingeborg hatte sich das Kloster Kesariani in den Kopf gesetzt. Er hingegen hätte Wanderungen und Spaziergänge ohne Ziel bevorzugt, doch in Griechenland erfüllten sie sich gegenseitig ihre Wünsche.

Eiligen Schrittes waren sie zum Kloster hinuntergelaufen. An der Außenmauer sprudelte aus einem marmornen Widderkopf frisches Quellwasser, und Max hatte die Flaschen aufgefüllt, Ingeborg eine davon gegeben und selbst gierig getrunken. Wie sehr er das byzantinische Erbe bewunderte! Das Badehaus stammte aus dem elften, die blassen Fresken aus dem vierzehnten Jahrhundert. Die älteste der Abbildungen zeigte die Muttergottes im Gebet.

Ingeborg hatte gestrahlt.

»Wir haben tatsächlich ohne Reiseführer und Stadtplan hierhergefunden, Max«, hatte sie gesagt und sich bei ihm eingehängt.

Sonst interessierte sie stets die Geschichte, die verborgene Genese eines Orts, dessen Wunden, sein geologisches Gedächtnis. Hier aber hatte sie die schlichte Schönheit einfach angenommen.

»Man ahnt nicht einmal, dass am Rande einer Großstadt, vor der Welt versteckt, ein solches Paradies liegt«, hatte sie andächtig geflüstert und seine Hand gesucht. Neben ihnen erstreckte sich ein Klostergarten mit bunten Blumen, wilden Kräutern. In der Mitte des Vorplatzes ragte eine Platane.

»Leben Paradiese nicht davon, unentdeckt zu bleiben?«, hatte er nachdenklich mehr sich selbst gefragt.

Der hohe Ton eines Ambulanzwagens riss ihn aus seinen Gedanken. Max wartete, bis der Alarm von den Geräuschen der Stadt verschluckt wurde, und bog in die Via Notaris ein.

Oben im Salon, wo die Dichter in ihren leeren Hüllen standen, brannte auf zwei Etagen Licht wie in einem riesigen Ballsaal.

Die Herrin war in ihrem Palast angekommen.

KAPITEL 34

Rom, 1961

»Wie schön, dich zu sehen«, sagte Ingeborg, ließ Reinhard Baumgart eintreten und umarmte ihn freundschaftlich. Sie nahm ihm den Mantel ab.

Seit Wochen freute sie sich auf den Besuch ihres Lektors. Baumgart folgte ihr durch die hohen Räume, bestaunte das Mobiliar und trat schließlich an die herrschaftliche Balustrade auf der Terrasse.

»Die Villa Borghese schräg gegenüber! Ingeborg, welch ein Traum. Ihr müsst euch sehr wohlfühlen an diesem Ort. Kein Vergleich mit dem behäbigen Zürich.«

Sie lächelte ihn glücklich an, warf einen Blick in den Flur und legte dann den Zeigefinger auf die Lippen. »Lass das nur Max nicht hören. Wir halten Uetikon ja immer noch zum Ausweichen, da Max erst nicht hierher wollte. Aber du kennst mich, ich genieße diesen Luxus jeden Tag, wenn ich hier bin.«

Ingeborg senkte die Augen. Wenn sie ehrlich war, konnte sie die Tage und Wochen zählen, die sie seit Anmietung dieser Wohnung hier gemeinsam verbracht hatten.

Ein halbes Jahr war wie im Flug vergangen, davon war sie mehr als die Hälfte unterwegs gewesen.

»Sofern die begehrte Poetin denn in Rom weilt.«

Max betrat mit großen Schritten den Salon, seine Pfeife in der Hand haltend. »Es freut mich, Sie hier zu sehen, lieber

Reinhard. Missverstehen Sie bitte meinen Humor nicht. Aber die Einsamkeit kann einen Mann hier in Rom zur Verzweiflung treiben.«

Sie reichten einander die Hände.

»Die Freude ist ganz auf meiner Seite«, gab Baumgart zurück, etwas verlegen.

Man trank Kaffee im Salon, aß etwas Gebäck und wechselte unverbindlich einige Freundlichkeiten.

»Leider habe ich die Premiere von *Andorra* verpasst«, sagte Baumgart. »Ich gratuliere Ihnen zu diesem Erfolg! Die Kritiker überschlagen sich geradezu.«

Max lächelte. »Es war eine schwere Geburt. Hinter *Andorra* steckt jahrelange Arbeit. In diesem Fall habe ich etwa fünfhundert Seiten für den Papierkorb geschrieben, lieber Reinhard. Manchmal reifen die Werke im Kopf, während man in der Welt seine Erfahrungen sammelt, um sie zu Papier zu bekommen.«

Ingeborg schwieg. Für sie machte Fleißarbeit noch keine Literatur. Sie setzte auf das richtige Wort zum passenden Zeitpunkt.

Reinhard Baumgart nickte und sah Max dabei nachdenklich an.

Nach einem Cognac zogen sich Baumgart und Ingeborg in ihr Arbeitszimmer zurück, während Max anfing, das Geschirr abzuräumen.

»Wir arbeiten nur noch eine Stunde«, versprach sie und warf ihm eine Kusshand zu.

In Ingeborgs Arbeitszimmer gingen Lektor und Schriftstellerin, professionell eingespielt, die Konzeption ihres ersten Romanprojekts durch, besprachen Vor- und Nachteile der Handlungsstränge, Umfang des Mammutwerks, von dem es drei Bände geben sollte. Mehrmals hatte Ingeborg das Setting ihrer Geschichte verändert, Figuren verworfen, andere eingeführt. Am Ende sollte in jedem der drei Romane eine andere Frauenfigur im Mittelpunkt stehen.

Blind fand sie sich in dem Tohuwabohu auf ihrem Schreibtisch zwischen aufgeschlagenen Büchern, Zetteln und Notizen zurecht. Neue Texte hatte sie allerdings seit einem Jahr so gut wie keine geschrieben, den Großteil ihres Materials hatte sie bislang nur im Kopf.

»Eigentlich habe ich nur Fragmente«, sagte Ingeborg entschuldigend. »Stoff für weitere Erzählungen.«

Zielsicher zog sie aus einem Papierstapel einige Blätter heraus und gab sie Baumgart.

Baumgart blätterte das Konvolut durch.

Der Tod wird kommen.

Besichtigung einer alten Stadt.

»Das könnte irgendwann einen zweiten Erzählband geben«, sagte er nachdenklich. »Ich halte das für eine sehr gute Idee. Wie weit bist du damit?«

Er hielt den Zettel mit der Überschrift *Ihr glücklichen Augen* hoch und sah ihr direkt in die Augen.

Sie zuckte die Achseln. »Entweder sehr weit oder noch meilenweit von einer Reinschrift entfernt«, sagte sie schuldbewusst. »Je nachdem, von wo aus man es betrachtet.«

»Du kannst nicht arbeiten?«, fragte er leise, den Blick zur Tür gerichtet.

Sie zündete sich eine Zigarette an, nahm einen tiefen Zug und stützte ihren Kopf in die freie Hand. »Nicht hier in Rom.

Ach, Reinhard, es ist eine einzige Katastrophe. Ich bin nicht für die Zweisamkeit gemacht. Die meiste Zeit bin ich unterwegs, ich kann dir gar nicht sagen, wie sehr mich alles erschöpft. Sobald ich einen Fuß in diese Wohnung setze, bin ich zum Umfallen müde. Dazu Tag um Tag Max' Schreibmaschine.«

»Max' Schreibmaschine?«

»Er ist ein Arbeitstier, steht morgens um acht auf, frühstückt, geht in sein Zimmer und hämmert in die Tasten. Er schreibt unentwegt, und sein Arbeitsfluss blockiert mich, kannst du das nachvollziehen?«

»Du hast so viele Jahre in Rom gelebt, Ingeborg, und wolltest stets zurück. Jetzt bist du hier. Ich dachte, eure Zimmer lägen weit auseinander?«

»Trotzdem höre ich ihn. Tag für Tag. Und ich kann nicht anders, als dem zu entfliehen. Also treibe ich mich in der Stadt herum, du kennst mich, am liebsten schreibe ich nachts, und wenn ich mich endlich an den Schreibtisch zwinge, dann möchte er ausgehen, etwas von mir haben, wie er immer so schön sagt. Sein Tag endet, wo meiner anfängt.«

Baumgart stand auf und schritt durchs Zimmer. Mit den Augen folgte sie seinen Bewegungen, während sie kraftlos auf dem Stuhl saß.

»Ihr werdet euch daran gewöhnen, Ingeborg. Es ist doch bei allen Paaren so, dass sie im Alltag einen gemeinsamen Rhythmus finden müssen. Für zwei Schriftsteller, die beide zu Hause arbeiten, gilt dies womöglich doppelt.«

»Normale Paare leiden nicht unter Schreibblockaden«, warf Ingeborg ein.

Baumgart überging ihren Einwand. »Vielleicht spürst du

noch die Nachwirkungen deiner Lesereise, deiner Vorlesungen in Frankfurt. Das alles war kein Pappenstiel. Du hast dir viel zu viel zugemutet. Du musst mit Max sprechen. Kannst du es ihm denn nicht sagen? Du hast die Welt mit deinen Worten betört, bist du einem Max Frisch gegenüber sprachlos?«

Sie seufzte. »Wir sind so unterschiedlich. Es ist ein Fluch, denselben Beruf zu haben, als Paar, meine ich. Der Erfolg fliegt ihm nur so zu.«

»Und dir die Worte, die Metaphern.«

Sie winkte ab. »Schon lange nicht mehr. Nicht hier in Rom. Dabei war diese Stadt immer meine Sprachoase, meine Insel, wo ich schreiben konnte.«

»Jede Schreibkrise hat ihren Sinn, und du wirst auch diese überwinden. Du bist die erfolgreichste deutschsprachige Schriftstellerin, Ingeborg, eine Ikone! Stell keine Vergleiche an. Bitte nicht.«

»Ich vergleiche mich nicht. Aber ich erlebe tagtäglich Max' Produktion, während ich leer bin. Das ist mir unerträglich.«

»Ihr müsst einen Weg finden, miteinander zu leben – und zu schreiben.«

»Wir suchen ihn seit nunmehr drei Jahren, Reinhard«, sagte sie resigniert und erschrak über ihre eigenen Worte.

»Könntest du dir vorstellen, in Uetikon zu arbeiten? Wenn ihr doch noch immer die Wohnung dort habt?«

Sie rieb sich die Schläfen. »Daran habe ich auch schon gedacht. Aber dann wird Max wieder misstrauisch. Du kennst seine Anfälle nicht, wenn er wütend ist.«

»Wie weit bist du mit der Arbeit, Ingeborg?«, fragte Baumgart unbeirrt. »Du musst mir gegenüber ehrlich sein. In München warten sie auf etwas Konkretes. Du weißt, das Verlagsprogramm will geplant werden.«

»Ich kann dir fast nichts anbieten«, sagte sie und deutete auf die Notizen zu ihren Wiener Romanen. »Franziska – so wird die Protagonistin des ersten Romans heißen. Jeder nennt sie Franza. Sie geht an den Indiskretionen ihres Ehemanns, eines berühmten Wiener Psychiaters, zugrunde. Einst hat sie sich ihm anvertraut, doch er beutet ihre Krankheit aus. Das ist alles, was ich habe. Ich bin ein Schriftstellerwrack aus Fragmenten.«

Ingeborg wusste, dass man ihr bei Piper viele Freiräume zugestand, dass man Verständnis für ihre Nöte und Schreibblockaden hatte. Niemand drängte sie, dennoch musste sie Verträge erfüllen. Die Vorschüsse waren längst ausgegeben.

Sie reichte Baumgart ein handbeschriebenes Blatt mit dem Titel *Ihr glücklichen Augen*.

»Ein Goethe-Zitat? Was wird das?«, fragte er freundlich.

Plötzlich strahlte sie übers ganze Gesicht. »Die Protagonistin heißt Miranda. Sie ist extrem kurzsichtig, sieben Komma fünf Dioptrien auf beiden Augen, trotzdem weigert sie sich, eine Brille zu tragen.«

»Du selbst bist blind wie eine Eule, ohne Brille«, erwiderte er ernst. »Autobiographisch?«

Lachend wehrte sie ab. »Bei mir ist es ja reine Eitelkeit. Miranda *möchte* die Welt verschwommen wahrnehmen. Sie wird nicht sehen, dass ihr Mann sie mit einer anderen betrügt, und schließlich aus allen Wolken fallen, als er sie verlässt.«

»Der typische Bachmann-Humor«, gab Baumgart zurück und zog an seiner Zigarette. »Das klingt gut. Sehr gut. Wie weit bist du damit?«

Sie seufzte und sah ihren Lektor vielsagend an. »Noch nicht reif zur Veröffentlichung. Noch lange nicht, Reinhard. Es tut mir leid.«

Baumgart hielt kurz inne, dann winkte er ab. »Ich werde Klaus Piper davon berichten, sorge dich nicht. Es heißt, Max Frisch soll an einem Roman mit einem *sehenden Blinden* arbeiten. Ist das dein Gegenentwurf dazu?«

»Ich beziehe mich in meinem Werk nicht auf die Arbeit eines anderen Autors«, sagte sie streng. Das Gegenteil war der Fall – das wusste sie nur zu gut.

Vor der Tür hörte sie harte Schritte.

Ihr war klar, was das bedeutete – Max beherrschte dieses Spiel perfekt, und es war nicht das erste Mal, dass er es spielte. Er ging auf und ab, um zu mahnen, dass es ihm zu lange dauerte. Max wollte nicht länger vernachlässigt werden.

Baumgart sah sie irritiert an.

»Es ist nichts«, sagte sie beschwichtigend. »Das tut er immer, wenn ich Besuch habe.«

Es klopfte an der Tür. Kurz darauf ging sie auf, und Max lugte durch den Spalt. »Leider ist mir der Zugang zu Ingeborgs Begeisterungs- und Bewunderungszimmer verwehrt, hochverehrter Reinhard. Dürfte ich anfragen, wie lange die Audienz noch dauert? Die Herrin hat ein Huhn im Ofen.«

»Gib uns bitte noch fünf Minuten«, bat sie. »Ich denke an das Huhn, ganz sicher.«

Max' Blick sprach Bände: Manchmal konnte eine Ingeborg Bachmann nicht einmal über die nächsten Handgriffe hinausdenken, wie sollte sie das Garen eines Huhns inklusive Beilagen bewerkstelligen?

Die Tür ging zu. Max' Schritte entfernten sich.

»Warum kann er Tag um Tag vor der Schreibmaschine sitzen und einfach drafloshämmern, Reinhard? Kannst du mir sein Geheimnis verraten?«, brach es aus ihr heraus. »Er schreibt mit zwei Fingern. Wie bewältigt er bloß mehrere Seiten pro Tag?«

Sie legte die Hände vors Gesicht.

Baumgart stand auf und öffnete das Fenster. Kühle Herbstluft strömte in das verrauchte Arbeitszimmer.

»Er plant, Ingeborg. Dein Max Frisch schreibt mit einem Plan, zwei Finger hin oder her. Kreative Blockaden, die jeden Schriftsteller früher oder später heimsuchen, löst er mit einem Plan. Struktur ist das Zauberwort.«

»Ich sollte es ihm einfach nachmachen«, sagte sie mit einem gequälten Lächeln. »Wie plant man die Schöpfung? Vermagst du mir das auch zu erklären?«

Baumgart schüttelte den Kopf. »Nein. Das bist du nicht, Ingeborg. Du bist und bleibst dieses rätselhafte Wesen, das über dem Boden schwebt. Die Erde ist nicht dein Element. Luft und Feuer inspirieren dich. Pläne passen nicht zu dir. Trotzdem solltest du besser auf dich achtgeben. Erlaube mir bitte, dir zu sagen, dass ich den Eindruck habe, du verschleuderst dich mit deinen Selbstzweifeln. Du quälst dich.«

»Du meinst …«, setzte sie an, »… ich quäle mich vorsätzlich?«

»Du musst dir mehr Ruhe gönnen. Du siehst sehr müde aus.«

Er strich ihr zärtlich über die Wange.

»Ich bin zum Umfallen müde, Reinhard. Das bin ich jeden

Tag, schon nach dem Aufstehen könnte ich wieder schlafen gehen.«

Eine Erinnerung an die gemeinsamen Arbeitsnächte in München mit ihm streifte sie, da sie bis zur Erschöpfung in die Morgendämmerung hinein gearbeitet hatten und zufrieden auseinandergegangen waren. War es so weit mit ihr gekommen, dass sie sich nach dem verhassten München sehnte?

»In diesem Heim hier hättest du Gelegenheit zur Ruhe. Verlebe dich nicht. Verschleudere nicht all deine Reserven. Du musst gesünder leben, Ingeborg. Wir rauchen und trinken alle viel zu viel.«

Verabenteuere dich nicht! – Das hatte ihr auch Paul in einem seiner letzten Briefe geschrieben.

»Du hast die Tabletten vergessen, das ganze Gift in meinem Körper«, sagte sie sarkastisch. »Die wahre Poesie hat keinen Plan. Sie geht ihre eigenen Wege.«

Sie drückte ihre Zigarette aus, stand auf und strich ihren Rock glatt. Aus den fünf Minuten waren weit über fünfzig geworden. Trotzdem hatte sie es geschafft, den Ofen pünktlich einzuschalten.

»Gerade die Poesie braucht einen intakten Körper, der sie beherbergt. *Mens sana in corpore sano*«, erwiderte Baumgart und erhob sich.

Als sie die Tür öffnete, war es in der Wohnung mucksmäuschenstill. Wo war Max? Baumgart, der ihr gefolgt war, tippte ihr vorsichtig auf die Schulter. Dann bedeutete er ihr hinaufzusehen.

Oben am Ende der Wendeltreppe stand Max als Dandy verkleidet, das dichte Haar mit Brillantine zurückgekämmt, die

Arme verschränkt. Er trug eine helle, elegante Hose mit hoher Bundfalte, ein weißes Hemd, Budapester Schuhe und wirkte, als sei er soeben aus einem Hollywood-Film entsprungen.

Noch nie hatte sie Max in einem derartigen Aufzug gesehen. Es war, als habe er sich in der Kostümkammer eines Broadway-Theaters bedient, um Leichtigkeit zu demonstrieren.

Grinsend zog Max an seiner Pfeife, ein Bein über das andere gekreuzt.

»Seid ihr so weit?«, fragte er, hielt sich am Geländer und begab sich schwungvoll auf den Weg hinab.

Ihr lief ein kalter Schauer über den Rücken. Die exaltierte Rolle stand ihm nicht. Lieber war er ihr, wenn er aus seiner Haut fuhr. Sein hysterisches Rollenspiel in diesem seltsamen Aufzug machte ihr Angst, weil es so gar nicht zu ihm passte.

Ich ziehe mir Geschichten an wie Kleider. Diesmal hatte sich Max, der am liebsten Cordhosen und Pulli trug, in der Rolle vergriffen.

Sie ging in die Küche, aus der bereits ein Duft nach geschmorten Zwiebeln, Knoblauch und Tomaten in die Wohnung strömte. Das Huhn hatte auf niedriger Temperatur in einem Keramiktopf gegart, die Beilagen hatte sie schon zuvor vorbereitet.

Als sie mit dem dampfenden Huhn den Salon betrat, entdeckte sie einen riesigen Strauß roter Rosen in einer blauen venezianischen Blumenvase. Max hatte den Tisch gedeckt.

»Danke, Max«, flüsterte sie ihm beim Essen zu und drückte seine Hand.

Er gab sich als der perfekte Gastgeber, vergaß niemals, den Wein nachzuschenken, und plauderte mit Baumgart über den Literaturbetrieb, das Zürcher Theater, seine Pläne.

»Möchtest du noch etwas Nachtisch, mein Mädchen?«, fragte er am Ende des Menüs gönnerhaft.

War nicht sie es, die stundenlang in der Küche gestanden hatte? Sie starrte auf seine weiße Krawatte und hätte sie ihm am liebsten abgeschnitten. Dieses Komödiantengetue machte sie rasend!

Konnte man denn nicht an einem einzigen Tag im Jahr ein normales, römisches Leben vorweisen, für ein paar Stunden der Versuchung des Banalen erliegen?

Max würde sicherlich leichte Sätze für ein derartiges Szenario finden: Ein Paar isst mit einem befreundeten Lektor zu Abend. Man lacht, trinkt und plaudert. Das Wetter, Rom, die Sehenswürdigkeiten, *dolce vita. Amami, ti voglio bene* – Liebe mich, ich liebe dich, hieß es in Adriano Celentanos Schlager, den italienische Radiosender derzeit tagein, tagaus spielten. In der Schlagerwelt war die Liebe ein Kinderspiel.

Wie aus der Ferne hörte sie Reinhard und Max über politische Statements in der Literatur schwadronieren, ein Ansatz, den sie für durchweg falsch hielt. Aber sie schwieg.

Nein, hier in Rom gab es für Max und sie kein Gleichgewicht, genauso wenig wie an irgendeinem anderen Ort in der Welt. Sie schafften es nicht, sich im Alltag einzurichten, geschweige denn, ein gewisses Maß an Normalität zu finden.

Sie holte eine weitere Flasche Wein aus dem Kühlschrank, öffnete sie und trank ihr Glas in kleinen Schlucken leer. Max schenkte darauf alle Gläser nach.

»Alles, was ein Schriftsteller schreibt, ist ein politisches Bekenntnis«, hörte sie ihn sagen.

Sein Gesicht verschwand hinter Pfeifenrauch. In einem Zug leerte er nun sein Glas.

Politisches Bekenntnis! Dabei war sie es, die bereits vor Jahren mit ihrer Unterschrift gegen die atomare Aufrüstung im Westen protestiert hatte. Max gefiel sich offensichtlich in seiner Rolle, die er gegenüber *ihrem* Lektor einnahm: Geschmeidig wie ein Chamäleon passte er sich der gesellschaftlichen Realität an.

Auszuhalten waren ihre unterschiedlichen Temperamente nur unter einer Liebesglocke, die sie von der Welt abschirmte. Nur die Liebe sah Kränkungen und Verletzungen nach. Von solch innigen Momenten war in diesen Tagen jedoch nichts zu spüren. Aus ihren geplanten Freiräumen waren Gefängniszellen geworden.

Immer noch suchte sie Metaphern, Symbole, etwas Allgemeingültiges und brachte vor lauter Anspruch an Perfektionismus kein einziges Wort hervor.

Max hingegen sagte einen Satz und stellte ihn wie einen Wegweiser in die Landschaft.

MAX

KAPITEL 35

Rom, 1961

Max erwachte mit heftigen Kopfschmerzen.

Wie durch einen Schleier sah er leere Flaschen auf dem Tisch, benutzte Gläser, Aschenbecher. Als er an sich hinabblickte, bemerkte er, dass er vollständig bekleidet auf dem Sofa lag. Das Hemd hing ihm aus dem Hosenbund, auf seiner gelockerten Krawatte befanden sich rote Flecken. Er roch daran und registrierte den Geruch von Wein.

Er rieb sich die Schläfen, spürte eine aufkommende Übelkeit und setzte sich vorsichtig auf. So verharrte er mehrere Minuten, griff dann nach einer angebrochenen Wasserflasche und trank sie in mehreren Zügen leer.

Beim Blick zum Telefon erinnerte er sich dunkel an ein Telefonat, das Ingeborg geführt hatte, noch bevor Baumgart gekommen war. Was hatte sie geflüstert, während sie sich von Max abgewandt hatte?

»Ich fahre im Dezember nach London.«

Tatsächlich würde sie mit ihm dorthin fahren, zu einer Aufführung von *Biedermann und die Brandstifter* im Londoner Theater. Warum sagte sie *ich*, warum nicht *wir*? Immer schloss sie ihn aus. War ihm bereits da der Kragen geplatzt?

Nein, er hatte sich noch zusammengerissen.

Bruchstücke der Nacht blitzten wie zerrissene Bilder vor seinem inneren Auge auf. Ein wunderbares Abendessen, das

Ingeborg zubereitet hatte, Gespräche mit Baumgart über Rom, die Literatur, die Musik. Seine Sticheleien. Nach dem Essen hatte er den Lektor auf einen kleinen Sitzhocker verwiesen, während er es sich im Ohrensessel bequem gemacht hatte. Ingeborgs Augenrollen über sein schlechtes Benehmen. Baumgart hatte seine Unverschämtheiten mit Fassung getragen.

Dann die Bar, an die er sich verschwommen erinnerte: dicke Luft, der Rauch, Musik, Whisky. Irgendwann war er mit Ingeborg nach Hause zurückgekehrt, und sie hatten bis in die Morgenstunden getrunken. Und gestritten. Er wusste nicht einmal mehr den Anlass, aber dass er ein Glas an die Wand geworfen hatte, das dämmerte ihm jetzt.

Wo war Ingeborg?

Nach einer zweiten Wasserflasche torkelte er in den Flur und sah hinauf zum Schlafzimmer, zum Bad. Es war ihm unmöglich, in diesem Zustand die Wendeltreppe hinaufzugehen. Er schleppte sich in die Küche, spritzte sich kaltes Wasser ins Gesicht und nahm zwei Aspirin.

Die Bar von gestern wurde deutlicher in seiner Erinnerung, durch das schummrige Licht erkannte er drei Akteure: Ingeborg, Baumgart und sich selbst. Sie hatten bis in die Morgenstunden gefeiert, getrunken. Was hatte es denn zu feiern gegeben? Sie hatten getanzt. Er korrigierte: Ingeborg hatte getanzt. Mit einem Fremden. Es war ein Bossa Nova gewesen. Sie war eine ausgezeichnete Tänzerin, während er stocksteif auf seinem Barhocker ihren Bewegungen zugesehen hatte, die Hand des Fremden über ihrem Po, ihr Lachen, ihre aufgesetzte Fröhlichkeit. Irgendwann waren sie mit dem Taxi in die Via Notaris gefahren. Unterwegs hatten sie Baumgart in seinem

Hotel abgesetzt. Schon auf der Straße der erste Streit. Es ging dabei um das Übliche: ihre ständige Abwesenheit, ihre Geheimnistuerei, ihr Theater, das sie um Baumgart machte, ihre Tanzerei mit fremden Männern. Wange an Wange.

Irgendwann musste bei Max eine Sicherung durchgebrannt sein. Das Schlimme am Suff war, dass er die letzten Reste des Anstands erstickte und die dunkelsten Abgründe im Menschen hervorbrachte.

Max hatte geflucht, geschimpft, gejammert. Baumgart war ein guter Freund Ingeborgs, nicht mehr, nicht weniger. Er war immer nett zu Max gewesen. Aber er war nun einmal hier gewesen und zum Opfer von Max' Angriffen geworden. Jetzt wusste Max nicht, wofür er sich mehr schämte, für seine Eifersucht oder dafür, Baumgart beleidigt zu haben. Er würde sich bei ihm entschuldigen.

»Ist er eine deiner heimlichen Affären?«, hatte Max in Baumgarts Anwesenheit gestichelt, obwohl er es besser wusste.

»Nein. Das ist er nicht. Ich weiß nur zu gut, warum ich meine Freunde von dir fernhalte. Jeder ist in deinen Augen ein Nebenbuhler«, hatte sie gefaucht.

»Weil ich nicht weiß, was du tust, wenn du fort bist!«, hatte Max sich lauthals verteidigt.

»Du bist unerträglich, Max. Wenn du getrunken hast, bist du unausstehlich. Du vergisst dich!«

»Leider vertrage ich nicht so viel wie du, holde Herrin der Via Notaris.«

So etwas Ähnliches hatte er aus der unteren Schublade seines Sprachrepertoires herausgezogen. »Du bist ja noch stocknüchtern, wenn ich bereits ins Koma falle.«

Scham überkam ihn bei dem Gedanken daran, wie tief ein eifersüchtiger Mann fallen konnte. Liebestrunken, unberechenbar, primitiv – zuweilen erschrak er vor sich selbst.

Ein Wort hatte das andere gegeben. Bis sie plötzlich nach oben gegangen war. Er hatte ihr hinterhergesehen, aber allein beim Anblick der Wendeltreppe war ihm schwindlig geworden.

Er sah sich in der chaotischen Küche um. Das Geschirr türmte sich auf dem Herd, jede Menge leerer Flaschen, Soßenreste. Mechanisch begann er das Schlachtfeld aufzuräumen. Er spülte die Gläser, Teller und Töpfe und stellte den Müll für die Haushälterin bereit. Pina würde wie immer zuverlässig die Spuren der Nacht beseitigen. Aber diese Küche, fand Max, hätte man nicht einmal Pina zumuten können.

Je mehr Ordnung sich in der großen Küche einstellte, desto klarer wurde sein Geist, desto wacher die Erinnerung, seine Scham.

Ingeborg hatte ein phantastisches Huhn in einer Tomaten-Kapern-Soße mit schwarzen Oliven zubereitet, dazu bissfestes Gemüse und Brot serviert. Die Reste einer aufwendigen sizilianischen Süßspeise klebten noch in einer Schüssel. Max weichte sie ein, öffnete das Küchenfenster. Er würde nie verstehen, warum Ingeborg immer nur die Anzahl von schmutzigen Gläsern spülte, die sie benötigte. Jedes Mal, bevor Besuch kam, dasselbe Szenario: Wie aus heiterem Himmel brauchte sie auf einmal saubere Gläser für Gäste, die sich Tage vorher angekündigt hatten! Ist es denn möglich, dass kein sauberes Geschirr mehr da ist, fragte dann ihr verzweifelter Blick, als stünde sie zum ersten Mal vor diesem Dilemma.

Max spülte immer das komplette Geschirr, räumte es in den

Schrank ein. Er fand eine übersichtliche Küche schlichtweg ökonomischer.

In Sachen Ordnung würden sie niemals übereinkommen.

Scheidungsgrund: *unüberbrückbare Ordnungsauffassungen.* Er lachte auf. Insgeheim jedoch hielt er die nicht zugeschraubten Zahnpastatuben vielleicht tatsächlich für einen ernsthaften Trennungsgrund, genau wie die Verwahrlosung der Küche, verschmutztes Geschirr und die Verweigerung von Zärtlichkeiten. Für einen Moment fragte er sich, ob das Chaos Ingeborgs seelischen Zustand widerspiegelte, und aus diesem Blinkwinkel wurde sein Versuch, Ordnung zu schaffen, zu einem heillosen Unterfangen.

Über eine Stunde spülte er gegen das Unvermeidbare an: Schon bald würden sich Teller, Tassen, Gläser und Besteck erneut auftürmen. Er trocknete ab und machte sich anschließend einen starken Espresso. Nachdem er ihn getrunken hatte, ging er hinauf ins Bad.

Wahrscheinlich schlief Ingeborg noch.

Nach einer ausgiebigen Dusche fühlte er sich lebendiger, das Koffein belebte seinen Körper. Mit zitternder Hand legte er vor dem Spiegel die Rasierklinge an seinen Hals und erfrischte sich nach einer verletzungsfreien Rasur mit Acqua di Parma. Er schlüpfte in seinen Bademantel. Wie immer hatte Pina ohne großes Aufsehen frische Wäsche ins Haus gezaubert.

Er kämmte sein volles, feuchtes Haar zurück und setzte seine Brille auf. Sein Gesicht zeigte die Spuren der Nacht, nein, der Nächte und Tage des römischen Lebens und Leidens, des Abgrunds, der Verzweiflung, des Raubbaus an seinem fünfzigjährigen Körper. Das war das Gute, aber auch das Schlimme am Schreiben: Immer wieder brachte es einen zum schonungslosen Blick auf sich selbst, zur Wahrheit.

Als er leise ins Schlafzimmer schlich, um neue Kleidung zu holen, schreckte er zurück: Das Bett war leer, unberührt. Wo war Ingeborg?

Sein Puls stieg so unmittelbar, wie ihn das Monster der Eifersucht heimsuchte. Auf einem Bein hüpfend stieg er in das Hosenbein, dann in das zweite, warf ein Hemd über, knöpfte es zu, zog einen Pulli an. In der Eile fand er keine passenden Socken, nahm sich einen schwarzen und einen grauen.

Er ging die Treppen hinab und fand sich schwer atmend am Ende des Flurs vor Ingeborgs Arbeitszimmer wieder. Plötzlich verursachte ihm der Duft seines Rasierwassers Übelkeit.

»Bin mit Baumgart nach Uetikon gefahren. Ich brauche Abstand, muss arbeiten. Telegraphiere oder rufe an. Ingeborg«

Der Zettel war mit Klebestreifen an der Tür befestigt.

Mit einem Tritt stieß er sie auf und starrte auf die Schublade ihres Schreibtischs, wo sie ihre Post aufbewahrte. Einen winzigen Augenblick erwog er, sie diesmal wirklich zu öffnen. Noch nie zuvor war die Versuchung so groß gewesen, ihm war, als wäre das Überschreiten dieser Grenze nunmehr ein Akt der Gerechtigkeit, was seine Verletzung anging.

Dann aber sah er sich von außen: ein wildes Tier in einer Anzughose, rasiert, mit verschiedenfarbigen Socken und gekämmtem Haar, keuchend, angeschlagen.

Er schloss die Augen, besann sich: Wenn er diese letzte Schwelle überträte, gab es kein Zurück. Es wäre vorbei. Er würde vor sich selbst nicht mehr bestehen, dieses heilige Tabu verletzt haben – und damit ebenso Ingeborg wie sich selbst.

MAX

KAPITEL 36

Rom, Herbst 1961

Max schlug die Tür zu, riss den Zettel ab, zerknüllte ihn und warf ihn auf den Boden. Sanft kam er auf. Dann eilte er nach nebenan in den Salon und griff zum Telefon. Er vernahm das monotone Geräusch der Wählscheibe, während er einen Blick auf die Uhr warf. Zwei Uhr mittags. Er rechnete nach: Ausgeschlossen. Sie konnte noch nicht in Uetikon angekommen sein.

Er legte auf.

Irgendwann schlüpfte er in seine Schuhe, nahm seinen Mantel, verließ das Haus und betrat die ihm vertraute Trattoria um die Ecke, wo er eine Minestrone zu sich nahm.

Als er bezahlte, fing es an zu regnen. Kühle Luft strömte durch die Gassen Roms. Der Herbst war eingezogen, der Sommer endgültig vorbei. Er kaufte in einem Souvenirgeschäft einen Regenschirm und ging zurück in die Via Notaris. Dort wählte er eine römische Telefonnummer, die er von einem Papierfetzen ablas.

Nach dem dritten Läuten legte er auf, von Panik erfasst, was er Judy überhaupt hätte sagen wollen. Die gemeinsame Nacht mit ihr lag Wochen zurück. Damals hatte er sich vor dem Morgengrauen davongeschlichen. Seine Haut hatte die fremden Berührungen vergessen, ehe es Mittag geworden war. Judy, das war ihm schnell klar geworden, brachte eine Geschichte mit, eine komplizierte Geschichte. Seine eigene reichte ihm. Verworrene Sätze konnte er sich selbst vorplappern.

Er ging die Wohnung ab, als messe er deren Leere aus. Dann kam ihm ein Gedanke. Ehe er sich versah, stand er im Mantel vor der Garderobe und nahm seine Autoschlüssel.

Max erreichte das Gotthardmassiv gegen Mitternacht. Der Mond hing prall wie ein Ballon am Himmel.

Er war ein Narr.

Auf dem Gebirgspass empfing ihn eine dichte Nebelwand. Die weißen Marksteine zu seiner Rechten waren kaum zu sehen.

Regen setzte ein.

Er passierte die Teufelsbrücke. Die Kirchenglocken schlugen zur vollen Stunde. Mitternacht.

Im Rückspiegel registrierte er die schwache Straßenbeleuchtung von Andermatt. Wind kam auf, und vereinzelt sah er im letzten Augenblick die Lichter entgegenkommender Autos. Er konzentrierte sich auf die Straße, auf die Marksteine. Jetzt ging es die Serpentinen hinab. Der Nebel wurde stärker, genau wie der Regen, und für einen Moment verlor er die Orientierung. Wassermassen trommelten auf das Autodach, gegen die Frontscheibe. Der Wagen schien auf der Straße zu schwimmen, bis die Räder wieder griffen. Die Scheibenwischer drückten den Regen nur kurz weg. Max konnte den steilen Abgrund rechts von ihm nur erahnen. Fast unheimlich, das Bergmassiv um sich zu wissen, es aber nicht zu sehen.

Unter ihm musste Göschenen liegen. Vor seinem inneren Auge sah er, wie er sich vor langer Zeit dort mit Ingeborg nach seiner Krankheit getroffen hatte, beide voller Sehnsucht und in Erwartung eines Neubeginns.

Was war daraus geworden?

Von innen beschlugen die Scheiben, und er wischte sie mit einem Lederhandschuh frei. Die Heizung lief auf Hochtouren, trotzdem klapperte er mit den Zähnen.

Immer wieder fuhr er für Sekunden blind, obwohl die Scheibenwischer auf höchster Stufe liefen. Vor einer engen Kurve umklammerte er das Lenkrad, trat mehrfach auf die Bremse und drosselte die Geschwindigkeit auf zwanzig Stundenkilometer herunter.

Ein einziges Mal kam ihm der Gedanke anzuhalten. Nein, das war keine Option. Die Verzweiflung ließ ihn weiterfahren.

Dann geschah es.

Ihm mussten die Augen zugefallen sein, eine Art Sekundenschlaf, wie ihm rückblickend klar wurde: Die Räder blockierten auf der schwimmenden Fahrbahn und verloren die Bodenhaftung. Wie in Zeitlupe schlitterte sein Fiat als träge Masse unkontrolliert in eine Kurve und fuhr trotz eingeschlagenem Lenkrad einfach geradeaus. Nach einem Ruck blieb er stehen.

Max riss die Augen auf. Das Adrenalin schoss durch seinen Körper. Dann Stille. Nur der Trommelregen war zu hören. Mit den Vorderrädern fand er sich an der Böschung wieder – mit abgewürgtem Motor. Unter ihm das tiefe Tal. Der Markstein befand sich zu seiner Linken. Er wagte es kaum, sich zu bewegen.

Es mussten Sekunden sein – ihm erschienen sie unendlich lang. Wie fremdgesteuert trat er vorsichtig auf die Kupplung, drehte den Zündschlüssel herum und legte den Rückwärtsgang ein. Ihm war, als hinge sein Leben an wenigen Zentimetern, die über Absturz oder Bodenhaftung entschieden. Es fehlte nicht viel, und sein Fiat würde mit ihm ins Tal hinabstürzen. Vor seinem inneren Auge blitzten Sequenzen mit Ingeborg auf: Ihre Umarmungen am Zürcher Bahnhof, der gedeckte Tisch in La Spezia, die vernichtenden Streitgespräche in Rom und in Uetikon mit dem schönsten Garten der Welt. Fast glaubte er, den Duft ihrer Haut zu riechen. Nein, er würde nicht abstürzen. Er musste zu ihr! Behutsam gab er Gas, und es erschien ihm wie ein Wunder, dass es funktionierte. Tatsächlich gelang es ihm, das Auto zurück auf die Straße zu setzen.

In der Ferne glommen Scheinwerferlichter, die sich näherten. Ohne nachzudenken, fuhr er zur gegenüberliegenden Seite in eine LKW-Einbuchtung, direkt auf den Berg zu, nur weg vom Abgrund. Mit einem unsanften Ruck kam er zum Stehen.

Max starrte auf die Felswand direkt vor ihm. Er bewegte seine Finger, umklammerte das Lenkrad. Dann drückte er mehrfach auf die Hupe, um sich für das entgegenkommende Fahrzeug bemerkbar zu machen.

Zu seiner Überraschung hielt es an. Ein Mann stieg aus und trat unter einem aufgespannten Regenschirm an seinen Fiat heran. Max kurbelte das Fenster herunter. Er registrierte die kühle Luft, den Lärm des prasselnden Regens.

»Sind Sie verletzt?«

Dieser vertraute Schweizer Akzent! Max hätte den Mann umarmen mögen. Er berührte seine Stirn, blickte auf seinen Finger und schüttelte den Kopf.

»Nein. Alles in Ordnung.«

Wie in Trance sah er dabei zu, wie sein Retter nach vorn zur

Motorhaube ging, die Front des Fiats inspizierte und den Daumen in die Höhe hob. »Es scheint nur eine Schramme zu sein, mein Herr. Starten Sie den Motor, bitte.«

Max sah ihn hilflos an. Er, der gerade noch über einem Abgrund gehangen war, hatte vergessen, wie man einen Motor startete.

»Tauschen wir die Plätze«, sagte der Helfer freundlich, ruhig.

Max rückte auf den Beifahrersitz.

Der Schweizer stieg ein, startete den Motor und fuhr vorsichtig an. Er stellte den Fiat näher an den Felsen, zog die Handbremse an und legte den Leerlauf ein.

»Unten im Tal lässt der Regen nach«, hörte Max den Mann im Lärm der herabfallenden Wassermassen rufen. »Aber auch dort herrscht dichter Nebel. Sie sollten sich etwas ausruhen.«

Erneut tauschten die Männer die Plätze. Max stieg aus, lief um den Fiat herum und nahm auf dem Fahrersitz Platz. Er war klatschnass.

Max' Helfer warf die Fahrertür zu und beugte sich zu ihm hinab. »Auf alle Fälle sind Sie aus der Gefahrenzone heraus«, rief er durchs geschlossene Fenster. »Trotzdem: Lassen Sie die Warnblinkanlage an, bis Sie weiterfahren. Alles in Ordnung. Gute Fahrt.«

Max atmete tief durch und bedankte sich.

Der Mann verschwand.

Max wusste nicht, wie lange er stumm dagesessen und zur Frontscheibe hinausgestarrt hatte. Sein Hemd klebte unter dem Jackett an der Haut, durchnässt wie er war. Er zitterte am ganzen Körper, wartete verstört, bis es aufhörte. Er wischte sich über das feuchte Gesicht, schaltete den Motor aus und schloss die Augen. Nur ein wenig ruhen, bevor es weiterging. Das monotone Klickgeräusch des Warnblinklichts hielt ihn wach.

Es war nichts passiert. Aber tief in ihm war ein Alarm ertönt, und Max sah sich von außen: Ein Verrückter, der mit jeder Menge Restalkohol im Blut knapp tausend Kilometer gefahren war. Was erhoffte er sich in Uetikon? Schlimmer, was fürchtete er, dort vorzufinden? Wie weit wollte er noch gehen, wie tief hinuntersteigen zum Grund seines Liebeswahns? Um ein Haar wäre er den Hang hinabgestürzt.

Morgens um vier erreichte er das im Nebel liegende Uetikon, krank vom Selbstmitleid, vom Liebesentzug und vom Gekränkt-Sein.

Der Alarm in ihm war verstummt. In der ganzen Wohnung brannten Lichter.

Er klingelte Sturm, weil er den Schlüssel vergessen hatte.

Als Ingeborg ihm öffnete, sah er in ihr verwirrtes Gesicht. Auf ihrer Haut zeigten sich rote Flecken, die Augen waren weit aufgerissen, fragend, zweifelnd, aber auch voll Traurigkeit, Wehmut. In der Hand hielt sie eine Brille.

»Max!«

Er sagte nichts. Ihm war die Fähigkeit, ihre Mimik zu lesen, abhandengekommen.

Wie in Zeitlupe drehte sie sich um. Er folgte ihr in die Küche.

»Hättest du denn nicht anrufen können?«, fragte sie, als vermute sie eine defekte Leitung zwischen Rom und Uetikon.

Sie trat zur Spüle und gab Wasser in die kleine Aluminium-Espressomaschine.

Aufgewühlt sah er zu, wie sie Kaffeepulver in das Sieb gab, die Kanne zuschraubte und diese auf den Herd stellte. Die Gasflamme ging an. Auf der Spüle und dem Tisch stapelte sich schmutziges Geschirr. Viel länger als er konnte sie nicht hier sein – in dieser kurzen Zeit war es ihr gelungen, dieses Chaos zu schaffen? Verwirrt sah er ihr dabei zu, wie sie eine saubere Tasse aus dem Schrank holte.

Ingeborg war da. Er war da. Fast tausend Kilometer lagen hinter ihm. Und jetzt? Was tun mit einer dünnen Gegenwart?

»Ich koche dir einen Kaffee.«

Er warf einen Blick zum Fenster hinaus. Unten, keine zwanzig Meter von hier, führte der schnurgerade Weg zum Zürichsee. Der verwunschene Garten, das Paradies. Warum, verdammt noch mal, konnten sie diesen himmlischen Ort nicht für sich nutzen? Was war schiefgegangen?

»Du trägst zwei verschiedenfarbige Socken«, sagte sie, ohne ihn anzusehen.

Überrascht stellte er fest, dass er ihr Lächeln hören konnte.

Er blickte an sich hinab und wackelte mit den Zehen. Schwarz und grau. Er war ja nicht blind! Plötzlich kam ihm ein Gedanke, der sich ihm wie eine Schlinge um den Hals legte. Mit einem Ruck trat er vom Fenster weg, ging im Flur von einer Tür zur anderen, riss jede einzelne auf und warf einen irren Blick hinein.

Als er in die Küche zurückkehrte, stand sie da. Tränen liefen ihr lautlos über die Wangen, die Arme hingen kraftlos an ihr herab.

»Max, was suchst du?«

»Einen Neapolitaner, einen Feingeist, einen Dichter, einen Komponisten, ein Phantom! Sag du es mir, wen ich suche, verdammt!«, rief er.

Sie zuckte zusammen.

Jetzt erst merkte er, dass auch er weinte. Die Wut presste die Tränen aus ihm heraus.

»Glaubst du denn wirklich, ich würde hier in unserer Wohnung einen anderen Mann ...?«

Sie brach ab. Er konnte ihre Ratlosigkeit sehen, oder war es seine?

»Ja«, sagte er ernst. »Das glaube ich.«

»Was ist passiert, Max?«, fragte sie auf einmal in einem weichen Ton.

Ja – das war die Frage aller Fragen: Was war mit ihnen geschehen?

Sie machte einen Schritt auf ihn zu und strich ihm eine Haarsträhne aus dem Gesicht. Vorsichtig tastete sie mit der Fingerspitze über eine kleine Erhebung auf seiner Stirn.

Der Schmerz durchfuhr ihn wie ein Messerstich.

Im Spiegel des Fensters registrierte er eine kleine Beule über der linken Augenbraue, die wohl von seinem Unfall herrührte.

»Nichts«, sagte er und wischte sich die Augen. »Nichts. Es ist nichts passiert. Nur eine kleine Schramme. Ich bin zum Umfallen müde. Todmüde.«

Diesmal hatte *er* es gesagt.

STURZFLUG

1962–1963

»Je ehrlicher das Leben, je lebendiger, je echter, umso sicherer der Schmerz. Angst vor Schmerz bringt uns zur Rücksicht, nie zum Leben.«

MAX FRISCH

INGEBORG

KAPITEL 37

Rom, 1962

Seit über einem halben Jahr kam Ingeborg mit ihrem Schreiben nicht voran. Um sich finanziell über Wasser zu halten, nahm sie vielerlei Aufträge an, die keiner Poesie bedurften: Die Redaktion für Radiosendungen in München, Übersetzungen und Reportagen über Rom. Von Max wollte sie kein Geld nehmen, obwohl er das immer wieder anbot.

Baumgart übte sich in Geduld. Auch der Verleger Piper wusste, dass zeitlicher Druck bei der Dünnhäutigkeit einer Bachmann alles nur verschlimmerte.

Die gemeinsamen Aufenthalte mit Max in Rom waren zuletzt immer seltener geworden, jetzt aber, da der Herbst vor der Tür stand, wollten er und Ingeborg wieder mehr Zeit in der Via Notaris verbringen.

Max beschwerte sich nicht mehr über ihre Abwesenheit, zumal er selbst regelmäßig zu Aufführungen seines neuen Stücks *Andorra* verreisen musste. Er arbeitete weitaus ökonomischer als sie und war trotz der Schieflage ihres Liebeslebens stets in der Lage weiterzumachen.

Während Ingeborg ins Leere starrte, schien es Max ein Leichtes, nach einem Acht-Uhr-Frühstück mit Kaffee und Marmeladenbrot aus einem imaginären Gefäß seine Schöpferkraft zu zapfen. Punkt drei Uhr drehte er den Hahn zu. Am nächsten Morgen begann das Spiel von vorn.

Sie hingegen wusste sich nicht anders zu helfen, als auf Hochprozentiges, Betäubendes zurückzugreifen. Doch längst erzeugte der Rausch keine Inspiration mehr.

Nach wie vor gab es in ihrem Zusammenleben Streit über Max' hysterische Eifersuchtsanfälle, oft gefolgt von maßloser Wut. Immer häufiger entzündeten sich die Auseinandersetzungen an Banalitäten wie einer unaufgeräumten Küche, dem Spülen von Geschirr, einem gemeinsamen Termin, den Ingeborg schlichtweg vergessen hatte.

Max vergaß nie etwas. Keine Demütigung, keine Verletzung, kein einziges falsches Wort, von ihr in der Verzweiflung gesagt.

Nachdem *Andorra* mit großem Erfolg auf deutschen und schweizerischen Bühnen aufgeführt worden war, konzentrierte er sich wie ein Besessener auf sein Romanprojekt. Ingeborg und er waren übereingekommen, ihre Arbeit weitgehend aus ihrer Beziehung herauszuhalten, deren Themen und die großen Unterschiede in ihrem Schreiben bargen zu viel Konfliktpotenzial für ihre zunehmend zerbrechliche Liebe.

Eine Abwechslung im literarischen Rom kam ihnen beiden sehr gelegen: Zur Freude Ingeborgs hatte der von ihr hochgeschätzte Uwe Johnson eines der begehrten Stipendien für die Villa Massimo erhalten, und man besuchte sich gegenseitig. Seine Anwesenheit erhellte ihren Alltag. Mit ihm drohten keinerlei Verwicklungen, ganz im Gegenteil: Auch Max hatte zu dem zurückhaltenden Mann Vertrauen gefasst. Offensichtlich verfügte Johnson über das seltene Talent, mit Ingeborg und Max gleichzeitig befreundet zu sein.

Über Johnson hatten Ingeborg und Max den Dramatiker Tankred Dorst und dessen Geliebte Marianne Oellers kennengelernt. Dorst lebte genau wie Johnson als Stipendiat in der Villa Massimo.

Vor einigen Wochen hatten Max und Ingeborg das Paar Oellers und Dorst in die Via Notaris eingeladen. Schmunzelnd erinnerte sich Ingeborg, wie Max sich zu diesem Anlass aus Versehen zwei Krawatten umgebunden hatte. Selten hatte sie ihn so zerstreut erlebt. Alle hatten herzlich über seinen Aufzug gelacht, und man hatte sich auf Anhieb gut verstanden.

Gern folgten Ingeborg und Max einer Gegeneinladung auf die Terrasse der Villa Massimo, um die sonnigen Stunden des herannahenden Frühlings zu genießen.

Schräg gegenüber den beiden Paaren saß ein Mann, dessen Kopf hinter einer ausgebreiteten Zeitung verschwand, auf deren Titelbild Maria Callas und Aristoteles Onassis in vertrauter Pose abgebildet waren. Der griechische Multimillionär und die Diva waren seit drei Jahren ein Paar, genauso lange wie Ingeborg und Max.

Es schien, als lauere die Klatschpresse nur auf das Scheitern der Callas in der Liebe ebenso wie auf ihr Versagen als Sopranistin. Jene, die sie einst gefeiert hatten, ließen sie kurzerhand fallen. Längst waren die glamourösen Auftritte einer Callas an Onassis' Seite wichtiger geworden als ihr Gesang. Man wartete auf den Absturz der Künstlerin. Fotos des tanzenden Paars und Marias mit einem verklärt verliebten Lächeln auf Onassis' Luxusyacht, während er das Steuer lenkte, waren um die Welt gegangen.

Solche Indiskretionen blieben Ingeborg und Max glücklicherweise in ihrer neuen Heimat erspart: Kein Reporter interessierte sich in Rom für sie – anders als zu Hause.

Liebe und Kunst – widersprach sich das, fragte sich Ingeborg angesichts der großen sensationsheischenden Lettern, oder vermochte das eine das andere zu bereichern?

Sie selbst schrieb, wie sie atmete, auch wenn es Blockaden gab, dunkle Abgründe, in die sie hinabblickte. Aber das würde vorbeigehen.

»*Ich trage Maria in mir, aber da ist auch die Callas, der ich gerecht* werden *muss. Ich versuche, mit beiden auszukommen*«, hatte die Operndiva einst in einem Fernseh-Interview bekannt.

Dieser Konflikt war Ingeborg nur allzu vertraut. Auch sie musste sich mit zwei einander widersprechenden Persönlichkeiten arrangieren. Die Schriftstellerin und die Frau kämpften in ihrem Inneren stets um die Vorherrschaft. Die eine suchte Vollendung in der Kunst, die andere Liebe, Schutz, Geborgenheit.

»Wo bist du mit deinen Gedanken?«, hörte sie Max wie aus der Ferne fragen. Sie spürte seine weiche Hand in ihrem Nacken. Gleich drei Augenpaare sahen sie abwartend an.

Max zog seine Hand zurück.

»Entschuldigt«, sagte sie, schüttelte sich, nahm einen Schluck aus ihrem Glas und zündete sich eine Zigarette an. »Ich musste gerade an Maria Callas denken.«

Sie deutete auf die Zeitung.

»Es ist abstoßend, was mit dieser großartigen Frau gemacht wird«, sagte Tankred Dorst und verzog das Gesicht. »Kann man sie nicht einfach glücklich sein lassen?«

Ingeborg lächelte ihn dankbar an. »Genau das waren meine Gedanken, Tankred.«

Nach einer kurzen Pause widmete sich Tankred wieder seinem Gespräch mit Max und berichtete von seiner Arbeit.

Wie aus der Ferne hörte sie Mariannes herzhaftes, fröhliches Lachen. Sie war geradezu erfrischend! Ingeborg hatte diese junge Frau auf Anhieb gemocht. Marianne trug ihr volles dunkles Haar zu einem Pferdeschwanz zusammengebunden und erzählte lebhaft. Nach den vielen ernsten Gesprächen der letzten Monate empfand Ingeborg jedes Treffen mit ihr als reine Wohltat.

Max sog an seiner Pfeife und hörte Tankred und Marianne aufmerksam zu.

Es ging um Einschränkungen für Stipendiaten der Villa Massimo. Frauenbesuch war den männlichen Bewohnern der Villa zwar erlaubt, Übernachtungen jedoch strikt untersagt.

Man vergnügte sich den ganzen Nachmittag, plaudernd über Rom, die Literatur, die schlichte Architektur der Villa Massimo, deren exponierte Lage.

»Es ist ein Segen, als Schriftsteller in Rom zu arbeiten«, sagte Max. »Eine äußerst anregende Stadt.«

Das Quartett stieg vom leichten Weißwein auf Roten um. Ein Wort gab das andere, und bevor die Dämmerung hereinbrach, war die dritte Flasche Wein geöffnet.

Ingeborg genoss die unbeschwerte Stimmung, die Marianne mit ihrer Natürlichkeit zu erzeugen vermochte. Man beschloss, sich demnächst erneut in der Via Notaris zu treffen. Diesmal würde Ingeborg für alle kochen.

Max rollte die Augen und grinste anschließend schelmisch.

Mit einem charmanten Lächeln überging Ingeborg seinen

Seitenhieb. Heute würde er sie nicht verletzen, nicht heute, nicht hier, nicht an diesem schönen Tag.

In dieser Viererrunde ließen sich die Probleme, die in der Via Notaris lauerten, vergessen, die auf Eis gelegten Streitgespräche, das permanente Auf und Ab ihrer Gefühle. In Momenten wie diesen begrüßte Ingeborg die Verlockung des Verdrängens. Manchmal konnte man einfach ein paar Steine aus dem Rucksack, dessen Riemen schmerzhaft ins Fleisch schnitten, fallen lassen und weitergehen.

Man musste nur die Brille absetzen.

Sie seufzte: Ja, heute war ein guter Tag. Max unterhielt sich angeregt mit der jungen Studentin. Es schien ihn geradezu zu beflügeln, vor einer Dreiundzwanzigjährigen zu dozieren, wie Ingeborg an seiner Stimme hören konnte.

Wie Miranda aus ihrer geplanten Erzählung *Ihr glücklichen Augen* erkannte sie auch an diesem Nachmittag, an dem sie ihre Sehhilfe wieder einmal zu Hause gelassen hatte, die Bilder ihrer Umgebung nur verschwommen. Es war, als legten Mirandas sieben Komma fünf Dioptrien samt Hornhautkrümmung einen Schleier über die Akteure jenes römischen Nachmittags. Vielleicht steckte mehr von ihrer Protagonistin in ihr, als sie wahrhaben wollte, denn das Wesentliche entging ihr, genau wie der armen Miranda, diesem arglosen Ding, das auf Gott und die Welt und ihr eingeschränktes Sichtfeld vertraute.

Vor lauter Freude über die unverhoffte Harmonie blendete Ingeborg jene Signale aus, die Max, je länger die Begegnung andauerte, unzweifelhaft aussendete. Ingeborgs feine Antennen reagierten nicht, da bei ihr die Erleichterung über die sich festigende Freundschaft überwog.

Mit Brille hätte sie das leichte Zucken seiner Nasenflügel gesehen. Mit Brille hätte sie gesehen, wie er sich verstohlen die Lippen leckte.

Max hatte Witterung aufgenommen. Er musste nur seiner Nase nachgehen und der Spur folgen, denn in der lauen Luft Roms schwebte plötzlich das Neue, Holozän, das Geschenk des Zufalls. Die Weichen konnten sich binnen weniger Augenblicke neu stellen, der Zug des Lebens die Richtung ändern.

Aber Ingeborg hörte nur das ansteckende Lachen der jungen Frau, deren Leichtigkeit ihnen allen guttat. Sie betrachtete das verschwommene Bild von Mariannes schönem Profil, das dunkle Haar, die Umrisse ihrer zarten Figur. Und immer wieder dieses herzerfrischende Lachen.

Tankred Dorst drückte seinen Respekt für Frischs und Bachmanns Werk aus.

Ingeborg hörte, wie sich Max bescheiden für die Freundlichkeit bedankte. Sein verklärtes Lächeln entging ihr.

Wie gut ihm der neue Wind tun musste, nach Ingeborgs ständigem Abwägen, ihren Bedenken, den heiklen Worten auf einer inzwischen abgenutzten Goldwaage. Ingeborg deutete sein Strahlen, das sie seiner entspannten Stimme entnahm, als kindliche Freude über das Geschenk eines römischen Nachmittags und nicht etwa als unverblümt offene Botschaft, die nur einer Person am Tisch galt.

Hintergedanken kannte Ingeborg nicht, nicht nach all den schwierigen Jahren seiner sie zermürbenden Eifersucht, der Zeit des Misstrauens, mit dem sie konfrontiert worden war, Tag um Tag aufs Neue. Alles, was für sie zählte, war, dass sie aus der Schusslinie geriet.

Niemals, dessen war sich Ingeborg sicher, niemals würde dieses schöne, unbeschwerte Mädchen ihren Platz einnehmen. Dafür war Ingeborg im Leben eines Max Frisch viel zu einzigartig, unersetzbar mit ihrem Esprit, ihrem messerscharfen Verstand, ihrem Intellekt, all dem Glanz, ihrem Wortzauber. Ganz zu schweigen von den gemeinsamen Höhenflügen. Die Gefahr, die ihrer Liebe drohte, war anderer Natur. Sie lag in ihnen selbst, im Widerspiel von Wirklichkeit und Utopie, im Spannungsfeld von Nähe und Distanz.

Eine Affäre hielt sie für möglich, aber das beunruhigte sie keinesfalls, im Gegenteil: Ein kleines Abenteuer würde ihr Luft zum Atmen verschaffen.

So dachte sie.

Ehe es Abend wurde, war die nächste Einladung ausgesprochen. Sie prosteten sich fröhlich zu.

»Wie schön, dass wir uns begegnet sind«, sagte Tankred. Mit seinem in die Stirn fallenden, gelockten dunklen Haar erinnerte er an einen großen Jungen.

Max sog an seiner Pfeife, den Blick in Richtung einer anderen Wirklichkeit entrückt.

Und so kam es, dass Ingeborg der entscheidende Moment, den sie normalerweise mühelos erfasst und begriffen hätte, entging: Max war gar nicht mehr hier. Längst hatte er sich auf den Weg gemacht. In winzigen Schritten tänzelte er den Wolken seines Pfeifenrauchs hinterher, über die Hügel Roms, fort von ihr und ihrem Glanz.

Holozän. Das Neue konnte sehr banal sein, es benötigte keinen philosophischen Unterbau, kein Leuchtfeuer.

Es brauchte keine Flügel.

MAX

KAPITEL 38

Rom, Herbst 1962

Max hatte schlecht geschlafen. Am frühen Morgen war er bereits hinunter zum Tiber gegangen, nun saß er in einem Park nahe der Via Notaris.

Ingeborg war, wie immer, verreist. Warum sollte er in eine leere Wohnung zurückkehren?

Er zündete seine Pfeife an, sog einige Male daran und blickte zum Himmel. Starenschwärme schwirrten über den Kuppeln der Stadt und bildeten dabei bizarre Formen. Sie würden hier in Rom überwintern. Durch die Blätter der Zypressen schimmerte klares Herbstlicht. Es war so viel schärfer, konturierter als das Licht des Sommers. Max schien es, als erobere er in diesem Augenblick die Stadt für sich, als sei sie nicht länger Ingeborgs Stadt.

Über die Irrungen und Wirrungen ihrer vierjährigen Beziehung hatte sich eine neue Geschichte gelegt. Sie trug den Namen Marianne Oellers.

Der blaue Himmel am Gotthard kam ihm in den Sinn. Wie er Ingeborg dort getroffen hatte, sie einander in die Arme gefallen waren. Die Begegnung mit Celan, die nur der Auftakt einer Kette von Komplikationen gewesen war. Immer, wenn Ingeborg und Max die Probleme über den Kopf gewachsen waren, hatten sie eine neue Wohnung gesucht. Die Via Notaris bildete die letzte Station.

Wie lange lag das alles zurück?

Jetzt war Marianne in sein Leben getreten, als sei sie eines Nachmittags vom Himmel gefallen. Zunächst hatte er gedacht, sie sei ein Zeichen, inzwischen hielt er sie für seine Rettung.

Max war des Kämpfens um Ingeborg müde. Seine unbeherrschten Wutanfälle, seine Eifersucht, all das erschöpfte ihn, raubte ihm die Kräfte.

Mit Marianne schienen sich die verstaubten Räume der Via Notaris erhellt zu haben, selbst die Buchattrappen waren zu ertragen.

Ingeborg, die zu Verlagsgesprächen nach München gereist war, schien ihm hingegen weit entfernt. Inzwischen vermochte er es immer öfter, beschwingt an ihrem Arbeitszimmer vorbeizugehen und nicht über ihre herumliegenden Schuhe zu stolpern.

Während Ingeborgs Abwesenheit hatte er Ausflüge mit Marianne ins Umland unternommen, einfach so, ohne ein konkretes Ziel. Sie hatten gegessen, gelacht, getrunken, einander geliebt. Der erste Kuss, die erste Nacht und immer wieder: ihre unbeschwerte Art. Wie leicht er sich in ihrer Gegenwart fühlte. Ihr hochgebundenes Haar, ihre Jugend, ihre unbekümmerten Worte, der Geruch ihrer jungen Haut. An ihrer Seite begriff er, wie sehr ihm diese Leichtigkeit gefehlt hatte: zu sagen, was man sagen wollte, die Gelegenheit beim Schopfe packen, die Gegenwart genießen, keine hochtrabenden philosophischen Gespräche. Er hatte wieder Lust verspürt, zu sprechen, wie ihm der Schnabel gewachsen war.

Hand in Hand waren sie durch Rom geschlendert, ohne die Angst, einen falschen Weg eingeschlagen zu haben, ohne

Ingeborgs Sinnfragen nach der geologischen Beschaffenheit der Steine unter den Füßen oder nach einem komplizierten historischen Bezug. Er wollte nur noch Mariannes Lachen hören. Bei ihr konnte er aufatmen, seinem Geist Flügel verleihen, das schwere römische Ingeborg-Leben abstreifen. Ihm war, als trenne ihn nur noch ein winziger Schritt von einem Neubeginn.

Wie im Flug war die gemeinsame Zeit mit Marianne vergangen.

Vor einigen Tagen war sie zurück nach Deutschland gefahren. Schweren Herzens hatten sie voneinander Abschied genommen. Eine Entscheidung lag in der Luft.

Manchmal rief Ingeborg an oder er sie.

»Bevor ich zurückkomme, verbringe ich noch einige Tage in Uetikon«, hatte sie beim letzten Telefonat unbekümmert gesagt und sich nach Tankred und Marianne erkundigt.

»Sie sind wieder in Deutschland«, hatte Max genuschelt.

Ihre Anreise würde sich also wieder einmal verzögern. Unmittelbar war die alte Wut in ihm erwacht.

»Uetikon. Wie du möchtest«, hatte er zähneknirschend erwidert und sich gefragt, was er wohl ohne Mariannes Anwesenheit in seinem Leben geantwortet hätte.

Wie sollte es weitergehen? Längst war ihm klar, dass seine Gefühle für die junge Frau weit über eine Affäre hinausgingen. Max hatte sich verliebt, Hals über Kopf. Dieses Gefühl half ihm, sich langsam aus den Verstrickungen einer Liebe zu befreien, die womöglich schon lange einer Perspektive entbehrte.

Er war es so leid.

Im Reisebüro kaufte er, bevor er zurück in die Via Notaris ging, ein Flugticket von Frankfurt nach Rom und schickte es mit sehnsuchtsvollen Zeilen an Marianne Oellers.

Er wollte sie hier haben!

Wenige Tage später überschlugen sich die Ereignisse.

Marianne rief an und sprach am Telefon von ihren Vorbehalten, in eine bestehende Beziehung einzugreifen. Sie zögerte, die Reise nach Rom anzutreten.

Sie weinte, er beschwichtigte. Sie wollte Klarheit, er wich aus. Sie bat ihn um Geduld, er wollte ihre uneingeschränkte Aufmerksamkeit. Er wollte sie hier in Rom haben! Am besten sofort!

Freiheit war eine Illusion.

Geduld war nie seine Stärke gewesen.

Er würde mit Ingeborg sprechen, sobald sie hier war.

Wenige Tage später meldete sich Ingeborg.

»Marianne war hier in München«, sagte sie am Telefon mit klarer Stimme.

Max stockte der Atem. Alles, was er sich vorgenommen hatte, ihr zu sagen, war plötzlich weg.

»Sie wollte von mir wissen, ob sie nach Rom zu dir fliegen solle«, fuhr sie in neutralem Tonfall fort. »Kannst du deine Angelegenheiten nicht allein regeln?«

Ein Hauch von Verärgerung war ihrer Stimme zu entnehmen – mehr nicht.

Deine Angelegenheiten. Er schnaubte vor Wut, sein Puls begann zu rasen. Er war ein Narr gewesen – musste sie ihn jetzt auch noch erniedrigen?

»Was ist los, Max? Bring das bitte in Ordnung! Wir haben ausgemacht, unsere Affären für uns zu behalten.«

»In Ordnung bringen?«, plapperte er wie ein Papagei nach. Er wollte den Hörer an die Wand werfen, sein krankes Herz herausreißen. »Wir haben gar nichts ausgemacht, sondern *du* hast es so bestimmt.«

»Aber, Max …«

Er warf den Hörer auf die Gabel.

Ziellos ging er durch das abendliche Rom, um seine wirren Gedanken zu ordnen. Er landete in einer Bar. Die Welt um ihn herum überflutete seine Sinne: laute Musik, der in der Kehle brennende Alkohol, fremde auf ihn gerichtete Blicke.

Nach mehreren Gläsern Whisky ging er mit unsicherem Gang zurück in die ausgestorbene Via Notaris. Dort angekommen, warf er die Schlüssel auf die Anrichte und trank weiter. Seine Wut blieb. Seine Verzweiflung, die Hilflosigkeit, all das, was sich über die Jahre aufgestaut hatte, rollte wie eine unaufhaltsame Welle auf ihn zu.

In einem Roman hätte er Antworten, ein neues Kleidungsstück für seinen Protagonisten gefunden.

Er hätte Ingeborg die Wahrheit sagen müssen, ohne Rücksicht auf seinen Schmerz, auf ihren. Aber noch nie war es ihm so schwergefallen, *seine* Wahrheit zu benennen.

Immer wieder klingelte das Telefon im Salon. Diesmal war er es, der nicht abnahm.

Roma non risponde.

Mitten in der Nacht fand er sich wankend vor Ingeborgs Arbeitszimmer wieder, öffnete die Tür und rieb sich die Augen. Was genau wollte er hier? Alles auf die Spitze treiben?

Ich will eine Revolte gegen das Ende der Liebe in jedem Augenblick und bis zum Ende!

Beim Gedanken an Ingeborgs Worte aus *Der gute Gott von Manhattan* lachte er laut heraus. Es gab keinen Gott, der über die Liebenden wachte, schon gar keinen guten.

Jetzt brachen alle Dämme in ihm. Er torkelte an ihren Schreibtisch, öffnete die Schublade mit ihren Briefen. Alkohol war ein Wundermittel: Er erstickte den letzten Rest Anstand, machte mutig und schamlos. Ohne nachzudenken, nahm er die Briefe heraus und las, während er sich auf einen Stuhl fallen ließ.

Aus ihm war ein Monster geworden.

Der Inhalt übertraf seine schlimmsten Befürchtungen, und ihm entglitt die Wirklichkeit, das Gefühl für Recht und Unrecht. Vor ihm standen die Sätze *seines* Scheiterns schwarz auf weiß. Der Schmerz, den er fühlte und der ihm jetzt wie die größte Niederlage seines Lebens erschien, schien sein Tun zu legitimieren. Er hatte es die ganze Zeit gewusst. Jetzt verdichtete sich der Zweifel zur Gewissheit, das Misstrauen langer Jahre, sein hoffnungsloser Kampf um Ingeborgs Zuwendung.

Sein Puls stieg.

Verständnislos las er, wie Hans Werner Henze ihr die Ehe antrug, sie mit Kosenamen ansprach, die ihm nicht einmal im Traum eingefallen wären. So sah also eine platonische Liebe aus? Max suchte nach dem Datum – Henzes verliebtes Gesäusel lag viele Jahre zurück, lange bevor es ihn, Max, in ihrem Leben gegeben hatte. Er hatte diesen überheblichen Komponisten nie leiden können: Henzes Arroganz, das elitäre Getue eines

Kleinbürgers, der seine Herkunft unter seidenen Hausmänteln zu verbergen suchte! *Liebes Täubchen …*

Sehnsuchtszeilen von Paul Celan an *seine* Geliebte folgten. *Wie weit oder wie nah bist Du, Ingeborg? Sag es mir, damit ich weiß, ob Du die Augen schließt, wenn ich Dich jetzt küsse …*

Max suchte nach einem Datum und fand es nicht.

Dann entdeckte er Durchschläge von ihren Briefen an ihn, den Geliebten Celan.

Max wollte schreien vor Wut, Schmerz, Entsetzen.

Es ist eine schöne Liebe, in der ich mit Dir lebe, und nur weil ich Angst habe, zu viel zu sagen, sage ich nicht, dass sie die schönste ist. Deine Ingeborg

Max sah nicht einmal mehr nach dem Datum. Er wischte sich über sein verschwitztes Gesicht und wankte in den Salon. Ingeborg hatte weitaus mehr als eine Sprache mit seinen Konkurrenten geteilt.

Das kam einem Hochverrat gleich.

Alles in der Via Notaris schien ihm blutleer, tot, abgelebt: die Buchattrappen, das leere Bett, die aufgeräumte Küche wurden zum Beweis der unendlichen Distanz zwischen ihnen beiden.

Das leere Bett.

Im Flur stolperte er über einen italienischen Designerschuh. Auf dem Boden liegend, betrachtete er ihn, diese lächerliche Hülle einer glamourösen Welt, die aus dem Gleichgewicht geraten war. Auf einmal symbolisierte ein umgekippter Schuh mit einem Pfennigabsatz ihr gemeinsames Scheitern, das falsche Leben in einer falschen Wohnung, das römische Leben zweier Gefühlshochstapler. Auf seine Balance konzentriert konnte man sich auf Dauer niemals durch die Welt bewegen. Ein unachtsamer Moment, und man fiel.

Es ist eine schöne Liebe, in der ich mit dir lebe.

Ihre Geheimnistuerei und sein Spieltrieb hatten das falsche römische Leben an die Wand gefahren.

Auf den Boden gekauert schloss Max die Augen, den Kopf zur Seite gekippt.

Am späten Vormittag erwachte er an derselben Stelle in seinem Erbrochenen. Schreckliche Kopfschmerzen quälten ihn. Er hörte, wie ein Schlüssel an der Wohnungstür umgedreht wurde. Verschwommen sah er eine Frau eintreten.

Es war Pina, die gute Seele der Via Notaris.

»*Signore?*«, hörte er sie besorgt fragen. Sie kniete neben ihm und half ihm auf. »*Cos'è successo*? – Was ist geschehen?«

»*Niente*«, sagte er, und jetzt, endlich, kam die Scham. Wie ein tiefroter Schatten legte sie sich auf seine Seele. Jetzt gab es nur noch die Flucht nach vorn, den ehrlichen Blick in den Spiegel.

Wortlos stand er auf und zog sich am Geländer nach oben ins Bad. Als er, sich am Waschbecken abstützend, sein vernachlässigtes Antlitz und die geröteten Augen im Spiegel betrachtete, wusste er:

Seine Flügel waren zerschlissen, seine Hörigkeit aufgebraucht. Der fünf Jahre andauernde Sturzflug war auf der Erde angekommen.

Einfach weiterzulaufen würde niemals den Rausch des Fliegens mit sich bringen.

Aber dafür wäre man dem Leben näher als dem Tod.

KAPITEL 39

München, Herbst 1962

Ingeborg öffnete die Augen.

In ihrem Münchner Hotelzimmer waren die Vorhänge zugezogen. Von der Straße drang Verkehrslärm zu ihr hinauf. Dunkel erinnerte sie sich an das Treffen unten in der Hotellobby. Es hatte ihr Leben auf den Kopf gestellt. Max würde sagen: Die Karten waren neu gemischt.

Ein runder überdimensional großer Kronleuchter an der Decke. Steinboden. Sessel aus Kunstleder, ein Tisch in einer Fensternische. Dort hatte sie mit Marianne Oellers gesessen. Das Mädchen hatte sein Haar hochgesteckt. Gelacht hatte es kein einziges Mal.

Ingeborg hatte den Triumph der Jugend in Mariannes Augen sogleich erkannt, dieses gewisse Leuchten darin, und es erinnerte sie an sich selbst, damals mit knapp zwanzig, als sie die Literaturwelt im Sturm erobert hatte.

Irritiert hatte sie sich alles angehört: Max habe sich in sie verliebt, hatte Marianne mit großen Augen erklärt, sie wisse nicht, ob sie sein Angebot, zu ihm nach Rom zu fliegen, annehmen solle. Sie brauche Klarheit. Ob sie, Ingeborg, denn Max noch liebe?

Ingeborg hatte sich mit zitternden Händen eine Zigarette angezündet, ihr Glas Wein hinuntergestürzt. Was für eine Frage! Eine, die nur Max und sie etwas anging und keine Dritte.

Nach dem Austausch von Höflichkeiten hatte Ingeborg keine Minute länger in der Lobby sitzen bleiben wollen. Was ihr auf der Terrasse der Villa Massimo so sehr an Marianne Oellers gefallen hatte, stieß sie nunmehr ab. Wie konnte sie es wagen, derart indiskret zu sein?

»Fliegen Sie«, hatte Ingeborg schließlich gefasst gesagt, war aufgestanden und auf ihr Zimmer geflüchtet.

Oben angekommen, nagten die Fragen in ihr: Warum machten Max und Marianne wegen einer Affäre ein derartiges Aufheben? Je länger sie nachdachte, desto klarer sah sie: Max musste der jungen Frau seine Bereitschaft erklärt haben, Ingeborg zu verlassen.

Warum sagte er es ihr nicht selbst? Max mochte viele Fehler haben, Feigheit zählte nicht dazu.

Also hatte sie in Rom angerufen, und sofort war es zum Streit gekommen.

»Musst du wirklich deine Geliebte vorschicken, um mich zu demütigen?«, hatte sie gefragt. »Kannst du deine Angelegenheiten nicht selbst klären? Ich möchte nichts damit zu tun haben.«

Ein Wort hatte das andere gegeben – dann war die Verbindung abgerissen.

Ingeborg sah auf die Uhr: Das Gespräch mit Marianne lag nun zwölf Stunden zurück.

Was war ihr entgangen, fragte sie sich, bevor sie Rom verlassen hatte? Im Nachhinein erhielten die Bilder, die sie von dem Quartett auf der Terrasse der Villa Massimo abgespeichert hatte, dunkle Flecken. Ihr war, als habe sie etwas Entscheidendes übersehen.

Sie war seit Wochen nicht in Rom gewesen. Max hatte die Zeit ihrer Abwesenheit in jeder Hinsicht genutzt. War es wirklich möglich, dass er diese junge Frau ihr, einer Ingeborg Bachmann, vorzog? Das war undenkbar, absolut unmöglich.

Das Klingeln des Telefons riss sie aus ihren Gedanken. Orientierungslos setzte sie sich in ihrem Bett auf und nahm ab.

»Ich weiß jetzt, was du getrieben hast, all die Jahre«, hörte sie Max ohne Einleitung sagen. »*Es ist eine schöne Liebe, in der ich mit dir lebe, die schönste überhaupt.*«

Max war betrunken.

Das Herz schlug ihr bis zum Hals, auf einmal sah sie vor sich einen finsteren Abgrund. Max hatte Pauls Briefe und ihre Antworten an den einstigen Geliebten gelesen.

Der Verrat traf sie bis ins Mark.

Lange nach dem Gespräch, das nur aus Wortfetzen zwischen München und Rom und ihrem Weinen bestanden hatte, saß sie wie paralysiert auf ihrem Hotelbett, rauchte eine Zigarette nach der anderen, unfähig, einen klaren Gedanken zu fassen. Sie nahm eine Beruhigungstablette, bis sie endlich in einen oberflächlichen Schlaf glitt.

Im Traum sah sie Max, wie er sich Mäntel überstreifte, ablegte, einen neuen probierte, bis er schließlich mehrere übereinander trug.

»Was tust du da?«, rief sie ihm zu.

»Ich suche mir eine neue Geschichte«, sagte er und lachte höhnisch. »Es wird eine Komödie, nichts Ernstes.«

»Du kannst keine Komödien schreiben, Max«, sagte sie streng.

»Du wirst schon sehen«, säuselte er und drehte sich von ihr weg.

Dann zündete er sich seine Pfeife an, blies den Rauch aus und lief den Wolken hinterher.

Sie folgte ihm durch die Straßen Zürichs. *Sommermorde* entzifferte sie an einem Modehaus. *Sommermode* – korrigierte ihre linke Gehirnhälfte.

Im Traum kämpften Vernunft und Gefühl um die Vorherrschaft.

Als sie erwachte, war es später Nachmittag.

Kopflos packte sie ihren Koffer, die Manuskripte, das Briefpapier. Dann fand sie sich in ihrem VW wieder. Ohne Pause fuhr sie bis Uetikon, das sie am Abend erreichte.

Die Nacht war so dunkel wie damals, als Max mit dem Notarzt abgeholt worden war.

Sagte man Notarzt oder Rettungsdienst? Sie wusste es nicht, fand jedoch den Bedeutungsunterschied essenziell.

Gegenüber dem Haus in der Seestraße, auf der anderen Seite, wo hinter einer Böschung die Bahngleise entlangführten, fuhr ein Güterzug vorbei. Wie oft hatte sie das vertraute Geräusch gehört? Wie lange waren sie hier in Uetikon ein Paar gewesen?

Wann, fragte sie sich, wann hatte sie dieses kindliche Glücksgefühl zuletzt verspürt, diese grundlose Freude am Sein? Beim Schreiben? In Max' Gegenwart?

Wie lauteten die Zeilen ihrer Kindheit, die sie, an der Glan liegend, den Wolken hinterhersehend, verfasst hatte?

Wer ein Warum zu leben hat, erträgt fast jedes Wie.

Schreiben! Noch vermochte sie keine Vision zu erkennen, nur Leere. Dabei hatte sie immer daran geglaubt: Nur auf das

Wort war Verlass. Männer mochten kommen und gehen – die Kunst bildete einen verlässlichen Partner, der blieb. Es gab ein Überleben in der Poesie.

Sie schloss die Tür auf, stolperte in die Wohnung und ging ins Wohnzimmer, wo Max den offenen Kamin mit Holzscheiten auf Zeitungspapier bestückt hatte, wie er es immer tat, bevor er für längere Zeit das Haus verließ.

Sie entzündete das Papier. Mit verschränken Armen stand sie da und starrte auf die Glut, vernahm die schiefen Töne des knisternden Holzes, während es Feuer fing. Funken schlugen aus. Sie zog ihren Mantel aus, ließ ihn auf den Boden fallen.

Es ist eine schöne Liebe, in der ich mit Dir lebe, und nur weil ich Angst habe, zu viel zu sagen, sage ich nicht, dass sie die schönste ist.

Dieser Brief an Celan lag mehr als zehn Jahre zurück, lange, lange bevor sie Max begegnet war.

Wie in Trance ging sie in Max' Arbeitszimmer und versuchte, die Schreibtischschublade zu öffnen. Sie war verschlossen.

Mit einem Stemmeisen aus Max' Werkzeugkiste kam sie zurück.

Es war gar nicht schwer, ein Monster zu sein, wenn ein anderes Ich das Ruder übernahm. Es besaß sogar die Fähigkeit, den Hebel richtig anzusetzen, um die Schublade aufzubrechen.

Das Monster nahm das Tagebuch heraus, setzte Ingeborg die Brille auf und führte ihre Hand durch die Seiten.

Das meiste hatte er im Spital geschrieben, während er mit seiner Hepatitis-Erkrankung um sein Leben gekämpft hatte. Jetzt erfuhr Ingeborg, dass es auch ein Kampf um die Befreiung von ihr gewesen war. Schwarz auf weiß standen seine Zweifel dort, sein Hadern und, was schlimmer war, seine schamlosen Beobachtungen ihrer selbst. Intimste Dinge über sie hatte er niedergeschrieben in jener Sprache, die er beherrschte wie kein anderer. Vernichtende Sätze, als ramme er ihr mit Worten ein Messer mitten ins Herz.

Sie rang nach Atem.

Niemand, kein Mensch, sollte das jemals zu lesen bekommen. Nachdem sie seine Worte gelesen hatte, würde sie nie mehr die Alte sein. Nie mehr.

Sie wünschte, sie könnte das Wissen um dieses Tagebuch aus ihrem Gedächtnis ausbrennen ebenso wie aus seinem.

Irgendwann ging sie mit dem schamlosen Buch nach nebenan ins Wohnzimmer und setzte sich ans Feuer. Wann hatte sie Feuer gelegt – und warum dachte sie das überhaupt? Es hieß: Feuer machen. Da fiel ihr ein, dass sie vor über vier Jahren Feuer gelegt hatte. In einem kleinen Pariser Café. Auf einer Bank in einem Park. Der Metzger mit dem Schlachtmesser auf dem Pariser Markt Les Halles fiel ihr ein. Diese plumpe Warnung, wie Max das Bild einmal im Streit benannt hatte.

In Wahrheit hatte ihr Max damals die Augen mit seinen weichen Händen verschlossen.

Sie presste das Buch gegen ihren Oberkörper, so sehr, dass es ihr die Luft abschnürte, setzte sich verkrampft auf den Stuhl, rückte ihn vor den Kamin und schaukelte wie ein Kind hin und her, während ihr die Tränen die Wangen hinabliefen.

Avec ma main brulée j'écris sur la nature du feu – Mit meiner verbrannten Hand schreibe ich über die Natur des Feuers.

Wann hatte sie diese Zeilen Gustave Flauberts gelesen? Wie lange war das her?

Nur die Erfahrung des Leids befähigte einen Schriftsteller, über das Leid zu schreiben. *Über* das Leid oder *vom* Leid? Auch das machte einen großen Unterschied.

Hatte sie wirklich geglaubt, sie käme unbeschadet davon?

Sie stand auf, klappte das Tagebuch zu und warf es ins Feuer. Eine Stichflamme schoss aus der Kaminöffnung. Sie trat nicht einmal zurück, starrte in die Flammen, sah zu, wie sie die handgeschriebenen Zeilen ihres Geliebten verschlangen.

Max würde sie literarisch ausschlachten, sobald die Trennung vollzogen war. Er hatte sich während der vielen Jahre ihres Anvertrauens ihrer intimsten Geheimnisse bemächtigt. Die weibliche Hauptfigur Lila aus seinem Blindenroman, das war sie: Ingeborg, eine gebrochene Frau, eine Morphinistin, tabletten- und alkoholabhängig, eine verblödete Träumerin, eine untreue Frau, ein Wrack, eine Frau, deformiert vom Willen und Begehren des Mannes, eine Frau, regiert von der Diktatur der Zärtlichkeit.

Eine Frau, die in einer Lobby vor ihrer Rivalin eingeknickt war.

Ingeborgs persönliches und literarisches Format spielten in Max' Leben keine Rolle mehr. Männer entschieden sich nie für das Format einer Frau, sie nahmen, vor die Wahl gestellt, das berechenbare Leben. Warum sollte ein Schriftsteller anders sein?

Es würde Ingeborg vernichten.

Der Krieg, er vollzog sich nicht auf dem Schlachtfeld, sondern in den Köpfen der Menschen. Er begann zwischen Mann und Frau.

Ingeborg schrie ihren Schmerz in die leere Wohnung, aber nur ein Krächzen kam aus ihrem wunden Hals.

Hochverrat. Es würde nie wiedergutzumachen sein.

Sie starrte zum Fenster hinaus und suchte nach Worten.

Meine Gedichte sind mir abhanden gekommen.

Ich suche sie in allen Zimmerwinkeln.

Weiß vor Schmerz nicht, wie man einen Schmerz aufschreibt, weiß überhaupt nichts mehr.

Draußen nichts als stockfinstere Nacht, nur Dunkelheit, das Ende, kein einziges Wort in Stein gemeißelt. Kein Stern am Himmel.

Die Welt musste untergegangen sein. Gott war eine Illusion.

Sie wollte ein Ende. Sie wollte nicht mehr sein.

GEBROCHENE FLÜGEL

1963–1964

Am Kaminfeuer, in der Sicherheit, hatte
mein Haar seine äußerste Farbe.
Das Klingeln an der Tür war der Alarm für
meine Freude.
Nicht dich habe ich verloren,
sondern die Welt.

INGEBORG BACHMANN

INGEBORG

KAPITEL 40

Rom, Frühjahr 1963

Ingeborg entdeckte Max sofort. Wie immer war er überpünktlich. Diesmal war sie es auch. Er stand am verabredeten Ort vor dem neu renovierten Hotel Forum, das eine Dachterrasse besaß. Ingeborg hatte für das Gespräch ein großzügiges Ambiente vorgeschlagen, das Weitsicht, frische Luft, womöglich eine leichte Brise versprach.

Fast ein halbes Jahr war seit jener verhängnisvollen Nacht in Uetikon vergangen – die räumliche Trennung vollzogen. Max hatte ihre Briefe gelesen, sie sein Tagebuch verbrannt. Es war geschehen, nicht rückgängig zu machen.

Instinktiv blieb sie stehen.

Ein zärtliches Verlangen streifte sie, während sie ihn beobachtete, wie er dastand mit seiner Pfeife im Mund, vor dem Schaufenster eines exquisiten Schuhgeschäfts auf und ab gehend.

Sie bemühte sich, ihrer Nervosität Herr zu werden.

Über Wochen war Ingeborg in einer Zürcher Klinik gewesen. Der seelische Schmerz über die Trennung war eine Seite, ihre körperliche Verfassung eine andere. Und doch hing beides zusammen. Der jahrelange Raubbau, den sie an ihrem Körper mit Tabletten, Alkohol und Nikotin betrieben hatte, forderte seinen Tribut. Bevor sie in die Klinik ging, hatte sie einfach aufgehört, ihre Pillen zu nehmen. Aus medizinischer Sicht war diese Art von Entzug lebensgefährlich gewesen. Eine Tablettensucht musste langsam ausgeschlichen werden.

Nach dem stationären Aufenthalt war sie fest entschlossen, wieder auf die Füße zu kommen. Sie sehnte sich danach, ohne Rausch und Betäubung zu leben. Von heute auf morgen würde es nicht gehen, das hatten ihr alle Experten unmissverständlich klargemacht. Ein drogenfreies Leben brauchte Geduld, Ausdauer, psychische Stabilität, Routinen im Alltag. Die psychische Abhängigkeit war die weitaus schlimmere als die des Körpers.

Bereits vor Wochen hatte sie sich um ein Berlin-Stipendium der Ford Foundation beworben, das ihr räumlichen Abstand und den Rückzug in ihre Arbeit ermöglichen würde. Bis zur Entscheidung der Kommission lebte sie in Uetikon.

Die Trennung von Max, das für sie abrupte Ende hatte sie bis heute nicht verkraftet.

Einmal hatte Max sie im Zürcher Spital besucht, hatte geistesabwesend in ihrem Zimmer herumgestanden, auf einen Strauß roter Rosen gestarrt und belanglose Sätze vor sich hingeplappert.

Eigentlich war er gar nicht anwesend gewesen. Mit flehenden Blicken hatte sie ihm versucht mitzuteilen, wie sehr sie ihn gerade jetzt brauchte. Aber der Augenkontakt war wie abgerissen, ihr inständiges stummes Bitten unerhört geblieben.

»Ich werde den Vertrag für die Via Notaris erfüllen, wenn es dir recht ist, bis ich etwas Neues gefunden habe, und überlasse dir Uetikon, solange du möchtest«, hatte er irgendwann gemurmelt.

Ingeborg kam das entgegen. Sie würde die Via Notaris, in

der Max inzwischen mit Marianne Oellers lebte, ohnehin nie wieder betreten. Dieser Traum war geplatzt, der Ort entzaubert.

Bei der erstbesten Gelegenheit, als eine Krankenschwester das Zimmer betreten hatte, war Max von seinem Stuhl aufgesprungen und geflüchtet. Nachdem er weg war, hatte sie hemmungslos geweint.

»Ingeborg«, riss sie plötzlich Max' vertraute Stimme aus ihren Gedanken.

Immer noch war sie in der Lage, seine Stimmung anhand seiner Tonlage sofort einzuordnen. Heute war es eine Mischung aus Formalem und Persönlichem, die da anklang. Dass da einmal etwas zwischen ihnen gewesen war, schwang darin mit, etwas Großes, das sich nicht leugnen ließ. Seine Stimme offenbarte die feinsten Nuancen der einstigen Nähe.

Sie reichten einander die Hände.

Rasch übernahm Max das Ruder, nachdem Ingeborg hilflos eine Begrüßung gestammelt hatte. »Gehen wir«, sagte er und berührte sie am Rücken.

Sie spürte seine Hand zwischen ihren Schulterblättern, und gemeinsam gingen sie durch die Lobby. Als sie den Aufzug betraten, ließ er ihr den Vortritt. Mit einem leisen Klingeln schloss sich die Tür. Einen kurzen Anfall von Klaustrophobie bekämpfte sie mit tiefen Atemzügen.

Max drückte die Taste. Ruckartig ging die Tür zu.

Ingeborg betrachtete ihre beiden Gesichter nebeneinander im bodentiefen Spiegel. Max sah erholt aus. Er schien abgenommen zu haben und trug sein dichtes Haar etwas kürzer.

War da Glück in seinen Augen zu lesen? Zufriedenheit? Trotz Brille vermochte sie seinen Blick nicht zu deuten. Neben ihm, diesem standfesten Mann, wirkte sie zerbrechlicher denn je, obwohl sie viel Wert auf ihr Erscheinungsbild gelegt hatte. Das neue Frühlingskleid aus hellblauer Seide, das ihre schlanke Figur umschmeichelte, betonte ihren gebräunten Teint, der von Spaziergängen in kleinsten Schritten im Spitalpark herrührte. Der römische Friseur, den sie gleich nach ihrer Ankunft aufgesucht hatte, hatte ganze Arbeit geleistet, auch ihr Make-up stimmte. Ja, sie sah durchaus attraktiv aus, verglichen mit den ersten Tagen nach ihrer Ankunft im Spital. Nur die Traurigkeit stand ihr noch immer ins Gesicht geschrieben.

Wo nur war ihre Aura geblieben?

»Wie geht es dir?«, fragte Max schließlich, während sie an einem Tisch draußen Platz nahmen. Die Terrasse war mit einem im Wind flatternden Baldachin aus hellem Stoff überdacht.

Sie zeigte Max ein Lächeln. »Schon viel besser.«

Max zündete seine Pfeife an, und sie bestellten Espresso, Wasser und etwas Gebäck. Keinen Alkohol.

»Das freut mich aufrichtig. Kommst du nach Rom zurück?«, fragte er, während er den Kopf zur Seite neigte, wie immer, wenn er seinem Gegenüber volle Aufmerksamkeit schenkte.

Sie zog an ihrer Zigarette. »Noch nicht. Aber früher oder später, ja. Rom ist meine Heimat.«

Er rückte mit seinem Stuhl einige Zentimeter vom Tisch weg und schlug ein Bein über das andere. »Wir werden bald umziehen. Wir haben eine schöne Wohnung hier in Rom gefunden.«

Wir – das bedeutete nicht mehr sie und Max. Der Mann, mit dem sie diese einst große Leidenschaft verband, mit dem sie hoch oben in dünner Luft geliebt hatte, derselbe Mann hatte innerhalb von sieben Monaten ein neues Wir gefunden. Das Wir ihrer Höhenflüge war der Realität gewichen.

»Ja«, sagte sie geistesabwesend. »Du möchtest also wirklich mit Marianne …?«, stotterte sie und schüttelte den Kopf.

»Es ist nicht kompliziert, Inge«, sagte er wie zu seiner Verteidigung. Er zuckte die Achseln, als handle es sich bei seinem Frauentausch um die Umstellung auf ein neues Ernährungskonzept. »Es ist leicht. Ich muss nicht mehr um Zuwendung betteln. Mir wurde alles zu schwer, und wenn wir ehrlich sind – wir wären beide beinahe draufgegangen, du und ich.«

Plötzlich vernahm sie deutlich seinen Schweizer Akzent, genau wie damals am Anfang.

»Erinnerst du dich an die Rosen im Zürcher Spital, als du mich besucht hast, wo ich mich nach der Trennung selbst eingeliefert hatte?«

Max senkte die Augen und nickte. »Von deinem neuen Verehrer. Auch daran habe ich mich über die Jahre nicht gewöhnen können.«

Verächtlich verzog er das Gesicht.

»Sie kamen von keinem Verehrer, Max. Ich sagte das nur, um dich eifersüchtig zu machen. Jeden Tag habe ich mir selbst welche geschickt.«

Max runzelte die Stirn, atmete tief durch. »Meine Eifersucht hat dich zermürbt, Inge, du konntest sie nicht ertragen. Ich verstehe nicht, dass du jetzt …«

Er brach ab.

»Am Ende habe ich sie mir gewünscht, um mich lebendig zu fühlen, so, als sei nicht alles verloren. Deine Eifersucht erschien mir auf einmal ein Liebesbeweis. Ist denn alles verloren, Max? Erinnerst du dich denn an gar nichts mehr von dem, was du einst für mich empfunden hast?«

Jetzt war es also so weit: Die Gegenwart wurde von einem wehleidigen *Weißt-du-noch?* eingeholt.

Von den Straßen Roms drang Motorengeräusch zu ihnen herauf, das Hupen von Autos und Zweirädern. Über die Tische hinweg rief ein Kellner in Richtung Tresen: »*Vino rosso! Un americano*!«

»Wenn man erst zurücksehen muss auf die schönen Momente, die kleinen Oasen einer Liebe, Paris, Uetikon, Athen – während die Gegenwart immer dünner wird, dann ist man fertig miteinander, glaubst du nicht auch?«

Sie hörte seine Stimme, aber was er sagte, kam verzögert bei ihr an. Am liebsten hätte sie ein Glas Wein bestellt. Dennoch folgte sie ihrem Vorsatz, erst am Abend zu trinken.

»Fertig miteinander«, wiederholte sie und verzog das Gesicht. »Das klingt, als arbeite man sich in der Liebe aneinander ab. Unsere gemeinsame Vergangenheit bedeutet dir nichts mehr.«

Weißt du noch? Erinnerst du dich?

»Ich bin nicht gleichgültig. Niemals werde ich das dir gegenüber sein. Meine Hörigkeit war aufgebraucht, Inge. Ich musste einen Weg suchen, mich zu befreien.«

Sie spürte, wie sein Blick über ihre Silhouette wanderte, den Hals, die Schultern, die Brüste, hinab zur Taille. Die Diktatur seiner Augen, hatte sie irgendwann notiert, wann war das?

Aber die einstige Erregung, die seine Augen früher spiegelten, war dem nüchternen Architektenblick, dem Taxieren verhüllter Formen gewichen.

»Du hast dich mit einem Mädchen befreit. Und doch habe ich dir nie Ketten angelegt.«

»Mag sein, dass du mein Handeln missbilligst. Es ist dein gutes Recht. Aber du solltest keine Vergleiche ziehen. Unsere Liebe war einzigartig, Ingeborg, du bist einzigartig, unerreichbar – als Frau wie als Dichterin. Und das wird immer so bleiben. Darüber bin ich mir völlig im Klaren.«

Ihre Augen füllten sich mit Tränen. Sie konnte nichts dagegen tun. Er stieß sie weg, indem er sie auf einen Sockel stellte.

»Warum gehst du dann, Max? Warum?«

Er presste die Lippen zusammen.

Sie sah ihm in die Augen, und sein Schweigen füllte den Raum zwischen ihnen. Wie flüchtig doch Berührungen sein konnten, wie hochexplosiv hingegen eine Frage, an der alles hing.

Gesagt. Getan. Und immer die Hand gereicht – wann hatten sie verlernt, einander zu verzeihen?

KAPITEL 41

Rom, Frühjahr 1963

Vorsichtig schob Ingeborg ihre Hand über den Tisch und strich mit den Fingerkuppen über seinen Handrücken. Seine Hände! Vermochten sie sich zu erinnern?

Er ließ die Berührung geschehen.

»Warum gehst du, Max?«, fragte sie noch einmal.

Für einen Augenblick sah sie, wie seine Züge weich wurden, als streife ihn eine Ahnung von einst, als erinnere sich seine Haut an die Zärtlichkeit zwischen ihnen. Dann aber ergriff er ihre Hand und schob sie zurück.

»Die Trennung ist der einzige Weg für mich weiterzuleben. Ich weiß das, eigentlich weiß ich es seit meiner Lebererkrankung. Aber ich wollte die Warnungen meines Körpers nicht wahrhaben. Der Höhenflug mit dir war zu verführerisch. Wir sind abgestürzt, Inge.«

Mit den Zeigefingern zeichnete er ein Viereck auf den Tisch, als gebe er seinem Urteil einen Rahmen, als stecke er all die Ungereimtheiten seines Gefühlslebens ab.

»*Ich* bin diejenige, die abgestürzt ist«, sagte sie und drückte ihre Zigarette aus. Mit zitternden Händen nahm sie sich eine neue. »Du bist auf den Füßen gelandet. Nicht einmal ein Knochen ist dir gebrochen.«

Max seufzte und wischte sich über die Augen. »Ich wäre fast verreckt, Inge, das ist die Wahrheit. Und was dich angeht, so frage ich mich: Was ist dir nach unserer Trennung geschehen, das nicht schon lange vor mir in deinem Wesen lag? Ich gehe vom Leiden weg, du wendest dich ihm zu.«

Sie atmete tief durch. Aus den Tiefen ihrer Seele erinnerte sie sich an die Kraft und Kühnheit von einst. Alles würde sie jetzt geben, alles. Ja, sie würde sich sogar vor ihm erniedrigen. Sie waren doch noch nicht fertig miteinander – ihretwegen sollte er den Schwebezustand so nennen, wenn es nur irgendwie weiterging! Sie würde ihren ganzen Wortschatz bemühen, die schönsten Bilder in Wolken malen – für einen Neuanfang war es nie zu spät! Max konnte sich doch nicht leichtfüßig einer neuen Frau zuwenden, eine neue Wohnung mieten, ein neues Leben anfangen, ein altes einfach abstreifen! Und das alles hier in Rom, in *ihrer* Stadt!

»Gib mir noch eine Chance«, flehte sie und wischte sich die Tränen aus den Augenwinkeln. »Ich möchte keinen Abschied. So, auf diese Weise, Max, so können wir doch nicht auseinandergehen. Weißt du noch, wovon wir träumten? Wir waren das *erste Paar*, Max. Wir wollten alles umdrehen.«

Am Nebentisch wurde ein weiterer Wermut mit Campari, Sodawasser und Eiswürfeln serviert. *Americano*. Max nahm kurz Notiz davon und wendete sich dann wieder ihr zu.

»Denken und Tun, das sind zwei verschiedene Dinge, vor allem in der Liebe. Wir haben einen Liebesflug zwischen Welt und Poesie unternommen. Selbst die Poesie der Liebe gehorcht am Ende ihren eigenen Gesetzen. Wir sind abgestürzt, Inge. Ich bin es zumindest.«

Die Poesie der Liebe. Seine Sätze trafen sie wie Geschosse, wie Splitter von Granaten.

Hinter einem Tränenschleier suchte sie seine Augen, und an seiner ganzen Körperhaltung erkannte sie die Wahrheit. Für Max gab es kein Zurück. Er hatte eine Entscheidung getroffen. Das Bodenständige in ihm hatte die Oberhand gewonnen. Er wollte nicht mehr fliegen, nicht mehr leiden. Er wollte mehr als lebensgefährliche Höhenflüge und weniger als jene exklusive Liebe, die es nur einmal im Leben gab.

»Es ist vorbei, Inge. Ich will die Trennung«, hörte sie ihn sagen.

Ein Feigling war er wirklich nie gewesen.

»Es war bei unserer ersten Begegnung in Paris«, flüsterte sie und nahm dabei selbst wahr, wie ihre leise Stimme zur Waffe wurde, als zerschneide sie einen Bund.

Ihr Blick schweifte in die Ferne über die schimmernden Kuppeln von Rom. »Unsere erste Nacht. Wir haben sie auf einer Pariser Parkbank verbracht. Als ich dein Tagebuch las, begriff ich, warum. Es geschah nicht etwa der Romantik wegen, sondern weil dein Hotelbett belegt war. Eine Geliebte wartete dort auf dich. Du hast es mir sogar einmal betrunken erzählt, aber da wollte ich es nicht glauben. Ich musste es erst schwarz auf weiß lesen. Das, Max, das war *dein* Neubeginn!«

Ingeborg hatte das Rechthabenwollen eröffnet, die Abrechnung, das *Hätte*, das *Was-wäre-gewesen-wenn?*.

Max schluckte, nahm sein Wasserglas und stürzte es hinunter. »Dieser verdammte Suff! Auch das war unser Problem.«

Sie stützte die Ellbogen auf den Tisch, beschirmte mit den Händen ihre Stirn und starrte auf die strahlend weiße Stofftischdecke.

»Und was war mit dir?«, hörte sie Max angriffslustig fragen.

»Keine achtundvierzig Stunden vor unserem ersten Treffen in Paris hast du dich mit Paul Celan zum letzten Mal in einem Hotel getroffen. Wie war der Abschiedsbeischlaf? Erinnerst du dich? Mit den Abdrücken seiner Hände auf deiner Haut bist du in meine Arme geflüchtet. Wir haben beide gefehlt, Inge. Wir sind quitt.«

Er strich über die Tischdecke.

»Nicht ganz«, gab sie geistesgegenwärtig zurück und nahm die Hände vom Gesicht. Sie registrierte einen Fussel am Revers seines Jacketts. »Ich habe dir ein Angebot gemacht und warte auf Antwort. Ich bitte dich um Verzeihung.«

Jetzt ging sie symbolisch sogar vor ihm in die Knie. Niemals hätte sie sich vorstellen können, so tief hinabzusteigen.

Die Liebe kannte keinen Stolz.

»Wir haben einander nichts zu vergeben, Inge«, flüsterte er, und seine Stimme offenbarte einen Hauch von Wehmut, keinerlei Überheblichkeit, aber auch kein Mitleid. »Es war das falsche Leben in der Via Notaris. So unecht wie die Buchattrappen.« Er schenkte Milch in seinen kalten Espresso und rührte mit dem Löffel in der Tasse. »Das war alles.«

Ja, und jetzt gab es in der Via Notaris ein helles Lachen inmitten jener Bücherattrappen und eingeräumter Schuhschränke.

Mit zusammengekniffenen Augen sah sie, wie er die Tasse an seine Lippen führte.

»Seit wann trinkt man denn Espresso mit Milch?«, fragte sie empört, als habe er soeben ein heiliges Tabu verletzt.

In einem Zug kippte er die braune Flüssigkeit hinunter, erhob sich und legte Geld auf die Untertasse. »Es ist alles gesagt, Inge. Lass uns gehen.«

Wie in Trance folgte sie ihm hinaus aus dem Lokal in Richtung Aufzug.

Als sie auf dem Weg hinab nebeneinanderstanden, suchte sie ein letztes Mal im Spiegel seinen Blick. Aber er sah wie durch sie hindurch, als wäre er längst an einem anderen Ort. Dann, plötzlich, schob er wie eine Schildkröte den Hals nach vorn in Richtung seines Spiegelbilds, betrachtete es skeptisch und zupfte den Fussel von seinem Revers.

»Schreib mir nicht, Max. Versuche niemals, mich zu erreichen. Ich möchte, dass wir uns nie begegnen, weder privat noch in der Öffentlichkeit, solange wir leben, versprichst du mir das?«, bat sie draußen mit letzter Kraft.

Die untergehende Abendsonne warf einen langen Schatten in die enge Gasse.

Max nickte. »Ich verspreche es.«

Ein letztes Mal legte sie ihre Hand in seine.

Sie registrierte einen Anflug von Schmerz in seinem Gesicht, der sich jedoch sogleich verflüchtigte. Da gab es keinen Kampf, vielleicht eine Spur von Traurigkeit, gefolgt von Erleichterung.

Er drehte sich um und ging seines Weges.

»Es würde mich vernichten«, flüsterte sie und sah seiner Gestalt hinterher, die in Richtung der Via Notaris strebte.

Dort, wo sie einst gemeinsam die Welt neu gedacht hatten, dort erwartete ihn jetzt ein neues Leben, eines, das seine Welt zusammenhielt.

Sicherlich war die Küche bereits geputzt, und jedes Glas stand an seinem Platz, das Besteck im Kasten, die Teller und Töpfe im Schrank.

Ingeborg hätte schreien wollen vor Schmerz.

Wie betäubt lief sie zum Bahnhof Roma Termini, wo sie sich mit einer Flasche Rotwein und einem Glas aus dem Speisewagen in ihrem Einzelabteil des Nachtzugs nach Zürich einfand. Sie setzte sich gegenüber der Pritsche und hoffte inständig, sie möge dort, sobald ihr angeschlagenes Nervenkostüm mit Alkohol beruhigt war, die Gnade einiger Stunden Schlaf finden. Sie schluckte ihre Pillen mit zurückgeworfenem Kopf und legte Briefpapier auf der kleinen Fensterablage zurecht. Enzensberger war der Einzige, dem sie sich jetzt mitteilen konnte.

Ihre Seele erinnerte sich an Strategien von einst. Jetzt bedeutete das Formulieren von Sätzen Überleben.

Ich existiere nur, wenn ich schreibe.

Sie zündete sich eine Zigarette an und blies den Rauch gegen die Fensterscheibe. Der Wein wirkte sofort und entspannte ihr aufgewühltes Inneres.

»*Lieber Mang*«, schrieb sie mit wackliger Handschrift. »*Wenn man nicht freiwillig geht, ist Gehen eben doch nicht Gehen, man findet sich bloß ab und fragt sich, wo es neue Flügel zu kaufen gibt.*«

Zu viel Poesie, zu wenig Welt.

Wie poetisch das Scheitern einer Künstlerbeziehung klingen konnte, welch grausame Wahrheiten die Schönheit zu verdecken vermochte. Stets hatte Ingeborg daran geglaubt, dass der Leim, der sie als Paar zusammenhielt, die Liebe sei, das Neudenken alles Herkömmlichen, das gemeinsame Sprengen von Grenzen, der Glaube daran, dass sich Mann und Frau neu begreifen ließen.

Am Ende war auch ihre Liebe an äußerst profanen Hindernissen gescheitert, genau wie jede andere.

Wie pflegte Max seine Geschichten zu eröffnen? *Ich stelle mir vor!* Jetzt stellte Ingeborg sich vor: Während er sich in der Via Notaris eine Serviette in den Kragen steckte, zerbrachen ihre Flügel.

Sie schenkte sich ein weiteres Glas ein und legte ihre Stirn gegen das kalte Fenster, das ihr Gesicht reflektierte. Die Zypressen der sanften Landschaft ihres gelobten Landes verschwammen mit ihrem verletzlichen Ich, eines, das leidenschaftlich geliebt und gefühlt hatte, mit Haut und Haaren und ohne Verstand. Ein anderes trat ihr zur Seite. Es vermochte glasklar zu denken, zu unterscheiden, das Echte vom Falschen zu trennen.

Auf der Suche nach wahren Worten würde sie ihre Bücherregale einreißen, leere Wände beschwören und durch alle Spiegel stürzen.

Niemals würden ihr neue Liebesflügel wachsen.

INGEBORG

KAPITEL 42

Berlin, 1964

Mit einem an sie adressierten Brief in der Hand betrat Ingeborg nach einem ausgiebigen Spaziergang ihr neues Berliner Domizil.

Über ein Jahr, mehrere Krankenhausaufenthalte und zwei einschneidende Reisen lagen seit der Trennung von Max hinter ihr. In Prag hatte sie an einem klirrend kalten Wintertag ihr vielleicht schönstes Gedicht *Böhmen liegt am Meer* geschrieben. Über ihre Lyrik, die Metaphern, die ihr zu Krücken geworden waren, war sie wieder bei sich selbst angekommen. Die anschließende Ägyptenreise hatte eine Zäsur gebildet. Über Jahre würden die Reiseerlebnisse ihre literarische Produktion verändern, neu gewonnene Ausdrucksformen ihren Schmerz freilegen. In der Wüste Ägyptens war ein literarisch brachliegendes Projekt zu neuem Leben erwacht.

Das Buch Franza – eine Reise durch eine Krankheit nannte Ingeborg Bachmann inzwischen jenen Romanentwurf, den sie Klaus Piper schon lange versprochen hatte. *Todesarten* hieß das Konvolut inzwischen, das drei Romane umfassen würde und in dem Ingeborg auf der Grundlage von Bertolt Brechts Todesartenverständnis zeigen wollte, woran die Gesellschaft krankte.

»Es gibt viele Arten zu töten. Man kann einem ein Messer in den Bauch stechen, einem das Brot entziehen, einen von einer

Krankheit nicht heilen. Das wenigste ist in unserem Staat verboten«, hatte Bertolt Brecht einst geschrieben.

Franza sollte eine Geschichte über eine Krankheit werden, eine, an der sie selbst litt, eine, von der sie keine Heilung, nur zuweilen Linderung erfuhr. Ihre Heldin Franziska Jordan wurde des Betrugs gewahr, den ihr Mann, ein Wiener Psychiater, an ihr beging, indem er ihre Krankheit ausschlachtete. Er führte sogar Buch über Franzas fragilen Zustand. Jordan war der Voyeur, sie wider Willen sein Objekt, eines, das sich ihm einst in Liebe anvertraut hatte.

Ingeborg zögerte noch, das Franza-Fragment jemandem zu zeigen, zu sehr, so fand sie nach mehreren Entwürfen, stilisierte sie die weibliche Figur Franza zum Opfer. Dennoch wusste die Schriftstellerin: In der Sprache würde ihr alles gelingen.

Wie gut, dass sie das hoch dotierte Stipendium der Ford Foundation erhalten hatte. Seit einigen Monaten lebte sie nunmehr in einer vornehmen Wohnung im Berliner Grunewald in der Koenigsallee 35, wo sie zuweilen Tag und Nacht schrieb.

Sie schrieb um ihr Leben.

Von Anfang an hatte sie sich Bewegung an der frischen Luft in Form von Spaziergängen verordnet. Seit Jahren rang sie um körperliche Stabilität, und nachdem sie angefangen hatte, die Kiefernwälder und den Grunewaldsee zu erkunden, um sich Schritt für Schritt wiederzufinden, war endlich wieder Zuversicht in ihr gewachsen. Es gab viele alte und neue Freunde hier in Berlin, ein zuverlässiges soziales Netz, und manchmal war ihr, als gehöre sie dazu. Mit Enzensberger und Uwe Johnson hatte sie einen Fahrradclub ins Leben gerufen – zwei Mal pro Woche radelte das Dreiergespann durch die Berliner Wälder und Parkanlagen. Körperliche Ertüchtigung gab ihr das Gefühl, am Leben teilzunehmen. Ganz sicher würde sie auch eines Tages wieder in der Lage sein, nach Rom zu ziehen.

Ihre Freundschaft mit Paul Celan hatte sich nach dem Bruch nicht wiederherstellen lassen. Zu viel war zerbrochen, zu viel gesagt und geschrieben worden, das nicht mehr zurückgenommen werden konnte. Ähnlich war es ihr mit Henze ergangen. Kontakte mit ihrem einstigen *Prinzen* beschränkten sich auf wenige Telefonate, nachdem sie unter größten Anstrengungen das Libretto für seine jüngste Oper *Der junge Lord* geschrieben hatte. Im kommenden Jahr würde die Uraufführung stattfinden. Die großen an sie gerichteten und von ihr verfassten Briefe, einst in Freundschaft und Liebe entstanden, die Max heimlich gelesen hatte, waren entweiht, das sprachliche Repertoire der Verbundenheit aufgebraucht.

Dunkel erinnerte sie sich an die Anfänge ihrer Literatur, ihre ersten Gedichte, ihren Erfolg, als die Kritiker von einem neuen Star am deutschen Poetenhimmel sprachen. Jene Zeit vor Max, da sie die Kühnheit besessen hatte, mit ihrer Lyrik die Welt niederzwingen zu wollen.

Immer noch hielt Ingeborg den Brief in den Händen, den sie gerade aus dem Briefkasten genommen hatte, setzte ihre Brille auf und entzifferte den Absender aus Darmstadt. Es handelte sich um das Komitee der Deutschen Akademie für Sprache und Dichtung, das alljährlich einem herausragenden Schriftsteller den Georg-Büchner-Preis verlieh.

Wie betäubt las sie das Glückwunschschreiben.

»Sehr geehrte Frau Doktor Bachmann,

es freut uns, Ihnen mitteilen zu dürfen …«

Ingeborg Bachmann war für den Georg-Büchner-Preis 1964 ausgewählt worden.

Sechs Jahre zuvor hieß der Preisträger Max Frisch.

Euphorisch lief sie durch ihre Wohnung, öffnete einen Piccolo, auf den sie neuerdings der Menge wegen umgestiegen war, schenkte sich ein Glas ein und prostete sich selbst zu. Literarisch betrachtet, hatte sie nun so gut wie alles erreicht.

Sie würde nach Anna Seghers und Marie Luise Kaschnitz die dritte Frau in der deutschen Literatur sein, die diese hochkarätige Auszeichnung für ihr Werk erhielt. Eine Dankesrede, schoss es ihr durch den Kopf, ich muss eine überzeugende Dankesrede schreiben, eine, die weit über mein persönliches Leben hinausreicht.

Mit einem weiteren Piccolo begab sie sich nach einer Weile an ihre Schreibmaschine.

»Wie jeder, der hier gestanden ist und es nicht wert war, Büchner das Schuhband zu lösen«, tippte sie, *»habe ich es schwer, den Mund aufzutun, den Dank trotzdem abzustatten mit einer Rede. Wovon reden? Von etwas Naheliegendem am besten.«*

Ihre Finger flogen wie im Rausch über die Tastatur, der helle Klang des Zeilenendes beflügelte sie. Sie vermochte gar nicht so schnell zu schreiben, wie die Worte ihr zuflogen und aufs Papier wollten. Mit Bildern von Berlin unterlegte sie ihr Ansinnen, sprach von den offenen Wunden einer geteilten Stadt, von der vor drei Jahren hochgezogenen Mauer.

Dabei vermochte niemand auch nur zu erahnen, was die Thematik *Trennung* in ihrem Leben bedeutete.

Bis in die Morgenstunden konzipierte sie ihre Rede, und sie wurde hochpolitisch.

Es dämmerte bereits, als sie das letzte Blatt aus der Maschine zog. Sie sinnierte über die Zusammenhänge von Liebe und Kunst. In ihrem Leben bedeutete das eine den Preis für das andere. Und manchmal war eine Auszeichnung sogar etwas Solides, messbare Sicherheit, ein warmes Zuhause mit einem gefüllten Kühlschrank und weitaus gefahrloser als ein Liebesflug mit gebrochenen Flügeln.

Nach der Erfahrung mit Max hatte sie sich geschworen, nie wieder eine Liebesbeziehung einzugehen und stattdessen eine niemals endende mit ihrem Werk zu führen, kompromisslos und mit dem allerhöchsten Anspruch an sich selbst.

Sie hielt inne und warf einen Blick über den Schreibtisch hinüber zu ihrem jüngst erworbenen Biedermeiersekretär mit vielen kleinen Schubladen für Geheimnisse aller Art. Inzwischen war sie achtunddreißig Jahre alt, und zum ersten Mal in ihrem Leben besaß sie eigenes Mobiliar.

In einer der Schubladen lag ein Stapel geschriebener Briefe an Max Frisch. Erst gestern Abend war ein neuer hinzugekommen. Oft, wenn sie mit ihren Texten nicht vorankam, schrieb sie stattdessen an den ehemaligen Geliebten.

»Lieber Max«, setzte sie mit dem Füllfederhalter an und legte ihn anschließend zur Seite. Auch diesen Brief würde sie wie all die anderen nicht wegschicken. Ihre Korrespondenz blieb fragmentarisch, einseitig, imaginär, ein bruchstückhaftes Mosaik aus Vorwürfen, Abrechnungen und – das Zertrümmern einstiger Kompositionen.

Einige der Briefe von Max, vor nicht allzu langer Zeit in

Liebe und Sehnsucht an sie gerichtet, im Vertrauen auf das Briefgeheimnis, hatte sie in einer Art Initiationsritus an einem kalten Wintertag nach ihrer Pragreise verbrannt.

Nichts, nichts von ihnen beiden hätte jemals nach außen dringen dürfen. Mit einem Anflug von Genugtuung kam ihr der Gedanke, dass es tatsächlich kein einziges gemeinsames Foto von ihnen beiden gab. Es war, als hätte es sie als Paar nie gegeben – und doch waren sie es bis heute auf eine sehr geheimnisvolle Weise geblieben.

Vergessen hatte sie nichts von seinen Liebesbriefen, weder den Inhalt noch den Anlass eines jeden Bekenntnisses, im Liebesflug in die Wolken geschrieben.

»Wo du bist, gibt es nur dich. Wo du bist, beginnt der Wahn.«

Die Veröffentlichung von Frischs Roman *Mein Name sei Gantenbein* im letzten Jahr hatte Ingeborg wie ein Giftpfeil getroffen. Zu viel war in seine Romanfigur Lila von ihren Eigenheiten, ihren intimsten Geheimnissen eingeflossen. Warum Ingeborg der Veröffentlichung dieses Manuskripts, das Max ihr vor dem Druck mit der unausgesprochenen Bitte um Freigabe geschickt hatte, zugestimmt, ihm sogar stilistische Verbesserungsvorschläge gemacht hatte, war ihr bis heute ein Rätsel.

Berechenbar war sie nie gewesen.

Manchmal erfasste man erst auf den zweiten Blick, was mit einem gemacht wurde oder was man sich antat.

Sich selbst zwischen zwei Buchrücken in den deutschsprachigen Buchhandlungen entdeckt zu haben, entblößt, nackt bis aufs Hemd ausgezogen und Worte sagend, die einst nur für vier Ohren bestimmt und ihr jetzt auf ihrer zur Schau gestellten Haut eingeritzt waren, all das hatte sie bis ins Mark verletzt. Bald würden italienische, französische und englische Fassungen von *Gantenbein* folgen, und jeder aufmerksame Leser würde merken, wie unvollkommen eine Ingeborg Bachmann war.

Max Frisch hatte ein heiliges Tabu verletzt, sie literarisiert, ihre Weiblichkeit, ihre Integrität, all jenes, was sie als Frau und Künstlerin ausmachte, rigoros ausgeschlachtet, in Sätze verpackt und einer breiten Öffentlichkeit zugänglich gemacht.

So empfand sie es heute.

Gegen Verletzungen dieser Art gab es kein Mittel, kein Medikament, kein versöhnendes Wort, keinen neuen Blickwinkel.

Der Krieg, er begann zwischen Mann und Frau. Sie wusste, dass Max sie verstehen würde, wenn er eines Tages ihren literarischen Gegenentwurf in ihrem sich zunehmend konkretisierenden Romanzyklus zu lesen bekam. Sie würde ihn lehren, wie das ging, etwas Grundsätzliches über Mann und Frau zu sagen, ohne dem einst geliebten Menschen seine Würde zu nehmen. Wo Max in seinem Roman geplaudert hatte, würde sie andeuten, wo er Ingeborgs Wesen preisgegeben hatte, würde sie die gesellschaftliche Realität enttarnen. Sie würde ein Tabu wiederherstellen, Schlafzimmertüren schließen und die in höchster Erregung gesprochenen Worte vor der Welt wegsperren.

Was ging die Welt ein vergangenes Wir an? War Max schon immer so fahrlässig gewesen? Nein, er war eher ein Draufgänger der Worte, einer, der es fertigbrachte, das Unaussprechliche an die Wand zu fahren. Nur allzu leicht verplapperte er sich, weil er stets sein Herz auf der Zunge trug. Am Ende spiegelten seine literarischen Ergüsse über eine große Liebe doch vor allem seine eigenen Unzulänglichkeiten wider, sein Scheitern, sein Recht-haben-Wollen, sein maßloses Ego.

Max hatte mit seinen Indiskretionen die Kritiker angefüttert, ihnen einen Leckerbissen zugeworfen, so dass sie sich durch sein jüngstes Werk legitimiert fühlten, sich einzumischen, anzudeuten oder gar unverhohlen auszusprechen, wer wem was in einem römischen Leben angetan hatte. In obszönen Spekulationen wurde gemutmaßt, woran das Literatenpaar gescheitert war. Es war erbärmlich.

Niemand, kein Mensch, sieht jemals in den anderen hinein.

Nur in einem hatte Max recht behalten: Sie waren an sich selbst gescheitert. Manche Lieben ließen sich nicht in die Wirklichkeit überführen, sie waren in einem utopischen Nirwana, der Welt entrückt, besser aufgehoben.

Nur hatte das nichts mit Leben zu tun.

Niemals, das würde sie bis zu ihrem letzten Tag beschäftigen, niemals hätte ein Max Frisch erlauben dürfen, dass die Kritik, die Leser und Leserinnen eine Bachmann, *die* Poetin der Nachkriegsliteratur, mit der weiblichen Hauptfigur Lila im *Gantenbein* identifizierten. Ingeborg mutierte als Lila zur Schauspielerin, Morphinistin und untreuen Frau. Oberflächlich, naiv, notorisch unordentlich, verlogen. Eine Frau ohne Überraschungen.

Die Spekulationen der Öffentlichkeit verhöhnten, was einst in schwindelerregender Höhe zwischen ihnen als Paar unauslöschlich in ihren Seelen geschrieben stand. Sie beschmutzten eine Liebe im Niemandsland, einen Liebesflug zwischen Poesie und Welt.

Ihr Liebesflug und der zerstörerische Absturz hätten ihr Geheimnis bleiben sollen.

Max hatte sie entstellt, um mit seinen ambivalenten Gefühlen ins Lot zu kommen.

Sie sah das Pariser Café vor ihrem inneren Auge, die Parkanlage an einem kühlen Sommerabend, die Bank, eine flackernde Laterne. Die erste magische Begegnung, das erste Wort, die erste Berührung, das erste Sich-Anvertrauen, die erste Sprachlosigkeit.

»Lieber Max«, setzte sie erneut an, und die Feder kratzte auf dem Papier, »was hast Du mir mit Deiner Lila-Figur angetan? Musst Du Dich denn erhöhen, indem Du mich in eine Rolle presst, die Deinen Vorstellungen entspricht? Was tust Du Deinen Figuren an, nur damit Du gut davonkommst? Ist es sich ein Schriftsteller nicht schuldig, Grundsätzliches zu sagen, ohne plump zu werden und ohne privates Erleben freizulegen? Menschen sind kein literarisches Material!«

Sie brach ab.

Nunmehr bestand ihre Welt ausschließlich aus Worten, ergänzt durch gelegentliche Fahrradausflüge in der umliegenden Seelandschaft, mit der Geborgenheit von Freunden.

Kein Wort jedoch vermochte auszudrücken, was mit Ingeborg während der fünfjährigen Liebe geschehen war. Sie war die Blinde gewesen, die Blinde, die nicht hatte sehen wollen, wohin Max bereits sehr früh aufgebrochen war. Er war schon immer ein Frühaufsteher gewesen, während sie den Tag verschlief. Es hatte weitaus früher als an einem Sonnentag auf der Terrasse der Villa Massimo angefangen und lange vor der ersten Begegnung mit Marianne in der Via Notaris, wo sich Max zerstreut zwei Krawatten umgebunden hatte – was für eine lächerliche Symbolik!

Irgendwann hatte er Ingeborg ausgetauscht.

Nur dies stand für sie wie in Stein gemeißelt: Was sie einst von anderen Paaren *unterschieden* hatte, war es nicht. *Sie* war nicht austauschbar. Ihr utopischer Liebesentwurf war es nicht.

»Ich habe alles begriffen«, schrieb sie auf ein kleines Notizblatt und knipste die Schreibtischlampe an.

Draußen erwachte der Morgen.

»Sehr geehrte Frau Doktor Bachmann,

es freut uns, Ihnen mitteilen zu dürfen …«

Ein Lächeln legte sich auf ihre Lippen, als sie den Glückwunschbrief noch einmal las, um sich zu vergewissern. Sie hätte sich kneifen wollen, in allen Spiegeln nach ihrem Schreib-Ich suchen, jemanden anrufen, fragen, ob sie wirklich gemeint war – eine Literatin, die dort angekommen war, wo sie schon immer hinwollte. Eine Poetin, zwischen den Welten lebend, eine, die eine Katastrophe überlebt hatte und entschlossen war zu gesunden – in jeder Hinsicht.

Sehr geehrte Frau Doktor Bachmann!

Konnte sie in diesem Zustand, ein Jahr nach der Trennung von Max, mehr erhoffen als eine verdiente Anerkennung der Außenwelt?

Ein Preis war immer auch jener, den man für etwas bezahlte.

Ein Luftzug öffnete das angelehnte Fenster ihres Arbeitszimmers. Leise ging es wie von Zauberhand auf. Sie knipste die Lampe aus, zündete sich eine Zigarette an, warf den Kopf in den Nacken und blies den Rauch aus.

Sie würde schreiben, ohne sich an den heiligsten Tabus zu vergreifen, nach wahren Sätzen suchen, an guten Tagen den Wind mitnehmen und sich die Haare aus dem Gesicht wehen lassen. Sie würde ihre Schreibflügel ausbreiten und durch das Reich der Worte fliegen.

Auf allen vieren kriechend würde sie ihre Balance zurückgewinnen, sich wie eine Feder über der Erde schwebend durch die Poesie bewegen. Die Erde war noch nie ihr Element gewesen. Was sie brauchte, waren Luft und Feuer.

Längst rechnete sie nicht mehr mit Wundern, aber sie wusste, dass sich in magischen Momenten eine Tür zur Welt öffnen konnte, unerwartet, ohne ihr Zutun.

Steh auf und geh! Es ist dir kein Knochen gebrochen.

EPILOG

Berzona im Tessin, Oktober 1990

In Berzona im Tessin ist der Herbst eingezogen. Das Valle Onsernone gilt als das wildeste Tal in den Tessiner Bergen. Die von grauen Granitriesen bewachten Berghäuser mit handtuchschmalen Balkonen und Gärten prägen das Zweiundachtzig-Seelen-Dorf. Man spricht Italienisch. Der kleine Ort kennt seinen prominenten Bewohner Max Frisch, aber niemand macht Aufhebens um ihn. Mit den alten Männern spielt er unten am Kirchplatz Boccia, trinkt auf der kleinen Piazza ein Glas Wein. Man raucht, plaudert übers Wetter, das Essen. Es gibt einen Lebensmittelladen, keine Bar, kein Restaurant.

Wald umschließt Frischs abgelegenes Haus, das er vor Jahren für sich und Marianne gekauft hat. Eingebettet in wuchernde Pflanzen, Disteln und wilde Brombeeren liegt es versteckt am Hang, als sei es aus ihm herausgewachsen. Im Sommer blühen die Azaleen, genau wie der Rittersporn, seine Lieblingsblumen.

Von Marianne ist er längst geschieden, eine neue junge Frau lebt jetzt mit ihm.

Mehr als Menschen braucht seine Seele diese rauen Landschaften, das Einfache, Unverfälschte. Für den Umbau seines Hauses hat er sich Zeit gelassen. Seit Rom will er auf hohe Wände beim Arbeiten nicht mehr verzichten.

In dem Arbeitszimmer mit Blick auf die von außen nicht

einsehbare Terrasse zieht sich Max Frisch zurück, umgeben von seinen Bücherregalen, einem Schreibtisch, einer Schreibmaschine. Seit sein Gedächtnis nachlässt, hat sich sein pedantischer Ordnungsdrang noch verstärkt. Auf Computer rüstet er nicht mehr um.

Es gibt eine zweite Wohnung in Zürich.

Max tritt aus der Haustür und kontrolliert den gedeckten Steintisch auf der Terrasse. Tee, Wasser, etwas Gebäck, Gläser und Tassen – alles steht für das Interview bereit. Auf einem Servierwagen sein Lieblingswein in einem Kühler. Seine Lebensgefährtin hat vor dem Ausgehen für alles gesorgt.

Die Sonne blinkt durch ein paar Wolken am Himmel. Weit unter ihm rauscht ein Fluss.

Hans-Felix Gruber, ein österreichischer Journalist, bat um dieses Interview.

Nach langem Zögern hat Max einer Kamera zugestimmt. Das Vertrackte am Alter ist, dass es für viele Dinge womöglich keine zweite Chance gibt. Seit über fünf Jahrzehnten wird er gelesen. Es könnte jeden Tag vorbei sein, dieses Leben, jetzt, da er bald achtzig wird. Die Nachwelt erwartet authentisches Bildmaterial. Jedoch hat sich Max, der Fuchs, vertraglich abgesichert: Ohne seine Unterschrift ist die Filmrolle am Ende wertlos. Er mag alt sein, doch er wird immer der Regisseur seines Handelns bleiben.

Die Kamera läuft. Ein übergroßes Auge ist auf ihn gerichtet. Das Gespräch gestaltet sich angenehm, und irgendwann vergisst er die Aufnahme. Er trägt ein kornblumenblaues Hemd, eine Cordhose. In letzter Zeit raucht er weniger, nicht weil es ihm die Ärzte verboten haben, sondern weil er seltener Freude daran findet. Trotzdem liegen Tabak, Pfeife und ein Feuerzeug bereit.

Er streicht über das Feuerzeug, ein Geschenk von Ingeborg, eines, das sie, wie so manches in ihrem Leben, von ihrem letzten Geld gekauft hat.

Routiniert beantwortet er die Eisbrecherfrage nach dem Wesen seiner Literatur. Über das Schreiben weiß Max so manches zu sagen, über die vielen Prozesse, die er im Laufe seines Schriftstellerlebens durchgemacht hat. Viele der Fragen langweilen ihn, genauso wie seine Antworten. Er schreibt nur noch selten, weil es schwer ist, mit Gedächtnislücken zu erzählen.

Ich schüttle Sätze, wie man eine kaputte Uhr schüttelt.

Ja, er sei Millionär geworden, antwortet er höflich, der Preis des Erfolgs seien die Zweifel, sozusagen die Strafe für das viele Geld, das ihm zugeflossen ist.

Dann fällt ein Name: Ingeborg Bachmann, hört er den Interviewer wie aus der Ferne sagen. Ingeborg Bachmann.

Die Frage nach der ehemaligen Geliebten wirft ihn völlig aus der Bahn, schlagartig ist seine Gesprächsroutine dahin. Er kämpft um Fassung, hält inne, steht auf, sieht sich hilflos um.

Ingeborg!

Einen Augenblick erwägt er, ins Haus zu flüchten und das Interview abzubrechen. Aber er geht hinüber zur Balustrade seiner Terrasse, sucht Halt, den Blick eine Etage tiefer gerichtet, hinab in seinen Garten mit Feigenbäumen, wuchernden wilden Brombeeren, zwei alten Nussbäumen. Neben ihm plätschert ein Gebirgsbach.

Die Kamera schwenkt zu ihm.

Abwehrend hebt er die Hand und dreht den Kopf weg. Nur einen Augenblick braucht er jetzt für sich, nur einen Moment.

Der Kameramann schaltet die Kamera aus.

Max bemüht sich, nichts zu denken, während seine Welt einmal um die eigene Achse kreist. Er hält sich am Gemäuer fest, so schwindlig wird ihm von der Erinnerung. Dann sieht er wieder zum Tisch hinüber, geht dorthin und setzt sich mit einem tiefen Seufzer, während er seine Gedanken sortiert.

Er wird sagen, was sich ohne Indiskretionen sagen lässt.

Er gibt dem Kameramann ein Zeichen weiterzudrehen.

Was kann er heute, mehr als fünfzehn Jahre nach Ingeborgs Tod, über sie sagen? Es fällt ihm schwer, die richtigen Worte zu finden. Ihre Sprachskepsis, ihre Sprachzurückhaltung scheinen im Alter fast ein wenig auf ihn übergegangen zu sein.

Immer noch geht ihm die Erinnerung unter die Haut, erfasst ihn ganz und gar und macht ihn so rat- und hilflos wie einst.

Liebesflüge. Sturzflüge. Gebrochene Flügel.

»Wir sind uns in Paris begegnet«, sagt er zögernd, abgehackt, nach Worten suchend, während das Diktiergerät grün aufblinkt und die Kamera surrt. »Dann haben wir eine Zeit lang in der Schweiz und in Rom zusammengelebt. Dann haben wir uns getrennt.«

Etappen eines gemeinsamen Lebensabschnitts von fünf Jahren ziehen wie ein Film vor seinem inneren Auge vorbei. Fünf Jahre, die ihn weitaus mehr geprägt haben als deutlich länger andauernde Beziehungen in seinem Leben. Fünf Jahre, die sein Werk veränderten. Stationen einer Liebe kommen ihm in den Sinn, wie verstaubte Koffer in Räumen abgestellt, in denen Eroberungen, Kämpfe, Niederlagen und Waffenstillstände stecken, aber auch Nähe, waghalsige Leidenschaft, stille Übereinkunft in den großen Fragen des Lebens, absolutes Glück.

Die Parkbank in Paris, eine flackernde Laterne. Liebesfluchten in Zürich, das Paradies von Uetikon, stürmische Begegnungen auf Bahnhöfen, aber auch die vielen Wiedersehen voller Fremdheit, Fragen, Zweifel. Sein Heimatland, die Schweiz, Rom. Und immer wieder: die Via Notaris. Streit. Verletzungen auf beiden Seiten. Seine krankhafte Eifersucht, ihr krankhaftes Sich-Entziehen. Glück, Leiden, Schmerz, das unwürdige Ende.

»*Ich würde jedem von einer Dichterehe abraten*«, sagt er zusammenhanglos, aber auch ein bisschen frotzelnd. Er muss, was er fühlt, mit Koketterie abschwächen, um sein aufgewühltes Inneres zu ordnen.

Max saugt an seiner Pfeife.

»Was können Sie über Ihre Beziehung zu Ingeborg Bachmann sagen?«, fragt Hans-Felix Gruber noch einmal behutsam.

Max Frisch überlegt, verwirft vorschnelle Antworten und denkt noch einmal zurück.

Wie in Worte fassen, jene intensiven Begegnungen, diese alles mitreißende Leidenschaft, die gestillten und unerfüllten Sehnsüchte, den harten Aufprall? Ein schaler Geschmack des Scheiterns liegt ihm auf der Zunge. Zehn Jahre nach der Trennung ist Ingeborg gestorben, an einem Oktobertag des Jahres 1973 in einem römischen Spital, wo sie mit nur siebenundvierzig Jahren nach Brandverletzungen und einem radikalen Medikamentenentzug den Kampf um ihr Leben verloren hat. Am Ende hat sie ihr Schweigen vor sich selbst, vor Freunden und Familie mit dem Leben bezahlt. Keiner der Ärzte konnte eingreifen, niemand benennen, von welchen Medikamenten sie genau abhängig war.

Zuvor, als die Patientin sediert in einem Intensivbett lag, war die Hilfe, die Max anbot, für horrende Krankenhauskosten aufzukommen, von Familie und Freunden strikt abgelehnt worden. Hatte Ingeborg nach ihm verlangt? Er wäre umgehend nach Rom geflogen. Aber er blieb von der Informationskette abgeschnitten.

Alles, seine ganze Beziehung zu ihr, hat sich nach ihrem Tod verändert. Vorher existierte trotz einer Absprache, sich nie wieder über den Weg zu laufen, zumindest die theoretische Möglichkeit, einander wiederzusehen und zu bereuen. Ist Ingeborg genau deswegen seit ihrem Tod in seiner Phantasie lebendiger als vorher?

»Es gibt Dinge, über die ich auch heute nicht sprechen kann«, sagt er leise. »*Nach der Trennung vermied ich es, mich mit Kollegen zu treffen, damit ich im Suff nichts verrate.*«

»Verraten?«, fragt Gruber, aber Max winkt nur müde ab.

So einfach tappt er nicht in die Falle.

Er hebt die Brauen und zündet seine Pfeife an. Kleine Rauchwolken verziehen sich in der Tessiner Luft. Max schüttelt den Kopf.

»Sie können also immer noch nichts über Ingeborg Bachmann sagen?«, hakt Gruber nach.

Max hält die Hand vor den Mund, genau wie es seine einstige Geliebte auf unzähligen Fotos getan hat. Er zieht die Hand weg und seufzt.

»Über Ingeborg Bachmann kann ich jede Menge sagen, zum Beispiel, dass ich weiß, was sie heute über Tschernobyl oder über die deutsche Einheit denken würde. Aber ich dachte, Sie hätten nach *Ingeborg* gefragt. Da fällt mir die Antwort schwer, sehr schwer. Mir fehlt der Abstand zu ihr, auch nach all den Jahren.«

Der Kameramann lugt hinter seiner Linse hervor, stutzt und geht dann wieder in Position.

»*Ich wünsche mir jede Nacht, von ihr zu träumen*«, setzt Max Frisch nach, zieht an seiner Pfeife und bläst den Rauch aus. »Das ist es, was ich sagen kann. Kann die Nachwelt damit etwas anfangen?«

Er lässt die Antwort in der Schwebe. Max, der Bergsteiger, spürt wieder Boden unter den Füßen. Manchmal sagt er schlichte, wahre Sätze, die Ingeborg gefallen hätten.

Dass er es mit sich selbst zu tun bekommen hat – das ist ihr Verdienst.

Abrupt steht er auf, geht hinüber zum Servierwagen. Er nimmt die Weinflasche aus dem Kühler, trägt sie an den Tisch, setzt sich wieder, schenkt die Gläser ein und trinkt.

Schon lange ist er auf die leichten Weine aus der Südschweiz umgestiegen, jene Reben, die auf kalkhaltigem Boden wachsen, was einen erdigen Geschmack auf der Zunge hinterlässt. Erde ist ihm von jeher vertrauter als Luft. Auch die Elemente waren ein Problem zwischen Ingeborg und ihm.

Er stellt das Glas zurück und fährt mit den Fingerspitzen über den dünnen Rand. Für einen Moment hält er inne, greift nach einem Buch, das er sich bereitgelegt hat, eines, das etwas über Ingeborg und Max aussagt, mehr als flüchtige Bekenntnisse in der Öffentlichkeit. Und doch gibt es nichts Intimes preis.

Er hat von ihr gelernt.

In der Hand hält er *Triptychon* – sein nach ihrem Tod geschriebenes Drama, in dem es vor allem um die beiden einstigen Liebenden geht. Zwei Protagonisten mit anderen Namen: Der Überlebende führt ein Gespräch mit einer Toten: Max spricht mit Ingeborg und sie mit ihm. Natürlich hat er ihnen andere Namen gegeben: Roger und Francine.

Max öffnet das Buch, in dem er mehrere Seiten mit kleinen Zettelchen markiert hat. Er geht nie unvorbereitet in ein Interview. Erst jetzt kommt ihm der Gedanke, dass er im Vorfeld mit der Frage aller Fragen gerechnet hat. Führt er sich zuweilen immer noch selbst hinters Licht?

Der Kameramann macht einen Schritt zurück, wählt eine neue Einstellung. Fast hätte Max den dritten Mann vergessen.

Langsam beginnt er zu zitieren, während die Kamera läuft und läuft. Das ratternde Geräusch mischt sich mit Frischs Stimme, den Vögeln, die von den Bäumen zwitschern, und dem Wind, der immer wieder aufkommt, als mahne er, auch noch im Spiel zu sein.

Jedes Mal wundert sich Max über seine eigenen Kreationen, wenn er Geschriebenes mit der Distanz einiger Jahre wieder liest. Diese Zeilen aber sind ihm vertraut. In *Triptychon* hat der Erzähler keinen Mantel abgestreift und sich dennoch nirgendwo mehr entblößt als auf dieser Gedankenbühne, in einem Kammerspiel um Liebe, Reue und Verlust.

Triptychon bedeutet *seine* Wahrheit, an die kein Wort von außen zu rühren vermag, kein Urteil Dritter. Mag die Welt sich verbiegen, ihn als Bachmanns Zerstörer bezeichnen, sie als seine Zerstörerin. Am Ende zählt ein unverlautbares Geheimnis zwischen zwei Menschen. Er hat etwas Magisches mit dieser Frau geteilt und muss sich vor niemandem rechtfertigen: *Wir wollten die Welt umdenken, das Paar vor allen Paaren sein.*

Niemand, kein Mensch, sieht jemals hinein in den anderen.

»*Wir fühlten uns als zwei Ausgezeichnete, ich durch dich und du durch mich*«, zitiert Max Frisch aus dem letzten Akt von *Triptychon*. Einer Toten hat er diese Worte in den Mund gelegt, die an den überlebenden Geliebten gerichtet sind, und würde es wieder tun.

Er hält inne, prüft den Klang, wundert sich über die Macht der Worte, reibt unter den Brillengläsern seine Augen, wischt sich über die Wangen und fährt mit klarer Stimme fort:

»*Wir haben keine Berge versetzt, und du hast mich manchmal ausgelacht wegen meiner Erwartungen. Auch im Irrtum waren wir kühner. Wir haben die Zärtlichkeit nicht missbraucht.*«

Stille. Es ist, als hielte selbst die kleine Nische in einem Tessiner Hang den Atem an.

Max klappt das Buch zu, schließt das Drehbuch einer großen Liebe. Für heute. Für einen Moment fühlt er Ingeborgs Anwesenheit, so stark, als säße sie mit am Tisch, den Kopf in die Hand gelegt, aufmerksam zuhörend.

Das blonde Haar fällt ihr bis zur Schulter, und sie blinzelt mit den Augen. Ein Hauch von *Carven for women* streift ihn, der Duft ihrer Haut. Seine Nase erinnert sich an feinste Nuancen einer unvergesslichen Nähe.

Inge antwortet in seiner Vision nicht sofort. Sie wartet, wägt ab, als prüfe sie seine Worte in ihrem Mund, während ein dünner Schatten über ihr Gesicht wandert. Dann lächelt sie ihn an, wie nur sie es vermag, wenn sie eins ist mit sich und der Welt und auch mit ihm. Amüsiert hebt sie die Brauen und fragt mit dieser Zärtlichkeit zwischen ihnen, die einst seine Welt bewegte: »Wirklich, das möchtest du mich gesagt haben lassen?«

Kann jemand, fragt er sich, immer noch so nah sein, wie aus dem Nichts aus dem letzten Akt eines Dramas herausfallen und ihn berühren? Oder liegt es daran, dass er bald achtzig wird, dem Tod näher als dem Leben und damit auch ihr?

»Ich kenne das Zitat aus *Triptychon*, Herr Frisch. Gibt es die Zusammenfassung einer Dichterliebe wieder?«

Grubers Stimme reißt ihn heraus aus seinen Träumen, wirft ihn in die Gegenwart zurück.

»*Es war ein Sturzflug*«, korrigiert Max Frisch. »Genau wie bei Ikarus. Wir sind der Sonne zu nah gekommen, haben unsere Flügel verbrannt. Da gibt es nichts zusammenzufassen.«

Die Kamera läuft weiter. Das Diktiergerät zeigt Grün für Aufnahme.

Niemand scheint sein Geständnis gehört, sein Übertreten einer roten Linie bemerkt zu haben.

»Glauben Sie«, hört Max wie aus der Ferne die Stimme des Journalisten erneut, »glauben Sie, eine Ingeborg Bachmann würde sich resümierend so äußern?«

»Es spielt keine Rolle, was ich glaube«, sagt er streng. »Und äußern kann sich doch immer nur der Überlebende. Die Toten haben keine Stimme.«

Max nimmt seine Brille ab und putzt die Gläser an seinem gelockerten Hemdkragen. Er ist es leid, den Leuten alles zu erklären. In gewisser Weise ist auch er über die Jahre dem Zwang, Worte auf die Goldwaage zu legen, anheimgefallen.

»*Man kann alles erzählen, nur nicht sein wirkliches Leben*«, verkündet er mit einem Hauch von Wehmut in der Stimme und deutet mit den Augen auf das Diktiergerät. »*Was wichtig ist: das Unsagbare, das Weiße zwischen den Worten.*«

Max, der Erdverbundene, schlägt einen Pflock in den Boden. Die Erde ist sein Element.

Eigentlich hat er sich immer gestellt.

Ende! Mit einer schwungvollen Bewegung seiner flachen Hand fährt er durch die Luft. Er hat die Rechthaberei satt, aber eine alte Lust am Sätze-Bilden rührt sich in ihm.

Sofort schaltet Gruber das Gerät ab. Der Kameramann legt seine Kamera auf den Steintisch. Synchron trinken die Männer von ihrem Wein.

Vom Hang sinkt kühle Luft herab. Durch die Bäume rings um das alte Steinhaus streicht der Wind, trägt das Laub hinab ins Tal und blättert durch die Seiten des Buchs. Vor und wieder zurück.

Was wichtig ist: das Unsagbare, das Weiße zwischen den Worten.

NACHWORT DER AUTORIN

Große Lieben leben von Höhenflügen. Irgendwann aber müssen die Liebenden auf die Erde zurück. Niemand kann sich auf Dauer fliegend durch die Welt bewegen.

Bei dem vorliegenden Roman handelt es sich um mein *Herzensbuch*, eines, das ich seit Jahrzehnten mit mir herumtrage. Heute weiß ich, warum die Umsetzung so lange reifen musste: Vor dem Hintergrund eines prägenden Stücks deutschsprachiger Literaturgeschichte über die Beziehung zweier literarischer Ikonen zu schreiben ist Wagnis und Herausforderung zugleich. Wegweiser war mir beim Schreiben immer deren Werke, die ich liebe, verehre. Am Ende jedoch bleibt ein solcher Roman, so viel die Öffentlichkeit auch inzwischen über diese Beziehung zu wissen glaubt, eine fiktive Erzählung über das Innenleben der beiden Protagonisten, eine Annäherung an deren Gefühlswelten. Gerade deshalb verlangt eine derartige Innensicht äußerste Behutsamkeit und Vorsicht.

Die erste Begegnung von Ingeborg Bachmann und Max Frisch 1958 in Paris bildet für beide einen entscheidenden Einschnitt. Hinter Ingeborg Bachmann liegt die Trennung von dem Geliebten Paul Celan, Frisch hat eine Geliebte, lebt in Scheidung. Bachmann ist Anfang dreißig, er bald fünfzig. Für ihn ist es Liebe auf den ersten Blick. Bachmann reagiert irritiert, verhalten, ist aber gleichfalls elektrisiert von der Aussicht auf einen erregenden Neubeginn. Auch ihrer beider Faszination für die Arbeit des anderen darf nicht unterschätzt werden. Beide brennen für Sprache, für das Wort, die Literatur, bewundern einander und werden im Laufe ihrer Liebesbeziehung wider Willen zu Konkurrenten. Als Frau mag er ihr das Gefühl gegeben haben, ihr die Welt zu Füßen zu legen. Max Frisch nähert sich der neuen Frau in seinem Leben voller Enthusiasmus. Sie hadert, zögert, ringt, wie so oft in ihrem Leben, um Worte, Gewissheiten. Im Roman spreche ich von einem »vorsätzlichen Verlieben«. Nach all den heimlichen Treffen mit dem verheirateten Paul Celan lässt sie sich auf eine bodenständige Liebe mit dem berühmten Schweizer Literaten ein, aber auch auf das Risiko einer Beziehung in der Öffentlichkeit – beide Schriftsteller befinden sich auf dem Zenit ihres beruflichen Erfolgs.

Bachmann liebt das Geheimnisvolle, niemals möchte sie zu viel von sich preisgeben, keine Öffentlichkeit mit Skandalmaterial füttern. Frisch indes verabscheut Zwischentöne, Andeutungen aller Art. Klarheit heißt sein Wegweiser, das Motto seines Lebens. Er sagt, was es zu sagen gibt, und besteht auf Verbindlichkeiten. Bachmann liebt ihre Freiheit über alles, Frisch leidet unter chronischen Eifersuchtsattacken. In diesen extremen Widersprüchen liegt, so paradox das klingt, eine Chance für beide, ihre Schwächen im Dienst der Liebe zu überwinden, einander zu bereichern. Im Laufe der Zeit jedoch werden diese Grundzüge ihrer beider Wesen zum größten Stolperstein, schließlich zur Sackgasse, zum Trennenden. Selbst die größte Liebe scheitert an äußerst banalen Hindernissen, im Alltag, im Profanen.

Den entscheidenden Impuls, mich schließlich einem Stoff wie diesem zu nähern, gab vor allem die neue Forschungssituation. Als ich 1994 über die Prosa Ingeborg Bachmanns promovierte, lag diesem aus meiner heutigen Sicht kühnen Unternehmen eine völlig andere Quellenlage zugrunde als jene, aus der ich heute als Schriftstellerin schöpfen darf. In meinem Roman kommen Frisch und Bachmann abwechselnd zu Wort. Mir ging es darum, der Leserschaft beide Perspektiven und die unterschiedlichen Blickwinkel dieser komplexen Persönlichkeiten aufzuzeigen. Ich eröffne im Prolog aus Ingeborg Bachmanns Sicht, der Epilog zeigt folgerichtig Max Frischs Sicht im Jahr 1990, ein Jahr vor seinem Tod, und schließt im wahrsten Sinne des Wortes den Kreis.

Gestatten Sie mir einige Worte zur neuen Quellenlage: Veröffentlicht sind inzwischen der Briefwechsel Bachmann–Celan, der auch die Korrespondenz von Frisch und Celan beinhaltet, wie auch die Briefe mit Henze und Enzensberger. Hinzu kommen auf der Grundlage dieses Wissens neue herausragende Biographien, biographische Annäherungen, Sachbücher, die tiefe Einblicke in die Beziehung und das Werk der beiden Schriftsteller ermöglichen. Besonders hervorzuheben sind die Werke von Ingeborg Gleichauf, Ina Hartwig, Andrea Stoll und Sigrid Weigel, die bei der Einschätzung der Geschehnisse um das Paar Bachmann–Frisch und bei der Bezugnahme auf deren literarisches Werk unverzichtbar und bereichernd waren.

Besonders die Briefwechsel erlauben einen neuen Blick auf die Beziehung der beiden Schriftsteller, benennen das ein oder andere Problem sogar präzise, sozusagen aus der Feder Frischs und Bachmanns selbst. Beispielhaft hierfür ist der in meinem

Roman aufgegriffene Plagiatsvorwurf an Celan, der die Beziehung außerordentlich belastet hat und in zahlreichen Briefen und Briefentwürfen erörtert wird. Aus meiner Sicht hat Celans Rolle nicht unerheblich zum Bruch des Paares beigetragen. Aufgrund der durch Claire Goll erlittenen Kränkungen hat Celan in seiner ausweglosen Lage immer wieder aufs Neue uneingeschränkte Solidarität von Bachmann und schließlich auch von Frisch eingefordert, was für alle Beteiligten sehr belastend war. Die Diffamierungen und Verleumdungen müssen für Celan unerträglich gewesen sein, und am Ende vermochte niemand ihm zu helfen. Sein 1970 vollzogener Selbstmord bildet den traurigen Abschluss der sogenannten »Goll-Affäre«, einer »lebenslangen Kränkung«. Warum Claire Goll, die selbst jüdische Wurzeln besaß, diese Lügen über Celan in die Welt gesetzt hat, ist bis heute ungeklärt. Frischs Eifersucht entbrannte in diesem »Dreieck« Bachmann–Frisch–Celan jedoch stets aufs Neue und befruchtete sein Gefühl der Ausgeschlossenheit, das er immer wieder im Zusammenhang mit der Geliebten beklagte.

Zur Quellenlage und den Nachweisen im Roman: Neben den inneren Monologen und Hervorhebungen sind Originalzitate kursiv gedruckt und somit sofort für Leserinnen und Leser erkennbar. Im Anhang werden die Originalzitate, sollte ich sie des Kontexts wegen leicht abgeändert haben, nach Kapiteln gegliedert in ihren Quellen benannt. Dabei habe ich mich stets um Vollständigkeit und Authentizität bemüht. Textstellen, die in der Erzählstimme dem Stil Bachmanns oder Frischs nahekommen, aber keine Zitate sind, werden in Anführung und recte wiedergegeben.

Über den Inhalt der noch bis zum Jahr 2025 gesperrten Briefe Bachmanns kann nur spekuliert werden: Tatsache ist jedoch, dass sich im Bachmann-Nachlass zahlreiche verschlossene, niemals abgeschickte Briefe an Max Frisch befinden.

Einzelne Geschehnisse im Roman weichen dann von der Realität beziehungsweise der Chronologie ab, wenn mir dies aus dramaturgischen Gründen notwendig schien, grundsätzlich folgt meine Schilderung jedoch dem historischen Ablauf der Ereignisse.

Das Paar mag nach seiner Trennung die Kommunikation eingestellt haben – über ihr Werk fand weiterhin ein nicht enden wollendes Gespräch statt, das gleichzeitig ihre unterschiedliche Auffassung von Literatur markierte. Bachmann deutet an, wo Frisch Worte wie Messer in den Tisch rammt. Sie ringt um Sprache, um das *eine richtige Wort,* wo er treffsicher Sätze in seine Sprachlandschaft stellt. Dennoch verändert die Grenzerfahrung ihrer Liebe das Werk der beiden Schriftsteller. Hierbei denke man nur an Bachmanns *Todesartenzyklus* oder an Frischs *Montauk* und das Spätwerk *Der Mensch erscheint im Holozän*. Ganz sicher wären diese Romane ohne die Erfahrung ihrer Liebe anders geschrieben worden.

»Das Ende haben wir beide nicht gut bestanden«, gesteht Max Frisch in seinem Roman *Montauk* und erwähnt in diesem Zusammenhang sein von Bachmann verbranntes Tagebuch, dem wiederum sein Grenzübertritt gegenübersteht, ihre Intimsphäre verletzt und ihre persönlichen Briefe gelesen zu haben.

Ingeborg Bachmann, so geben Dokumente und Nachforschungen inzwischen preis, hat nach diesem Vorfall, der zur endgültigen Trennung führte, einen Selbstmordversuch unternommen und wurde auf eigenen Wunsch in einer Zürcher Klinik behandelt. Mein Roman lässt diese Vorkommnisse, inklusive der Spekulation über medizinische Details aus Bachmanns Krankenakte, aus Respekt außen vor. Nachzulesen sind in *Male Oscuro*, dem 2017 veröffentlichten und erschütternden Zeugnis aus Bachmanns Feder, ihre verzweifelte Suche nach ärztlicher Hilfe und die dunklen Jahre voller Tabletten, Drogen und Alkohol. Es folgt ihr tragischer Tod in Rom, dessen Ursache inzwischen von Biographen korrigiert wurde: Tatsächlich starb sie nicht an ihren Brandverletzungen, wie man lange glaubte, sondern an einem radikalen Tabletten- und Drogenentzug. Max Frisch soll damals aus der Ferne umgehend monetäre Hilfe angeboten haben, die von Bachmanns Freunden und Familie jedoch strikt abgelehnt wurde. Ob *dieser* Kontaktabbruch Ingeborg Bachmanns Wunsch entsprach, weiß niemand. In diesem Zusammenhang soll nicht unerwähnt bleiben, dass sich Ingeborg Bachmann ein Grab auf dem protestantischen Friedhof in Rom wünschte, sie ihre letzte Ruhestätte jedoch auf dem Klagenfurter Friedhof fand.

Kurz vor ihrem Tod im Jahr 1973 hat Ingeborg Bachmann noch einen Anlauf für eine Kur geplant – diese »Lichtblicke« muss es in ihrem Leben bis zum Schluss gegeben haben, und mit einem solchen »Lichtblick« setze ich den Schlusspunkt meines Romans, das letzte Kapitel aus Bachmanns Perspektive. 1964 erhält Bachmann den vielbegehrten Georg-Büchner-Preis – gerade einmal ein Jahr nach der Trennung von Max Frisch. Ihr, die sie nach Frisch eine Liebesbeziehung mit ihrem Werk führte, muss diese Anerkennung viel bedeutet haben.

Wenn man Frisch in einem seiner letzten Interviews zuhört, zusieht, wie er angesichts der Frage, was er heute über sich und Ingeborg Bachmann zu sagen hätte, verstummt, fast erstarrt und ratlos wirkt, dann spürt man seine Befangenheit in einem zu Lebzeiten unlösbaren Konflikt. In kleinen Gesten und Übersprungshandlungen offenbart sich dem Beobachter auch Jahre später Frischs mangelnde Distanz zu der Frau, die er einst geliebt hat.

Ein letztes Mal lasse ich im Epilog die Liebenden aus dem Blinkwinkel des alten Max Frisch aufeinandertreffen, wo er die Frage aller Fragen über ihn und Bachmann in einfachen Sätzen, wie nur Frisch sie beherrscht, beantwortet. Dem Betrachter eröffnet Frischs Kammerspiel *Triptychon* wie auf einer Bühne einen überraschend tiefen Einblick in die einstige Gefühlswelt, eine Ahnung von dem, was dieses besondere Paar miteinander erlebt haben muss: einen Höhenflug, einen utopischen Entwurf von Mann und Frau, ein Umdenken herkömmlicher Beziehungsmuster, eine alle Grenzen sprengende Liebeserfahrung. Angesichts der besonderen Intensität dieser Gefühle gibt es nur respektvolles Schweigen, auch das macht Frisch unmissverständlich klar, als drehten sich die Worte großer Literatur allein um das Unsagbare zwischen zwei Menschen, das »*Weiße zwischen den Worten*«, wie Frisch in seinem zweiten Tagebuch schrieb.

Was bleibt also?

»*Wir wollten die Welt umdenken*«, lässt Max Frisch seinen Helden Roger aus *Triptychon* in Bezug auf das einstige Liebespaar sagen. Wehmut, Reue, tiefe Trauer um den unwiederbringlichen Verlust schwingen in jeder Zeile mit, auch in der Art, wie Frisch auf seiner Terrasse bei einem Glas Wein in Berzona zitiert. Fast zärtlich liest er seine eigenen Zeilen vor: »*Wir haben die Zärtlichkeit nicht missbraucht.*«

Was würde eine Ingeborg Bachmann dem entgegnen? Als Frisch sein *Triptychon* schrieb, war sie bereits tot. »*Das Klingeln an der Tür war der Alarm für meine Freude. Nicht dich habe ich verloren. Sondern die Welt*«, heißt es in dem späten Bachmann-Gedicht *Eine Art Verlust.* Kritiker sprechen von einem Gedicht für und gegen Frisch. Dieses Urteil trifft die Spannung und die Zerreißprobe, der ihre Liebe fast fünf Jahre ausgesetzt war, auf den Punkt.

Vielleicht leben große Lieben von den Extremen: von Höhenflügen und Abstürzen, ausgebreiteten Flügelschwingen und gestutzten Flügeln, bedingungsloser Hingabe und Befreiungsschlägen. Heilungen und Verletzungen, Anziehung und Abstoßung, Visionen und Realität, Musenküssen und Sprachlosigkeit.

Am Ende vermögen nicht einmal zwei Wortakrobaten wie Ingeborg Bachmann und Max Frisch, das Geheimnis der Liebe zu enthüllen. Für *ihre* Liebe gilt das erst recht, und ich bin sicher, dass sie das größte aller Rätsel zwischen zwei Menschen, wären sie dahintergekommen, für alle Zeiten unter Verschluss gehalten hätten. Darin wären sie sich einig gewesen.

»*Kein Sterbenswort, ihr Worte*«, befiehlt Ingeborg Bachmann in ihrem Gedicht *Ihr Worte,* das sie Nelly Sachs gewidmet hat. Frei übersetzt und auf die Liebe bezogen: Das Wesentliche zwischen Liebenden ist unsagbar.

Bettina Storks

DANKE

Viele Freundinnen, Freunde und Kolleginnen haben mich bei der Arbeit an diesem Roman unterstützt: Andreas Schäfer hat mit seinem herausragenden literaturwissenschaftlichen Lektorat den Text ungemein bereichert und zusätzlich als begeisterter Wanderer den sprachlichen und geographischen Feinschliff für die Bergtour von Max Frisch und Paul Celan wie auch für die nächtliche Fahrt Frischs über den Gotthard vorgenommen. Sabine Herrle hat den gesamten Text auf historische Korrektheit / Zeitgeist überprüft. Beiden Freunden gilt hierfür mein ausdrücklicher Dank.

Die Buchbloggerin Anya Peter hat als Schweizerin die typisch schweizerischen Begriffe geprüft. Danke, Anya: Obwohl ich seit Jahren an der Schweizer Grenze lebe, wüsste ich ohne dich nicht, was es mit dem *Kübli* oder dem berühmten *Chuchichäschtli* auf sich hat.

Für das Lesen einzelner Passagen der Rohfassung danke ich von Herzen meinen geschätzten Kolleginnen Claudia Ziegler, Tania Schlie, Heidi Rehn und Gabriele Diechler wie auch Renate Czech, Magdalena Wiechert und Susa Kaldich. Meine *erste* Leserin und Freundin Hajnal Müller und mein Mann Michael haben mich bei der aufreibenden Arbeit der Zitatnachweise unterstützt und mir dabei den Rücken für das Wesentliche freigehalten: das Schreiben, den kreativen Prozess. Dafür kann ich euch nicht genug danken!

Zuletzt danke ich meiner Literaturagentur Schlück, Franka Zastrow und Joachim Jessen, für ihre unerschütterliche Motivation und ihren Glauben an dieses Werk.

Meine Lektorin Stefanie Werk hat auch meinen zweiten Aufbau-Roman mit großer Professionalität, Einfühlungsvermögen und ihrer Liebe zur Literatur begleitet.

Bettina Storks, Ludwigshafen am Bodensee, im Frühjahr 2022

NACHWEIS DER ZITATE

MOTTO

Seite 5: »*(…) ich existiere nur (…)*«

Ingeborg Bachmann, Rede zur Verleihung des Anton-Wildgans-Preises. In: Ingeborg Bachmann, Werke in 4 Bänden, Werke 4: Essays, Reden, Vermischte Schriften, Piper Verlag, München, 2021, S. 294

Seite 5: »*Warum schreiben wir?*«

Interview Max Frisch bei einer Fahrt durch Rom 1961 / Film, YouTube, Text und Bühne, 27.9.2016

PROLOG

Seite 10: »*Der Krieg wird nicht (…)*«

»*Er wird verliehen (…)*«

Ingeborg Bachmann, Alle Tage, Gedicht. In: Werke in 4 Bänden, Werke 1: Gedichte, Hörspiele, Libretti, Übersetzungen, Piper Verlag, München, 2021, S. 46

Seite 10: »*Nein, ich nehme keine Drogen (…)*«

Ingeborg Bachmann, Malina. In: Werke 3: Todesarten: Malina und unvollendete Romane, S. 93, Werke 2: Erzählungen, S. 44 f.

Seite 11: »*Wo Deutschlands Himmel (…)*«

Ingeborg Bachmann, Früher Mittag, Gedicht. In: Werke 1, Auszug, 9. Strophe, Zeilen 1 f.

Seite 15: »*Ich will, was noch niemals (…)*«

Ingeborg Bachmann, Der gute Gott von Manhattan. In: Werke 1, a.a.O., S. 317

Kapitel 1

Seite 21, 26: »*Ich will, was noch niemals (…)*«

Ingeborg Bachmann, Der gute Gott von Manhattan, ebd.

Kapitel 2

Seite 27: Mit den »*Augenküssen*« wird hier eine Wortschöpfung von Ingeborg Bachmann aufgegriffen, mit der sie in einem Brief an Enzensberger als Grußformel unterschreibt.

Ingeborg Bachmann u. Hans Magnus Enzensberger, »Schreib alles was wahr ist auf«, Der Briefwechsel, Hrsg.: Hubert Lengauer, Piper Verlag / Suhrkamp Verlag, München, Berlin, Zürich, 2018, Brief Nr. 32, S. 58

Seite 35: »*Bei dir sein möchte ich (…)*«

Ingeborg Bachmann, Der gute Gott von Manhattan, ebd., S. 316

Seite 37: »*Ein Mann macht eine Erfahrung. Jetzt sucht er die Geschichte zu seiner Erfahrung.*«

Vgl. Originalzitat: »*Ein Mann hat eine Erfahrung gemacht, jetzt sucht er die Geschichte zu seiner Erfahrung.*«

Max Frisch, Mein Name sei Gantenbein, Suhrkamp Verlag, Frankfurt am Main, 1964, S. 14

Seite 38: »*Wo sie ist, beginnt (…)*«

Vgl. Originalzitat: »*In ihrer Nähe gibt es nur sie. In ihrer Nähe beginnt der Wahn.*«

Max Frisch, Montauk, Suhrkamp Verlag, Frankfurt am Main, 1981, S. 142

Kapitel 3

Seite 44: »*Sie ist die einzige, die jemals (…)*«

Vgl. Originalzitat: »*Sie hat nicht Rollen gesungen, niemals, sondern auf der Rasierklinge gelebt (…) Sie ist die einzige, die rechtmäßig die Bühne in diesen Jahrzehnten betreten hat (…)*«

Ingeborg Bachmann, Hommage à Maria Callas. In: Werke 4, a.a.O., S. 342 f.

Kapitel 4

Seite 56: »*Sie würde wahre Sätze finden.*«

Vgl. Originalzitat, siehe den gleichlautenden Buchtitel: Ingeborg Bachmann, Wir müssen wahre Sätze finden, Gespräche und Interviews, Hrsg.: Christine Koschel, Inge von Weidenbaum, Piper Verlag, München, Zürich, 1985

Seite 56: »In fliegender Eile«

Vgl. Originalzitat: »*(…) denn durch dieses Heute kann ich nur in höchster Angst und fliegender Eile kommen (…)*«

Ingeborg Bachmann, Malina. In: Werke 3, a.a.O., S. 12

Kapitel 5

Seite 60: »*Weil es schwer ist, das Leben (…)*«

Interview Max Frisch bei einer Fahrt durch Rom 1961, a.a.O.

Kapitel 7

Seite 77: »*Ich sehne mich nach Ordnung (…)*«

Ingeborg Bachmann u. Paul Celan, Herzzeit, Briefwechsel, Hrsg.: Bertrand Badiou, Hans Höller, Andrea Stoll, Barbara Wiedemann, Lizenzausgabe Büchergilde Gutenberg, Frankfurt am Main, Wien, Zürich, 2008. Brief Ingeborg Bachmann an Paul Celan. Brief Nr. 106, S. 96

Seite 78: »*Entzieh mir Deine Hand nicht (…)*«

Brief Ingeborg Bachmann an Paul Celan. In: Herzzeit, a.a.O., Brief Nr. 106, S. 96

Seite 78: »*Wir dürfen uns weiterhin sehen, mein lieber Paul, ich kann es offen tun und werde es immer tun dürfen (…)*«

Vgl. Originalzitat: »*Ich kann es offen tun und werde es immer dürfen.*«

Brief Ingeborg Bachmann an Paul Celan. In: Herzzeit, a.a.O., Brief Nr. 104, S. 95

Seite 84: »*Wenn wir uns, wie zwei Versteinte (…)*«

Ingeborg Bachmann, Alles. Erzählung. In: Werke 2, a.a.O., S. 138

Seite 86: »*Denn in alle Zeit wird (…)*«

Ingeborg Bachmann, Alles, Erzählung. In: Werke 2, a.a.O., S. 158

Motto Liebesflüge

Seite 89: »*Wir zwei, du und ich, wir denken alles um (…)*«

Max Frisch, Triptychon, Drei szenische Bilder, Suhrkamp Verlag, Frankfurt am Main, 1978, S. 106

Kapitel 8

Seite 96: »*Sie kauft Schuhe (…)*«

Vgl. Originalzitat: »*Sie kauft sich Schuhe wie für einen Tausendfüßler.*«

Max Frisch, Montauk, a.a.O., S. 182

Seite 100: »*Ich halte Erfolg nicht für (…)*«

Preisrede »Öffentlichkeit als Partner« Max Frischs anlässlich der Verleihung des Literaturpreises der Stadt Zürich, 1958. In: Max Frisch, Gesammelte Werke in zeitlicher Folge, Jubiläumsausgabe in sieben Bänden 1931–1985, Hrsg.: Hans Mayer, Band 4, Suhrkamp Verlag, Frankfurt am Main, 1986, S. 244

Seite 102: »*In ihrer Nähe gibt es nur sie (…)*«

Max Frisch, Montauk, a.a.O., S. 142

Kapitel 10

Seite 113: »*Wer, wenn nicht diejenigen unter (…)*«

Preisrede »Die Wahrheit ist dem Menschen zumutbar« zur Verleihung des Hörspielpreises der Kriegsblinden. In: Ingeborg Bachmann, Werke 4, a.a.O., S. 277

Kapitel 11

Seite 123: »*Mein Gift sind deine Zwischentöne.*«

Brief Max Frisch an Paul Celan. In: Herzzeit, a.a.O., Brief Nr. 202, S. 168

Seite 125: »*Ja, die Urform der Eifersucht war (…)*«

Vgl. Originalzitat: »*Ich kenne die Eifersucht, der keine Bildung gewachsen ist. Im Gegenteil, die Bildung staut sie nur auf, bis sie ganz primitiv wird. Ein Draht brennt durch, dann rauche ich vor Zorn und werde unerträglich.*«

Sven Michaelsen, Interviewmontage, »Man kann alles erzählen, nur nicht sein Leben«, Die Welt, 20.3.2011

Kapitel 13

Seite 140: »*Du kannst ihm doch keinen Geschwätz-Satz (...).*«

Vgl. Originalzitat: »*(...), aber die Herrin fand (...) einen Geschwätz-Satz.*«

Brief Max Frisch an Paul Celan. In: Herzzeit, a.a.O., Brief Nr. 198, S. 164

Seite 142: »*Ihr Größenwahn auf Bescheidenheit.*«

Interview Max Frisch bei einer Fahrt durch Rom 1961, a.a.O., auf die Frage, was ihn an der Schweiz störe.

Kapitel 14

Seite 152: »*Ich möchte Max nicht das Gefühl geben (...)*«

Vgl. Originalzitat: »*Ich sollte ihm nicht das Gefühl geben, dass ich Dir mit ihm ausweiche oder ihm mit Dir.*«

Brief Ingeborg Bachmann an Paul Celan. In: Herzzeit, a.a.O., Brief Nr. 117, S. 102

Kapitel 16

Seite 163: »*Am Ende ist es immer das Fälligste (...)*«

Max Frisch, Tagebuch 1946–1949, Suhrkamp Verlag, Frankfurt am Main, 1985, S. 408

Seite 170: »*Ich will, was noch niemals (...)*«

Bachmann, Der gute Gott von Manhattan, a.a.O., S. 317

Kapitel 18

Seite 178: »*Mir tut der ganze Körper weh (...)*«

Ingeborg Bachmann u. Hans Werner Henze, Briefe einer Freundschaft, Hrsg.: Hans Höller, Vorwort: Hans Werner Henze, Piper Verlag, München, 2004, S. 59

Seite 183: »*E subito riprende (...)*«

»*Und plötzlich nimmst du (...)*«

Ingeborg Bachmann, Freude der Schiffbrüchigen, Übersetzung Giuseppe Ungaretti aus dem Italienischen. In: Werke 1, a.a.O., S. 556f.

KAPITEL 19

Seite 189: »*Wie gut war es, dass Ihr nicht gekommen seid (…)*«

Vgl. Originalzitat: »*Wie gut war es, dass Ihr nicht gekommen seid. (…) Max hat im Spital Besuchsverbot, in dem Zimmer gibt es an der Tür ein Fenster, durch das man sprechen kann, das ist zu trostlos und er ist immer erschöpft. (…) Wir sollten lieber bis zum Herbst damit warten, bis er innerlich und äußerlich wiederhergestellt ist.*«

Brief Ingeborg Bachmann an Paul Celan. In: Herzzeit, a.a.O., Brief Nr. 312, S. 110

KAPITEL 20

Seite 198: »*Gestern war Max Frisch hier (…)*«

Brief Paul Celan an Ingeborg Bachmann. In: Herzzeit, a.a.O., Brief Nr. 135, S. 112

Seite 201: »*Es sind nicht (…)*«

Ingeborg Bachmann, Ein Tag wird kommen, Gespräche in Rom, Ein Porträt von Gerda Haller, Jung und Jung Verlag, Salzburg, 2004, S. 29

Seite 202: »*Ich sehe mit viel Angst (…)*«

Brief Ingeborg Bachmann an Paul Celan. In: Herzzeit, a.a.O., Brief Nr. 10, S. 14

Seite 204: »*Roma non risponde*«

Max Frisch, Montauk, a.a.O., S. 145

Seite 204: »*Und sieh nach dem schönen brunnen, der für dich rinnt, ganz in der nähe.*«

Brief Enzensberger an Bachmann. In: »Schreib alles was wahr ist auf«, a.a.O., Brief Nr. 23, S. 43

KAPITEL 21

Seite 210: »*Ich stelle mir vor (…)*«

Vgl. Originalzitat: »*Ich stelle mir vor: mein Leben mit einer großen Schauspielerin, die ich liebe und daher glauben lasse, ich sei blind.*«

Max Frisch, Mein Name sei Gantenbein, a.a.O., S. 124

Seite 210: »*Ich probiere Geschichten an wie Kleider.*«

Max Frisch, Mein Name sei Gantenbein, a.a.O., S. 30

Seite 210: »*Ein Mann macht eine Erfahrung (…)*«

Vgl. Originalzitat: »*Ein Mann hat eine Erfahrung gemacht, jetzt sucht er die Geschichte zu seiner Erfahrung.*«

Max Frisch, Mein Name sei Gantenbein, a.a.O., S. 14

Seite 212: »*Einen Blinden führte man nicht so leicht hinters Licht.*«

Vgl. Originalzitat: »*(…) man kann einen Blinden nicht hinters Licht führen.*«

Max Frisch, Mein Name sei Gantenbein, a.a.O., S. 129

KAPITEL 22

Seite 214: »*Aus seinem Freundeskreis kannte er jene Paare (…)*«

Vgl. Originalzitat: »*Da ruht ihr nun also, ein Paar mit liebestoten Körpern allnächtlich im gemeinsamen Zimmer.*«

Max Frisch, Mein Name sei Gantenbein, a.a.O., S. 206

KAPITEL 23

Seite 226: »*(…) sage nichts Lapidares, nicht bei Paul (…)*«

Vgl. Originalzitat: »*(…), aber die Herrin fand einen Nebensatz darin, einen Lappalien-Satz, einen Geschwätz-Satz (…).*«

Brief Max Frisch an Paul Celan. In: Herzzeit, a.a.O., Brief Nr. 198, S. 164

KAPITEL 24

Seite 236: »*Ich halte die Ehe, wie du weißt, für eine unmögliche Institution (…)*«

Vgl. Originalzitat: »*die Ehe sei eine unmögliche Institution für Frauen, die einer Arbeit nachgehen.*«

Ingeborg Gleichauf, Ingeborg Bachmann und Max Frisch, Eine Liebe zwischen Intimität und Öffentlichkeit, Piper Verlag, München, Zürich, 2013, vgl. S. 71

Kapitel 25

Seite 245: »Man fliegt nicht als Transportgut (…)«

Vgl. Originalzitat: *»(…) man fliegt wie ein Mensch und nicht wie ein Transportgut von Riem nach Croydon.«*

Brief Bachmann an Enzensberger. In: »Schreib alles was wahr ist auf«, a.a.O., Brief Nr. 56, S. 90

Seite 247: *»(…) es war, glaube ich, ein gutes Gespräch (…)«*

Brief Paul Celan an Ingeborg Bachmann. In: Herzzeit, a.a.O., Brief Nr. 136, S. 114

Kapitel 26

Seite 252/253: *»Wenn wir uns, wie zwei Versteinte (…)«*

Ingeborg Bachmann, Alles, Erzählung. In: Werke 2, a.a.O., S. 138

Seite 255: *»(…) es ist, als umarmten Sie flüsternd (…)«*

Vgl. Originalzitat: *»(…) als umarmte sie flüsternd (…)«*

Fernsehsendung »Lauter schwierige Patienten«, Marcel Reich-Ranicki über Ingeborg Bachmann, YouTube, Mierendorffs Kanal für Reich-Ranicki. Ursprünglich eine Literaturserie, die ab dem 30.5.2001 im Südwestfernsehen ausgestrahlt wurde.

Kapitel 27

Seite 259: *»(…) von einem dünnen Scherbenton (…)«*

Vgl. Originalzitat: *»(…) und ein Scherbenton, dünn.«*

Brief Paul Celan an Ingeborg Bachmann, zitiert aus Blöcker. In: Herzzeit, a.a.O., Brief Nr. 143, S. 125 Beilage

Seite 260: *»Bitte lies und sag mir (…)«*

Brief Paul Celan an Ingeborg Bachmann. In: Herzzeit, a.a.O., Brief Nr. 143, S. 123

Kapitel 28

Seite 264: *»Das Unerträglichste ist mir, dass, was zwischen (…)«*

Vgl. Originalzitat: *»Und ich weiß, was ihm unerträglich ist – zu denken, dass, was zwischen Euch ist, von mir ausgetragen werden soll.«*

Brief Ingeborg Bachmann an Paul Celan. In: Herzzeit, a.a.O., Brief Nr. 151, S. 131

Seite 265: *»Ich bin aber mit Ihrer Haltung nicht einverstanden.«*

Brief Max Frisch an Paul Celan. In: Herzzeit, a.a.O., Brief Nr. 202, S. 168

Seite 266: *»Vielleicht brauchen Sie gar keine Freundschaft (…)«*

Brief Max Frisch an Paul Celan. In: Herzzeit, a.a.O., Brief Nr. 202, S. 169

Seite 267: *»Ich muss Dich jetzt bitten (…)«*

Brief Paul Celan an Ingeborg Bachmann. In: Herzzeit, a.a.O., Brief Nr. 145, S. 127

Kapitel 30

Seite 278: *»›Siamo scrittori‹, sagte sie mit dem Stolz einer Callas auf der Bühne der Mailänder Scala.«*

Vgl. Originalzitat: *»SENTA, sagt sie, SIAMO SCRITTORI, und wir bekommen die Wohnung.«*

Max Frisch, Montauk, a.a.O., S. 148

Seite 282: *»Wenn sie rechnete, dann mit Wundern.«*

Vgl. Originalzitat: *»Wenn sie rechnet, dann rechnet sie mit Wundern.«*

Max Frisch, Montauk, a.a.O., S. 182

Kapitel 31

Seite 286: Frisch nennt Bachmann gegenüber Celan *»die Herrin«: »Aber die Herrin fand einen Nebensatz darin, einen Lappalien-Satz, einen Geschwätz-Satz (…)«*

Brief Max Frisch an Paul Celan. In: Herzzeit, a.a.O., Brief Nr. 198, S. 164

Seite 291: *»Wer ein Warum zu leben hat, erträgt fast jedes Wie.«*

Ingeborg Bachmann, Malina, a.a.O., S. 292

Seite 293: *»Meine Eifersucht ist der Preis, den ich für deinen Freiheitsdrang bezahle.«*

Vgl. Originalzitat: *»Die Eifersucht ist der Preis von meiner Seite; ich bezahle ihn voll.«*

Max Frisch, Montauk, a.a.O., S. 149

Kapitel 32

Seite 303: »*Die Liebe war unerträglich.*«

Ingeborg Bachmann, Das dreißigste Jahr. Erzählung. In: Bachmann, Werke 2, a.a.O., S. 115

Seite 304: »*Ich bin nicht Stiller!*«

Max Frisch, Stiller, Suhrkamp Verlag, Frankfurt am Main. 1977, S. 9

Kapitel 33

Seite 306: »*Er könne es nicht ertragen, über Gefühle zu sprechen, schon gar nicht am frühen Morgen.*«

Vgl. Originalzitat: »*Gefühle am Morgen, das erträgt kein Mann. Dann lieber Geschirr waschen.*«

Max Frisch, Homo Faber, Suhrkamp Verlag, Frankfurt am Main, 1977, S. 91

Kapitel 34

Seite 312: »Ihr glücklichen Augen« bezieht sich auf die gleichlautende Erzählung Ingeborg Bachmanns.

Ingeborg Bachmann, Ihr glücklichen Augen, Erzählung. In: Werke 2, a.a.O., S. 354

Seite 318: »*Verabenteuere dich nicht, Ingeborg (...)*«

Brief Paul Celan an Ingeborg Bachmann. In: Herzzeit, a.a.O., Brief Nr. 159, S. 136

Seite 319: »*Ich ziehe mir Geschichten an wie Kleider.*«

Vgl. Originalzitat: »*Ich probiere Geschichten an wie Kleider.*«

Max Frisch, Mein Name sei Gantenbein, a.a.O., S. 30

Kapitel 36

Seite 329: »*Er war ein Narr.*«

Vgl. Originalzitat: »*Ich bin ein Narr und weiß es.*«

Max Frisch, Montauk, a.a.O., S. 149

Motto: Sturzflug

Seite 337: »*Je ehrlicher das Leben, je lebendiger, je echter, um so sicherer der Schmerz (…)*«
Frischs Antwort auf die Frage: »Karin Pilliod, Ihre Lebensgefährtin im Alter, ist die Tochter einer Frau, mit der Sie in den fünfziger Jahren liiert waren. Sind Sie in der Liebe klüger geworden?«
Vgl. Michaelsen, Interviewmontage, a.a.O.

Kapitel 37

Seite 342: »*Ich trage Maria in mir, aber da ist auch die Callas (…)*«
Filmdokumentation »Maria by Callas« von 2017, Interview Maria Callas mit David Frost, 1970

Kapitel 38

Seite 352: »*Ich will eine Revolte (…)*«
Bachmann, Der gute Gott von Manhattan, a.a.O., S. 316

Seite 353: »*Wie weit oder wie nah bist Du (…)*«
Brief Paul Celan an Ingeborg Bachmann. In: Herzzeit, a.a.O., Brief Nr. 9, S. 13

Seite 353, 354, 357: »*Es ist eine schöne Liebe (…)*«
Brief Ingeborg Bachmann an Paul Celan. In: Herzzeit, a.a.O., Brief Nr. 10, 1 Beilage, S. 16

Kapitel 39

Seite 358: »*Sommermorde entzifferte sie an einem Modehaus. Sommermode – korrigierte ihre linke Gehirnhälfte.*«
Vgl. Originalzitat: »*Wenn irgendwo stand »Sommermoden«, habe ich gelesen »Sommermorde.*«
Ingeborg Bachmann, Malina, a.a.O., S. 209

Seite 358: »*Wer ein Warum zu leben hat, erträgt fast jedes Wie.*«
Ingeborg Bachmann, Malina, a.a.O., S. 292

Seite 359: »*Es ist eine schöne Liebe (…)*«
Brief Ingeborg Bachmann an Paul Celan. In: Herzzeit, a.a.O., Brief Nr. 10, 1 Beilage, S. 16

Seite 360: »*Der Metzger mit dem Schlachtmesser (…)*«
Vgl. Originalzitat: »*(…) am Nebentisch die Metzger mit ihren blutigen Schürzen, diese zu plumpe Warnung.*«
Max Frisch, Montauk, a.a.O., S. 143

Seite 360: »*Avec ma main brulée j'écris sur la nature du feu.*« »*Mit meiner verbrannten Hand schreibe ich über die Natur des Feuers.*«
Ingeborg Bachmann, Malina, a.a.O., S. 95 zitiert Bachmann Gustave Flaubert. Übersetzung von der Autorin.

Seite 362: »*Meine Gedichte sind mir abhanden gekommen (…)*«
Ingeborg Bachmann, Ich weiß keine bessere Welt, Nachgelassene Gedichte, Piper, München, 2011, S. 11

MOTTO GEBROCHENE FLÜGEL

Seite 363: »*Am Kaminfeuer, in der Sicherheit (…)*«
Ingeborg Bachmann, Eine Art Verlust, Gedicht. In: Werke 1, a.a.O., S. 170

KAPITEL 40

Seite 370: »*Meine Hörigkeit war aufgebraucht, Inge.*«
Vgl. Originalzitat: »*Seine Hörigkeit ist aufgebraucht.*«
Max Frisch, Montauk, a.a.O., S. 153

Seite 370: »*Die Diktatur seiner Augen, hatte sie irgendwann notiert (…)*«
Vgl. Originalzitat: »*(…) denn die Diktatur meiner Augen und meiner Zärtlichkeiten ist gemildert (…)*«
Ingeborg Bachmann, Malina, a.a.O., S. 130

Seite 371: »*Gesagt. Getan. Und immer die Hand gereicht.*«
Ingeborg Bachmann, Eine Art Verlust, Gedicht. In: Werke 1, a.a.O., S. 170

KAPITEL 41

Seite 377: »*Ich existiere nur, wenn ich schreibe (…)*«
Bachmann, Rede zur Verleihung des Anton-Wildgans-Preises, a.a.O., S. 294

Seite 377: »›*Lieber Mang*‹, *schrieb sie mit wackliger Handschrift.* ›*Wenn man nicht freiwillig geht (...)*‹«

Vgl. Originalzitat: »*Ach Mang, es ist zwar ein wirklicher Schritt und ein heilsamer, wenn man aber nicht freiwillig geht, ist Gehen eben doch nicht Gehen, man findet sich bloss ab und fragt sich, wo es neue Flügel zu kaufen gibt (...) ob einem noch welche nachwachsen.*«

Brief Bachmann an Enzensberger. In: »Schreib alles was wahr ist auf«, a.a.O., Brief Nr. 91, S. 144

Seite 377: »*Zu viel Poesie, zu wenig Welt.*«

Vgl. Originalzitat: »*Nun ist es ihr zu viel Welt und zu wenig Poesie.*«

Ingeborg Gleichauf, Ingeborg Bachmann und Max Frisch, Eine Liebe zwischen Intimität und Öffentlichkeit, a.a.O., S. 166

Kapitel 42

Seite 379/380: »*Es gibt viele Arten zu töten (...)*«

Vgl. Originalzitat: »*Es gibt viele Arten zu töten. Man kann einem ein Messer in den Bauch stechen, einem das Brot entziehen, einen von einer Krankheit nicht heilen, einen in eine schlechte Wohnung stecken, einen durch Arbeit zu Tode schinden, einen zum Selbstmord treiben, einen in den Krieg führen, und so weiter. Nur weniges davon ist in unserem Staat verboten.*«

Bertolt Brecht, Me-ti, Buch der Wendungen. In: Gesammelte Werke in 20 Bänden, Band 12, Suhrkamp Verlag, Frankfurt am Main, 1968, S. 466

Seite 381: »*Jene Zeit vor Max, da sie die Kühnheit besessen hatte, mit ihrer Lyrik die Welt niederzwingen zu wollen.*«

Vgl. Originalzitat: »*Aber grad weil ich so unmöglich bin (...) und eine kleine Kärntnerin, die einmal kühn war und die Welt niederzwingen wollte.*«

Brief Ingeborg Bachmann an Enzensberger. In: »Schreib alles was wahr ist auf«, a.a.O., Brief Nr. 111, S. 179

Seite 382: »*Wie jeder, der hier gestanden ist und es nicht wert war (...)*«

Preisrede »Ein Ort für Zufälle« Ingeborg Bachmanns zum Georg-Büchner-Preis 1964. In: Werke 4, a.a.O., S. 278

Seite 384: *»Wo du bist, gibt es nur dich. Wo du bist, beginnt der Wahn.«*

Vgl. Originalzitat: *»In ihrer Nähe gibt es nur sie, in ihrer Nähe beginnt der Wahn.«*

Max Frisch, Montauk, a.a.O., S. 152

Seite 389: *»Steh auf und geh! Es ist dir (…)«*

Ingeborg Bachmann, Das dreißigste Jahr, Erzählung. In: Werke 2, a.a.O., S. 137

Epilog

Der Verlauf des Gesprächs im Epilog orientiert sich am vierstündigen Interview »Gespräche im Alter« mit Max Frisch und Philippe Pilliod, erschienen in Journal 1–3, Richard Dindo, Philippe Pilliod, Filmedition Suhrkamp zu Max Frischs 100. Geburtstag, 15.5.2011.

Seite 393: *»Ich schüttle Sätze, wie man eine kaputte Uhr schüttelt.«*

Antwort Frischs auf die Frage: »Sie veröffentlichen seit ein paar Jahren nichts mehr. Was ist der Grund für diese Abstinenz?« Interviewmontage Michaelsen, a.a.O.

Seite 393: »Ja, er sei Millionär geworden …«

Schlussfolgerung der Autorin aus der Frage Michaelsens: *»Dass Ihr Schreiben Sie zum vielfachen Millionär gemacht hat, muss Sie versöhnlich stimmen.«* Interviewmontage Michaelsen, a.a.O.

Seite 394: *»Wir sind uns in Paris begegnet (…)«*

Max Frisch über die Liebe zu Ingeborg Bachmann, SRF-Sendung »10 vor 10«, Ausstrahlung 3.4.2001, Minute 26:00 der Sendung

Seite 395: *»Ich würde jedem von einer Dichterehe abraten.«*

Frischs Antwort auf die Frage: »Woran ist die Beziehung zerbrochen?« Interviewmontage Michaelsen, a.a.O.

Seite 396: »Es gibt Dinge, über die ich auch heute nicht sprechen kann (…)«

Vgl. Originalzitat: *»Es gab natürlich Dinge, über die ich auch jetzt nicht reden kann. Ich habe mich damals von Kollegen ferngehalten, damit ich nicht in Versuchung komme, im Suff davon zu erzählen.«*

Max Frisch auf die Frage Michaelsens: »Warum haben Sie nie öffentlich gemacht, dass Bachmann eine tabletten- und alkoholabhängige Psychotikerin war?« Interviewmontage Michaelsen, a.a.O.

Seite 397: *»Ich wünsche mir jede Nacht, von ihr zu träumen.«*

Vgl. Michaelsens Äußerung im Interview: »Einem Freund sagten Sie kürzlich, dass Sie sich bemühen, jede Nacht von Ingeborg Bachmann zu träumen …«

Interviewmontage Michaelsen, a.a.O.

Seite 399: *»Wir fühlten uns als zwei Ausgezeichnete (…)«*

Vgl. Originalzitat: *»Wir fühlten uns als zwei Ausgezeichnete, (…) ich durch dich und du durch mich. Wir haben keine Berge versetzt, und du hast mich manchmal ausgelacht wegen meiner Erwartungen (…) Wir haben die Zärtlichkeit nicht mißbraucht (…)«*

Max Frisch, Triptychon, a.a.O., S. 107

Seite 400: *»Es war ein Sturzflug.«*

Vgl. Originalzitat: *»(…) vier Jahre ist sehr lang für einen Sturzflug.«*

Max Frisch zu Ingeborg Bachmann, SRF-Sendung »10 vor 10«, a.a.O.

Seite 401: *»Man kann alles erzählen, nur nicht (…)«*

Antwort auf die Frage: »Kann dauernde, radikale Selbstentblößung verhindern, dass sich der andere ein Bildnis von uns macht?« Interviewmontage Michaelsen, a.a.O.

Seite 401: *»Was wichtig ist: das Unsagbare (…)«*

Max Frisch, Tagebuch 1946–1949. In: Max Frisch, Gesammelte Werke in zeitlicher Folge, Band 2, a.a.O., S. 378

BIBLIOGRAPHIE (EINE AUSWAHL)

Bachmann, Ingeborg, Werke in 4 Bänden, Piper Verlag, München, 2021

Bachmann, Ingeborg, Ich weiß keine bessere Welt, Nachgelassene Gedichte, Hrsg.: Heinz Bachmann, Isolde Moser, Christian Moser, Piper Verlag, München, Zürich, 2011

Bachmann, Ingeborg, »Male Oscuro«, Aufzeichnungen aus der Zeit der Krankheit, Hrsg.: Isolde Schiffermüller, Gabriella Pelloni, Piper Verlag / Suhrkamp Verlag, München, Berlin, Zürich, 2017

Bachmann, Ingeborg, Römische Reportagen, Eine Wiederentdeckung, Hrsg.: Jörg-Dieter Kogel, Piper Verlag, München, Zürich, 1998

Bachmann, Ingeborg, Wir müssen wahre Sätze finden, Gespräche und Interviews, Hrsg.: Christine Koschel, Inge von Weidenbaum, Piper Verlag, München, Zürich, 1985

Bachmann, Ingeborg, Ein Tag wird kommen, Gespräche in Rom, Ein Porträt von Gerda Haller, Jung und Jung Verlag, Salzburg, 2004

Bachmann, Ingeborg u. Celan, Paul, Herzzeit, Briefwechsel, Hrsg.: Bertrand Badiou, Hans Höller, Andrea Stoll, Barbara Wiedemann, Lizenzausgabe Büchergilde Gutenberg, Frankfurt am Main, Wien, Zürich, 2008

Bachmann, Ingeborg u. Henze, Hans Werner, Briefe einer Freundschaft, Hrsg.: Hans Höller, Vorwort: Hans Werner Henze, Piper Verlag, München, 2004

Bachmann, Ingeborg u. Enzensberger, Hans Magnus, »Schreib alles was wahr ist auf«, Der Briefwechsel, Hrsg.: Hubert Lengauer, Piper Verlag / Suhrkamp Verlag, München, Berlin, Zürich, 2018

Böttiger, Helmut, Wir sagen uns Dunkles, Die Liebesgeschichte zwischen Ingeborg Bachmann und Paul Celan, Deutsche Verlags-Anstalt, München, 2017

Brecht, Bertolt, Gesammelte Werke in 20 Bänden, Suhrkamp Verlag, Frankfurt am Main, 1968

Frisch, Max, Gesammelte Werke in zeitlicher Folge, Jubiläumsausgabe in sieben Bänden 1931–1985, Hrsg.: Hans Mayer, Suhrkamp Verlag, Frankfurt am Main, 1986

Frisch, Max, Aus dem Berliner Journal, Hrsg.: Thomas Strässle, Margit Unser, Suhrkamp Verlag, Berlin, 2014

Frisch, Max, Mein Name sei Gantenbein, Suhrkamp Verlag, Frankfurt am Main, 1964

Frisch, Max, Homo Faber, Suhrkamp Verlag, Frankfurt am Main, 1977

Frisch, Max, Montauk, Eine Erzählung, Suhrkamp Verlag, Frankfurt am Main, 1981

Frisch, Max, Sein Leben in Bildern und Texten, Hrsg.: Volker Hage, Suhrkamp Verlag, Berlin, 2011

Frisch, Max, Stiller, Suhrkamp Verlag, Frankfurt am Main, 1977

Frisch, Max, Tagebuch 1946–1949, Suhrkamp Verlag, Frankfurt am Main, 1985

Frisch, Max, Tagebuch 1966–1971, Suhrkamp Verlag, Frankfurt am Main, 1974

Frisch, Max, Triptychon, Drei szenische Bilder, Suhrkamp Verlag, Frankfurt am Main, 1978

Frisch, Max, Wie Sie mir auf den Leib rücken!, Interviews und Gespräche, Hrsg.: Thomas Strässle, Suhrkamp Verlag, Berlin, 2017

Fußl, Irene u. Larcati, Arturo, Das Rom der Ingeborg Bachmann, Edition A B Fischer, Berlin, 2015

Gleichauf, Ingeborg, Ingeborg Bachmann und Max Frisch, Eine Liebe zwischen Intimität und Öffentlichkeit, Piper Verlag, München, Zürich, 2013

Gleichauf, Ingeborg, Jetzt nicht die Wut verlieren, Max Frisch, Eine Biographie, Nagel & Kimche im Carl Hanser Verlag, München, 2010

Hartwig, Ina, Wer war Ingeborg Bachmann, Eine Biographie in Bruchstücken, S. Fischer Verlag, Frankfurt am Main, 2017

Höller, Hans, Ingeborg Bachmann, Rowohlt Taschenbuch Verlag, Reinbek bei Hamburg, 1999

Höller, Hans u. Larcati, Arturo, Ingeborg Bachmanns Winterreise nach Prag, Die Geschichte von »Böhmen liegt am Meer«, Piper Verlag, München, Berlin, 2016

Meyer-Gosau, Frauke, Einmal muss das Fest ja kommen, Eine Reise zu Ingeborg Bachmann, Verlag C.H.Beck, München, 2008

Michaelsen, Sven, Interviewmontage, »Man kann alles erzählen, nur nicht sein Leben«, Die Welt, 20.3.2011

Opel, Adolf, »Wo mir das Lachen zurückgekommen ist …«, Auf Reisen mit Ingeborg Bachmann, Langen Müller in der F.A. Herbig Verlagsbuchhandlung, München, 2001

Stoll, Andrea, Ingeborg Bachmann, Der dunkle Glanz der Freiheit, C. Bertelsmann Verlag, München, 2013

Stuber, Bettina, Zu Ingeborg Bachmann: »Der Fall Franza« und »Malina«, Dissertation, Deutsche und vergleichende Literaturwissenschaft (Freiburg), Schäuble Verlag, Rheinfelden, Berlin, 1994

Weigel, Sigrid, Ingeborg Bachmann, Hinterlassenschaften unter Wahrung des Briefgeheimnisses, Paul Zsolnay Verlag, Wien, 1999

Filme (eine Auswahl):

Die Schriftstellerin Ingeborg Bachmann, eine Folge Rückblende, O-Kultur, 1991

Peter Hamm: Der ich unter Menschen nicht leben kann, Auf der Suche nach Ingeborg Bachmann, BRD, 1980

»Lauter schwierige Patienten«, Marcel Reich-Ranicki über Ingeborg Bachmann, YouTube, Mierendorffs Kanal für Reich-Ranicki, 27.9.2014

Dindo, Richard u. Pilliod, Philippe, Gespräche im Alter, Max Frisch Journal 1–3, erschienen in Filmedition Suhrkamp zu Max Frischs 100. Geburtstag, 15.5.2011

Interview Max Frisch anlässlich einer Fahrt durch Rom 1961 / Film, YouTube, Text und Bühne, 27.9.2016

Max Frisch über die Liebe zu Ingeborg Bachmann, SRF-Sendung »10 vor 10«, Ausstrahlung 3.4.2001

Filmdokumentation »Maria by Callas« von 2017, Interview Maria Callas mit David Frost, 1970

LESEPROBE

PROLOG

London, Oktober 1938

Der Postbote in der Uniformjacke der *Royal Mail* klopft an die Vordertür des alten Reihenhauses aus rotem Backstein. Niemand öffnet. Er schiebt sich die Mütze aus der Stirn, hebt das eng verschnürte Päckchen auf und geht um das Häuschen herum, das am Ende einer langen Häuserreihe steht. Der winzige Garten, eigentlich mehr ein Hof, wirkt verwildert und ist an vielen Stellen von Unkraut überwuchert. Buntes, glänzend nasses Laub quietscht unter seinen Sohlen. Trotz des herbstlichen Wetters, das hier in London jedes Jahr wieder abwechselnd aus Nieselregen und Nebel besteht, blühen ein paar letzte Hortensien.

Dieser Deutsche, der hier seit Kurzem zur Untermiete bei der alten Mrs. Smith im Souterrain wohnt, ist vielleicht kein Gärtner, denkt der Postbote, aber wenigstens räumt er ab und zu das Laub vom Weg und beschneidet die Büsche ringsum, was mehr ist, als die old Lady je getan hat. Besonders glücklich wirkt er allerdings nicht, wie er da tagein, tagaus über den Rasen stapft – wie ein Tier in einem Käfig, das vergessen hat, was Freiheit ist.

Doch jetzt ist niemand zu sehen, und so legt der Bote das Päckchen auf den Tisch aus Gusseisen neben ein aufgeschlagenes Buch, dessen Seiten im Herbstwind flattern. Verstohlen klappt er es zu. *Briefe aus Berlin*, ein deutscher Titel, steht in abgewetzten Goldlettern auf dem alten Einband.

Alle paar Wochen bekommt dieser Mr. Marcus so ein Paket aus Deutschland, aus dem immer ein zarter Duft dringt, und obwohl der Postbote nur zu gern wüsste, was genau darin ist, würde er doch niemals das Briefgeheimnis seiner Neugier opfern. Kurz betrachtet er die rote Briefmarke – sie zeigt einen jungen Mann, der mit einer lodernden Fackel und einem Lorbeerzweig in den Händen vor einem großen Säulentor steht. Ein Wagen, von vier Pferden gezogen, krönt das Tor. Der Postbote wendet sich ab und geht pfeifend durch den Garten zurück zu seinem Dienstfahrrad, das er, fällt ihm nun auf, in einer Pfütze abgestellt hat. Er ist sportbegeistert und hätte verdammt gern gesehen, wie die olympische Fackel vor zwei Jahren in Berlin entzündet wurde. Heute ärgert er sich, dass er damals nicht genug gespart hatte für einen Trip an die Spree. Die nächste Olympiade soll in zwei Jahren in Tokio stattfinden, und Japan, nun, das ist für einen kleinen Briefträger der *Royal Mail* ebenso unerreichbar wie der Mond.

Achselzuckend schwingt er sich auf sein Rad und tritt in die Pedale, damit heute noch alle Bewohner des East End ihre Briefe und Pakete bekommen, die hier jeden Tag aus aller Welt eintreffen. Sie wehen den Duft ferner Länder wie einen Gruß an ihn in seine lederne Umhängetasche. Und heute, denkt er und schnuppert an seinen Händen, riecht die weite Welt wie feinste Schokolade.

1.

Berlin, 5. August 1936,
Dienstagmorgen, acht Uhr

Elfie steht vor der Tür der Chocolaterie und sucht den Schlüssel. Es ist immer dasselbe – in die Rocktasche greifen, das Schlüsselbund fassen, jedoch nicht herausholen, noch nicht. Erst blind mit den Fingern unter den vielen Schlüsseln am Ring den einen finden, der ins Türschloss gehört. Den Schlüssel hervorziehen und nicht hinsehen, wenn sie ihn ins Schloss steckt. Furchtsam wartet sie auf die nächste Sekunde – passt er? Wenn ja, wird heute ein guter Tag. Wenn nicht … Elfies Leben ist voller Omen, voller gleichmäßiger, sich immer von Neuem wiederholender Rituale. Doch heute hakt es sofort, als sie den Schlüssel herumdrehen will, und obwohl sie es noch einen Moment lang, mit letzter Hoffnung, weiterversucht, ahnt sie schon, dass sie gescheitert ist.

Dann also alles von vorn. Elfie kennt die Widrigkeiten ihrer eigenen kleinen Welt und weiß, dass es kein anderes Mittel gegen sie gibt als weitermachen, von vorn anfangen. Den Schlüsselbund zurück in die Tasche, die Hand hineinschieben, die Schlüssel anhand des Barts abtasten, mit den Fingerspitzen sortieren. Da ist der kleine Silberschlüssel für die Kassenlade drinnen, daneben der klobige, knochenartige für die Kellertür, da, endlich, der kühle, besonders Gezackte mit dem kurzen Querschnitt, der sich so leicht mit ihrem eigenen Hausschlüssel am Ring verwechseln lässt. Elfie greift zu, zieht den Schlüssel wie ein unwilliges Tierchen aus seiner Höhle, schiebt ihn ins Schloss und atmet auf, als sie spürt, wie er diesmal hineingleitet, widerstandslos wie ein Messer in Butter, und sich ohne Mühe drehen lässt.

Zweiter Versuch, denkt Elfie und wagt weiterzuatmen, das geht gerade noch, ist nur in wenigen Fällen ein schlechtes Zeichen. Zweiter Versuch, das heißt, es kann trotzdem noch ein normaler Tag werden. Ein Tag, den man nicht lieben muss, von dem man nichts erwarten darf, aber den man auch nicht zu fürchten braucht – vorerst. Es gab andere Tage, ja, es gibt sie immer wieder, auch jetzt noch. Tage, an denen sie morgens nicht aufstehen kann, sosehr der Wecker auch zetert und schrillt, Tage, deren schwarzer Schlund sie schon vor Sonnenaufgang zu verschlingen droht. Doch sie sind selten geworden, Elfie hält sie in Schach. Sie hat im Laufe der Zeit die Fähigkeit erlernt, ihren Gedankenstrom zu unterbrechen, wann immer er sie niederzureißen droht, hält sie ihn auch jetzt einfach an und verbietet den unheilvollen Stimmen in ihr, ihre Macht zu entfalten.

Das Glöckchen bimmelt sein Willkommen, die Scheibe klirrt leise, als sie hineinschlüpft und die Tür sogleich von innen schließt und verriegelt. Elfie ist jeden Morgen die Erste im Laden. Das ist beinahe ein Wunder. Oft liegt sie nachts wach, kämpft sich durch die Minuten und Stunden, in denen die Zeit bis zum Morgengrauen zäh verrinnt, ehe sie erst mit den frühen, noch schüchternen Lichtstrahlen einschläft, die durch die Wolkendecke dieser wechselhaften Augusttage in ihr Zimmer fallen. Dennoch schafft sie es, pünktlich zu sein, sie hat ein System, das ihr gute Dienste leistet – wenn nur die Müdigkeit nicht wäre. Elfie wünscht sich oft, einschlafen zu können wie ein müdes Kind, behaglich und geborgen von der Wärme der Bettdecke und dem schummrigen Abendlicht. Doch sie war niemals dieses Kind, sie hat schon immer mit der Rastlosigkeit gekämpft, die abends an sie heranschleicht und sie packt, und eine ihrer frühesten Erinnerungen ist das verzweifelte Herumwälzen im Bett und die Furcht, von Großmama erwischt und gerügt zu werden. Immer waren sie beide allein, seit ihre Mutter auf und davon ging und Elfie zurückließ. Seitdem hat Großmama Elfie aufgezogen. Und alles, was sie tat, konnte Großmamas Zorn auf sich ziehen, der schnell kam wie ein Unwetter, fast immer zu schnell für Elfie, um ihn kommen zu sehen und in Deckung zu gehen. Manchmal versuchte sie es dennoch, kniff fest die Augen zu und schlüpfte unter das Bett, um dort für einen Moment Zuflucht zu suchen. Doch geholfen hat es meistens nichts.

Manchmal hat Elfie Angst, ihr schlechter Schlaf sei vielleicht eines der vielen Zeichen dafür, dass sie *seltsam* ist – ein böses Wort, das von ihrer Großmutter stammt und das Elfie auch nach dem Tod der alten Frau mit sich herumträgt wie einen Feldstein, der an ihre Knöchel gebunden ist. Ihre *Merkwürdigkeit*, zusammen mit ihrer *verdammten Träumerei*, waren der Hauptvorwurf unter vielen kleinen Spitzen, die ihre Großmutter ständig vorbrachte. *Seltsam*, das bedeutete eigentlich verkehrt, und *verträumt* hieß, nicht lebenstüchtig zu sein, nicht patent – ein schreckliches Urteil für ein Mädchen, besonders für eines wie Elfie, der man ihre Verdrehtheit schon drei Meilen gegen den Wind ansah, sagte Großmama.

Heute ist Elfie fast vierzig Jahre alt, sie hat ein paar kleine Falten um die Augen, die nicht mehr mit dem Lachen verschwinden, breite Hüften, die den alten schwarzen Rock spannen lassen, und sie trägt Verantwortung als Prokuristin des Pralinengeschäfts Unter den Linden. Aber die Stimme ihrer Großmutter, wenn sie schimpft, die hört sie noch immer, als würde die alte Frau direkt neben ihr stehen und nicht in einem Grab auf dem Dorotheenstädtischen Friedhof liegen. Dann ist Elfie wieder klein, trägt Zöpfe und fürchtet sich vor der Panik, die sie ihr Leben lang jäh überfällt und zu lähmen droht. Doch Elfie ist nicht mehr das Kind von damals. Sie hat heute ihre Mittel, gegen solche Heimsuchungen anzugehen, und sie lässt die Dumpfheit nie die Oberhand gewinnen.

Im Laden ist es schummrig, ein müdes, gemütliches Licht, das warm auf dem dunkel glänzenden Holztresen liegt. Durch einen Spalt in den Läden dringt ein Lichtschimmer, und Elfie sieht darin die Staubkörner tanzen. Manchmal denkt sie, dass die Wände des Ladens nur durch die Pralinenschachteln aufrecht gehalten werden, ein Mauerwerk aus Pappmaché und Schokolade. Fein säuberlich aufgereiht und gestapelt, stehen sie überall mit ihren zarten Mustern und breiten Schärpen, den Seidenschleifen und ordentlich beschrifteten Schildern aus Büttenpapier. Es ist, als habe die Schönheit der Welt, nach der sich Elfie sehnt, die sie überall sucht, hier im Laden alle Kraft zusammengenommen, nur um ihr zu gefallen. Alles glänzt hoffnungsvoll, eine tröstliche Symmetrie, von der man niemals die Augen abwenden möchte. Und diese ganze Pracht ist ihr Werk!

Elfie nimmt eine der Schachteln zur Hand, sie ist oval, die Pappe mit Seidenpapier bespannt. Zartrosa Nelken auf grünschwarzem Grund, ein feiner goldener Rand zieht sich um den Deckel. Sie klappt die Schachtel auf, betrachtet zärtlich die Trüffel, die darin auf raschelndem Papier liegen wie kleine Vogeleier in einem Nest. Das Innere des Deckels ziert Goldschrift. Elfie weiß genau, was dort steht, vor diesen bekannten Buchstaben fürchtet sie sich nicht. Und sie sieht die Worte so gern an. Der Name des Pralinengeschäfts bedeutet für viele eine Verheißung, für sie selbst aber ist er ein Zuhause.

Über allem hier drinnen liegt der Duft nach Schokolade, wie feiner Puder hängt er in der Luft. Er tränkt den Raum, schaukelt über dem Parkett, legt sich weich in Elfies Nase. Süß und herb, ein Versprechen, ein Aufruf zur Zuversicht, und ja, zum kleinen Ungehorsam, weil die Versuchung in jeder Lade lauert.

Sie schnuppert, während sie ihre Kostümjacke auszieht und den Sitz ihrer geblümten Bluse im Spiegel hinter dem Tresen prüft. Der Stoff ist ein wenig zerknittert, und ihr Haar – nun, sie kann es noch so oft hochbinden, immer hängt doch eine Strähne heraus und verrät die morgendliche Eile. Kurz ist sie in Versuchung, ihre Hand in die Kiste mit den Pralinen zweiter Wahl zu stecken, die für eben diesen Zweck unter dem Holztresen versteckt steht. Doch sie entscheidet sich dagegen. Es bringt Glück, die erste Praline des Tages so lange wie möglich hinauszuzögern. So greift sie stattdessen nach einer weißen Trägerschürze und bindet sie um. Etwas zu eng in der Taille, gerüscht an den Schultern. Mit beiden Händen streicht sie ihr Haar zurecht, dicht ist es und wellig. Die silbernen Fäden sieht man im Dunkelblond noch kaum. Elfie findet trotz allem, dass ihr Haar das Beste an ihr ist, obwohl Großmama sich schon damals, vor vielen Jahren, jeden Morgen beklagte, kein noch so grobzinkiger Kamm könne den Kampf mit Elfies Borsten aufnehmen.

Ein Blick zur Uhr sagt ihr, dass sie eine Viertelstunde Zeit hat, bis sie die Ladentür öffnen muss. Elfie genießt es jeden Morgen, hier ganz allein und für sich in der Stille zu stehen, wenn niemand etwas von ihr will. Im Rücken spürt sie die hohen Regale mit den Stapeln von Pralinenschachteln, Tütchen mit kandierten Früchten und Holzkistchen, gefüllt bis zum Rand mit *Marquis*-Konfekt. An der Wand gegenüber hängt das gerahmte Wappen für Hoflieferanten, eine ziselierte Tuschezeichnung mit dem preußischen Adler, mit Kronen und Putten und einer breiten Schärpe, worauf *Fabrik feinster Confitüren* geschrieben steht. Auf dem langen Holztisch neben Elfies Händen ruht die schwere Registrierkasse mit der goldenen Kurbel, eine Königin auf ihrem Thron.

Elfie geht nach hinten zum Tresor, findet das kleine Schlüsselchen jetzt auf Anhieb, holt Bargeld heraus, verschließt den Geldschrank sorgfältig. Sie befüllt die hölzerne Lade der Kasse vorn im Geschäft mit den Münzen und Scheinen, notiert im schwarzledernen Rechnungsbüchlein die Summe des Wechselgelds. Dann nimmt sie das Bestellbuch, in Leinen gebunden, und schlägt es auf. Seit sie gestern den Laden verließ, sind noch einige Bestellungen eingegangen. Elfie fährt mit den Fingern die Zeilen entlang, wo Trude mit ihrer runden, kindlichen Schrift notiert hat, was heute und morgen verschickt oder geliefert werden soll. Unter jede Seite hat sie außerdem diesen kleinen Kringel gezeichnet, mit dem sie alles unterschreibt – ein geschwungenes *T*, aus dem eine winzige Blüte wächst.

Elfie liest langsam, Wort für Wort, und ist froh, dass sie Trudes Handschrift so gut kennt und die knappen Sätze ihr zufliegen. *Herrn Rittmeister Wickel, Lützowufer 3. Ein Pfund gemischtes Konfekt, 1 Karton Katzenzungen, 1 halbes Pfund englisches Karamell, à 50 Pfennig Porto.* Elfie nickt. Der Herr ist Stammkunde und bestellt jede Woche dasselbe. *Frau Baronin von der Leyen, Krefeld. Ein Pfund Pralinen erste Wahl, 2 Packungen Orangenstäbchen, 1 Tafel Pfefferminzschokolade – Lieferung ins Hotel Adlon.* Die Baronin ist das Porto vom letzten Mal noch schuldig, Elfie macht einen Kringel hinter den Eintrag, damit diesmal jemand den Boten bezahlt. *Herr Issa El Hamady. 3 große Kisten Konfekt für Dienstagnachmittag, Lola holt ab. Frau von Ahnenfeld, durch Prinzessin Cecilie von Preußen. 2 Pfund Marquis, 12 Mark. Bote!*

Elfie lässt das Buch sinken. Sie spürt die Erleichterung, die sich in ihr ausbreitet, wie immer, wenn sie die Bestellungen prüft. Diese vertrauten Worte zu lesen fühlt sich an wie ein zartes Versprechen, dass doch noch alles gut werden kann. Die Firma hat das Straucheln nach der Krise 1929 gerade so überstanden. Sie ist noch wacklig auf den Beinen wie eine frisch Genesene, aber Elfie will nach vorn sehen. Alles andere, findet sie, während sie mit der Handfläche genau dreimal über den Leineneinband streicht, bevor sie das Buch zurücklegt, wäre ja sinnlos.

Noch zehn Minuten, sagt die Uhr an der Wand mahnend.

Elfies Blick fällt durchs Fenster nach draußen. Über den Lindenbäumen wehen die Hakenkreuze. Es sind mehr Fahnen als sonst, und die Straße, ja die ganze Stadt gleicht einem Hexenkessel, seit vor vier Tagen die Olympischen Spiele eröffnet wurden. Das Olympische Komitee wohnt im Adlon, nur ein paar Gehminuten vom Laden entfernt am Pariser Platz, Elfie ist dort gestern auf dem Weg zum Friseur vorbeigeschlendert und hat zusammen mit den anderen Neugierigen gegafft. Dicht an dicht standen die Schaulustigen, obwohl Schauer angekündigt waren. Ein einziges Gewimmel aus schwarzen Melonen, Schirmen und hellen Hüten, so viele Menschen, dass Elfie am liebsten wieder Reißaus genommen hätte. Doch sie hat sich gezwungen, einen Moment stehen zu bleiben und ihre Stadt zu betrachten. Auf der Straße schoben sich die lackierten Automobile und offenen Coupés, die Fahrer schwitzend und schimpfend, weil nichts voranging, wie eine schwarze Schneckenspur die Linden entlang. Zwei Doppeldeckerbusse mit der Persil-Werbung auf dem breiten Maul waren im Gewühl stecken geblieben, die Leute standen darin wie Sardinen in der Büchse und staunten. Und das große, teure Hotel war gespickt mit den kleinen roten Fahnen, schwarze Kreuze auf weißem Grund, die die gesamte Fassade zierten. Am Eingang hingen lange, schleppende Flaggen aller Herren Länder – eine Seltenheit in diesen Tagen, da Hitlers Tausendjähriges Reich anscheinend über alles andere erhaben ist.

Elfie hat weder eine Ahnung vom Sport noch von der Politik. Aber dass dieser August aus der Stadt, die in den vergangenen Jahren merkwürdig stillgehalten hat, einen Zirkus macht, das spürt sie. Und dass die Olympiade mehr Besucher nach Berlin schwemmt, nachdem in letzter Zeit die Touristen ausgeblieben sind, besonders die Amerikaner, das bemerkt sie auch. Aber ihr soll es recht sein. Je mehr Flaneure auf den Straßen, je mehr betuchte Gäste im Adlon, desto häufiger gehen Bestellungen ein, desto größer wird der Hunger auf erlesene, handgemachte Süßigkeiten. Ihre kleine Chocolaterie ist bekannt in der Allee, ja in der ganzen Stadt. Sogar aus dem Ausland bestellt man bei ihr, aus Paris, aus London, aus Odessa. All die Telegramme und Telefonate, die Gespräche im Laden und Briefe drehen sich um das eine, das Elfie nach all den Jahren immer noch mehr am Herzen liegt als alles andere. Um Pralinen, knirschenden Krokant und bittersüße Trüffel.

Noch fünf Minuten allein, denkt Elfie und beginnt die Regentropfen auf der Scheibe zu zählen.

2.

5. August 1936,
Dienstagmorgen, halb neun

Wie so oft, wenn sich das Flattern unter seinen Rippen ankündigt, ist es das Gefühl der Einbände der Bücher unter seinen Händen, das Franz Marcus beruhigt. Er streicht mit dem Daumen über den Rücken mit den darauf geprägten Goldbuchstaben, als liebkose er ein Lebewesen, klappt das Buch auf, legt seine Nase einen Moment zwischen die Seiten und atmet den trockenen, warmen Geruch ein. Papier, Leim, Bindfäden. Mürbe Pappe. Und Worte, Worte aus schwarzer Druckertinte. Sie sind es, die ihm trotz allem jeden Morgen den Mut geben, aufzustehen, den Ladenschlüssel zu nehmen und die Buchhandlung aufzusperren.

Franz hebt den Blick und lässt ihn über die Regale wandern, die an allen Wänden vom Boden bis zur Decke reichen. Dicht an dicht stehen darin die Bücher, sie lehnen ihre Rücken aneinander und finden Halt und Trost in der Gegenwart der anderen. Der ganze Raum besteht nur aus Holzbrettern und Papier, er ist vollgestopft mit Zeitungen und Magazinen, mit historischen Wälzern, medizinischen Abhandlungen, Liebesromanen, politischen Traktaten und Abenteuergeschichten. All diese Geschichten scheinen leise, ganz leise zu wispern und zu flüstern, sie weben

Franz jeden Tag aufs Neue ein in ihr silbriges Netz, spinnen ihre Worte um ihn herum, schaukeln ihn sacht und trösten ihn. Nur sie, scheint ihm, halten ihn aufrecht. Ist er es ihnen da nicht schuldig, um sie zu kämpfen, sie zu beschützen gegen das, was sich dort draußen zusammenballt? Doch manchmal fehlt ihm die Kraft. Ein Zündholz, denkt er dann, nur eines, und all das Weben und Spinnen, das Flüstern und Knistern, der Duft von Papier und die unzähligen Geschichten wären in Minuten lichterloh verbrannt. Dann könnte er gehen, sich umdrehen und gehen, und müsste endlich keine Angst mehr davor haben, alles zu verlieren.

Doch natürlich ist das Unsinn. An dem Buchladen hängt seine Existenz. Seit dem Tod seines Bruders Simon vor acht Jahren hat er darum gekämpft, das Geschäft zu erhalten, hat die Stammkunden gehätschelt und die Touristen auf den Linden versucht zu bezirzen, damit sie durch die schmale Tür treten und ihm etwas abkaufen. Er hat sich und sein Geschäft immer wieder neu erfunden, hat Postkarten ins Sortiment genommen und kleine Andenken an den Besuch in der Hauptstadt, hat die Wände des Ladens dekoriert mit bunten Plakaten. Und vor ein paar Jahren, sogar noch nach dem Schwarzen Freitag, hat er Geld in die Hand genommen, das er eigentlich nicht besaß, um das Geschäft zu renovieren, und eine Leseecke eingerichtet mit Bauhausstühlen und Wandleuchten von Wilhelm Wagenfeld, dessen klare Formen er sehr bewundert. Er hat sich sein eigenes kleines Himmelreich geschaffen – und das soll er aufgeben? Diesem braunen Pack überlassen, das ihn seit einigen Jahren terrorisiert? Ihn und *seine* Stadt.